D0820642

WITHDRAWN

Título original: *Secrets of a Summer Night*
Traducción: Ana Isabel Domínguez Palomo, Concepción Rodríguez González
y M.ª del Mar Rodríguez Barrena
1.ª edición: enero, 2017

© Lisa Kleypas, 2004
© Ediciones B, S. A., 2017
    para el sello B de Bolsillo
    Consell de Cent, 425-427 - 08009 Barcelona (España)
    www.edicionesb.com

Printed in Spain
ISBN: 978-84-9070-312-0
DL B 22109-2016

Impreso por NOVOPRINT
            Energía, 53
            08740 Sant Andreu de la Barca - Barcelona

Secretos de una noche de verano

LISA KLEYPAS

Para Julie Murphy, por cuidar de Griffin y Lindsay con tanto amor, una paciencia infinita y tanta sabiduría... por prestarme tus muchos talentos para el lado comercial de mi carrera... por ser un miembro tan querido de nuestra familia... y, sobre todo, por ser tú.

Te querrá siempre,

L.K.

Prólogo

Londres, 1841

A pesar de que a Annabelle Peyton le habían advertido durante toda su vida que jamás aceptara dinero de los desconocidos, hizo una excepción cierto día... y descubrió muy pronto por qué debería haber seguido el consejo de su madre.

Sucedió durante una de esas raras ocasiones en las que su hermano Jeremy disfrutaba de un día libre en el colegio y, tal y como era su costumbre, Annabelle y él habían ido a ver el último espectáculo panorámico en Leicester Square. Le había costado dos semanas de recorte de gastos ahorrar el dinero necesario para pagar las entradas. Dado que eran los únicos vástagos supervivientes de la familia Peyton, Annabelle y su hermano pequeño siempre se habían sentido extrañamente unidos, a pesar de los diez años de diferencia que los separaban. Las enfermedades infantiles se habían llevado a los dos niños que habían nacido después de Annabelle, antes de que ninguno de ellos hubiera llegado a cumplir su primer año de vida.

—Annabelle —dijo Jeremy al regresar del puesto de entradas para el panorama—, ¿tienes algo más de dinero?

Ella negó con la cabeza y lo miró de forma inquisitiva.

—Me temo que no. ¿Por qué?

Con un breve suspiro, Jeremy se apartó un mechón de cabello de color miel que le había caído sobre la frente.

—Han doblado el precio de las entradas para este espectáculo... Al parecer, es mucho más caro que sus escenografías habituales.

—El anuncio del periódico no decía nada acerca de un aumento de precios —dijo Annabelle con indignación. Bajó la voz y susurró: «¡Por las campanas del infierno!» mientras rebuscaba en su monedero con la esperanza de encontrar alguna moneda que antes hubiera pasado por alto.

Jeremy, que tenía doce años, echó una ceñuda mirada al enorme cartel que había colgado entre las columnas de la entrada del teatro panorámico: «LA CAÍDA DEL IMPERIO ROMANO: UN ESPECTÁCULO DE ILUSIONISMO DEL MÁS ALTO NIVEL CON IMÁGENES DIORÁMICAS.» Desde su apertura hacía quince días, el espectáculo había recibido una avalancha de visitantes que se mostraban impacientes por contemplar las maravillas del Imperio romano y su trágica caída... «Es como volver atrás en el tiempo», elogiaban los espectadores al salir. El tipo habitual de panorama consistía en un lienzo con una intrincada escena pictórica que colgaba en una habitación circular y que rodeaba a los espectadores. En algunas ocasiones, se utilizaba la música y una iluminación especial para hacer el espectáculo aún más entretenido mientras un conferenciante se desplazaba alrededor del círculo para describir lugares lejanos o famosas batallas.

Sin embargo, según *The Times*, esta nueva producción era un espectáculo «diorámico», lo que significaba que el lienzo pintado estaba fabricado con calicó transparente aceitado que se iluminaba algunas veces desde el frente y otras desde atrás con luces de filtros especiales. Trescientos cincuenta espectadores permanecían en el centro, sobre un carrusel que manejaban dos hombres para que la audiencia girara lentamente durante el espectáculo. El juego de luces, cristales plateados, filtros y actores contratados para representar a los asediados romanos producían un efecto que había sido etiquetado como «exhibición animada». Por lo que Annabelle había leído, los culminantes momentos finales de erupciones volcánicas simultáneas eran tan realistas que algunas de las mujeres del público se habían desmayado entre gritos.

Jeremy le arrebató el monedero de las manos a Annabelle, tiró del cordón que lo cerraba y se lo devolvió a su hermana.

—Tenemos dinero suficiente para una entrada —dijo de forma práctica—. Entra tú. De todas formas, a mí no me apetece ver el espectáculo.

A sabiendas de que el muchacho mentía en su favor, Annabelle meneó la cabeza.

—Desde luego que no. Entra tú. Yo puedo ver el espectáculo siempre que quiera... Eres tú quien siempre está en el colegio. Además, sólo dura un cuarto de hora. Iré a alguna de las tiendas de por aquí mientras estás dentro.

—¿Para comprar sin dinero? —preguntó Jeremy, y sus ojos azules reflejaban una franca incredulidad—. Vaya, eso sí que parece divertido.

—Lo mejor de ir de compras es ver las cosas, no comprarlas.

Jeremy resopló.

—Eso es lo que siempre dice la gente pobre para consolarse mientras pasea por Bond Street. Además, no pienso dejar que vayas a ningún sitio sola... Te acosarían todos los hombres de los alrededores.

—No seas tonto —musitó Annabelle.

Su hermano sonrió de repente. Recorrió con la mirada el elegante rostro de Annabelle, sus ojos azules y la mata de rizos recogidos con horquillas que brillaban con un tono castaño dorado bajo el ajustado borde de su sombrero.

—No me vengas con falsas modestias. Sabes muy bien el efecto que causas en los hombres y, por lo que yo sé, no dudas en utilizarlo.

Annabelle reaccionó a sus bromas con un falso ceño fruncido.

—¿Por lo que tú sabes? ¡Ja! ¿Qué puedes saber tú de mi comportamiento con los hombres si te pasas la mayor parte del tiempo en el colegio?

La expresión de Jeremy se volvió seria.

—Eso va a cambiar —dijo—. Esta vez no voy a regresar al colegio... Puedo ayudaros a ti y a mamá muchísimo más si consigo un trabajo.

Ella abrió los ojos de par en par.

—Jeremy, no vas a hacer nada de eso. Le darías un disgusto a mamá, y si papá estuviese vivo...

—Annabelle —la interrumpió Jeremy sin alzar la voz—, no tenemos dinero. Ni siquiera podemos conseguir cinco míseros chelines más para la entrada al panorama...

—Pues vas a conseguir un buen trabajo —dijo Annabelle con ironía— sin educación y sin contactos importantes. A menos que quieras convertirte en barrendero o en recadero, será mejor que te quedes en la escuela hasta que puedas aspirar a un empleo decente. Entretanto, encontraré a algún hombre rico con el que casarme y las cosas volverán a ir bien de nuevo.

—Tú sí que vas a encontrar un buen marido sin dote —replicó Jeremy.

Se miraron el uno al otro con el ceño fruncido hasta que se abrieron las puertas y la multitud pasó junto a ellos para entrar en el carrusel. Colocando un brazo alrededor de Annabelle de forma protectora, Jeremy la condujo lejos de la muchedumbre.

—Olvida el panorama —dijo sin más—. Haremos otra cosa, algo divertido que no cueste nada.

—¿Como qué?

Se produjo un momento de reflexión. Cuando se hizo evidente que ninguno de ellos haría sugerencia alguna, ambos estallaron en carcajadas.

—Señorito Jeremy —dijo una voz profunda a sus espaldas.

Sin dejar de sonreír, Jeremy se giró para enfrentarse al desconocido.

—Señor Hunt —dijo con cordialidad al tiempo que le tendía la mano—. Me sorprende que me recuerde.

—Y a mí también... Ha crecido más de una cabeza desde que lo vi por última vez. —El hombre apretó la mano de Jeremy—. De vacaciones escolares, ¿verdad?

—Sí, señor.

Al ver la confusión de Annabelle y aprovechando que el desconocido de aventajada estatura les indicaba a sus amigos que subieran al carrusel sin él, Jeremy le susurró a su hermana al oído:

—El señor Hunt..., el hijo del carnicero. Me lo encontré una o dos veces en la tienda de su padre cuando mamá me mandaba a recoger algún pedido. Sé amable con él... Es un tipo muy importante.

Annabelle se percató, no sin cierta diversión, que el señor Hunt estaba excepcionalmente bien vestido para ser el hijo de un carnicero. Llevaba una elegante chaqueta negra y esos pantalones sueltos que estaban de moda y que, de alguna manera, no lograban ocultar las líneas esbeltas y fuertes del cuerpo que cubrían. Al igual que la mayoría de los hombres que entraban al teatro, ya se había quitado el sombrero, dejando al descubierto su pelo oscuro y ligeramente ondulado. Era un hombre alto y de complexión fuerte que parecía tener alrededor de treinta años, de rasgos acentuados, una nariz fina y grande, una boca amplia y unos ojos tan negros que resultaba imposible distinguir el iris de la pupila. Tenía un rostro sumamente masculino, y alrededor de sus ojos y de sus labios bailoteaba una especie de humor sardónico que no se debía en absoluto a la frivolidad. Era evidente, incluso para un espectador sin discernimiento alguno, que no era un hombre dado al ocio, ya que su cuerpo y su naturaleza hablaban de arduo trabajo y análoga ambición.

—Mi hermana, la señorita Annabelle Peyton —dijo Jeremy—. Éste es el señor Simon Hunt.

—Un placer —murmuró Hunt con una reverencia.

A pesar de que sus modales eran perfectos, el brillo que había en sus ojos provocaba un extraño aleteo bajo las costillas de Annabelle. Sin saber por qué, se echó hacia atrás en busca de la protección de su hermano pequeño incluso mientras lo saludaba. Para su sorpresa, parecía incapaz de apartar la mirada de la de ese hombre. Como si algún tipo de sutil sensación de reconocimiento se hubiera transmitido entre ellos... No era que se hubiesen conocido antes..., sino más bien que se hubieran ido acercando paulatinamente hasta que, al final, un impaciente destino hubiera provocado que sus caminos se cruzaran. Una idea absurda que ella no era capaz de desechar. Inquieta, permaneció como una indefensa cautiva de aquella penetrante mirada hasta que un inoportuno e intenso rubor cubrió sus mejillas.

Hunt hablaba con Jeremy, pero sin apartar los ojos de Annabelle.

—¿Podría acompañarles hasta el carrusel?

Se produjo un instante de incómodo silencio hasta que Jeremy respondió con estudiada indiferencia:

—Gracias, pero hemos decidido no asistir al espectáculo.

Hunt arqueó una de sus oscuras cejas.

—¿Están seguros? Tiene todo el aspecto de ser uno de los buenos. —Su intuitiva mirada se paseó del rostro de Annabelle al de Jeremy y se percató de las señales que traicionaban la incomodidad de ambos. Su voz se suavizó cuando volvió a hablar con Jeremy—. Sin duda hay una norma que dice que uno jamás debería discutir ciertos asuntos en presencia de una dama. De cualquier forma, no puedo evitar preguntarme... si es posible, joven Jeremy, que le haya pillado desprevenido el aumento de precio de las entradas. Si así fuera, me alegraría mucho poder prestarle unas monedas para...

—No, gracias —dijo Annabelle con presteza al tiempo que golpeaba a su hermano con el codo en el costado.

Con un respingo, Jeremy clavó la mirada en el rostro impenetrable del hombre.

—Le agradezco la oferta, señor Hunt, pero mi hermana no parece dispuesta a...

—No quiero ver el espectáculo —lo interrumpió Annabelle con frialdad—. He oído que algunos de los efectos especiales son bastante violentos y resultan de lo más angustiosos para una mujer. Preferiría dar un tranquilo paseo por el parque.

Hunt volvió a mirarla y sus penetrantes ojos brillaron con un destello de burla.

—¿Tan impresionable es usted, señorita Peyton?

Molesta por el sutil desafío, Annabelle tomó el brazo de Jeremy y tiró de él con insistencia.

—Es hora de irnos, Jeremy. No retrasemos más al señor Hunt; estoy segura de que está impaciente por ver el espectáculo...

—Me temo que será una decepción para mí —les aseguró Hunt con seriedad— si ustedes no asisten también. —Le dedicó a Jeremy una mirada alentadora—. Sentiría mucho que por culpa de unos míseros chelines usted y su hermana se perdieran la función de tarde.

Al sentir que su hermano se ablandaba, Annabelle le susurró de forma brusca al oído:

—¡Ni se te ocurra permitirle que nos pague las entradas, Jeremy!

Sin prestarle atención, Jeremy le respondió con franqueza a Hunt.

—Señor, si acepto su oferta de préstamo, no estoy seguro de cuándo podré reembolsárselo.

Annabelle cerró los ojos y dejó escapar un débil gemido de mortificación. Se esforzaba muchísimo para que nadie averiguara la estrechez económica en la que vivían... y saber que ese hombre se había percatado de lo importante que era para ella cada chelín le resultaba insoportable.

—No hay ninguna prisa —oyó que respondía Hunt sin la menor incomodidad—. Vaya a la tienda de mi padre la próxima vez que venga de visita del colegio y déjele el dinero a él.

—De acuerdo, entonces —dijo Jeremy con evidente satisfacción, y ambos se estrecharon las manos para sellar el trato—. Gracias, señor Hunt.

—Jeremy... —comenzó a decir Annabelle con voz baja pero letal.

—Esperen aquí —dijo Hunt por encima del hombro mientras se encaminaba al puestecillo donde se vendían las entradas.

—Jeremy, ¡ya sabes que está mal aceptar dinero de él! —Annabelle contempló con furia el rostro imperturbable de su hermano—. Dios, ¿cómo has podido? No está bien... ¡Y pensar que estás en deuda con esa clase de hombre es intolerable!

—¿Qué clase de hombre? —contraatacó su hermano con fingida inocencia—. Ya te lo he dicho, es un tipo importante... Ah, bueno, supongo que te refieres a que pertenece a la clase baja. —Una sonrisa pesarosa curvó los labios del muchacho—. Es difícil decir algo así de él, sobre todo cuando es asquerosamente rico. Y la verdad es que no se puede decir que tú y yo seamos miembros de la nobleza. Apenas llegamos a las ramas más bajas de ese árbol, lo que significa...

—¿Cómo es posible que el hijo de un carnicero sea asquerosamente rico? —preguntó Annabelle—. A menos que la población de Londres esté consumiendo mayores cantidades de ternera y cerdo de lo que yo creo, hay un límite para lo que puede ganar un carnicero.

—No he dicho que trabajara en la tienda de su padre —le explicó Jeremy con un tono de superioridad—. Lo único que dije fue que me lo encontré allí. Es un hombre de negocios.

—¿Quieres decir que es un especulador financiero?

Annabelle frunció el ceño. En una sociedad que consideraba de mal gusto el mero hecho de hablar de asuntos comerciales, no había nada más bajo que hacer de la inversión financiera un modo de vida.

—Es algo más que eso —dijo su hermano—. Pero supongo que da igual lo que haga o cuánto tenga, ya que es hijo de un simple plebeyo.

Al escuchar semejante crítica de boca de su hermano pequeño, Annabelle lo miró con los ojos entrecerrados.

—Pareces muy democrático, Jeremy —dijo con sequedad—. Y no hace falta que actúes como si yo me estuviera comportando de forma arrogante... Me opondría a que un duque tratara de darnos el dinero de las entradas con la misma determinación que si lo hace un hombre de negocios.

—Pero no durante tanto tiempo —dijo Jeremy, que se echó a reír al ver la expresión de su hermana.

El regreso de Simon Hunt impidió cualquier réplica posterior. Mirándolos con esos perspicaces ojos de color café, el hombre esbozó una ligera sonrisa.

—Ya está todo arreglado. ¿Entramos?

Annabelle avanzó con torpeza, a impulsos de los discretos empujones de su hermano.

—Por favor, no se sienta obligado a acompañarnos, señor Hunt —dijo, a sabiendas de que se estaba comportando con desconsideración; no obstante, había algo en ese hombre que provocaba chispazos de alarma en todos sus nervios.

No daba la impresión de ser un hombre en quien se pudiera confiar... De hecho, a pesar de sus elegantes ropas y de su apariencia pulcra, no parecía muy civilizado. Era esa clase de hombre con el que una mujer de buena cuna jamás querría estar a solas. Y la visión que tenía de él no estaba en absoluto relacionada con la posición social... Era una especie de consciencia innata de un apetito ardiente y un temperamento masculino que le resultaban por completo desconocidos.

—Estoy segura —continuó con cierta incomodidad— de que querrá volver a reunirse con sus compañeros.

Ese comentario fue recibido con un perezoso encogimiento de sus anchos hombros.

—Jamás los encontraré entre esta muchedumbre.

Annabelle podría haber rebatido esa afirmación señalando que, por ser uno de los hombres más altos de la audiencia, era probable que Hunt localizase a sus amigos sin dificultad alguna. No obstante, era obvio que discutir con él no llevaría a ninguna parte. Tendría que ver el espectáculo panorámico con Simon Hunt a su lado..., no le quedaba otro remedio. Sin embargo, al ver el entusiasmo de Jeremy, parte del resentimiento de Annabelle se evaporó y su voz ya se había suavizado cuando le habló a Hunt de nuevo:

—Discúlpeme, no pretendía ser tan ruda. Lo que sucede es que no me agrada sentirme en deuda con un desconocido.

Hunt le dedicó una mirada apreciativa que le resultó desconcertante a pesar de su brevedad.

—Puedo entender eso a la perfección —dijo al tiempo que la guiaba entre la gente—. De cualquier forma, en este caso no hay obligación alguna. Y no somos exactamente desconocidos: su familia es cliente habitual del negocio de la mía desde hace años.

Entraron en el gran teatro circular y subieron a un descomunal carrusel rodeado por una verja de hierro con puertas. A su alrededor, a la distancia de unos diez metros del carrusel, podía verse la detallada imagen de un paisaje de la Antigua Roma pintado a mano. El espacio intermedio estaba ocupado por una compleja maquinaria que arrancó comentarios de entusiasmo a la multitud. Una vez que los espectadores llenaron el carrusel, la habitación se oscureció de pronto, lo que provocó una oleada de jadeos de nerviosismo y expectación. Con un leve chirrido de la maquinaria y el resplandor de una luz azul que llegaba de la parte trasera del lienzo, el paisaje adquirió una dimensión y un tinte de realidad que dejó atónita a Annabelle. Casi podía permitirse creer en el engaño de que se encontraban en Roma a mediodía. Unos cuantos actores ataviados con togas y sandalias aparecieron en escena cuando el narrador comenzó a relatar la historia de la Antigua Roma.

El diorama era incluso más fascinante de lo que Annabelle había creído en un principio. Sin embargo, no era capaz de concentrarse en el espectáculo que se desarrollaba ante ella: era demasiado consciente del hombre que se hallaba a su lado. No ayudaba mucho que, en ocasiones, él se inclinara para susurrarle algún comentario inapropiado al oído, reprendiéndola en broma por mostrar tan poco interés ante la visión de caballeros vestidos con fundas de almohada. A pesar de lo mucho que trataba de reprimir su diversión, Annabelle no pudo contener unas cuantas risillas reacias, ganándose con ello las miradas de reproche de algunas de las personas que estaban a su alrededor. Y entonces, por supuesto, Hunt se burlaba de ella por haberse reído durante una lección tan importante, lo que hacía que le entraran ganas de echarse a reír de nuevo. Jeremy parecía demasiado absorto en el espectáculo como para notar las payasadas de Hunt, y estiraba el cuello todo lo que podía para distinguir qué piezas de la maquinaria eran las que producían aquellos asombrosos efectos.

Sin embargo, Hunt se calló cuando una repentina parada en la rotación del carrusel provocó un ligera sacudida de la plataforma. Algunas personas perdieron el equilibrio, pero fueron sujetadas de inmediato por la gente que las rodeaba. Sorprendida por la interrupción del movimiento, Annabelle se tambaleó y se encontró de pronto estabilizada por el fuerte brazo de Hunt que la apretaba contra su pecho. El hombre la liberó en el instante en que recuperó el equilibrio e inclinó la cabeza para preguntarle en voz baja si se encontraba bien.

—Vaya, desde luego que sí —dijo Annabelle sin aliento—. Le ruego que me disculpe. Sí, estoy perfectamente...

Al parecer, no era capaz de terminar la frase; su voz se apagó para convertirse en un incómodo silencio cuando la invadieron las sensaciones. Jamás en su vida había experimentado una reacción semejante ante un hombre. Las implicaciones de aquella sensación de urgencia, o cómo satisfacerla, estaban más allá del alcance de su limitado conocimiento. Lo único que sabía en aquel momento era que deseaba con desesperación seguir apoyada en él, en un cuerpo tan firme y esbelto que parecía invulnerable y que proporcionaba un puerto seguro mientras el suelo temblaba bajo sus pies. La fragancia del hombre, la límpida piel masculina, el cuero pulido y el aroma del lino almidonado excitaban todos sus sentidos con una agradable expectación. No se parecía en nada al olor de la colonia y de las pomadas que utilizaban los aristócratas a los que había tratado de enamorar durante las dos temporadas anteriores.

Profundamente abrumada, Annabelle se dedicó a contemplar el lienzo, sin prestar la más mínima atención a las fluctuaciones de luz y de color que transmitían la impresión de que se acercaba la caída de la noche..., el crepúsculo del Imperio romano. Hunt parecía igual de indiferente al espectáculo, ya que tenía la cabeza inclinada hacia ella y la mirada clavada en su rostro. Aunque su respiración seguía siendo suave y regular, a la joven le parecía que el ritmo se había acelerado un poco.

Annabelle se humedeció los labios, que de pronto se habían quedado secos.

—Usted... usted no debería mirarme de esa manera.

A pesar de que el comentario no fue más que un susurro, él lo oyó.

—Con usted aquí, no merece la pena contemplar otra cosa.

Ella no se movió ni dijo nada, pretendiendo no haber escuchado el sutil susurro del demonio, mientras su corazón latía a un ritmo frenético y se le hacía un nudo en el estómago. ¿Cómo podía suceder aquello en un teatro lleno de gente y con su hermano justo al lado? Cerró los ojos un instante para luchar contra una sensación de vértigo que nada tenía que ver con el giro del carrusel.

—¡Mira! —exclamó Jeremy al tiempo que le daba un codazo, lleno de entusiasmo—. Están a punto de aparecer los volcanes.

De pronto, el teatro se sumió en una oscuridad impenetrable mientras un siniestro retumbar se elevaba desde el fondo de la plataforma. Hubo unos cuantos gritos de alarma, alguna que otra risa nerviosa y sonoros jadeos de expectación. Annabelle se irguió al sentir el roce de una mano sobre la espalda. La mano de él, que se deslizaba con deliberada lentitud hacia arriba por su columna... Su aroma, fresco y seductor, inundó sus fosas nasales... y, antes de que pudiera emitir sonido alguno, los labios del hombre se unieron a los suyos en un beso suave, cálido y arrebatador. Estaba demasiado abrumada como para moverse y sus manos se agitaron en el aire como mariposas suspendidas a medio vuelo; su cuerpo tambaleante quedó anclado por la ligera pero firme sujeción de su cintura mientras que la otra mano de Hunt reptaba por la espalda hasta su cuello.

A Annabelle la habían besado antes; hombres jóvenes que le habían robado un abrazo rápido durante un paseo por el jardín o en un rincón del salón cuando no los observaban. Pero ninguno de esos breves encuentros de coqueteo había sido como aquél..., un beso lento y mareante que la llenaba de euforia. Se sentía atravesada por las sensaciones, demasiadas para controlarlas, y se estremeció indefensa en su abrazo. Siguiendo sus instintos, se apoyó ciegamente en la tierna e incansable caricia de sus labios. La presión de su boca se incrementó cuando el hombre comenzó a exigir más, recompensando su tácita respuesta con una voluptuosa exploración que incendió los sentidos de Annabelle.

Justo cuando la joven comenzaba a perder todo rastro de cordura, la boca de Hunt la liberó con súbita rapidez, dejándola aturdida. Sin retirar el apoyo de su mano sobre la nuca de Annabelle, el hombre inclinó la cabeza hasta que un murmullo hormigueó en la oreja de la joven.

—Lo siento. No he podido resistirme.

Dejó de tocarla por completo y, cuando la luz roja iluminó finalmente el teatro, Simon Hunt había desaparecido.

—¿Has visto eso? —exclamó Jeremy, que señalaba con alegría un volcán de pega que había delante de ellos del cual parecían brotar ríos de brillante roca fundida que se deslizaban por sus laderas—. ¡Increíble! —Al notar que Hunt ya no estaba allí, frunció el ceño con desconcierto—. ¿Dónde se ha metido el señor Hunt? Supongo que habrá ido a buscar a sus amigos.

Con un encogimiento de hombros, Jeremy volvió a su excitada contemplación de los volcanes y unió sus exclamaciones a las de la atónita audiencia.

Con los ojos abiertos de par en par e incapaz de pronunciar una palabra, Annabelle se preguntó si lo que ella creía que había sucedido habría sucedido en realidad. No era posible que la hubiera besado un desconocido en medio de un teatro. Y que la hubiera besado de esa manera...

Bueno, eso era lo que ocurría cuando se permitía que caballeros desconocidos pagaran las cosas: eso les daba licencia para aprovecharse de una. Con respecto a su propio comportamiento... Avergonzada y perpleja, Annabelle se esforzó por comprender por qué le había permitido al señor Hunt que la besara. Debería haber protestado y haberlo apartado de ella. En cambio, se había quedado allí de pie, aturdida por un estúpido embeleso mientras él... ¡Dios!, le daba un vuelco el corazón sólo de pensarlo. En realidad, no importaba cómo o por qué Simon Hunt había sido capaz de sortear sus bien pertrechadas defensas. El hecho era que lo había conseguido..., y que, por tanto, era un hombre que tendría que evitar a toda costa.

1

Londres, 1843
El final de la temporada

Una chica decidida a contraer matrimonio podía superar cualquier obstáculo salvo la ausencia de una dote.

Annabelle movía el pie con impaciencia bajo la liviana tela de su falda blanca sin perder ni un solo instante la expresión sosegada de su rostro. Durante las tres desastrosas temporadas que habían quedado atrás, se había acostumbrado a ser un «florero», ese objeto bonito al que nadie prestaba atención. Se había acostumbrado, pero no se había resignado. En más de una ocasión, se le había pasado por la cabeza que merecía mucho más que estar sentada en una de esas sillas de respaldo alto dispuestas en un extremo de la habitación... esperando, esperando, esperando una invitación que nunca llegaba. E intentando aparentar que no le importaba nada; que era del todo feliz observando cómo las demás chicas bailaban y eran agasajadas por sus admiradores.

Dejó escapar un largo suspiro mientras jugueteaba con el diminuto carné de baile que colgaba de una cinta atada alrededor de su muñeca. La tapa se deslizó y dejó al descubierto un librito de páginas de marfil, casi transparentes, que se abrían en forma de abanico. Se suponía que una chica anotaba los nombres de sus parejas de baile en esas delicadas hojitas de marfil. Para Annabelle, ese abanico de páginas en blanco se asemejaba a una hilera de dientes que le sonreía con sorna. Cerró bruscamente la cubierta plateada y echó un vistazo a las tres chicas sentadas junto a ella; todas se esforzaban por enfrentarse a su destino con idéntica despreocupación.

Sabía muy bien cuál era el motivo por el que todas estaban allí. La considerable fortuna familiar de la señorita Evangeline Jenner provenía del juego y sus orígenes eran humildes. Además, la señorita Jenner era terriblemente tímida y, para colmo, tartamudeaba, lo que hacía que una conversación con ella se considerase como una sesión de tortura para ambos participantes.

Las otras dos chicas, la señorita Lillian Bowman y su hermana pequeña, Daisy, aún no se habían aclimatado a Inglaterra y, a juzgar por el desarrollo de los acontecimientos, tardarían bastante en hacerlo. Se decía que la señora Bowman había traído a sus hijas desde Nueva York porque allí nadie les había hecho una oferta matrimonial adecuada. Eran conocidas como «las herederas de las pompas de jabón» o, en ocasiones, como «las princesas del dólar». A pesar de sus elegantes pómulos y de sus almendrados ojos oscuros, en Inglaterra tendrían muchas menos oportunidades que en Norteamérica, a menos que encontraran alguna madrina aristocrática que las apoyara y les enseñara cómo encajar en la sociedad británica.

A Annabelle se le ocurrió que, a lo largo de los últimos meses de esa aciaga temporada, las cuatro —la señorita Jenner, las Bowman y ella misma— habían compartido idéntico destino en los distintos bailes y fiestas: siempre sentadas en una esquina o junto a la pared. Y, aun así, apenas se habían dirigido la palabra, atrapadas como solían estar en el silencioso tedio de la espera. Su mirada se encontró con la de Lillian Bowman, cuyos aterciopelados ojos oscuros tenían un inesperado brillo de diversión.

—Al menos, podrían haber dispuesto unas sillas más cómodas —murmuró Lillian—, ya que es obvio que vamos a estar sentadas toda la noche.

—Deberíamos pedir que grabaran nuestros nombres en ellas —replicó Annabelle con acritud—. Después de todo el tiempo que llevo sentada, esta silla me pertenece.

Evangeline Jenner trató de reprimir una risilla nerviosa al tiempo que alzaba una mano enfundada en un guante para apartar un rizo de intenso color rojo que había caído sobre su frente. La sonrisa consiguió que sus enormes ojos azules resplandecieran y que sus mejillas, cubiertas por unas cuantas pecas doradas, se sonrojaran. Al parecer, esa súbita sensación de hermandad había conseguido que olvidara por un momento la timidez.

—No ti-tiene sentido que usted sea un florero —le dijo a Annabelle—. Es la chica más hermosa que hay en este lugar; los hombres deberían estar pe-peleándose por conseguir bailar con usted.

Annabelle alzó un hombro con un delicado movimiento.

—Nadie quiere casarse con una chica sin dote.

Los duques sólo se casaban con muchachas pobres en el fantasioso mundo de los cuentos de hadas. En la vida real, los duques, vizcondes y demás poseedores de títulos nobiliarios cargaban con la enorme responsabilidad financiera que suponía mantener sus inmensas propiedades y sus extensas familias, por no mencionar las ayudas que necesitaban los arrendatarios. Un aristócrata acaudalado necesitaba casarse con una heredera tanto como lo necesitaba uno sin fortuna.

—Nadie quiere casarse tampoco con una *nouveau-riche* americana —dijo en confianza Lillian Bowman—. Nuestra única esperanza de encajar aquí es casarnos con un noble con un título inglés de renombre.

—Pero no tenemos quien nos apadrine —añadió su hermana pequeña, Daisy. Era una muchacha de baja estatura; una versión élfica de Lillian, con la misma tez clara, una abundante melena oscura y ojos castaños. Sus labios se curvaron en una sonrisa traviesa—. Si por casualidad conoce a alguna duquesa simpática que esté dispuesta a aceptarnos bajo su ala, le estaríamos muy agradecidas.

—Yo ni siquiera quiero encontrar un marido —confesó Evangeline Jenner—. Estoy su-su-sufriendo la temporada porque no tengo otra cosa mejor que hacer. Soy demasiado mayor para seguir en la escuela y mi padre... —Se interrumpió abruptamente y dejó escapar un suspiro—. Bueno, sólo me queda una temporada más por sufrir antes de cumplir los veintitrés y ser declarada una solterona. ¡Estoy deseando que-que llegue ese momento!

—¿Es que hoy en día se considera que una mujer es una solterona a partir de los veintitrés? —preguntó Annabelle con fingida alarma, al tiempo que dejaba los ojos en blanco—. ¡Dios Santo! No tenía ni idea de que la flor de mi juventud hubiera quedado tan atrás.

—¿Cuántos años tiene? —preguntó, curiosa, Lillian Bowman.

Annabelle miró a izquierda y derecha para asegurarse de que nadie las escuchaba.

—El mes que viene cumpliré veinticinco.

La confesión provocó tres miradas compasivas y una respuesta alentadora por parte de Lillian:

—No aparenta más de veintiuno.

Annabelle cerró los dedos sobre su carné de baile, de modo que quedó oculto en su mano. El tiempo pasaba con rapidez, pensó. Y ésa, su cuarta temporada, estaba llegando a su fin con sorprendente celeridad. Una chica no se aventuraba a una quinta temporada..., se consideraría como algo sumamente ridículo. Tenía que atrapar a un marido sin pérdida de tiempo. De otro modo, no podrían seguir manteniendo a Jeremy en el colegio y se verían obligadas a trasladarse de su modesta casita adosada a una pensión. Y, una vez que comenzaba la caída, no había modo de ascender de nuevo.

En los seis años que habían transcurrido desde la muerte del padre de Annabelle, fallecido a causa de una dolencia cardiaca, los recursos financieros de la familia se habían reducido a la nada. Habían intentado por todos los medios camuflar la desesperada estrechez con la que vivían, y para ello fingían tener media docena de criados en lugar de la agobiada ayudante de cocina y del mayordomo de edad avanzada; daban la vuelta a sus desgastados vestidos con el fin de aprovechar el lustre del revés de la tela; o vendían las piedras preciosas de las joyas y las reemplazaban por otras falsas. Annabelle estaba más que harta de los continuos esfuerzos que debían hacer para engañar a todo el mundo, cuando, al parecer, ya era de dominio público que se encontraban al borde del desastre. En los últimos tiempos, incluso había comenzado a recibir discretas propuestas por parte de hombres casados, que dejaban bastante claro que sólo tenía que pedirles ayuda y ellos se la prestarían de inmediato... No era necesario mencionar la índole de las compensaciones que tendría que ofrecer por dicha «ayuda». Era muy consciente de que su aspecto podría convertirla en una amante de primera clase.

—Señorita Peyton —dijo Lillian Bowman—, ¿qué tipo de hombre busca como esposo?

—Bueno... —exclamó Annabelle con una frivolidad poco respetuosa—. Cualquier noble me vendría bien.

—¿Cualquiera? —repitió Lillian con incredulidad—. ¿Y qué hay de un aspecto físico agradable?

Annabelle se encogió de hombros.

—Sería muy bien recibido, pero en absoluto imprescindible.

—¿Y la pasión? —inquirió Daisy.

—Del todo innecesaria.

—¿La inteligencia? —sugirió Evangeline.

Annabelle volvió a encogerse de hombros.

—Negociable.

—¿El encanto? —preguntó Lillian.

—También negociable.

—No exige mucho —comentó Lillian con sequedad—. En cuanto a mí, tendría que añadir unas cuantas condiciones a la lista. Mi aristócrata deberá tener el cabello oscuro, ser guapo, ser un bailarín consumado..., y jamás deberá pedir permiso antes de darme un beso.

—Yo quiero casarme con un hombre que haya leído todas las obras de Shakespeare —afirmó Daisy—. Alguien tranquilo y de carácter romántico (si lleva gafas, mucho mejor), al que le guste la poesía y la naturaleza; y me gustaría que no tuviera demasiada experiencia con las mujeres.

Su hermana mayor la miró, exasperada.

—Está claro que no vamos a competir por el mismo hombre.

Annabelle miró a Evangeline Jenner.

—¿Qué tipo de hombre le gustaría a usted, señorita Jenner?

—Llámeme Evie, por favor —murmuró la chica, ruborizándose tanto que el color de sus mejillas rivalizó con el intenso rojo de su cabello—. Supongo que... me gustaría alguien que-que fuese amable y... —Se detuvo y agitó la cabeza con una sonrisa autocrítica—. No lo sé. Alguien que me a-ame. Que me ame de verdad.

Esas palabras conmovieron a Annabelle y la sumieron en la melancolía. El amor era un lujo al que jamás se había permitido aspirar; se trataba de un mero detalle superficial cuando estaba en juego la supervivencia de su familia. No obstante, alargó el brazo y acarició la mano de la otra chica a través del guante.

—Espero que lo encuentre —le deseó con sinceridad—. Tal vez no tenga que esperar demasiado tiempo.

—Me gustaría que usted lo encontrara primero —contestó Evie con una sonrisa tímida—. Ojalá pudiera ayudarla a encontrar a alguien.

—Parece ser que todas necesitamos ayuda de un modo u otro —comentó Lillian. Su mirada se deslizó hasta Annabelle para estudiarla con detenimiento—. Hum... No me importaría convertirla en mi reto personal.

—¿Cómo? —Annabelle arqueó las cejas al tiempo que se preguntaba si debería sentirse halagada u ofendida.

Lillian se dispuso a dar una explicación.

—La temporada llegará a su fin en unas cuantas semanas y ésta será la última para usted, supongo. Si lo consideramos desde un punto de vista práctico, sus aspiraciones de casarse con un hombre que sea su igual socialmente hablando se desvanecerán a finales de junio.

Annabelle asintió con cautela.

—En ese caso, propongo... —Lillian se detuvo a media frase.

Al seguir la dirección de su mirada, Annabelle vio la oscura figura que se acercaba a ellas y gimió para sus adentros.

El intruso no era otro que el señor Simon Hunt; un hombre con el que ninguna de ellas quería tener nada que ver... y por muy buenas razones.

—Entre paréntesis —dijo Annabelle en voz baja—, mi marido ideal sería la antítesis del señor Hunt.

—No me diga... —murmuró Lillian con ironía, ya que el sentimiento era compartido por todas.

Se podía obviar el hecho de que un hombre hubiera ascendido gracias a su ambición, siempre y cuando poseyera la elegancia de un caballero. Sin embargo, Simon Hunt carecía de ella. No había modo de mantener una conversación educada con un hombre que decía exactamente lo que pensaba, sin importarle lo poco halagadora o lo molesta que pudiera ser su opinión.

Tal vez pudiera decirse que el señor Hunt era guapo. Annabelle suponía que algunas mujeres encontrarían su corpulenta masculinidad bastante atractiva; hasta ella debía admitir que había algo fascinante en toda esa fuerza contenida dentro del traje de etiqueta negro y la camisa blanca. No obstante, el dudoso atractivo de Simon Hunt quedaba del todo eclipsado por su falta de modales. El hombre carecía de delicadeza, de idealismo y no sabía reconocer la elegancia..., era todo libras y peniques, todo egoísmo, todo avaricia calculada. Cualquier otro hombre en su situación habría tenido la decencia de parecer avergonzado por su falta de refinamiento; pero Hunt había decidido, al menos en apariencia, hacer de su carencia una virtud. Le encantaba burlarse de los rituales y del encanto de la cortesía aristocrática mientras sus fríos ojos negros brillaban llenos de humor..., como si se estuviese riendo de todos ellos.

Para alivio de Annabelle, Hunt jamás había demostrado, ni con una palabra ni con un gesto, que recordaba aquel día tan lejano en el diorama, cuando le había robado un beso en la oscuridad. Con el paso del tiempo, había logrado convencerse de que todo había sido producto de su imaginación. En retrospectiva, parecía un hecho irreal, sobre todo aquella parte en la que ella respondía con tanto ímpetu a un extraño tan atrevido.

Sin duda, muchas personas compartían el desagrado que Simon Hunt despertaba en Annabelle, pero, para estupor de la clase social prominente de Londres, el tipo se había hecho un hueco y allí pensaba quedarse. Durante los últimos años, había amasado una fortuna incomparable tras adquirir la mayoría de las acciones de las compañías que fabricaban maquinaria agrícola, barcos y locomotoras. A pesar de su falta de modales, Hunt era invitado a todas las fiestas celebradas por la nobleza, dado que, sencillamente, era demasiado rico como para ignorarlo. Hunt personificaba la amenaza de la iniciativa industrial sobre las fortunas de la rancia aristocracia británica, cuya financiación dependía de la explotación agrícola de sus propiedades. Por tanto, la nobleza lo recibía con disimulada hostilidad a pesar de permitirle de mala gana la entrada a su sagrado círculo social. Y, para empeorar las cosas, el hombre no fingía estar agradecido; al contrario, parecía disfrutar al imponer su presencia en lugares donde ésta no era bien recibida.

Durante las escasas ocasiones en las que Annabelle se había encontrado con él desde aquel día en el diorama, lo había tratado con frialdad y había rechazado cualquier intento de conversación, así como sus invitaciones a bailar. Él siempre parecía encontrar divertido su desdén y se dedicaba a contemplarla con tal descaro que conseguía que se le erizara el vello de la nuca. Annabelle esperaba que el hombre perdiera el interés por ella algún día, pero, de momento, parecía aferrarse a su molesta insistencia.

Annabelle percibió el alivio del resto de las floreros cuando Hunt las pasó por alto para dirigirse a ella en particular.

—Señorita Peyton —dijo a modo de saludo.

Su mirada, oscura como la obsidiana, parecía percatarse de todo: del cuidadoso zurcido en el borde de las mangas de su vestido; del diminuto ramillete de capullos de rosa que había utilizado para disimular la desgastada parte superior de su corpiño; de las perlas falsas que colgaban de sus orejas... Annabelle lo miró con una expresión de gélido desafío. El aire que los separaba parecía estar cargado con una especie de tira y afloja, con un reto elemental. Annabelle sentía que todas sus terminaciones nerviosas se estremecían de disgusto ante la proximidad de ese hombre.

—Buenas noches, señor Hunt.

—¿Me haría el favor de concederme un baile? —preguntó él sin más preámbulos.

—No, gracias.

—¿Por qué no?

—Tengo los pies cansados.

Él alzó una de sus oscuras cejas.

—¿Y a qué se debe? Lleva sentada aquí toda la noche.

Annabelle lo miró a los ojos sin parpadear.

—No tengo por qué explicarle mis motivos, señor Hunt.

—Un vals no le causaría demasiadas molestias.

A pesar de los esfuerzos de Annabelle por permanecer calmada, sintió que los músculos de su rostro se tensaban ligeramente.

—Señor Hunt —replicó con tirantez—, ¿nunca le han dicho que es de mala educación acosar a una dama para que haga algo que no desea hacer?

Él esbozó una pequeña sonrisa.

—Señorita Peyton, si tuviera que preocuparme por parecer educado, jamás conseguiría lo que quiero. Tan sólo pensé que le agradaría abandonar su papel de florero durante un tiempo. Y si este baile se desarrolla del modo habitual, es más que posible que mi invitación sea la única que reciba.

—Qué encantador —comentó ella, fingiendo un entusiasmo que no sentía—. Con esos cumplidos tan ingeniosos, ¿cómo podría rechazarlo?

En los ojos de Hunt apareció de súbito una expresión cautelosa.

—En ese caso, ¿bailará conmigo?

—No —susurró Annabelle con aspereza—. Y ahora márchese. Por favor.

En lugar de escabullirse mortificado por la negativa, Hunt se limitó a sonreír y la blancura de sus dientes quedó resaltada por el contraste con el tono oscuro de su piel. La sonrisa le confirió un aspecto de pirata.

—¿Qué hay de malo en un baile? Soy una excelente pareja; incluso es posible que disfrute.

—Señor Hunt —murmuró, cada vez más exasperada—, la idea de ser su pareja, sea en lo que sea, hace que se me hiele la sangre en las venas.

Hunt se acercó un poco más y, bajando la voz de modo que nadie más pudiera escucharlo, contestó:

—Muy bien. Pero, antes de marcharme, le diré algo para que lo medite, señorita Peyton. Es muy posible que algún día no pueda permitirse el privilegio de rechazar una oferta honorable de alguien como yo..., o ni siquiera una deshonrosa.

Los ojos de Annabelle se abrieron de par en par al tiempo que la indignación se extendía en forma de rubor desde la parte superior de su corpiño. Ya había aguantado demasiado; además de tener que estar toda la noche sentada, se veía obligada a soportar los insultos de un hombre al que despreciaba.

—Señor Hunt, actúa usted como el villano de una pésima obra de teatro.

El comentario le arrancó otra sonrisa al hombre, que se inclinó con irónica cortesía antes de alejarse.

Mortificada por el encuentro, Annabelle lo vio marcharse con los ojos entrecerrados.

El resto de las floreros dejó patente su alivio en forma de suspiro colectivo en cuanto desapareció el señor Hunt. Lillian Bowman fue la primera en hablar.

—No parece impresionarle demasiado la palabra «no», ¿verdad?

—¿Qué le ha dicho antes de marcharse, Annabelle? —preguntó Daisy con curiosidad—. El comentario que la ha hecho ruborizarse.

Annabelle clavó la mirada en la cubierta plateada de su carné de baile y acarició con el pulgar una diminuta doblez en la esquina.

—El señor Hunt ha insinuado que, algún día, mi situación podría ser tan desesperada como para verme obligada a considerar la posibilidad de ser su amante.

Si no hubiera estado tan preocupada, Annabelle se habría reído al contemplar las idénticas expresiones de asombro que aparecieron en el rostro de las tres muchachas. Sin embargo, en lugar de protestar movida por su ira virginal o de dejar pasar el tema, Lillian formuló una pregunta que Annabelle no había esperado:

—¿Y estaba en lo cierto?

—Estaba en lo cierto en lo referente a lo desesperado de mi situación —admitió ella—. Pero no en cuanto a la posibilidad de convertirme en su amante; ni suya ni de ningún otro. Me casaría con un granjero antes de caer tan bajo.

Lillian le dedicó una sonrisa, dado que, al parecer, se identificaba con la determinación que subyacía bajo la respuesta de Annabelle.

—Me cae usted bien —anunció antes de reclinarse en la silla y cruzar las piernas con una desfachatez que parecía del todo inapropiada para una chica que disfrutaba de su primera temporada.

—El sentimiento es mutuo —contestó Annabelle automáticamente, movida por las buena maneras que dictaban una respuesta educada ante semejante cumplido; pero, en cuanto pronunció la frase, quedó sorprendida al comprobar que era cierto.

La mirada analítica de Lillian la recorrió de arriba abajo mientras seguía hablando.

—Me causaría un profundo desagrado verla trotar detrás de una mula o cavando en un sembrado de remolacha; usted no ha nacido para eso, ni mucho menos.

—Estoy de acuerdo —contestó Annabelle con sequedad—. ¿Y qué podemos hacer al respecto?

Si bien la pregunta se formuló con intención retórica, Lillian pareció tomarla en serio.

—Me disponía a explicarlo. Antes de que nos interrumpieran, estaba a punto de hacer una proposición: deberíamos hacer un pacto para ayudarnos las unas a las otras a encontrar marido. Si los hombres adecuados no vienen tras nosotras, seremos nosotras las que los persigamos a ellos. El proceso será mucho más eficaz si aunamos nuestros esfuerzos en lugar de luchar en solitario. Comenzaremos con la mayor de nosotras (que al parecer es usted, Annabelle) y seguiremos así hasta que llegue el turno de la más joven.

—Eso no me favorece en absoluto —protestó Daisy.

—Es lo justo —la reconvino Lillian—. Tú dispones de más tiempo que las demás.

—¿A qué tipo de «ayuda» se refiere? —inquirió Annabelle.

—A la que sea necesaria. —Lillian comenzó a escribir sin pérdida de tiempo en su carné de baile—. Compensaremos los puntos débiles de cada una de nosotras y daremos consejo y colaboración cuando la situación así lo requiera. —Alzó la mirada y sonrió alegremente—. Seremos como un equipo de *rounders*.

Annabelle la contempló con escepticismo.

—¿Se refiere a ese juego en el que los caballeros se turnan para golpear una bola de cuero utilizando unos bates planos?

—No sólo juegan los caballeros —replicó Lillian—. En Nueva York también juegan las damas, siempre y cuando no se dejen llevar en exceso por el entusiasmo.

Daisy esbozó una sonrisa pícara.

—Como cuando Lillian se enfureció tanto, después de que uno de sus tiros fuera anulado, que acabó arrancando del suelo el poste de una de las bases.

—Ya estaba suelto —protestó Lillian—. Un poste suelto podría haber sido una amenaza para uno de los corredores.

—Especialmente si lo lanzas contra ellos —concluyó Daisy, respondiendo al ceño fruncido de su hermana con una dulce y burlona sonrisa.

Conteniendo la risa, Annabelle dejó de mirar a las dos hermanas para contemplar la expresión de ligera perplejidad en el rostro de Evie. No le resultó muy difícil leer los pensamientos de la chica: las hermanas americanas iban a necesitar mucho entrenamiento antes de poder despertar el interés de los aristócratas adecuados. Cuando volvió a prestar atención a las Bowman, Annabelle no pudo evitar sonreír al ver sus ansiosos semblantes. Era muy fácil imaginarse a ese par golpeando bolas con bates y corriendo por el campo con las faldas remangadas hasta las rodillas. Se preguntó si todas las chicas americanas compartían ese carácter arrollador... Sin duda, las Bowman serían el terror de cualquier caballero británico educado que osara acercarse a ellas.

—A decir verdad, nunca se me había ocurrido que la caza de un marido pudiera concebirse como un deporte de equipo —dijo.

—¡Pues debería serlo! —exclamó Lillian con énfasis—. Piense en lo efectivo que sería de ese modo. La única dificultad que podría surgir es que dos de nosotras se interesaran por el mismo hombre; pero, dados nuestros respectivos gustos, parece improbable.

—En ese caso, acordaremos no competir por el mismo caballero —propuso Annabelle.

—Y, a-además —interrumpió Evie de forma inesperada—, no haremos daño a nadie.

—Muy hipocrático —dijo Lillian en señal de aprobación.

—Pues yo creo que tiene razón, Lillian —protestó Daisy, que había malinterpretado el comentario de su hermana—. No intimides a la pobre chica, por el amor de Dios.

Lillian frunció el entrecejo, repentinamente irritada.

—He dicho «hipocrático», no «hipócrita», idiota.

Annabelle intervino sin dilación, antes de que las hermanas comenzaran a discutir.

—Entonces, debemos ponernos de acuerdo en cuanto al plan de acción; no nos serviría de mucho si cada una persiguiera su propio objetivo.

—Y tendremos que contarnos todo lo que suceda —prosiguió Daisy, encantada.

—¿Incluso los-los detalles más íntimos? —preguntó Evie con timidez.

—¡Vaya! ¡Sobre todo ésos!

En el rostro de Lillian apareció una sonrisa irónica antes de someter el vestido de Annabelle a una mirada calculadora.

—Sus ropas son desastrosas —dijo sin rodeos—. Voy a darle unos cuantos de mis vestidos. Tengo baúles llenos con vestidos que ni siquiera he llegado a ponerme y no voy a echarlos de menos. Mi madre jamás se dará cuenta.

Annabelle se apresuró a negar con la cabeza. Se sentía agradecida por el detalle, pero también mortificada por lo evidente de sus dificultades económicas.

—No, no. No puedo aceptar un regalo semejante. Es usted muy generosa, pero...

—El azul pálido con ribetes de color lavanda —dijo Lillian a Daisy en un murmullo—. ¿Lo recuerdas?

—¡Sí! Le sentará de maravilla —contestó Daisy, entusiasmada—. Mucho mejor que a ti.

—Gracias —replicó Lillian, que fingió mirarla con desagrado por el comentario.

—No, en serio... —protestó Annabelle.

—Y el de muselina verde con el encaje blanco en la parte delantera —prosiguió la mayor de las Bowman.

—No puedo aceptar sus vestidos, Lillian —insistió Annabelle sin alzar la voz.

La chica alzó la mirada de su carné de baile, en el que seguía tomando notas.

—¿Por qué no?

—En primer lugar, no puedo pagarle. Además, sería inútil. Unas cuantas plumas no harán más atractiva mi falta de dote.

—¡Vaya! El dinero... —comentó Lillian con la indiferencia característica de alguien que no lo necesita—. Usted va a pagarme con algo que es mucho más valioso que unas simples monedas. Va a enseñarnos a Daisy y a mí a ser... bueno, a parecernos a usted. Nos va a enseñar qué cosas hay que decir y qué hay que hacer; todas esas reglas de las que nadie habla pero que nosotras parecemos transgredir a todas horas. Si es posible, hasta puede ayudarnos a encontrar una madrina. Y, entonces, podremos traspasar todas las puertas que ahora mismo nos cierran. En cuanto a su falta de dote... sólo tiene que echarle el anzuelo al hombre adecuado. Nosotras le ayudaremos a tirar del hilo.

Annabelle la miró con absoluta perplejidad.

—Están hablando completamente en serio.

—Por supuesto que sí —replicó Daisy—. Será todo un alivio poder ocupar nuestro tiempo en otra cosa que no sea sentarnos contra la pared como unas idiotas. Lillian y yo estamos a punto de volvernos locas por lo aburrida que está resultando ser la temporada.

—Yo-yo también —añadió Evie.

—Está bien... —Annabelle paseó la mirada de un rostro a otro, incapaz de contener la sonrisa—. Si las tres están dispuestas, yo también me uno. Pero, si vamos a hacer un pacto, ¿no deberíamos firmar con sangre o algo así?

—¡Por Dios, no! —exclamó Lillian—. Creo que todas podemos expresar nuestro acuerdo sin necesidad de abrirnos las venas ni nada parecido. —Hizo un gesto para señalar su carné de baile—. Supongo que ahora deberíamos hacer una lista de los buenos partidos que siguen solteros tras la temporada. Y, por desgracia, en estos momentos quedan muy pocos libres. ¿Deberíamos ordenarlos según su rango? ¿Empezando por los duques?

Annabelle negó con la cabeza.

—No deberíamos molestarnos con los duques, puesto que no sé de ninguno que sea un buen partido, que tenga menos de setenta años y que conserve algún diente.

—En ese caso, la inteligencia y el encanto son negociables, pero no así los dientes, ¿estoy en lo cierto? —preguntó Lillian con picardía, lo que arrancó una carcajada de Annabelle.

—Los dientes son negociables —replicó Annabelle—, si bien sumamente preferibles.

—Muy bien —concluyó Lillian—. Una vez descartada la categoría de los viejos duques chochos, prosigamos con los condes. Conozco a un tal lord Westcliff, por ejemplo...

—No, Westcliff no. —Annabelle hizo un gesto de repulsión mientras añadía—: Es un hombre frío como el hielo; además, no tiene ningún interés en mí. Me lancé prácticamente en sus brazos durante mi primera temporada, hace cuatro años, y lo único que conseguí fue que me mirase como si fuera algo que se había quedado pegado a su zapato.

—En ese caso, olvidemos a Westcliff. —La mayor de las Bowman alzó las cejas con curiosidad—. ¿Qué tal lord St. Vincent? Es joven, adecuado, atractivo como el pecado...

—No funcionaría —contestó Annabelle—. Sin importar lo comprometedora que resultara la situación, St. Vincent jamás me haría una proposición. Ya ha comprometido, seducido y arruinado por completo al menos a una docena de mujeres; el honor no significa nada para él.

—El conde de Eglinton, entonces —sugirió Evie de forma indecisa—; pero es bastante cor-cor-corpulento y tiene al menos cincuenta años...

—Anótelo en la lista —instó Annabelle—. No puedo permitirme ser melindrosa al respecto.

—También está el vizconde Rosebury —señaló Lillian al tiempo que fruncía levemente el ceño—; aunque es bastante extraño y está un poco..., bueno, flácido.

—Mientras tenga el bolsillo firme, puede tener todo lo demás flácido —comentó Annabelle, consiguiendo que las tres chicas rieran entre dientes—. Anótelo también.

Haciendo caso omiso de la música y de las parejas que giraban delante de ellas, las cuatro siguieron trabajando con ahínco en la lista y, en ocasiones, las carcajadas que los comentarios provocaban en ellas consiguieron atraer algunas miradas curiosas de aquellos que se encontraban cerca.

—Silencio —ordenó Annabelle, esforzándose por adoptar una actitud seria—. No queremos que nadie sospeche lo que estamos planeando. Además, se supone que las floreros no deben reírse.

Al instante, todas ellas intentaron adoptar sus expresiones más serias, lo que provocó una nueva oleada de risillas.

—¡Vaya, mirad! —exclamó Lillian, que estaba observando la creciente lista de posibles candidatos a marido—. Por una vez, nuestros carnés de baile están llenos. —Echó un vistazo a la lista de solteros y frunció los labios en actitud pensativa—. Acabo de caer en la cuenta de que algunos de estos caballeros asistirán a la fiesta que organiza Westcliff en su propiedad de Hampshire como broche final de la temporada. Daisy y yo hemos sido invitadas. ¿Y usted, Annabelle?

—Soy amiga de una de sus hermanas —contestó ella—. Creo que puedo conseguir una invitación. Le suplicaré, si es necesario.

—Intentaré poner algo de mi parte para que lo consiga —le dijo Lillian con actitud confiada antes de sonreír a Evie—. Y conseguiré una invitación también para usted.

—¡Qué divertido va a ser esto! —exclamó Daisy—. Así pues, nuestro plan está en marcha. Dentro de quince días, invadiremos Hampshire en busca de un marido para Annabelle.

Alargando los brazos, todas unieron las manos, sin dejar de sentirse un poco frívolas e indecisas, pero bastante animadas.

«Tal vez mi suerte esté a punto de cambiar», pensó Annabelle antes de cerrar los ojos y recitar una pequeña plegaria de esperanza.

2

Simon Hunt había aprendido a una edad temprana que, dado que el destino no lo había bendecido con sangre azul ni con riquezas ni con algún don extraordinario, tendría que labrarse su propia fortuna en un mundo que, a menudo, resultaba ser poco caritativo. Era diez veces más combativo y ambicioso que un hombre normal y corriente. A la gente solía resultarle más fácil permitir que se saliera con la suya que enfrentarse a él. Si bien era una persona dominante, tal vez incluso implacable, su sueño no se veía perturbado por ninguna crisis de conciencia. La ley de la naturaleza dictaba la supervivencia de los más fuertes y, en cuanto a los más débiles, era mejor que corrieran a esconderse.

Su padre había sido carnicero y había conseguido sacar adelante a una familia de seis miembros; Simon había trabajado como su ayudante desde que tuvo la edad suficiente para blandir la pesada hacha de la carnicería. Esos años de trabajo en la tienda de su padre lo habían dotado de los brazos musculosos y los fornidos hombros de un carnicero. Su familia siempre había esperado que él continuara con el negocio, pero cuando cumplió los veintiún años, Simon había desilusionado a su padre al abandonar la tienda para abrirse camino de un modo diferente. Tras invertir sus pequeños ahorros, se dio cuenta de que acababa de descubrir su verdadero talento en la vida: hacer dinero.

Simon adoraba el lenguaje de la economía, los factores de riesgo, la interacción del mercado con la industria y la política..., y no tardó en percatarse de que, en un corto espacio de tiempo, la creciente red de ferrocarril británica proporcionaría los ingresos básicos que asegurarían la eficiencia de la actividad bancaria. Los envíos de dinero en metálico y de las acciones, así como la creación de oportunidades de inversión a corto plazo, dependerían en gran medida del buen funcionamiento del ferrocarril. Simon siguió sus instintos e invirtió hasta el último chelín en acciones ferroviarias; poco después, fue recompensado con unos enormes beneficios que reinvirtió en un diversificado abanico de intereses. En esos momentos, con treinta y tres años de edad, poseía el control de tres fábricas diferentes, de una fundición de más de dos hectáreas de superficie y de un astillero. Era invitado —si bien de mala gana— a los bailes de la aristocracia y se codeaba con los pares del reino en las juntas directivas de seis compañías.

Tras años de incesante trabajo, había conseguido casi todo lo que se había propuesto. No obstante, si alguien le hubiera preguntado si era un hombre feliz, no habría tenido más remedio que resoplar en respuesta. La felicidad, ese efímero resultado del éxito, era una señal segura de la autocomplacencia. Y, por naturaleza, Simon jamás podría ser autocomplaciente, como tampoco se daría nunca por satisfecho; ni quería llegar a estarlo.

De todos modos... en el rincón más oculto y profundo de su desatendido corazón, había un deseo que Simon parecía incapaz de sofocar.

Se aventuró a lanzar una mirada encubierta al otro lado del salón de baile y, como era habitual, sintió la punzada dolorosa y peculiar que lo asaltaba cada vez que descubría la presencia de Annabelle Peyton. A pesar de las muchas mujeres disponibles —y había un buen número de ellas—, ninguna había logrado acaparar su atención de un modo tan efectivo y excluyente. El atractivo de Annabelle iba más allá de la mera belleza física, aunque bien sabía Dios que había sido bendecida con un injusto exceso en ese aspecto. Si hubiera una pizca de poesía en el alma de Simon, podría haber compuesto docenas de versos arrebatadores que describieran sus encantos. No obstante, era plebeyo hasta la médula de los huesos y le resultaba del todo imposible encontrar las palabras precisas para plasmar la atracción que la muchacha ejercía sobre él. Lo único que sabía era que la visión de Annabelle a la vacilante luz de las velas conseguía aflojarle las rodillas.

Simon nunca había olvidado la primera vez que la había visto, de pie en la entrada del diorama, rebuscando en su monedero mientras fruncía el ceño. El sol arrancaba destellos de oro y champán a su cabello castaño claro y lograba que su piel resplandeciera. Había visto en ella algo tan delicioso... tan tangible... Tal vez se tratara del aspecto aterciopelado de su piel junto con esos ojos azules, sumados al ceño ligeramente fruncido que él había deseado aliviar.

Entonces habría jurado que, a esas alturas, Annabelle ya estaría casada. La evidencia de que los Peyton habían caído en desgracia no era un factor significativo para él, ya que asumía que cualquier aristócrata con cerebro vería su valor y no tardaría en reclamarla. Sin embargo, según pasaban los años y Annabelle seguía soltera, había comenzado a albergar una débil esperanza. La valentía que ella mostraba en su decidida búsqueda de marido le resultaba enternecedora, la seguridad con la que volvía a ponerse sus desgastados vestidos..., el valor que se otorgaba a sí misma, a pesar de la falta de dote. El modo tan ingenioso con el que abordaba el proceso de atrapar un marido le recordaba a un jugador experimentado que jugara sus cartas en una baza que había perdido de antemano. Annabelle era inteligente, precavida e inflexible, además de hermosa, si bien en los últimos tiempos la amenaza de la pobreza le había conferido cierta dureza a su mirada y a sus labios. Desde un punto de vista egoísta, Simon no lamentaba las dificultades económicas de la joven; en realidad, éstas le proporcionaban una oportunidad que jamás habría tenido de otro modo.

El problema residía en su incapacidad para descubrir el modo de conseguir que Annabelle lo aceptara, cuando era más que obvio que ella sentía repugnancia por todo lo que él representaba. Simon era muy consciente de que su carácter carecía de refinamientos. Y lo que era peor, tenía tantos deseos de convertirse en un caballero como un tigre de ser un gato doméstico. No era más que un hombre que poseía una enorme cantidad de dinero y que cargaba con la frustración de saber que no le serviría de nada a la hora de conseguir lo que más deseaba.

Hasta ese momento, su estrategia había consistido en esperar pacientemente, ya que sabía que la desesperación acabaría llevando a Annabelle a hacer cosas que ni siquiera habría considerado en un principio. Las penurias económicas tenían la virtud de presentar las situaciones bajo una nueva luz. En poco tiempo, el juego de Annabelle llegaría a su fin. No le quedaría más remedio que elegir entre dos opciones: casarse con un pobre o ser la amante de un rico. Y, si era la última opción la elegida, la cama en la que acabaría no sería otra que la suya.

—Un bocadito sabroso, ¿no es cierto? —fue el comentario que alguien hizo cerca de él.

Cuando Simon se giró, vio a Henry Burdick, hijo de un vizconde que, según los rumores, estaba en su lecho de muerte. Atrapado en la interminable espera previa a la muerte de su padre para poder disponer tanto del título como de la fortuna familiar, Burdick pasaba la mayor parte de su tiempo apostando y persiguiendo faldas. Siguió la mirada de Simon hasta Annabelle, que estaba inmersa en una animada conversación con las floreros que la rodeaban.

—No sabría decirle —contestó Simon, con un profundo ramalazo de antipatía hacia Burdick y todos los de su ralea: privilegiados a los que les habían ofrecido todos los caprichos en bandeja de plata desde el día en que llegaron al mundo y que, por regla general, no hacían nada que justificara la imprudente generosidad del destino.

Burdick sonrió, con el rostro rubicundo a causa del exceso de bebida y la abundante comida.

—Tengo la intención de descubrirlo muy pronto —comentó.

Burdick no era el único con semejantes aspiraciones. Un considerable número de hombres había puesto la mirada en Annabelle, con la misma expectación que sentiría una manada de lobos durante la persecución de una presa herida. En cuanto ella tocara fondo y, por tanto, no pudiera ofrecer la más mínima resistencia, uno de ellos se adelantaría para lanzar el ataque mortal. No obstante, tal y como sucedía en la naturaleza, el macho dominante siempre sería el ganador.

Un amago de sonrisa se abrió paso en el severo rictus de Simon.

—Me sorprende usted —murmuró—. Siempre he asumido que las dificultades de una dama tendrían que inspirar la caballerosidad de un hombre de su categoría; y, por el contrario, descubro que está considerando las irrespetuosas ideas que se atribuyen a los de mi clase.

Burdick dejó escapar una breve carcajada, ajeno al brillo salvaje que apareció en los ojos negros de Simon.

—Sea una dama o no, tendrá que elegir a uno de nosotros cuando sus recursos se agoten.

—¿Ninguna de sus señorías le ofrecerá matrimonio? —preguntó Simon con voz indolente.

—¡Dios Santo! ¿Y para qué? —Burdick se humedeció los labios, movido por las imágenes que su mente ya anticipaba—. No hay necesidad alguna de casarse con la muchacha cuando dentro de muy poco tiempo estará disponible por un precio adecuado.

—Tal vez tenga demasiada dignidad para eso.

—Lo dudo —replicó el joven aristócrata con jovialidad—. Las mujeres pobres que poseen ese tipo de belleza no pueden permitirse el lujo de mostrarse dignas. Además, circula el rumor de que ya ha estado entregando sus favores a lord Hodgeham.

—¿A Hodgeham? —Si bien la noticia lo sobresaltó, el rostro de Simon permaneció impasible—. ¿Y en qué se basa ese rumor?

—¡Vaya! Pues el carruaje de Hodgeham ha sido visto en los establos situados tras la residencia de los Peyton a extrañas horas de la noche... Y, de acuerdo con algunos acreedores, es él quien se hace cargo de pagar las cuentas de la familia de vez en cuando. —Burdick se detuvo para reírse sin disimulo—. Una noche entre esos preciosos muslos bien se merece pagar la cuenta del tendero, ¿no le parece?

La inmediata respuesta de Simon fue el impulso asesino de separar la cabeza de Burdick del resto de su cuerpo. No podría decir con seguridad qué había despertado su ira en mayor medida: la imagen de Annabelle Peyton en la cama con el cerdo de Hodgeham o el despectivo regodeo de Burdick ante un rumor que posiblemente fuese incierto.

—Me atrevería a señalar que, puestos a difamar la reputación de una dama, es mucho mejor contar con pruebas fehacientes de lo que se está diciendo —advirtió Simon con un tono de voz que no por apacible era menos peligroso.

—¡Diantres! Los chismes no requieren de prueba alguna —contestó el joven al tiempo que guiñaba un ojo—. Además, el tiempo se encargará de revelar el verdadero carácter de la dama en cuestión. Hodgeham no tiene recursos suficientes para mantener a una belleza como ésa, y ella no tardará mucho en exigir cosas que él no podrá darle. Vaticino que para el final de la temporada, la dama se acercará al caballero que tenga los bolsillos más abultados.

—Que serán los míos —replicó Simon sin necesidad de alzar la voz.

Burdick parpadeó a causa de la sorpresa, al tiempo que su sonrisa desaparecía mientras se preguntaba si habría oído bien.

—¿Qué...?

—He estado observando mientras usted y esa manada de imbéciles con la que se relaciona olisqueaban sus talones durante dos años —explicó Simon con los ojos entrecerrados—. A partir de este momento, han perdido toda oportunidad de conseguirla.

—¿Que he perdido qué? ¿Qué quiere decir con eso? —preguntó, indignado, Burdick.

—Quiero decir que infligiré todo el daño posible, ya sea mental, físico o económico, al primer hombre que se atreva a poner un pie en mi territorio. Y la próxima persona que repita cerca de mí un solo rumor infundado sobre la señorita Peyton, descubrirá que se le queda atascado en la garganta... junto con uno de mis puños. —La sonrisa de Simon dejaba entrever cierta amenaza sanguinaria mientras contemplaba la atónita expresión de Burdick—. Puede decírselo a cualquiera que esté interesado —le advirtió antes de alejarse del pomposo y boquiabierto pipiolo.

3

Una vez que su prima, una mujer mayor que en ocasiones actuaba como su carabina, la hubo acompañado de regreso a su casa de la ciudad, Annabelle recorrió a grandes zancadas el vacío vestíbulo embaldosado. Al advertir el objeto que habían dejado sobre la mesa semicircular que se apoyaba contra la pared, se detuvo en seco. Era un sombrero masculino de copa alta, de color gris y decorado con una banda de satén borgoña. Un sombrero muy peculiar, sobre todo si se lo comparaba con los sombreros negros que solían lucir la mayoría de los caballeros. Annabelle lo había visto en demasiadas ocasiones sobre aquella misma mesa, como una serpiente enroscada.

Un elegante bastón con el mango en forma de diamante se apoyaba contra la mesa. Annabelle experimentó el intenso deseo de utilizar el bastón para aplastar la copa del sombrero..., a ser posible, mientras estuviera sobre la cabeza del propietario. En su lugar, subió las escaleras con el corazón en un puño y el entrecejo fruncido.

Cuando se aproximaba a la segunda planta, donde se encontraban las habitaciones de la familia, apareció un hombre corpulento en el descansillo. Éste la observó con una insoportable sonrisa burlona dibujada en un rostro de tez rosada y sudorosa por el reciente esfuerzo físico, mientras un mechón de pelo, que llevaba peinado hacia atrás, colgaba hacia un lado como la cresta de un gallo.

—Lord Hodgeham—saludó Annabelle con rigidez al tiempo que luchaba contra la vergüenza y la ira que se atascaban en su garganta.

Hodgeham era una de las pocas personas a las que odiaba de verdad. Como supuesto amigo de su difunto padre, Hodgeham visitaba con frecuencia la casa, pero nunca a las horas normales para tal fin. Llegaba bien entrada la noche y, contra todo lo que dictaba el decoro, pasaba gran cantidad de tiempo a solas con la madre de Annabelle, Philippa, en una habitación privada. Además, a Annabelle no se le había pasado por alto que, en los días posteriores a sus visitas, algunas de las facturas más acuciantes se pagaban de forma misteriosa y que algún que otro airado acreedor quedaba apaciguado. En cuanto a Philippa, se mostraba más sensible e irritable que de costumbre y poco dispuesta a hablar.

A Annabelle le resultaba casi imposible creer que su madre, que siempre había huido de las conductas indecorosas, permitiera que alguien usara su cuerpo a cambio de dinero. Sin embargo, era la única conclusión razonable a la que podía llegar, cosa que colmaba a Annabelle de una irremediable vergüenza y de ira. Su rabia no iba dirigida únicamente contra su madre: estaba furiosa por la situación en la que se encontraban e, incluso, consigo misma por no haber sido capaz de encontrar todavía un marido. Le había costado mucho tiempo darse cuenta de que, por muy hermosa y encantadora que fuera y por mucho interés que le demostrara un caballero, no iba a recibir una proposición. Al menos, no una respetable.

Desde su presentación en sociedad, se había visto obligada a aceptar, poco a poco, que sus sueños acerca de un pretendiente apuesto y educado que se enamorara de ella e hiciera desaparecer todos sus problemas no eran más que una fantasía ingenua. La desilusión había calado hasta el fondo durante la prolongada decepción en la que se había convertido su tercera temporada. Y, en esos momentos, cuando se encontraba en la cuarta, la poco atractiva idea de convertirse en «Annabelle, la esposa de un granjero», estaba inquietantemente cerca de hacerse realidad.

Con una expresión pétrea, Annabelle trató de pasar junto a Hodgeham sin decir palabra, pero éste la detuvo al ponerle una mano rolliza en el brazo. Ella retrocedió con tal aversión que el movimiento estuvo a punto de hacerle perder el equilibrio.

—No me toque —dijo con la vista clavada en el rubicundo rostro del hombre.

Los ojos de Hodgeham lucían muy azules en contraste con el rubor de su tez. Con una sonrisa, el hombre dejó la mano sobre la barandilla, impidiendo así que Annabelle alcanzara el descansillo.

—Qué poco hospitalaria —murmuró con esa voz de tenor tan incongruente que mortificaba a muchos hombres altos—. Después de todos los favores que he hecho a esta familia...

—No nos ha hecho ningún favor —respondió Annabelle de modo cortante.

—De no ser por mi generosidad, hace mucho que estaríais en la calle.

—¿Acaso sugiere que debo mostrarme agradecida? —preguntó ella, y su tono destilaba odio—. No es usted más que un detestable carroñero.

—No he tomado nada que no se me haya ofrecido voluntariamente. —Hodgeham extendió la mano para tocarle la barbilla, pero el húmedo roce de sus dedos la hizo retroceder con repulsión—. A decir verdad, ha sido un juego muy aburrido. Su madre es demasiado dócil para mi gusto. —Se inclinó hacia ella, de modo que el olor que emanaba su cuerpo, un sudor rancio sofocado por la colonia, inundó las fosas nasales de Annabelle con un hedor insoportable—. Tal vez lo intente la próxima vez contigo —murmuró.

Sin duda alguna, esperaba que Annabelle se pusiera a llorar o a suplicar, o que se ruborizara. Sin embargo, ésta se limitó a dirigirle una mirada fría.

—No es más que un viejo estúpido y presumido —dijo con tranquilidad—. Si estuviera dispuesta a convertirme en la amante de alguien, ¿no cree que elegiría a alguien mejor que usted?

Al final, Hodgeham consiguió esbozar una sonrisa, si bien Annabelle tuvo el placer de comprobar que no le había resultado fácil hacerlo.

—No es muy inteligente que me tenga por enemigo. Con algunas palabras vertidas en los oídos adecuados, podría arruinar a su familia más allá de cualquier posibilidad de redención. —Desvió la vista hacia la desgastada tela de su corpiño y sonrió de modo despectivo—. En su lugar, yo no me mostraría tan desdeñosa mientras llevara esos andrajos y esas joyas falsas.

Annabelle se ruborizó y le golpeó la mano sin miramientos cuando el hombre hizo amago de tocar el corpiño. Riendo para sí, Hodgeham bajó las escaleras mientras Annabelle aguardaba en el silencio más absoluto. En cuanto escuchó el sonido de la puerta al cerrarse, corrió escaleras abajo y echó la llave. Con la respiración agitada a causa de la ansiedad y la indignación, apoyó las manos y la frente contra la pesada puerta de roble.

—Se acabó —murmuró en voz alta, temblando de furia.

No más Hodgeham, no más facturas sin pagar... Ya habían sufrido bastante. Todos. Tendría que conseguir a alguien con quien casarse de inmediato: encontraría al mejor candidato que pudiera en la fiesta campestre en Hampshire y acabaría de una vez por todas con ese asunto. Y si no resultaba...

Deslizó las manos muy despacio por la superficie de la puerta y sus palmas dejaron un rastro de líneas sobre la nudosa madera. Si no encontraba a alguien con quien casarse, se convertiría en la amante de un hombre. A pesar de que ninguno parecía inclinado a aceptarla como esposa, al parecer había un número infinito de caballeros deseosos de arrastrarla al pecado. Si jugaba bien sus cartas, podría ganar una fortuna. No obstante, le repugnaba la mera idea de no poder regresar jamás a la buena sociedad..., de ser despreciada y relegada al ostracismo, de que sólo la valoraran por sus habilidades en la cama. La alternativa, que no era otra que vivir una pobreza virtuosa y ganarse la vida como costurera o lavandera, o convertirse en institutriz, era mucho más peligrosa: una mujer joven en semejante posición quedaría a merced de cualquiera. Además, el sueldo no alcanzaría para mantener a su madre ni a Jeremy, que también debería ponerse a trabajar. Al parecer, ninguno de los tres podía permitirse que Annabelle se aferrara a su moral. Vivían en un castillo de naipes..., y cualquier movimiento brusco podía echarlo abajo.

A la mañana siguiente, Annabelle estaba sentada a la mesa del desayuno con una taza de porcelana entre sus dedos helados. Aunque ya había acabado su té, la cerámica todavía conservaba el calor del fuerte brebaje. Tenía una pequeña muesca en el borde que ella acariciaba repetidamente con el pulgar y no se molestó en levantar la vista cuando escuchó el ruido que su madre hizo al entrar en la estancia.

—¿Quieres té? —preguntó con una voz meticulosamente monótona, tras lo cual escuchó a Philippa murmurar una respuesta afirmativa. Llenó otra taza con la tetera que tenía delante, la endulzó con una cucharadita de azúcar y rebajó el brebaje con una buena cantidad de leche.

—Ya no lo tomo con azúcar —dijo Philippa—. He llegado a preferirlo sin él.

El día en que a su madre dejaran de gustarle las cosas dulces, sería el día en que se sirviera agua helada en el infierno.

—Aún podemos permitirnos echarle azúcar al té —replicó Annabelle mientras removía el líquido con un par de enérgicas vueltas de la cucharilla.

Levantó la vista y deslizó la taza y su platillo por encima de la mesa en dirección a Philippa. Tal y como esperaba, su madre tenía un aspecto malhumorado y ojeroso, y llevaba la vergüenza escrita bajo esa máscara de amargura. Hubo un tiempo en que creyó imposible que su enérgica y alegre madre —que siempre había sido mucho más hermosa que cualquier otra madre— pudiera lucir semejante expresión. Fue en ese momento, mientras contemplaba el tenso rostro de Philippa, que Annabelle se dio cuenta de que su propia cara mostraba un cansancio muy parecido al de su madre y de que su boca se fruncía con el mismo rictus de desencanto.

—¿Qué tal fue el baile? —preguntó Philippa, que acercó tanto la cara a la taza de té que el vapor le veló el rostro.

—El desastre habitual —respondió Annabelle, que suavizó la honestidad de su réplica con una suave carcajada—. El único hombre que me invitó a bailar fue el señor Hunt.

—Por todos los cielos —murmuró Philippa antes de tomar un sorbo de té abrasador—. ¿Y aceptaste?

—Por supuesto que no. No hubiera tenido sentido alguno. Resulta evidente que, cuando me mira, piensa en cualquier cosa menos en el matrimonio.

—Hasta los hombres como el señor Hunt acaban por casarse —argumentó Philippa, que la miró por encima del borde de la taza—. Y tú serías una esposa ideal para él... Incluso podrías suavizarlo y ayudarlo a que fuera aceptado en la sociedad decente...

—Por Dios, mamá... Cualquiera diría que me alientas para que acepte sus atenciones.

—No... —Philippa cogió su cucharilla y removió el té en un gesto innecesario—. Al menos, no si de verdad encuentras alguna objeción al señor Hunt. Sin embargo, si fueses capaz de pulirlo un poco, no tendríamos más problemas económicos...

—No es de los que se casan, mamá. Todo el mundo lo sabe. Hiciera lo que hiciese, jamás conseguiría una proposición honesta por su parte.

Annabelle hurgó en el azucarero con un par de pequeñas pinzas de plata de aspecto deslustrado, en busca del terrón más pequeño que pudiera encontrar. Sacó un pedacito de azúcar moreno, lo echó en la taza y después se sirvió más té.

Philippa dio un sorbo a su taza y, poniendo mucho cuidado en mantener la vista apartada, pasó a otro tema de conversación que, según sospechaba Annabelle, tenía una desagradable relación con el anterior.

—No podemos permitirnos que Jeremy siga en la escuela el próximo semestre. Hace dos meses que no pago el sueldo a los criados. Algunas facturas...

—Sí, ya estoy al tanto de todo eso —replicó Annabelle, que se ruborizó ligeramente a causa de una súbita oleada de enojo—. Encontraré un marido, mamá. Muy pronto. —De algún modo, consiguió esbozar una sonrisa—. ¿Qué te parecería una excursión a Hampshire? Ahora que la temporada está a punto de concluir, serán muchos los que dejen Londres en busca de nuevas diversiones... Me refiero a la cacería que lord Westcliff dará en su propiedad.

Philippa la observó con renovado interés.

—No estaba al tanto de que hubiéramos recibido una invitación del conde.

—Y no nos ha llegado —respondió Annabelle—. Todavía. Pero llegará... y tengo el presentimiento de que nos esperan unas cuantas sorpresas en Hampshire, mamá.

4

Dos días antes de que Annabelle y su madre partieran hacia Hampshire, llegó un enorme montón de cajas y paquetes. Al criado le costó tres viajes llevarlos desde el vestíbulo de la entrada hasta la habitación de Annabelle, en la planta superior, donde los apiló en una montaña junto a la cama. Annabelle los abrió con mucho cuidado y descubrió al menos media docena de vestidos que jamás habían sido utilizados: tafetanes y muselinas de ricos colores; chaquetas a juego forradas de gamuza suave como la mantequilla; y un vestido de baile confeccionado con una pesada seda de color marfil y adornado con chorreras de delicado encaje belga en el corpiño y las mangas. También había guantes, chales, pañoletas y sombreros de tal calidad y belleza que casi sintió ganas de echarse a llorar. Los vestidos y los complementos debían de haber costado una fortuna; sin duda, aquello no significaba nada para las chicas Bowman, pero para Annabelle ese regalo resultaba abrumador.

Cogió la nota que habían entregado junto con los paquetes, rompió el sello de cera y leyó las decididas líneas escritas a mano:

De tus hadas madrinas, también conocidas como Lillian y Daisy. Para que tengas una caza exitosa en Hampshire.
P.D.: No irás a perder el coraje ahora, ¿verdad?

Les respondió:

Queridas Hadas Madrinas:
Lo único que me queda es el coraje. Os agradezco inmensamente los vestidos. No os imagináis lo mucho que me emociona poder vestir al fin ropas bonitas de nuevo. Que me gusten tantísimo las cosas hermosas es uno de mis muchos defectos.
Con todo mi afecto,

ANNABELLE

P.D.: Os devuelvo los zapatos, no obstante, ya que son demasiado pequeños para mí. ¡Y yo que siempre había oído que las chicas americanas tenían los pies grandes!

Querida Annabelle:
¿De veras es un defecto adorar las cosas hermosas? Debe de ser un concepto inglés, porque estamos seguras de que jamás se le habría ocurrido a nadie de Manhattanville. Y sólo por ese comentario acerca de los pies, te obligaremos a jugar al *rounders* con nosotras en Hampshire. Te encantará atizar las pelotas con los bates. No hay nada tan satisfactorio.

Queridas Lillian y Daisy:
Estoy dispuesta a jugar al rounders sólo si conseguís persuadir a Evie de que se una a nosotras, lo que, para ser honesta, dudo mucho. Y, a pesar de que no lo sabré hasta que lo practique, se me ocurren un montón de cosas más satisfactorias que golpear pelotas con bates. Por ejemplo, encontrar marido...
A propósito, ¿qué hay que ponerse para jugar al *rounders*? ¿Un vestido de paseo?

Querida Annabelle:
Nosotras jugamos con pololos, por supuesto. No se puede correr bien con faldas.

Queridas Lillian y Daisy:

La palabra «pololo» me resulta del todo desconocida. ¿No os estaréis refiriendo por casualidad a la ropa interior? No es posible que estéis sugiriendo que retocemos por el campo en calzones, como salvajes...

Querida Annabelle:

La palabra procede de un estrato de la sociedad neoyorquina del que nosotras estamos virtualmente excluidas. En América, los «calzones» son algo que llevan los hombres. Y Evie ha dicho que sí.

Querida Evie:

No podía creer lo que veían mis ojos cuando las hermanas Bowman me escribieron para informarme de que habías aceptado jugar al *rounders* en pololos. ¿De verdad lo has hecho? Espero que tu respuesta sea negativa, ya que yo he dado mi consentimiento en función del tuyo.

Querida Annabelle:

Comienzo a creer que esta asociación con las hermanas Bowman me ayudará a curarme de la timidez. Jugar al *rounders* en pololos es sólo una forma de empezar. ¿Te he dejado asombrada? ¡Jamás había asombrado a nadie antes! Al menos, no por mí misma. Espero sinceramente que estés sorprendida por mi disposición a adentrarme de lleno en las cosas.

Querida Evie:

Impresionada, divertida y, de algún modo, asustada al pensar en los apuros en los que nos meterán las Bowman. Te ruego que me digas dónde vamos a encontrar un lugar en el que jugar al *rounders* en pololos sin que nadie nos vea... Y sí, estoy totalmente asombrada, picarona desvergonzada.

Querida Annabelle:

Estoy comenzando a creer que existen dos tipos de personas: las que eligen ser dueñas de su propio destino y las que esperan sentadas mientras los demás bailan. Yo prefiero ser una de las primeras y no de las últimas. Y, con respecto al lugar donde tendrá lugar el juego de *rounders*, me conformo con dejar esos detalles a las Bowman.

Con todo mi cariño,

EVIE *LA PICARONA*

Durante el intercambio de estas y otras divertidas notas que fueron enviadas de acá para allá, Annabelle comenzó a experimentar algo que había olvidado mucho tiempo atrás: las delicias de tener amigas. A medida que sus anteriores amistades habían adoptado la vida de las parejas casadas, la habían dejado atrás. Su estatus de florero, por no mencionar su carencia de medios económicos, había creado un abismo que la amistad parecía incapaz de sortear. Durante los años anteriores, se había vuelto cada vez más independiente, e incluso se había esforzado por evitar la compañía de las chicas con las que una vez había hablado, reído y compartido secretos.

No obstante, de un plumazo, había conseguido tres amigas con las que tenía algo en común, a pesar de que sus orígenes fuesen radicalmente diferentes. Todas eran mujeres jóvenes con esperanzas, sueños y temores..., y cada una de ellas estaba más que familiarizada con la visión de los zapatos negros de los caballeros caminando por delante de su fila de sillas en busca de una presa más prometedora. Las floreros no tenían nada que perder al ayudarse las unas a las otras, pero sí mucho que ganar.

—Annabelle —escuchó que la llamaba su madre desde la puerta, mientras empaquetaba con cuidado las cajas de guantes nuevos en la maleta—. Tengo una pregunta que hacerte, y quiero que la respondas con sinceridad.

—Siempre soy sincera contigo, mamá —replicó Annabelle, apartando la mirada de lo que estaba haciendo.

La embargó un sentimiento de culpa al contemplar el encantador rostro de Philippa fatigado por las preocupaciones. ¡Por el amor de Dios!, estaba tan harta del sentimiento de culpa de Philippa como del suyo propio. La llenaba de lástima y desesperación el sacrificio que su madre había hecho al acostarse con lord Hodgeham. Aun así, en lo más profundo de su mente bailoteaba la impertinente idea de que si Philippa había elegido hacer algo semejante, ¿por qué al menos no se había establecido adecuadamente como la amante de alguien en lugar de conformarse con las migajas que le daba lord Hodgeham?

—¿De dónde han salido esas ropas? —preguntó Philippa, que estaba pálida, pero parecía decidida a enfrentar la mirada de su hija.

Annabelle frunció el ceño.

—Ya te lo he dicho, mamá, me las ha regalado Lillian Bowman. ¿Por qué me miras así?

—¿Te las ha dado un hombre? ¿El señor Hunt, quizás?

Annabelle se quedó con la boca abierta.

—¿De verdad me estás preguntando si yo...? ¿Con él? ¡Dios mío, mamá! Aun si hubiese estado dispuesta a hacerlo, no habría tenido la más mínima oportunidad. En nombre del cielo, ¿de dónde has sacado una idea semejante?

Su madre la miró a los ojos sin pestañear.

—Esta temporada has mencionado al señor Hunt bastante a menudo. Mucho más que a cualquier otro caballero. Y es obvio que esos vestidos son bastante caros...

—No los ha pagado él —replicó Annabelle con firmeza.

Philippa pareció relajarse, pero en sus ojos aún se adivinaba la incertidumbre. Como no estaba acostumbrada a que nadie la mirara con suspicacia, Annabelle cogió un sombrero y se lo colocó dándole una elegante inclinación sobre la frente.

—No lo ha hecho —repitió.

La amante de Simon Hunt... Al girarse hacia el espejo, Annabelle vio una extraña y fría expresión en su rostro. Suponía que su madre tenía razón: había mencionado bastante a menudo a Hunt. Ese hombre tenía algo que conseguía que los pensamientos acerca de él se demoraran en su mente mucho después de que se hubieran visto. Ningún otro hombre entre sus conocidos poseía ese carisma ni ese atractivo perverso que tenía Hunt; y ningún otro hombre había mostrado jamás de forma tan abierta su interés por ella. En ese momento, durante las últimas semanas de una temporada fallida, se descubría meditando cosas que ninguna joven decente debería pensar siquiera. Sabía que no le resultaría muy complicado convertirse en la amante de Hunt y, de ese modo, todos sus problemas acabarían. Era un hombre rico: le daría todo lo que deseara, pagaría las deudas de su familia y le proporcionaría bonitos vestidos, joyas, un carruaje propio, una casita propia... Todo a cambio de acostarse con él.

La idea hizo que un súbito estremecimiento recorriera su vientre. Trató de imaginarse cómo sería estar en la cama de Simon Hunt, las cosas que le exigiría, esas manos sobre su cuerpo, esa boca...

Con un intenso sonrojo, se obligó a desechar esas imágenes y jugueteó con los adornos de seda rosada del lazo de su sombrero. Si se convertía en la amante de Simon Hunt, éste la poseería completamente, tanto dentro como fuera de la cama, y el mero hecho de imaginarse por entero a su merced le resultaba aterrador. Una voz burlona en su cabeza le preguntó: «¿Tan importante es tu honor? ¿Más importante que el bienestar de tu familia? ¿O incluso que tu propia supervivencia?»

—Sí —respondió Annabelle con un susurro mientras contemplaba su pálido y decidido reflejo—. En estos momentos, lo es.

No sabía si más tarde seguiría pensando lo mismo, pero hasta que se hubieran agotado todas las posibilidades, aún le quedaba su autoestima... y lucharía por conservarla.

5

No era difícil adivinar por qué el nombre de «Hampshire» derivaba del antiguo término «hamm», vocablo que hacía referencia a un pastizal húmedo. Ese tipo de pastizal abundaba en todo el condado, así como los brezales y las frondosas arboledas que en otro tiempo se habían distinguido como coto de caza de la realeza. Gracias al contraste de las escarpadas colinas y los profundos y verdes valles, sumado a la existencia de ríos abundantes en truchas, Hampshire ofrecía una amplia gama de actividades para todo aquel que disfrutara del deporte. La propiedad del conde de Westcliff, Stony Cross Park, estaba situada al igual que una joya en un fértil valle fluvial que se extendía plácidamente a través de numerosas hectáreas de bosques. Siempre parecía haber invitados en Stony Cross Park, dado que Westcliff era un anfitrión consumado además de un ávido aficionado a la caza.

A simple vista, lord Westcliff se merecía la reputación de hombre de honor intachable y elevados principios. No pertenecía al grupo de aristócratas envueltos en continuos escándalos, puesto que no parecía tolerar ni las intrigas ni la resbaladiza moral que imperaba en la sociedad londinense. Al contrario, pasaba la mayor parte de su tiempo en el campo, ocupado con sus responsabilidades y preocupado por las necesidades de sus arrendatarios. Viajaba a Londres en ocasiones, con el fin de vigilar sus intereses comerciales o de participar en algún asunto político que exigiera su presencia.

Fue durante uno de esos viajes cuando Annabelle conoció al conde, tras ser presentados en una fiesta. Si bien no era un hombre de belleza clásica, Westcliff poseía cierto atractivo. De estatura media y con la vigorosa apariencia física de un deportista experimentado, estaba rodeado por un aura de inconfundible virilidad. Si a todo ello se le sumaba la inmensa fortuna personal que poseía, por no mencionar su título —uno de los condados más antiguos del reino—, no había duda de que Westcliff era el mejor partido de toda Inglaterra. Como no podía ser de otro modo, Annabelle no perdió el tiempo y comenzó a flirtear con él durante ese primer encuentro. No obstante, Westcliff estaba más que acostumbrado a recibir ese tipo de atenciones por parte de las jóvenes más ambiciosas y la catalogó como una cazamaridos de inmediato... Y eso le había dolido, aunque no fuese más que la pura verdad.

Desde el momento en que Annabelle fue objeto del desaire del conde, se esforzó por evitarlo. Sin embargo, daba la casualidad de que apreciaba a la hermana pequeña de Westcliff, lady Olivia, una muchacha de buen corazón y de la misma edad que ella, estigmatizada por un escándalo en el pasado. Y fue gracias a la amabilidad de lady Olivia que Annabelle y Evie acabaron con una invitación a la fiesta. Durante unas cuantas semanas, no sólo las presas de cuatro patas, sino también las que caminaban sobre dos, estarían sometidas a un asedio en Stony Cross Park.

—Milady —exclamó Annabelle cuando lady Olivia salió a recibirlas—. ¡Qué amable ha sido al invitarnos! Londres resultaba de lo más sofocante durante estos días; el estimulante clima de Hampshire es justo lo que necesitábamos.

Lady Olivia sonrió. A pesar de ser una joven de pequeña estatura, modesta y de rasgos corrientes, en esa ocasión parecía inusualmente hermosa: su rostro brillaba de felicidad. De acuerdo con Lillian y Daisy, lady Olivia estaba prometida a un millonario americano. «¿Se trata de un matrimonio por amor?», había preguntado Annabelle en la última carta que les escribiera, a lo que Lillian le había contestado que eso era lo que se comentaba. «Sin embargo», había agregado Lillian no sin cierta ironía, «mi padre dice que la asociación entre ambas familias será del todo favorable para los intereses económicos de lord Westcliff, motivo por el que éste dio su consentimiento para el enlace». Para el conde, el amor no era tan importante como las cuestiones prácticas.

Devolviendo sus pensamientos al presente, Annabelle sonrió cuando lady Olivia la tomó de las manos para darle la bienvenida.

—Y ustedes son precisamente lo que nosotros necesitamos —replicó lady Olivia con una carcajada—. Este lugar está saturado de hombres ansiosos por practicar actividades deportivas; tuve que informar al conde de que necesitábamos invitar a algunas mujeres con el fin de mantener un clima razonablemente civilizado. Vamos, déjenme que las acompañe a sus habitaciones.

Tras alzar la falda de su nuevo vestido de muselina color salmón, regalo de Lillian, Annabelle se dispuso a seguir a lady Olivia, que ya subía las escaleras que conducían al vestíbulo de entrada.

—¿Cómo está lord Westcliff? —preguntó mientras ascendía por un lateral de la majestuosa escalera doble—. Espero que goce de buena salud.

—Mi hermano se encuentra bastante bien, gracias. Pero me temo que está distraído con los preparativos de mi boda. Insiste en supervisar todos y cada uno de los detalles.

—Un reflejo del afecto que le tiene, estoy segura de ello —dijo Philippa.

Lady Olivia dejó escapar una irónica carcajada.

—Más bien es un reflejo de la necesidad de controlar todo lo que le rodea. Me temo que no va a resultar nada fácil encontrar una novia que posea el carácter suficiente para manejarlo.

Consciente de la elocuente mirada que su madre le lanzó, Annabelle movió la cabeza a modo de disimulada negativa. No sería nada bueno alentar las esperanzas de Philippa al respecto. Sin embargo...

—Da la casualidad de que conozco a una joven encantadora que aún está soltera —comentó—. Americana, de hecho.

—¿Se refiere a una de las hermanas Bowman? —preguntó lady Olivia—. Todavía no las conozco, aunque su padre ha visitado Stony Cross con anterioridad.

—Ambas son encantadoras en todos los aspectos —informó Annabelle.

—Excelente —exclamó lady Olivia—. Tal vez aún podamos encontrarle pareja a mi hermano.

Al llegar al segundo piso, se detuvieron con el fin de echar un vistazo a la gente que se arremolinaba en el vestíbulo de entrada, por debajo de donde ellas se encontraban.

—Me temo que no hay tantos hombres solteros como cabría esperar —comentó lady Olivia—. No obstante, hay unos cuantos... Así de repente, se me ocurre lord Kendall. Si quiere, puedo presentárselo en cuanto se presente una oportunidad.

—Gracias, le estaría muy agradecida.

—Sin embargo, creo que es un tanto reservado —añadió lady Olivia—. Tal vez no resulte demasiado atractivo para una persona tan llena de vida como usted, Annabelle.

—Al contrario —replicó Annabelle sin dilación—. Creo que un hombre reservado es de lo más atractivo. Un caballero que se comporte con decoro y reserva me resulta más agradable que aquellos que tienen por costumbre vanagloriarse y alardear de sí mismos.

«Como Simon Hunt», pensó de modo sombrío; la alta estima en la que el hombre se tenía a sí mismo no podría ser más obvia.

Antes de que lady Olivia pudiera contestarle, la mirada de la joven resultó atraída por la de un caballero alto y de cabello rubio que acababa de entrar en el vestíbulo inferior. Con una actitud estudiadamente descuidada, apoyó el hombro en una de las columnas y metió las manos en los bolsillos de su chaqueta. Annabelle supo de inmediato que era americano. Esa sonrisa irreverente, los ojos azules y la actitud despreocupada con la que llevaba su elegante ropa lo delataban. Y, para mayor confirmación, lady Olivia se ruborizó y su respiración pareció alterarse por el modo en que el hombre la observaba.

—Perdónenme, por favor —les dijo con aire distraído—. Yo... Mi prometido... Creo que me necesita para algo. —Y con esa explicación, se alejó mientras les lanzaba un vago comentario por encima del hombro acerca de que su habitación era la quinta puerta a la derecha.

Al instante, apareció una doncella que las acompañó el resto del camino. Annabelle exhaló un suspiro.

—La competencia por lord Kendall será encarnizada —recalcó con preocupación—. Espero que no lo hayan atrapado ya.

—Estoy segura de que no será el único caballero soltero que

asista a la fiesta —comentó Philippa de modo optimista—. Además, no debemos olvidar al mismo lord Westcliff.

—No te hagas ilusiones al respecto —advirtió Annabelle con sequedad—. El conde no quedó lo que se dice subyugado por mi presencia cuando nos presentaron.

—Lo que denota una enorme falta de criterio por su parte —fue la indignada respuesta de su madre.

Annabelle sonrió y tomó la mano de Philippa, que aún estaba enfundada en el guante, para darle un cariñoso apretón.

—Gracias, mamá. Pero será mejor que ponga mi empeño en un objetivo mucho más asequible.

A medida que llegaban los invitados, eran acompañados a sus respectivas habitaciones con el fin de que disfrutaran de una pequeña siesta, en previsión de la cena y el baile de bienvenida que se celebrarían esa misma noche. Las damas que querían entregarse a una sesión de cotilleo se congregaron en uno de los saloncitos y en el salón de naipes, mientras los caballeros se entretenían jugando al billar o fumando en la biblioteca. Una vez que la doncella acabó de deshacer su equipaje, Philippa decidió echar una pequeña siesta en su habitación. La estancia era pequeña, pero encantadora, con las paredes cubiertas con papel francés de motivos florales y las ventanas adornadas con cortinas de seda azul pálido.

Annabelle, que estaba demasiado nerviosa e impaciente como para dormir, llegó a la conclusión de que Evie y las Bowman ya habrían llegado, a esas alturas. No obstante, era probable que quisieran descansar un rato tras el viaje, por lo que decidió que, en lugar de soportar unas cuantas horas de forzosa inactividad, prefería explorar los alrededores de la mansión. El día era cálido y soleado y ansiaba hacer un poco de ejercicio tras el largo trayecto en carruaje. Se puso un vestido mañanero de muselina azul, adornado con hileras de diminutos frunces cuadrados, y salió de la habitación.

Se escabulló por una puerta lateral tras cruzarse con varios criados por el camino y recibió la agradable calidez de los rayos del sol. Stony Cross Park estaba envuelto en una atmósfera maravillosa. No era difícil imaginarse que el lugar era un sitio mágico emplazado en una tierra muy lejana. El bosque colindante era tan denso y profundo que tenía una apariencia prehistórica y los jardines, que se extendían a lo largo y ancho de cinco hectáreas en la parte trasera de la casa, resultaban demasiado perfectos para ser reales. Había bosquecillos, claros cubiertos de hierba, estanques y fuentes. Era un jardín variado que alternaba la tranquilidad con un tumultuoso despliegue de colores. Un jardín bien cuidado en el que cada brizna de hierba había sido cortada con meticulosidad y las esquinas de los setos se habían arreglado con una precisión admirable.

Desprovista de sombrero y de guantes, pero imbuida de una repentina inyección de optimismo, Annabelle aspiró una profunda bocanada de aire campestre. Rodeó los bordes de los jardines dispuestos en terrazas que había en la parte trasera de la mansión y siguió un sendero de gravilla que discurría entre los elevados parterres de amapolas y geranios. El aire no tardó en cargarse con el perfume de las flores a medida que el camino dejó atrás un muro de piedra, cubierto con rosales florecidos de color rosa y crema.

Atravesó con lentitud una huerta donde crecían añosos perales a los que la edad había conferido caprichosas formas. Un poco más lejos, tras atravesar un dosel de abedules plateados, llegó a una hondonada en la que crecían una serie de bosquecillos que parecían fundirse a la perfección con el bosque que se observaba a lo lejos. El sendero de gravilla acababa en un pequeño círculo en cuyo centro había una mesa de piedra. Al acercarse, Annabelle pudo ver los restos de dos velas derretidas que habían sido colocadas directamente sobre la pétrea superficie. Sonrió con cierta melancolía, consciente de que la privacidad del claro lo convertía en el lugar perfecto para un interludio romántico.

Para rematar el ambiente de ensueño, cinco rollizos patos de color blanco atravesaron el claro en fila, camino del estanque artificial emplazado al otro lado del jardín. Según parecía, los animales estaban más que acostumbrados a la multitud de visitantes que acudía a Stony Cross Park, dado que hicieron caso omiso de la presencia de Annabelle. Se limitaron a graznar de modo audible, movidos por la expectativa de alcanzar el agua, y su marcha resultó de ese modo tan cómica que Annabelle no pudo más que prorrumpir en carcajadas.

Antes de que la risa la abandonara por completo, escuchó el sonido de unas fuertes pisadas sobre la gravilla. Se trataba de un hombre y resultaba evidente que regresaba de dar un paseo por el bosque. Había alzado la cabeza para contemplarla con una expresión extasiada y en esos momentos la miraba directamente a los ojos.

Annabelle se quedó pasmada.

«Simon Hunt», pensó, incapaz de pronunciar palabra debido a la impresión que le producía su presencia en Stony Cross. Siempre lo había asociado con la vida de la ciudad; solía verlo en el interior de los edificios, por la noche, confinado entre paredes, ventanas y corbatas almidonadas. No obstante, allí, en medio de la soleada naturaleza que los rodeaba, parecía un hombre del todo diferente. Sus amplios hombros, que tan irreconciliables parecían con el corte estrecho de los trajes de etiqueta, parecían ser más que adecuados para el tejido rústico de su chaqueta de caza y para la camisa que llevaba sin corbata alguna y que, por tanto, dejaba su garganta a la vista. Estaba más bronceado que de costumbre; su piel había adquirido un oscuro tono ambarino por haber pasado gran parte de su tiempo al aire libre. Un rayo de sol rozó su corto cabello y arrancó un destello de profundo color castaño en lugar del esperado negro. Su rostro, exquisitamente delineado por la luz del sol, tenía un rictus severo que le daba un aire distinguido e impresionante . Los únicos toques de delicadeza que poseía eran las largas y curvadas pestañas oscuras, junto con la exuberante curva de su labio inferior; rasgos que resultaban mucho más fascinantes dada la inflexible expresión que los acompañaba.

Hunt y Annabelle se contemplaron con silenciosa perplejidad, como si alguien acabara de formular una pregunta para la que ninguno de los dos tenía respuesta.

El momento se alargó hasta rayar en la incomodidad antes de que Simon Hunt hablara por fin:

—Hermoso sonido —dijo con suavidad.

Annabelle tuvo que esforzarse para que le saliera la voz.

—¿Cuál? —preguntó.

—El de su risa.

Annabelle sintió una aguda punzada en mitad del pecho que no fue ni dolorosa ni placentera. La sensación tuvo un efecto tan devastador que le resultó imposible recordar si había experimentado algo semejante con anterioridad. De modo inconsciente, alzó los dedos hacia ese lugar situado entre las costillas donde acababa de sentir el pinchazo. Los ojos de Hunt siguieron el movimiento de su mano antes de regresar muy lentamente hasta su rostro. Comenzó a acercarse hacia la mesa de piedra, acortando de ese modo la distancia que los separaba.

—No esperaba encontrarla aquí. —Su mirada la recorrió de arriba abajo y la sometió a un exhaustivo examen—. Pero, claro, es el lugar más lógico para una mujer en su situación.

Annabelle entrecerró los ojos.

—¿En mi situación?

—Intentando pescar a un marido —aclaró él.

Ella le respondió con una mirada altiva.

—Yo no trato de «pescar» a nadie, señor Hunt.

—Coloca el cebo —prosiguió—, lanza el anzuelo y marea a su incauta presa hasta que ésta yace jadeante en el muelle.

Los labios de Annabelle se fruncieron en un gesto tenso.

—Puede quedarse tranquilo, señor Hunt, ya que no tengo intención de separarlo de su preciosa libertad. Usted es el último de mi lista.

—¿Qué lista? —Hunt la estudió en el incómodo silencio que se produjo mientras él mismo buscaba la respuesta—. ¡Ah! ¿De verdad tiene usted una lista de posibles candidatos a marido? —Sus ojos chispearon, burlones—. Es un alivio escuchar que no formo parte de la competición, puesto que ya he decidido evitar a toda costa que me enclaustren en el mercado matrimonial. Sin embargo, no puedo evitar preguntarle una cosa: ¿Quién está a la cabeza de su lista?

Annabelle se negó a contestar. Aun cuando se avergonzaba de esa tendencia a demostrar su nerviosismo, fue incapaz de contenerse y su mano se acercó a los restos de cera de una de las velas para arrancar pequeños trocitos con las uñas.

—Westcliff, con seguridad —aventuró Hunt.

Annabelle dejó escapar un soplido desdeñoso y se sentó en el borde de la mesa. El sol había templado la envejecida y suave superficie.

—Por supuesto que no. No me casaría con el conde aunque me lo suplicara de rodillas.

Hunt soltó una sincera carcajada al escuchar la flagrante mentira.

—¿Un lord de rancio abolengo y semejante fortuna? Usted no se detendría ante nada para atraparlo.

Con un gesto despreocupado, se sentó en el extremo opuesto de la mesa y Annabelle tuvo que esforzarse para no demostrar el temor que le provocaba su proximidad. Por regla general, la etiqueta dictaba que en las conversaciones entre una dama y un caballero éste jamás hiciera cierto tipo de cosas..., como avergonzar a la dama, insultarla o aprovecharse de ella en cualquier sentido. No obstante, con Simon Hunt no había garantía alguna de que algo así no pudiera suceder.

—¿Por qué ha venido usted? —le preguntó ella.

—Soy amigo de Westcliff —contestó con sencillez.

Annabelle era incapaz de imaginarse al conde afirmando ser amigo de alguien como Hunt.

—¿Y por qué iba él a relacionarse con usted? Y no intente afirmar que tienen algo en común; ambos son tan diferentes como la noche y el día.

—Da la casualidad de que el conde y yo tenemos intereses comunes. A ambos nos gusta la caza y compartimos un buen número de opiniones políticas. Al contrario que otros nobles, Westcliff se niega a verse encadenado por las restricciones de la vida aristocrática.

—¡Dios Santo! —exclamó Annabelle a modo de burla—. Parece considerar la aristocracia como una especie de encarcelamiento.

—Para serle sincero, así es.

—En ese caso, estoy impaciente por que me encarcelen y arrojen las llaves al mar.

El comentario arrancó una carcajada a Hunt.

—Usted encajaría a la perfección en el papel de esposa de un aristócrata.

Consciente de que el comentario estaba lejos de ser un cumplido, Annabelle lo observó con el ceño fruncido.

—Me pregunto por qué pasa usted tanto tiempo entre los aristócratas, si tanto le desagradan.

Los ojos de Hunt brillaron con malicia.

—Son de cierta utilidad. Y no me desagradan; simplemente, no siento deseo alguno de convertirme en uno de ellos. Por si no lo ha notado, la nobleza (o al menos, el estilo de vida que ha llevado hasta ahora) está a punto de desaparecer.

Annabelle reaccionó con una mirada atónita, realmente asombrada por semejante afirmación.

—¿Qué quiere decir?

—La mayoría de la aristocracia rural está viendo cómo desaparece su fortuna, dividida y menguada por la cantidad de parientes cercanos que precisan de apoyo... Por no mencionar la transformación que está experimentando la economía, algo con lo que la nobleza se ve obligada a enfrentarse. La preeminencia de los grandes terratenientes está llegando rápidamente a su fin. Sólo los hombres como Westcliff (un hombre abierto a las nuevas perspectivas) podrán capear el temporal.

—Con su inestimable ayuda, por supuesto —concluyó Annabelle.

—Exacto —dijo Hunt con tal complacencia que hizo reír a Annabelle, muy a pesar de sí misma.

—¿Alguna vez ha considerado la idea de aparentar cierto grado de modestia, señor Hunt? Por simple educación.

—No creo en la falsa modestia.

—Tal vez la gente lo apreciara más si lo hiciera.

—¿Sería su caso?

Annabelle hundió las uñas en la cera de suave color pastel y lanzó una mirada fugaz a Hunt con el fin de observar la expresión burlona que de seguro asomaría en sus ojos. Para su total asombro, ésta no apareció. El hombre parecía haberse tomado su respuesta totalmente en serio. Bajo su intenso escrutinio, Annabelle sintió que un humillante rubor ascendía por su rostro. No se sentía muy cómoda en semejante situación, allí hablando a solas con Simon Hunt mientras él se arrellanaba a su lado con todo el aspecto de un pirata ocioso al acecho. Bajó la mirada hasta la enorme mano que él había colocado sobre la mesa y se fijó en sus dedos: eran largos, estaban limpios y el sol los había bronceado; sus uñas estaban cortadas al máximo, sin dejar apenas opción a que se viera el extremo.

—La palabra «apreciar» tal vez resulte excesiva —puntualizó Annabelle, aflojando la presión que su mano ejercía sobre los restos de la vela. Cuanto más intentaba controlar el rubor, peores eran los resultados, de modo que acabó sonrojada hasta la raíz del cabello—. Supongo que podría tolerar su compañía con más facilidad si usted intentara comportarse como un caballero.

—¿Por ejemplo?

—Para empezar... esa costumbre de corregir a la gente...

—¿Acaso la sinceridad no es una virtud?

—Sí, pero ¡hace imposible que se pueda mantener una conversación! —Ignorando la risa profunda de Hunt, Annabelle continuó—. Y ese modo que tiene usted de hablar abiertamente sobre el dinero resulta de lo más vulgar; sobre todo para aquellos que se encuentran en los círculos más elevados. Las personas educadas fingen no tener interés alguno por el dinero, por el modo de ganarlo, de invertirlo ni por ninguno de los temas de los que a usted le gusta discutir.

—Nunca he comprendido por qué el empeño en hacer fortuna se contempla con tanto desdén.

—Tal vez porque ese empeño suele ir acompañado de ciertos vicios: la avaricia, el egoísmo, la hipocresía...

—No es mi caso.

Annabelle alzó una ceja.

—¿Cómo?

Hunt esbozó una sonrisa y sacudió despacio la cabeza mientras el sol brillaba sobre su cabello castaño oscuro.

—Si fuera avaricioso y egoísta, me quedaría con la mayor parte de los beneficios que producen mis negocios. No obstante, mis socios podrán confirmarle que han acabado siendo gratamente recompensados por sus inversiones. Y mis empleados disfrutan de un sueldo digno, se mire por donde se mire. En cuanto a la hipocresía..., creo que es de lo más obvio que mi problema es justo el opuesto. Soy sincero; lo cual es casi imperdonable en la sociedad civilizada.

Por alguna razón, Annabelle fue incapaz de reprimir la sonrisa que le provocaba ese maleducado granuja. Se apartó de la mesa y se sacudió el polvo de la falda.

—No pienso seguir desperdiciando mi tiempo aconsejándole

que sea educado cuando es obvio que no le interesa ni lo más mínimo serlo.

—No ha desperdiciado su tiempo —contestó él, acercándose a ella desde el otro lado de la mesa—. Voy a considerar con total seriedad la posibilidad de cambiar mis modales.

—No se moleste —replicó ella, sin dejar de sonreír—. Me temo que el suyo es un caso perdido. Ahora, si me disculpa, voy a reanudar mi paseo por el jardín. Que tenga una tarde agradable, señor Hunt.

—Permítame acompañarla —le dijo en voz baja—. De ese modo, puede usted seguir aleccionándome. Incluso le prestaré atención.

Annabelle arrugó la nariz con descaro.

—No, no lo hará —dijo, antes de alejarse por el camino de grava, muy consciente de la mirada de Hunt clavada en su espalda, que no la abandonó hasta adentrarse de nuevo en la peraleda.

6

Justo antes de la cena que tendría lugar la primera noche de la fiesta, Annabelle, Lillian y Daisy se encontraron al pie de las escaleras del recibidor, una zona en la que se habían situado sillas y mesas en pequeños grupos y donde muchos de los invitados habían decidido reunirse.

—Debí imaginarme que ese vestido te quedaría infinitamente mejor que a mí —dijo Lillian Bowman con desenfado al tiempo que abrazaba a Annabelle y se alejaba un poco de ella para poder admirarla—. Señor, es una tortura tener una amiga tan deslumbrante.

Annabelle llevaba otro de sus vestidos nuevos, un conjunto de seda amarilla con una ondulante sobrefalda de tul adornada con pequeños frunces, sujetos por unos diminutos ramilletes de violetas de seda. Tenía el cabello recogido en la coronilla con una intrincada trenza.

—Pero tengo muchos defectos —le señaló a Lillian con una sonrisa.

—¿En serio? ¿Y cuáles son?

Annabelle sonrió.

—Nada más lejos de mi intención admitirlos si ninguna de vosotras los ha notado ya.

—Lillian le cuenta a todo el mundo cuáles son sus defectos —comentó Daisy con un guiño de sus ojos castaños—. Está muy orgullosa de ellos.

—Tengo un temperamento de lo más horrible —reconoció Lillian satisfecha—. Y soy capaz de maldecir como un marinero.

—¿Quién te enseñó? —preguntó Annabelle.

—Mi abuela. Era lavandera. Y mi abuelo era el fabricante de jabón al que le compraba los suministros. Dado que trabajaba junto al puerto, la mayoría de sus clientes eran marineros y estibadores, que le enseñaron palabras tan vulgares que se os rizarían las pestañas si las escucharais.

Annabelle soltó una carcajada. Estaba encantada con el espíritu travieso de esas dos muchachas, que no se parecían a nadie que hubiera conocido antes. Por desgracia, costaba trabajo imaginarse que Lillian o Daisy pudieran ser felices como esposas de un par del reino. La mayoría de los aristócratas deseaban casarse con jóvenes apacibles, de porte regio y que no llamaran la atención... La clase de esposa cuyo único propósito era convertir al marido en el centro de atención y admiración. Sin embargo, disfrutando como disfrutaba Annabelle de la compañía de las hermanas Bowman, la joven pensó que sería una verdadera lástima que perdieran esa inocente audacia que las hacía tan atractivas.

De repente, se dio cuenta de la presencia de Evie, que acababa de entrar en la estancia con la misma renuencia que lo haría un ratón al que arrojan dentro de un saco lleno de gatos. El rostro de Evie se relajó al divisar a Annabelle y a las Bowman. Después de murmurar algo a su adusta tía, se encaminó hacia ellas con una sonrisa.

—¡Evie! —Daisy dio un gritito por la sorpresa e hizo ademán de dirigirse hacia la muchacha. Annabelle la agarró del brazo, por encima del guante, y le susurró al oído:

—¡Espera! Si consigues que Evie sea el centro de atención, lo más probable es que se desmaye por la vergüenza.

Daisy se detuvo, obediente, y le dirigió una sonrisa picarona.

—Tienes razón. Soy una auténtica salvaje.

—Yo no diría tanto, querida... —la reconfortó Lillian.

—Gracias —respondió Daisy gratamente sorprendida.

—Apenas eres una salvaje a medias —concluyó su hermana mayor.

Reprimiendo una carcajada, Annabelle deslizó un brazo por la estrecha cintura de Evie.

—Estás encantadora esta noche —le dijo.

Evie llevaba el cabello recogido en una brillante cascada de rizos pelirrojos sobre la coronilla, sujeto por horquillas decoradas con perlas. Las pecas doradas que salpicaban su nariz no hacían más que aumentar su atractivo, como si la naturaleza hubiera sucumbido a un impulso y hubiera esparcido unas motas de luz del sol sobre ella.

Evie buscó refugio en el abrazo de Annabelle, como si necesitara consuelo.

—La tía Flo-Florence dice que parezco una an-antorcha encendida con el cabello peinado así —dijo.

Daisy frunció el ceño ante el comentario.

—Tu tía Florence no debería decir esas cosas cuando ella misma parece un trasgo.

—Cállate, Daisy —la amonestó Lillian son severidad.

Annabelle mantuvo el brazo enguantado alrededor de la cintura de Evie, mientras reflexionaba que, de acuerdo con lo que su amiga le había contado, era evidente que la tía Florence se esforzaba al máximo por destrozar cualquier resquicio de confianza en sí misma que Evie tuviera. Tras la muerte prematura de la madre de la muchacha, la familia había acogido en su respetable seno a la desafortunada Evie y los años de críticas que siguieron a ese momento habían destruido por completo su autoestima.

Evie miró a las Bowman con una sonrisa ligeramente traviesa.

—No es un tras-trasgo. Siempre me la he ima-imaginado como un troll.

Annabelle rió de puro placer ante el jocoso comentario.

—Cuéntame —le dijo—: ¿has visto ya a lord Kendall? Me han dicho que es uno de los pocos hombres solteros de esta reunión... Además de ser el único soltero con título, aparte de Westcliff.

—La competencia por Kendall va a ser tremenda —señaló Lillian—. Por suerte, tanto Daisy como yo hemos tramado un plan que te permitirá arrastrar a un confiado caballero hacia el matrimonio. —Y las instó a que se acercaran con un gesto de su dedo.

—Me da miedo preguntar —dijo Annabelle—. ¿Cómo planeáis hacerlo?

—Lo engatusarás hasta llevarlo a una situación comprometida, momento en el que nosotras tres pasaremos convenientemente por el lugar y así os «pillaremos» juntos. Entonces, el caballero se verá obligado por su honor a pedir tu mano en matrimonio.

—Brillante, ¿no os parece? —preguntó Daisy.

Evie le dirigió a Annabelle una mirada dubitativa.

—Es un poco re-retorcido, ¿no?

—Nada de poco —replicó Annabelle—. Pero me temo que no se me ocurre nada mejor. ¿Y a ti?

Evie negó con la cabeza.

—No —admitió—. La pregunta es si estamos tan de-desesperadas por atrapar a un marido como para emplear cualquier método a nuestro alcance, sea justo o no.

—Yo lo estoy —dijo Annabelle sin vacilación.

—Y nosotras también —añadió Daisy con jovialidad.

Evie las contempló con expresión insegura.

—No puedo dejar de lado todos mis escrúpulos. Quiero decir que no podría sopor-soportar engañar a un hombre para que hiciera algo que...

—Evie —la interrumpió Lillian con impaciencia—, resulta que los hombres esperan que se les engañe de esta forma. Son más felices así. Si nos comportáramos de forma honesta, todo este asunto del matrimonio les resultaría demasiado inquietante y ninguno estaría dispuesto a casarse.

Annabelle estudió a la joven americana con fingida alarma.

—Eres cruel —le dijo.

Lillian esbozó una dulce sonrisa.

—Herencia de mi familia. Los Bowman son crueles por naturaleza. Aunque también podemos mostrarnos diabólicos cuando la ocasión lo requiere.

Sin dejar de reír, Annabelle volvió a centrarse en Evie, que las observaba con una expresión desconcertada.

—Evie —le dijo con ternura—, hasta el momento, siempre he intentado hacer las cosas de la forma adecuada. Pero no me ha dado grandes resultados; así que, de ahora en adelante, estoy dispuesta a probar algo diferente... ¿Acaso tú no lo estás?

A pesar de que aún no parecía convencida del todo, Evie se rindió con un gesto resignado.

—Has captado la idea —la animó Annabelle.

Mientras charlaban, se produjo una pequeña agitación en la multitud, que señaló la aparición de lord Westcliff. Aparentemente cómodo con el papel de organizador, comenzó a emparejar sin dificultad a hombres y mujeres para que accedieran así al comedor. A pesar de que Westcliff no era el hombre más alto de la sala, su presencia emanaba cierto magnetismo que resultaba imposible pasar por alto. Annabelle se preguntó por qué algunas personas poseían semejante cualidad..., ese algo indefinible que confería importancia al más mínimo gesto que realizaran o a cualquier palabra que pronunciaran. Al mirar a Lillian, se dio cuenta de que la joven americana también se había percatado de ese detalle.

—Ahí tenemos a un hombre que está a gusto consigo mismo —dijo Lillian con sequedad—. Me pregunto si algo... lo que sea... podría obligarlo a retroceder.

—No se me ocurre nada —replicó Annabelle—. Aunque me gustaría presenciarlo si eso ocurriera.

Evie se acercó más y le dio un ligero codazo en el brazo.

—Ahí está lord Ke-Kendall. Allí, en el rincón.

—¿Cómo sabes que es Kendall?

—Porque está rodeado por una docena de mujeres solteras que lo acechan como tibu-tiburones.

—Bien pensado —dijo Annabelle, que miró al joven y a su asfixiante séquito.

William, lord Kendall, parecía aturdido por lo desmesurado de la atención femenina que estaba recibiendo. Tenía el cabello rubio y una constitución delgada. Su rostro enjuto estaba adornado por un par de relucientes gafas cuyas lentes lanzaban destellos a medida que su perpleja mirada se desplazaba de un rostro a otro. El apasionado interés que despertaba un hombre de las tímidas maneras de Kendall era prueba suficiente de que no había mayor afrodisíaco que la soltería al final de una temporada social. A pesar de que Kendall no había despertado el menor interés en aquellas jovencitas en enero, para el mes de junio había adquirido un encanto irresistible.

—Parece que es un hombre agradable —reflexionó Annabelle.

—A mí me parece de los que se asusta con facilidad —comentó Lillian—. Si estuviera en tu lugar, aparentaría ser lo más tímida e indefensa que pudiera cuando me lo encontrara.

Annabelle le dirigió una mirada cargada de ironía.

—Lo de parecer indefensa nunca ha sido mi fuerte. Puedo probar con la timidez, pero no te prometo nada.

—No creo que vayas a tener problemas para apartar la atención de Kendall de esas jovencitas y atraerla hacia ti —replicó Lillian con plena confianza—. Después de la cena, cuando las damas y los caballeros regresemos a esta sala para tomar el té y conversar, encontraremos la forma de presentártelo.

—¿Cómo podría...? —comenzó Annabelle, pero se detuvo cuando sintió un cosquilleo en la nuca, como si alguien hubiera rozado su piel con una pluma.

Preguntándose cuál sería la causa, alzó una mano para tocarse la nuca y, de repente, se encontró con la mirada fija en Simon Hunt.

Hunt se hallaba al otro lado de la habitación, con un hombro apoyado al descuido contra uno de los laterales de una pilastra plana mientras que tres caballeros conversaban animadamente a su alrededor. La relajación que aparentaba era una máscara, ya que su mirada reflejaba concentración, como un gato que meditara la posibilidad de atacar. Era evidente que se había percatado del interés que demostraba por Kendall.

«Por todos los santos», pensó irritada, antes de darle la espalda con toda premeditación. No estaba dispuesta a dejar que Hunt le causara problemas.

—¿Os habíais dado cuenta de que el señor Hunt está aquí? —preguntó a sus amigas en voz baja, tras lo cual todas abrieron los ojos de par en par.

—¿Te refieres a «tu» señor Hunt? —soltó Lillian al tiempo que Daisy comenzaba a mirar a su alrededor para echarle un vistazo.

—¡No es mi señor Hunt! —protestó Annabelle, que compuso una expresión cómica—. Pero sí, está aquí, de pie al otro lado de la habitación. De hecho, me encontré con él esta misma tarde. Asegura que es un buen amigo del conde. —Frunció el ceño y predijo con actitud sombría—: El señor Hunt hará cuanto esté en su mano para arruinar nuestros planes.

—¿Sería tan ego-egoísta como para evitar que te casaras? —preguntó Evie perpleja—. Con la intención de convertirte en su... su...

—Mantenida —terminó Annabelle por ella—. Es difícil pasar

por alto esa posibilidad. A juzgar por su reputación, el señor Hunt no se detiene ante nada para conseguir lo que desea.

—Puede que sea cierto —comentó Lillian, cuyos labios se endurecieron por la determinación—. Pero desde luego que no va a conseguirte a ti. Te lo prometo.

La cena se presentó de forma soberbia, con enormes soperas de plata y bandejas que se sucedían en una interminable procesión alrededor de las tres largas mesas que se habían dispuesto en el comedor. A Annabelle le resultaba imposible creer que los invitados cenaran todas las noches de semejante manera; sin embargo, el caballero de su izquierda —el párroco— le aseguró que aquel despliegue era habitual en la mesa de Westcliff.

—El conde y su familia tienen fama por los bailes y las cenas que ofrecen —le dijo—. Lord Westcliff es el anfitrión con más talento de la nobleza.

Annabelle no se sentía predispuesta a discutir: hacía mucho tiempo que no le servían una comida tan exquisita. Las tibias viandas que se ofrecían en las veladas y fiestas de Londres palidecían en comparación con aquel festín. Durante los pasados meses, el hogar de los Peyton apenas había podido permitirse poco más que pan, bacón y sopa, con el ocasional acompañamiento de lenguado frito y guiso de cordero. Por una vez, se alegró de que no la sentaran al lado de un orador entusiasta, ya que eso le permitía caer en largos periodos de silencio durante los que podía comer cuanto le apeteciera. Además, dado que los sirvientes no dejaban de ofrecer nuevos y atrayentes platos a los invitados para que éstos los probaran, nadie pareció darse cuenta del apetito que estaba desplegando, tan poco apropiado de una dama.

Consumió con ganas un cuenco de sopa hecha a base de champán y queso Camembert, plato que fue seguido por unas tiras de delicada ternera recubiertas con salsa de finas hierbas y, como guarnición, una suave crema de calabacín. Después, pescado envuelto en ligeras capas de papel que dejaban escapar un fragante vapor cuando se abrían. Luego, vino el puré de patatas servido sobre un lecho de berros. Y, por último, lo más sublime de todo: crema de frutas servida en cáscara de naranja.

Annabelle estaba tan absorta en la comida que le llevó varios minutos darse cuenta de que Simon Hunt se sentaba cerca de la cabecera de la mesa de lord Westcliff. Se llevó la copa de vino diluido a los labios para poder observarlo con discreción. Como era habitual, Hunt vestía con mucho estilo, con un traje de etiqueta de color negro y chaleco con matices grisáceos, cuya seda brillaba con un discreto lustre. Su piel bronceada ofrecía un marcado contraste con el lino níveo que adornaba su cuello; y el nudo de su corbata era tan preciso como la hoja de una espada. Su abundante cabello oscuro necesitaba un poco de loción... De hecho, uno de sus gruesos mechones le caía sobre la frente. Ese mechón rebelde molestó a Annabelle por alguna extraña razón. Sintió el deseo de apartarlo de su rostro.

No le pasó desapercibido que las dos mujeres que se sentaban a ambos lados de Simon Hunt competían por atraer su atención. Annabelle ya se había percatado en otras ocasiones de que las mujeres parecían encontrarlo bastante atractivo. Y sabía la razón: la combinación de encanto perverso, fría inteligencia y redomada mundanidad. Hunt tenía toda la apariencia de un hombre que había visitado las camas de numerosas mujeres y que sabía exactamente lo que hacer en ellas. Semejante cualidad debería de haberle restado atractivo, no acrecentarlo. Sin embargo, Annabelle comenzaba a descubrir que había una gran diferencia entre lo que se sabía que era bueno para uno mismo y lo que se deseaba de verdad. Y, a pesar de que le habría gustado poder afirmar lo contrario, Simon Hunt era el único hombre por quien se había sentido atraída físicamente hasta ese extremo.

Si bien, en cierto modo, siempre había estado protegida, también estaba familiarizada con las verdades cotidianas de la vida. El escaso conocimiento que había acumulado se debía a las menciones veladas que había escuchado, menciones que fue sumando hasta completar el cuadro. La habían besado varios hombres que habían demostrado un fugaz interés por ella durante los pasados cuatro años. No obstante, ninguno de esos besos, sin importar el romanticismo que encerrara el escenario ni lo guapo que fuera el caballero en cuestión, había provocado la respuesta que había conseguido Simon Hunt.

Por mucho que lo intentara, Annabelle no podía olvidar aquel lejano instante en el diorama..., la suave y erótica presión de la boca del hombre sobre la suya, el arrollador placer de su beso. Desearía saber la razón por la que había sido diferente con Hunt, pero no podía acudir a nadie en busca de consejo. Hablar con Philippa sobre ese asunto estaba fuera de toda consideración, ya que no quería confesar que había aceptado dinero de un extraño. Y, del mismo modo, tampoco iba a comentar el incidente con las otras floreros, que a todas luces sabían tan poco acerca de besos y hombres como ella misma.

Cuando su mirada se encontró con la de Hunt, Annabelle quedó consternada al darse cuenta de que lo había estado mirando fijamente. Observándolo e imaginando cosas. A pesar de que se sentaban muy lejos el uno del otro, pudo percibir la inmediata y electrizante conexión que fluyó entre ambos... El rostro del hombre mostraba una expresión extasiada, lo que la llevó a preguntarse qué encontraría tan fascinante. Con un intenso rubor, apartó la mirada de él y hundió el tenedor en una cazuela de puerros y champiñones cubiertos con virutas de trufa blanca.

Tras la cena, las damas se retiraron a la sala para tomar té o café mientras que los caballeros permanecieron sentados a la mesa con sus copas de oporto. Según la tradición, los dos grupos volverían a reunirse en el salón. Una vez que comenzaron a formarse corros de mujeres que charlaban y reían en la sala, Annabelle se sentó junto a Evie, Lillian y Daisy.

—¿Averiguasteis algo acerca de lord Kendall? —preguntó, con la esperanza de que hubieran recabado algún rumor durante la cena—. ¿Hay alguien en particular por quien sienta verdadero interés?

—Hasta el momento, el terreno parece estar despejado —replicó Lillian.

—Le he preguntado a mi madre lo que sabía acerca de Kendall —añadió Daisy— y ha dicho que dispone de una considerable fortuna y no tiene deuda alguna.

—¿Y cómo lo sabe ella? —preguntó Annabelle.

—A petición de nuestra madre —explicó Daisy—, nuestro padre confeccionó un informe detallado de cuanto noble apropiado hubiera en Inglaterra. Y lo memorizó. Dice que el pretendiente ideal para cualquiera de nosotras sería un duque arruinado cuyo título proporcionara a los Bowman el éxito social y cuya cooperación para celebrar el matrimonio quedaría asegurada gracias a nuestro dinero. —La sonrisa de Daisy se volvió sardónica al tiempo que estiraba una mano para darle un golpecito a su hermana mayor antes de añadir—: Compusieron un chascarrillo sobre Lillian, en Nueva York. Decía así: «Si te casas con Lillian, recibirás un millón.» Se hizo tan popular que fue una de las razones por las que tuvimos que venir a Londres. Nos miraban como si fuésemos una familia de idiotas torpes y ambiciosos.

—¿Acaso no lo somos? —preguntó Lillian con amargura.

Daisy puso los ojos en blanco.

—Al menos, me considero afortunada de que nos fuéramos antes de que pudieran componer una rima sobre mi persona.

—Yo la tengo —dijo Lillian—: «Si con Daisy te casas, en cuerpo y alma te relajas.»

Daisy le dirigió una mirada de lo más elocuente y su hermana sonrió.

—No temas —continuó Lillian—, al final conseguiremos infiltrarnos en la sociedad londinense, acabaremos casadas con lord Deudasenormes y lord Bolsillosvacíos y ocuparemos de una vez por todas el lugar que nos corresponde como señoras de la mansión.

Annabelle sacudió la cabeza y esbozó una sonrisa comprensiva, mientras Evie se disculpaba con un murmullo, posiblemente para atender a sus necesidades. Annabelle casi sentía pena por las Bowman, ya que comenzaba a ser evidente que sus oportunidades para casarse por amor no eran mucho mayores que las suyas propias.

—¿Tanto vuestro padre como vuestra madre desean que os caséis con un título? —preguntó Annabelle—. ¿Qué opina vuestro padre al respecto?

Lillian se encogió de hombros con despreocupación.

—Hasta donde alcanza mi memoria, nuestro padre nunca tuvo ni voz ni voto en lo referente a sus hijos. Lo único que pide es que lo dejemos tranquilo para poder ganar más dinero. Cuando le escribimos, ni se molesta en leer las cartas a menos que le pidamos permiso para retirar más fondos del banco. En ese caso, responde con una única línea: «Permiso concedido.»

Daisy parecía compartir el divertido cinismo de su hermana.

—Creo que las intenciones casamenteras de nuestra madre lo complacen, ya que la mantienen lo bastante ocupada como para no poder incordiarlo.

—Dios bendito —murmuró Annabelle—. ¿Y nunca se queja porque le pidáis más dinero?

—Nunca —respondió Lillian, que rió ante la evidente envidia de Annabelle—. Somos asquerosamente ricos, Annabelle... Y tengo tres hermanos mayores, todos solteros. ¿Considerarías a alguno como esposo? Si quieres, hago que uno cruce el Atlántico para que lo inspecciones.

—Tentador, pero no, gracias —replicó—. No quiero vivir en Nueva York. Preferiría ser la esposa de un par del reino.

—¿De verdad es tan maravilloso ser la esposa de un aristócrata? —preguntó Daisy sin rodeos—. Vivir en uno de esos caserones llenos de corrientes de aire y con pésimas cañerías, tener que aprender esa lista interminable de normas acerca de cuál es la manera apropiada de hacer todas y cada una de las cosas...

—Si no estás casada con un par del reino, no eres nadie —le aseguró Annabelle—. En Inglaterra, la aristocracia lo es todo. Determina la manera en que te tratan, las escuelas a las que van tus hijos, los lugares a los que te invitan... Determina todos los aspectos de tu vida.

—No sé si... —comenzó Daisy, pero se vio interrumpida por el precipitado regreso de Evie.

Si bien ésta no mostraba señales aparentes de tener prisa, sus ojos azules brillaban por la urgencia, y el entusiasmo había puesto un toque de rubor en sus mejillas. Tras sentarse en el borde de la silla que había ocupado momentos antes, se inclinó hacia Annabelle y le susurró entre tartamudeos.

—Te-tenía que regresar para contártelo: ¡Está solo!

—¿Quién? —preguntó Annabelle también en un susurro—. ¿Quién está solo?

—¡Lord Kendall! Lo he vis-visto en la terra-terraza de atrás. Estaba sentado solo en una de las mesas.

Lillian frunció el ceño.

—Quizás esté esperando a alguien. Si es así, a Annabelle no le haría ningún favor acercarse a él como un rinoceronte en celo.

—¿Te importaría recurrir a una metáfora más favorecedora, querida? —preguntó Annabelle con suavidad, lo que le valió una sonrisa de Lillian.

—Lo siento. Pero procura actuar con cautela, Annabelle.

—Entendido —dijo Annabelle, que le devolvió la sonrisa al tiempo que se ponía en pie y se arreglaba las faldas con destreza—. Voy a investigar la situación. Buen trabajo, Evie.

—Buena suerte —replicó Evie, tras lo cual todas cruzaron los dedos mientras la observaban abandonar la estancia.

El corazón de Annabelle se disparó a medida que avanzaba por la casa. Tenía plena conciencia de que estaba obviando una maraña de reglas sociales. Una dama jamás debía buscar la compañía de un caballero; sin embargo, si sus caminos se cruzaban por accidente o se encontraban, por casualidad, compartiendo un canapé o una mesa de conversación, podían intercambiar unas cuantas galanterías. No obstante, no debían pasar tiempo a solas a menos que pasearan a caballo o en un carruaje abierto. En el caso de que una joven se topara con un caballero en los jardines, fuera de la vista de los demás, ésta debía asegurarse por todos los medios de que la situación no resultara comprometedora en ningún sentido.

A menos, por supuesto, que la joven quisiera verse comprometida.

A medida que se acercaba a la larga fila de puertas francesas que daban paso a la amplia terraza embaldosada, Annabelle divisó a su presa. Tal y como Evie había descrito, lord Kendall estaba sentado a una mesa redonda, reclinado sobre el respaldo de su silla con una pierna extendida por delante. Parecía disfrutar de un respiro momentáneo tras haber escapado del opresivo ambiente de la casa.

En silencio, Annabelle se acercó a la puerta más cercana y la traspasó. El aire olía ligeramente a brezo y mirto, y el sonido del río que había más allá de los jardines proporcionaba un arrullo relajante. Con la cabeza baja, se frotó las sienes con los dedos como si se viera afectada por un fastidioso dolor de cabeza. Cuando se encontraba a unos pocos metros de la mesa de Kendall, levantó la vista y se obligó a dar un pequeño respingo, fingiendo sorprenderse al encontrarlo allí.

—Vaya —dijo. No le resultaba difícil aparentar estar sin aliento. Estaba nerviosa, ya que sabía lo importante que era causarle la impresión adecuada—. No me había dado cuenta de que hubiera alguien aquí...

Kendall se puso en pie; sus gafas brillaron a la luz del farol de la terraza. Su silueta era tan delgada que resultaba casi inexistente; la chaqueta le colgaba de los hombros. A pesar de ser unos ocho centímetros más alto que ella, a Annabelle no le habría sorprendido averiguar que pesaban lo mismo. Su postura denotaba timidez al tiempo que una extraña inquietud, como si se tratara de un ciervo presto para ejecutar una súbita retirada de un salto. Mientras lo contemplaba, tuvo que admitir para sus adentros que Kendall no era la clase de hombre por la que se sentiría atraída en circunstancias normales. Aunque tampoco le gustaban los arenques en vinagre. Sin embargo, si se encontrara hambrienta y alguien le ofreciera un tarro de arenques, era poco probable que frunciera la nariz y lo rechazara.

—Hola —dijo Kendall; su voz era educada y suave, aunque un poco chillona—. No hay necesidad de que se asuste. Le aseguro que soy inofensivo.

—Creo que debería reservar mi opinión sobre ese asunto —respondió Annabelle, que le sonrió para luego contraer la cara como si el esfuerzo le hubiera causado daño—. Le ruego que me disculpe por haber invadido su privacidad, señor. Sólo quería tomar un poco de aire fresco. —Inspiró hasta que sus pechos se apretaron con recato contra las ballenas de su corpiño—. El ambiente de la casa era un poco opresivo, ¿no le parece?

Kendall se acercó con las manos ligeramente alzadas, como si temiera que se desmayara en la terraza.

—¿Puedo traerle algo? ¿Un vaso de agua?

—No, gracias. Unos minutos en el exterior harán que me reponga enseguida. —Annabelle se dejó caer con gracia en la silla más cercana—. Aunque... —Se detuvo e intentó parecer avergonzada—. No nos convendría que nos descubrieran sin carabina. Sobre todo cuando no hemos sido presentados.

El joven realizó una ligera reverencia.

—Lord Kendall, a su servicio.

—Señorita Annabelle Peyton. —Miró la silla vacía que tenía al lado—. Siéntese, por favor. Le prometo que me iré en cuanto se me despeje la cabeza.

Kendall obedeció con recelo.

—No es necesario —dijo—. Quédese todo el tiempo que desee.

Eso resultó alentador. Con el consejo de Lillian en la cabeza, Annabelle meditó con mucho cuidado su siguiente comentario. Dado que Kendall se veía sometido al asedio de un montón de mujeres, debía encontrar una manera de resaltar entre ellas; por ejemplo, fingiendo que era la única que no estaba interesada en su persona.

—Entiendo perfectamente la razón de su presencia aquí —le dijo con una sonrisa—. Debe de desear con desesperación poder escapar de una multitud de mujeres ansiosas.

Kendall le dirigió una mirada sorprendida.

—De hecho, así es. Debo confesar que jamás asistí a una fiesta con invitadas tan amistosas y predispuestas.

—Espere a que se acabe el mes —le advirtió—. Para entonces, serán tan amistosas que tendrá que utilizar un látigo y una silla para mantenerlas a raya.

—Según entiendo, parece sugerir que soy algo así como un objetivo matrimonial —comentó con sequedad, expresando en voz alta algo que resultaba evidente.

—La única forma de que fuera un objetivo más obvio sería pintándose una diana en la parte posterior de su chaqueta —replicó Annabelle, consiguiendo que el hombre riera entre dientes—. ¿Me permite que le pregunte qué otras razones tenía para escapar a la terraza, milord?

Kendall mantuvo la sonrisa. Parecía mucho más cómodo que al principio.

—Me temo que no soporto el licor. La cantidad de oporto que estoy dispuesto a beber en beneficio de mi vida social es muy limitada.

Annabelle no había conocido a ningún hombre que admitiera algo así de forma voluntaria. Para la mayoría de los caballeros, ser un hombre equivalía a beber la misma cantidad de alcohol que se necesitaría para tumbar a un elefante.

—¿Le sienta mal? —preguntó, comprensiva.

—Me pone enfermo. Me habían dicho que la tolerancia mejora

con la práctica, pero me temo que sea un objetivo sin sentido. Y tengo mejores formas de pasar el tiempo.

—Tales como...

Kendall consideró la pregunta con sumo cuidado.

—Un paseo por el campo. Un libro que cultive el intelecto. —Sus ojos reflejaron un súbito y cordial brillo—. Una conversación con una nueva amiga.

—También me agradan esas cosas.

—¿De verdad? —Kendall dudó un instante, momento en que los sonidos que provenían del río y de las copas de los árboles parecieron susurrar a través del aire—. Tal vez le apetezca unirse a mí para dar un paseo mañana por la mañana. Conozco varios senderos excelentes en Stony Cross.

A Annabelle le costó reprimir el repentino entusiasmo que sintió.

—Me encantaría —respondió—. Sin embargo, debo preguntarle... ¿Qué pasará con su séquito?

Kendall sonrió, lo que reveló una hilera de dientes pequeños e impecables.

—No creo que nadie nos moleste si salimos lo bastante temprano.

—Da la casualidad de que me gusta levantarme temprano —mintió—. Y adoro caminar.

—¿A las seis le parece bien?

—Que sea a las seis —replicó al tiempo que se ponía en pie—. Debo marcharme. No tardarán en darse cuenta de mi ausencia. Además, ya me siento mucho mejor. Le agradezco mucho la invitación, milord. —Se permitió regalarle una sonrisa coqueta—. Y también le agradezco que compartiera su terraza.

Mientras regresaba al interior, cerró los ojos un instante y dejó escapar un suspiro de alivio. Había sido una buena presentación y había resultado mucho más fácil de lo esperado atraer el interés de Kendall. Con un poquito de suerte —y de ayuda por parte de sus amigas— sería capaz de atrapar a un aristócrata. Y, entonces, todo iría bien.

7

Cuando la charla posterior a la cena hubo concluido, la mayoría de los huéspedes se retiró a sus habitaciones. Cuando Annabelle atravesó uno de los arcos de entrada al salón, vio que las demás floreros la estaban esperando. Respondió con una sonrisa a la expectación que reflejaban sus rostros y luego se encaminó con ellas a un lugar en el que pudieran intercambiar unas cuantas palabras en privado.

—¿Y bien? —preguntó Lillian.

—Mamá y yo iremos a dar un paseo con lord Kendall mañana por la mañana —dijo Annabelle.

—¿A solas?

—A solas —confirmó Annabelle—. De hecho, nos encontraremos al alba para evitar la compañía de una horda de cazadoras de maridos.

De haberse encontrado en un lugar más privado, bien podrían haber gritado todas de alegría. En cambio, se conformaron con intercambiar unas exultantes sonrisas mientras Daisy movía los pies en una pequeña y eufórica danza de la victoria.

—¿Có-cómo es? —preguntó Evie.

—Tímido, pero agradable —contestó Annabelle—. Y parece tener sentido del humor, algo que no me habría atrevido a esperar.

—Y encima tiene dientes —exclamó Lillian.

—Tenías razón al decir que se asustaba con facilidad —dijo Annabelle—. Estoy segura de que Kendall no se sentiría atraído por una mujer de carácter fuerte. Es circunspecto y de voz suave. Trato de comportarme con timidez..., aunque es muy probable que acabe sintiéndome culpable por semejante engaño.

—Todas las mujeres hacen eso durante el cortejo... y los hombres también, si a eso vamos —dijo Lillian de forma prosaica—. Tratamos de ocultar nuestros defectos y de decir las cosas que creemos que el otro quiere escuchar. Fingimos ser siempre encantadores y de temperamento dulce y pasamos por alto las pequeñas y asquerosas costumbres del otro, como si no nos molestasen. Y después de la boda, nos quitamos el disfraz.

—No creo que los hombres finjan tanto como las mujeres, la verdad —replicó Annabelle—. Si un hombre es corpulento o tiene los dientes manchados, o si resulta de algún modo aburrido, continúa siendo un buen partido mientras siga siendo un caballero y tenga algo de dinero. Sin embargo, se espera que las mujeres se atengan a modelos mucho más elevados.

—Razón por la cual todas so-somos floreros —dijo Evie.

—No lo seremos por mucho tiempo —prometió Annabelle con una sonrisa.

Florence, la tía de Evie, llegó desde el salón de baile ataviada con un vestido negro que la hacía parecer una bruja y que no le sentaba nada bien a su tez cetrina. Había poco parecido familiar entre Evie, con su cara redondeada, su cabello rojo y su cutis pecoso, y su malhumorada tía, que era un alfeñique.

—Evangeline —dijo con brusquedad al tiempo que dirigía al grupo una mirada de desaprobación mientras le hacía un gesto a la chica—. Te he advertido que no desaparecieras de esa manera... He estado buscándote por todas partes, al menos durante diez minutos, y no recuerdo que pidieras permiso para reunirte con tus amigas. Y de todas las muchachas con las que habrías podido relacionarte... —Sin dejar de parlotear con desprecio, la tía Florence se encaminó hacia la majestuosa escalera mientras Evie, con un suspiro, comenzaba a caminar tras ella.

Como sabía que la estaban mirando, Evie colocó la mano tras su espalda y agitó los dedos para despedirse.

—Evie dice que su familia es muy rica —señaló Daisy—. Pero también dice que son todos infelices, del primero al último. Me pregunto por qué será...

—Dinero viejo —replicó Lillian—. Padre dice que no hay nada como toda una vida de opulencia para hacerle a uno consciente de lo que no posee. —Entrelazó su brazo con el de Daisy—. Vamos, querida, antes de que madre se dé cuenta de que hemos desaparecido. —Miró a Annabelle con una sonrisa interrogante—. ¿Quieres pasear con nosotras, Annabelle?

—No, gracias. Mi madre se reunirá conmigo a los pies de la escalera dentro de un momento.

—Buenas noches, entonces. —Los ojos oscuros de Lillian resplandecieron cuando añadió—: Para cuando nos despertemos mañana, ya habrás salido a pasear con Kendall. Espero un informe completo durante el desayuno.

Annabelle se despidió de ellas con un gesto alegre y contempló cómo ambas se alejaban. A continuación, se encaminó muy despacio hacia la escalera principal y se detuvo entre las sombras que había junto a la base de la estructura curva. Parecía que a Philippa, como era su costumbre, le estaba costando muchísimo dejar la conversación del salón. Sin embargo, a Annabelle no le importó esperar. Tenía la cabeza llena de ideas que iban desde los temas de conversación que podrían interesarle a Kendall durante el paseo del día siguiente, hasta la forma de asegurarse su atención a pesar de las muchas chicas que lo perseguirían durante las próximas semanas.

Si era lo bastante lista como para conseguir gustarle a lord Kendall, y si las floreros tenían éxito con el plan de seducción ¿qué se sentiría al ser la esposa de semejante hombre? Instintivamente, estaba segura de que jamás podría enamorarse de alguien como Kendall, pero juró que haría todo lo posible por ser una buena esposa para él. Lo más probable era que, con el tiempo, llegara a tomarle cierto cariño. El matrimonio con ese hombre podría resultar muy agradable. La vida sería confortable y segura, y jamás tendría que volver a preocuparse de si había o no comida suficiente en la mesa. Y, lo más importante de todo, el futuro de Jeremy quedaría asegurado y su madre jamás tendría que volver a soportar las repugnantes atenciones de lord Hodgeham.

Se escucharon unos fuertes pasos cuando alguien comenzó a descender los escalones. De pie junto a la barandilla, Annabelle alzó la mirada con una ligera sonrisa y, de repente, se quedó helada. Por increíble que pareciera, se encontró frente a frente con un gordo rostro, coronado por un mechón colgante de cabello canoso. ¿Hodgeham? ¡No podía ser!

El hombre llegó a los pies de las escaleras y se detuvo ante ella con una reverencia formal y una presunción insufrible. Cuando Annabelle contempló los gélidos ojos azules de Hodgeham, la comida que había tomado durante la cena pareció formar una espinosa bola que comenzó a rodar por su estómago.

¿Cómo era posible que estuviera allí? ¿Por qué no lo había visto antes? Al pensar en su madre, que pronto se reuniría con ella en aquel mismo lugar, la embargó la furia. Aquel hombre rudo e insolente, que se había nombrado a sí mismo su benefactor y que sometía a su madre a sus repugnantes atenciones a cambio de sus mugrientas y míseras monedas, las había perseguido en el peor momento posible. No podría haber un tormento peor para Philippa que la presencia de Hodgeham durante esa fiesta. Él podría revelar la relación que existía entre ellos en cualquier momento... Podría arruinarlas sin más, y no tenían modo de obligarlo a guardar silencio.

—Vaya, señorita Peyton —murmuró Hodgeham, cuyo rostro gordinflón se sonrojó con malévola satisfacción—. Qué placentera coincidencia que sea usted el primer invitado que me encuentro en Stony Cross Park.

Annabelle sintió unos nauseabundos escalofríos cuando se obligó a enfrentar su mirada. Trató de hacer desaparecer cualquier emoción de su rostro, pero Hodgeham sonrió de forma perversa, como si fuera consciente del pánico y la hostilidad que la atenazaban.

—Después de los inconvenientes del viaje desde Londres —continuó—, decidí tomar la cena en mis aposentos. Siento muchísimo no haberla visto antes. De cualquier forma, habrá muchas oportunidades para reunirnos durante las semanas venideras. Supongo que su encantadora madre está aquí con usted, ¿me equivoco?

Annabelle habría dado cualquier cosa por poder contestarle que no. El corazón le latía tan rápido que parecía succionar el aire de sus pulmones... Se esforzó por pensar y decir algo a pesar del incesante martilleo de su pecho.

—No se acerque a ella —dijo, asombrada por la firmeza de su propia voz—. Ni se atreva a dirigirle la palabra.

—Pero bueno, señorita Peyton, me hiere con sus palabras... Yo, que he sido el único amigo de su familia en las épocas difíciles, cuando todos los demás los han abandonado.

Ella lo observó sin pestañear, sin moverse, como si tuviese delante a una serpiente venenosa dispuesta a atacar.

—Una feliz coincidencia que hayamos acudido ambos a la misma fiesta, ¿no le parece? —preguntó Hodgeham. Rió en voz baja, y el movimiento hizo que su repeinado cabello se deslizara como un grasiento estandarte sobre su frente. Lo echó hacia atrás con una de sus rollizas manos—. De hecho, la fortuna me sonríe al concederme la posibilidad de estar cerca de una mujer a la que tengo en tan alta estima.

—No habrá proximidad alguna entre mi madre y usted —dijo Annabelle, que apretó el puño con fuerza para evitar asestarle un puñetazo en esa cara sebosa—. Se lo advierto, milord, si la molesta de alguna forma...

—Querida niña, ¿cree que me refiero a Philippa? Es usted demasiado modesta. Me refiero a usted, por supuesto, Annabelle. Hace mucho tiempo que la admiro. En realidad, estoy ansioso por demostrarle la naturaleza de mis sentimientos. Al parecer, el destino nos ha proporcionado la ocasión perfecta de llegar a conocernos mejor.

—Antes dormiría en un nido de serpientes —replicó Annabelle con frialdad; sin embargo, había miedo en su voz y el hombre sonrió al escucharlo.

—Estoy seguro de que al principio protestará, por supuesto. Las muchachas como usted siempre lo hacen. Pero luego hará lo más sensato..., lo más inteligente..., y descubrirá las ventajas de convertirse en mi amiga. Puedo ser un amigo muy valioso, querida mía. Y, si me complace, la recompensaré con generosidad.

Annabelle trató con desesperación de pensar en una manera de destruir cualquier esperanza que tuviese el hombre de convertirla en su amante. El miedo a entrometerse en el territorio de otro hombre era la única cosa que mantendría a Hodgeham lejos de ella. Annabelle se obligó a esbozar una sonrisa de desprecio.

—¿Acaso le parece que necesito su supuesta amistad? —preguntó al tiempo que jugueteaba con los pliegues de su elegante vestido nuevo—. Se equivoca. Ya tengo un protector..., uno mucho más generoso que usted. De modo que será mejor que me deje en paz, y a mi madre también, o tendrá que responder ante él.

Observó las emociones que atravesaron, una tras otra, el rostro de Hodgeham: la incredulidad inicial, seguida por la furia y después por la suspicacia.

—¿Quién es él?

—¿Y por qué iba a decírselo? —replicó Annabelle con una sonrisa condescendiente—. Prefiero que se quede con la duda.

—¡Estás mintiendo, zorra del demonio!

—Piense lo que quiera —murmuró ella.

Las gordas manos de Hodgeham se cerraron a medias, como si el hombre deseara ponérselas encima y arrancarle una confesión. Sin embargo, se contuvo y la miró con el rostro arrebolado por la furia.

—Todavía no he acabado contigo —murmuró, y la saliva salpicó sus carnosos labios—. Ni mucho menos.

Se alejó de ella con brusca precipitación, demasiado encendido como para molestarse en mostrar la más mínima cortesía.

Annabelle se quedó allí de pie sin moverse. La furia había desaparecido y en su lugar se había instalado una ansiedad que le llegaba hasta la médula de los huesos. ¿Sería suficiente lo que le había dicho a Hodgeham para mantenerlo a raya? No, sólo era una solución temporal. En los días venideros, estaría observándola de cerca, escudriñando cada palabra que dijera y todo lo que hiciera con el fin de averiguar si había mentido o no con respecto a lo de tener un protector. Y habría amenazas y observaciones mordaces destinadas a sacarla de quicio. No obstante, sin importar lo que sucediera, no podía permitirle a ese hombre que revelara el arreglo que tenía con su madre. Eso mataría a Philippa y, sin duda, arruinaría las posibilidades de matrimonio de Annabelle.

Su mente siguió dándole vueltas de modo frenético a aquel asunto y permaneció inmóvil y tensa hasta que una voz profunda le dio un susto de muerte.

—Interesante. ¿Sobre qué discutían lord Hodgeham y usted?

Pálida, Annabelle se giró para contemplar a Simon Hunt, que se había acercado a ella con un sigilo felino. Sus hombros bloqueaban la profusión de luces que llegaban desde el salón. Con ese increíble autocontrol que poseía, parecía infinitamente más amenazador que Hodgeham.

—¿Qué es lo que ha oído? —barbotó Annabelle, que se maldijo para sus adentros al escuchar la actitud defensiva que reflejaba su propia voz.

—Nada —respondió él con suavidad—. No vi más que la cara de ambos mientras hablaban. Resultaba obvio que usted estaba molesta por algo.

—No estaba molesta. Ha malinterpretado usted mi expresión, señor Hunt.

Él sacudió la cabeza y la sorprendió al estirar una mano para acariciarle con un dedo la parte superior del brazo que no quedaba cubierta por el guante.

—Le salen manchas cuando se enfada.

Annabelle miró hacia abajo y vio una mancha de color rosa pálido, una señal de que su piel, como de costumbre, tenía una tonalidad desigual cuando se alteraba.

Sintió un escalofrío al contemplar cómo la acariciaba su dedo y se apartó de él.

—¿Tiene problemas, Annabelle? —preguntó Hunt en voz baja.

No tenía derecho alguno a preguntar algo así con tanta amabilidad, casi como si le preocupara..., como si él fuera alguien a quien ella pudiese acudir en busca de ayuda..., como si ella pudiera permitirse alguna vez hacerlo.

—Eso le gustaría, ¿verdad? —replicó—. Cualquier dificultad que tuviera lo deleitaría a más no poder, ya que así podría ofrecerme su ayuda y sacar provecho de la situación.

El hombre entornó los ojos y la miró fijamente.

—¿Qué tipo de ayuda necesita?

—De usted, ninguna —le aseguró con sequedad—. Y no utilice mi nombre de pila. Le agradecería que se dirigiera a mí con propiedad de ahora en adelante... O, mejor aún, que no me dirija la palabra en absoluto. —Incapaz de soportar su mirada escrutadora ni un momento más, se alejó de él—. Ahora, si me disculpa, debo encontrar a mi madre.

Philippa se sentó en la silla que había junto a la mesita del tocador al tiempo que contemplaba la palidez del rostro de Annabelle. La joven había aguardado a estar a salvo en la intimidad de su dormitorio antes de contarle a Philippa las horribles noticias. Al parecer, a su madre le había costado todo un minuto asimilar el hecho de que el hombre al que más detestaba y temía era uno de los invitados de Stony Cross Park. Annabelle casi había esperado que su madre estallara en lágrimas, pero Philippa la había sorprendido, ya que no había hecho otra cosa que inclinar la cabeza hacia un lado y contemplar el rincón oscuro de la habitación con una sonrisa extraña y resignada. Era una sonrisa que Annabelle jamás había visto en su rostro con anterioridad, una sonrisa de la que emanaba una extraña amargura que indicaba que no tenía ningún sentido tratar de mejorar la situación de uno, porque el destino siempre se salía con la suya.

—¿Quieres que nos marchemos de Stony Cross Park? —murmuró Annabelle—. Podemos regresar a Londres de inmediato.

La pregunta pareció flotar en el aire durante incontables minutos. Cuando Philippa respondió, parecía confusa y meditabunda.

—Si hacemos eso, no tendrás esperanza alguna de obtener una oferta de matrimonio. No, tu única oportunidad es acabar con esto. Pasearemos con lord Kendall mañana por la mañana; no permitiré que Hodgeham arruine tus oportunidades con él.

—Será una fuente constante de problemas —dijo Annabelle en voz baja—. Si no regresamos a la ciudad, la situación se convertirá en una pesadilla.

En aquel momento, Philippa se giró hacia ella con esa inquietante sonrisa.

—Querida mía, si no encuentras a alguien con quien casarte, cuando regresemos a Londres comenzará la verdadera pesadilla.

8

Abrumada por la preocupación, Annabelle durmió, a lo sumo, dos o tres horas. Cuando se despertó aquella mañana, tenía bolsas oscuras bajo los ojos y el rostro pálido y demacrado.

—Por todos los santos —murmuró al tiempo que empapaba un trapo en agua fría y se lo llevaba a la cara—. Esto no puede ser. Parece que tenga cien años esta mañana.

—¿Qué has dicho, querida? —fue la adormilada pregunta de su madre.

Philippa estaba de pie detrás de su hija, vestida con un ajado camisón y unas zapatillas deshilachadas.

—Nada, mamá. Hablaba sola. —Annabelle se frotó la cara con fuerza para recuperar cierto color en las mejillas—. No he dormido bien esta noche.

Philippa se acercó a su hija y la estudió con detenimiento.

—Es cierto que pareces un poco cansada. Pediré que nos suban un poco de té.

—Que sea una tetera bien grande —dijo Annabelle. Mientras contemplaba sus ojos enrojecidos en el espejo, añadió—: Mejor que sean dos.

Philippa le dedicó una sonrisa comprensiva.

—¿Qué deberíamos ponernos para el paseo con lord Kendall?

Annabelle retorció el paño antes de dejarlo sobre el lavamanos.

—Los vestidos más viejos que tengamos, supongo, ya que algunos senderos del bosque pueden estar bastante embarrados. Aunque podemos cubrirlos con los nuevos chales de seda que nos dieron Lillian y Daisy.

Después de beberse una taza de humeante té y darle unos cuantos mordiscos apresurados a la fría tostada que había subido una de las doncellas, Annabelle terminó de vestirse. Se estudió en el espejo con ojo crítico. El chal de seda azul que había anudado alrededor del corpiño escondía a la perfección el ajado tejido del vestido color vainilla que había debajo. Además, su nuevo bonete, también obsequio de las Bowman, resultaba muy favorecedor, ya que el forro azulado resaltaba el azul de sus ojos.

Sin dejar de bostezar, Annabelle bajó con su madre hasta la terraza posterior de la mansión. Era lo bastante temprano como para que casi todos los invitados de Stony Cross siguieran en la cama. Sólo unos cuantos caballeros decididos a pescar truchas se habían molestado en levantarse. Un reducido grupo de hombres desayunaba en las mesas del exterior mientras los criados aguardaban en las cercanías con las cañas y las cestas de pesca. Ese tranquilo escenario se vio asaltado por un clamor de lo más molesto y en absoluto habitual a una hora tan temprana.

—Por el amor de Dios —oyó exclamar a su madre. Siguió su mirada estupefacta hasta el otro lado de la terraza, que se había visto invadida por una cacofonía de frenéticos parloteos, grititos, carcajadas y el agresivo despliegue de los encantadores modales de un grupo de jovencitas. Rodeaban algo que permanecía oculto en el centro de tan apiñada congregación—. ¿Qué hacen aquí? —preguntó, asombrada, Philippa.

Annabelle suspiró y dijo con resignación:

—Van de caza matutina, me figuro.

Philippa abrió la boca de par en par mientras contemplaba el escandaloso grupo.

—No querrás decir que... ¿Acaso crees que el pobre lord Kendall se halla en mitad de eso?

Annabelle asintió.

—Y, a juzgar por la situación, no creo que vayan a dejar mucho de él cuando terminen.

—Pero... pero él acordó salir a pasear contigo —protestó Philippa—. Única y exclusivamente contigo, conmigo como carabina.

Cuando algunas de las jovencitas se percataron de la presencia de Annabelle al otro lado de la terraza, la multitud cerró filas alrededor de su presa, como si quisieran evitar que lo viera. Annabelle sacudió la cabeza ligeramente. O bien Kendall le había contado a alguien sus planes sin pensar en las consecuencias o bien la locura por encontrar marido había alcanzado tales cotas que ni siquiera podía aventurarse fuera de su habitación sin atraer a una caterva de mujeres, por muy intempestiva que fuera la hora.

—Bueno, no nos quedemos aquí —la urgió Philippa—. Ve y únete al grupo. E intenta atraer su atención.

Annabelle le dirigió una mirada indecisa.

—Algunas de esas chicas parecen fieras. No me gustaría acabar con un mordisco.

Molesta por una risa sofocada que le llegó desde algún lugar cercano, se giró hacia el sonido. Como ya debería haber esperado, Simon Hunt se apoyaba contra la balaustrada de la terraza; la taza de porcelana quedaba casi oculta en su enorme mano mientras bebía distraídamente su café. Llevaba el mismo tipo de ropa tosca que el resto de los pescadores, confeccionada con *tweed* y sarga, y una desgastada camisa de lino con el cuello abierto. El brillo burlón de sus ojos proclamaba el interés que demostraba en la situación.

Annabelle se descubrió acercándose a él de modo totalmente inconsciente. Se aproximó hasta quedar a un metro de distancia y descansó ambos codos sobre la balaustrada, con la mirada perdida en el amanecer envuelto en bruma. Hunt, en cambio, estaba apoyado de espaldas, encarando así los muros de la mansión.

Con la necesidad de aguijonear esa irritante seguridad de la que hacía gala, Annabelle murmuró:

—Lord Kendall y lord Westcliff no son los únicos solteros en Stony Cross, señor Hunt. Cualquiera podría preguntarse el motivo de que usted no se encuentre sometido a la misma persecución que ellos dos.

—Es evidente —contestó con tranquilidad al tiempo que se llevaba la taza a los labios y vaciaba su contenido—. No tengo título y, además, sería un pésimo marido. —Le dirigió una perspicaz mirada de reojo—. En cuanto a usted..., a pesar de la simpatía que me despierta su causa, no le aconsejaría que entrara en la pugna por Kendall.

—¿Por mi causa? —repitió Annabelle, que se sintió ofendida por esa palabra—. ¿Cómo definiría usted mi causa, señor Hunt?

—Bueno, es usted misma, por supuesto —dijo en voz baja—. Desea lo mejor para Annabelle Peyton. Sin embargo, Kendall no entra en esa categoría. La unión entre usted y ese caballero acabaría en desastre.

Ella giró la cabeza para mirarlo con los ojos entrecerrados.

—¿Por qué?

—Porque es demasiado agradable para usted. —Hunt sonrió ante su expresión—. Eso no pretendía ser un insulto. No me atraería tanto si fuera una mujer apacible. Además, usted tampoco sería buena para Kendall... Ni él le sería de mucha utilidad, en todo caso. Lo aplastaría sin miramientos hasta que su alma de caballero quedara hecha jirones a sus pies.

Annabelle deseaba con todas sus fuerzas borrar la sonrisa de superioridad de su rostro. Ella, que nunca había considerado siquiera la posibilidad de herir físicamente a alguien. La furia que sentía se veía apenas mitigada por el hecho de que él tuviera razón. Annabelle sabía que era demasiado fogosa para un hombre tan dócil y civilizado como Kendall. Sin embargo, nada de eso era asunto de Simon Hunt... Además, ¡ni Hunt ni ningún otro hombre tenían la intención de ofrecerle una alternativa mejor!

—Señor Hunt —le dijo con dulzura, aunque su mirada era venenosa—, ¿por qué no se marcha y...?

—¡Señorita Peyton! —La exclamación ahogada llegó desde unos metros de distancia y fue seguida por la delgada silueta de lord Kendall, que emergía en ese momento del grupo de féminas. Tenía un aspecto desaliñado y parecía algo molesto mientras se abría camino hasta ella—. Buenos días, señorita Peyton. —Hizo una pausa para colocarse el nudo de su corbata y enderezar las gafas torcidas—. Parece que no somos los únicos que han tenido la idea de pasear esta mañana. —Le dirigió a Annabelle una mirada tímida al preguntar—: ¿Le parece que lo intentemos de todas formas?

Annabelle dudó, gimiendo para sus adentros. Poco podía sacar ella de un paseo con Kendall si iban a estar acompañados por un numeroso grupo de mujeres. Sería lo mismo que intentar mantener una conversación tranquila en medio de una bandada de urracas. Sin embargo, tampoco podía permitirse desairar la invitación, ya que incluso el menor de los rechazos podría desanimarlo y traducirse en que nunca más volviera a invitarla.

Le dedicó una brillante sonrisa.

—Será un placer, milord.

—Excelente. Hay unos ejemplares fascinantes de flora y fauna que me gustaría mostrarle. Como soy un horticultor aficionado, he llevado a cabo un cuidadoso estudio de la vegetación autóctona de Hampshire...

Las siguientes palabras quedaron acalladas cuando unas jovencitas entusiasmadas lo rodearon.

—Adoro las plantas —barbotó una de ellas—. No hay una sola planta que no encuentre absolutamente encantadora.

—Y el campo sería tan, pero tan poco atractivo sin ellas... —dijo otra con fervor.

—Por favor, lord Kendall —intervino otra más—, sólo tendría que explicarnos la diferencia entre una flora y una fauna...

La multitud de jovencitas alejó a Kendall como si lo arrastrara una corriente marina imposible de detener. Philippa se fue tras ellas con arrojo, decidida a defender los intereses de Annabelle.

—Sin duda, la extremada modestia de mi hija le impedirá contarle la intensa afinidad que siente con la naturaleza... —comenzó a decirle a Kendall.

Kendall le dirigió una mirada impotente por encima del hombro mientras se veía arrastrado sin remedio hacia las escaleras de la terraza.

—¿Señorita Peyton?

—Ya voy —le contestó Annabelle a voz en grito, colocando ambas manos junto a la boca para hacerse oír.

Su respuesta, si es que la emitió, resultó imposible de oír.

Despacio, Simon Hunt depositó la taza vacía en la mesa más cercana y le musitó algo al criado que sostenía su equipo de pesca. El sirviente asintió y se retiró al tiempo que Hunt alcanzaba a Annabelle, quien se tensó al darse cuenta de que caminaban el uno al lado del otro.

—¿Qué hace?

Hunt metió las manos en los bolsillos de su abrigo de pesca.

—Voy con usted. Lo que suceda en el río, sea lo que sea, no será ni la mitad de interesante que ver cómo compite por la atención de Kendall. Además, carezco por completo de conocimientos sobre horticultura. Puede que aprenda algo.

Tragándose una respuesta airada, Annabelle siguió con resolución a Kendall y a su séquito. Bajaron los escalones de la terraza y tomaron un sendero que conducía hacia el bosque, donde hayas y robles enormes presidían la escena por encima de los gruesos mantos de musgo, helechos y líquenes. Al principio, Annabelle ignoró la presencia de Simon Hunt a su lado y se limitó a caminar con actitud fría tras el cortejo de admiradoras de Kendall, que se veía obligado a realizar un notable ejercicio físico, ya que debía ayudar a una joven tras otra a sortear los más nimios obstáculos. El tronco de un árbol caído, cuyo diámetro no sobrepasaba el del brazo de Annabelle, se convirtió en un impedimento insalvable para el que todas requirieron la ayuda de Kendall. Las muchachas se volvían cada vez más desvalidas, hasta el punto de que el pobre hombre se vio prácticamente obligado a cruzar en brazos a la última mientras ésta chillaba y fingía un pequeño desmayo al tiempo que le rodeaba el cuello con los brazos.

Bastante alejados del grupo, Annabelle se negó a aferrarse al brazo que Simon Hunt le ofreció y pasó por encima del tronco sin ayuda. Él esbozó una media sonrisa, absorto en su perfil.

—A estas alturas, sería de esperar que se hubiera abierto camino hasta la cabeza —señaló.

Annabelle emitió un resoplido desdeñoso.

—No voy a desperdiciar mis energías luchando con un puñado de cotorras. Esperaré un momento más oportuno para que Kendall me preste atención.

—Ya le ha prestado atención. Debería estar ciego para no hacerlo. La pregunta es: ¿por qué cree que tendrá la suerte de que Kendall le haga una proposición cuando no ha conseguido que nadie más lo haga en los dos años que hace que la conozco?

—Porque tengo un plan —replicó sucintamente.

—¿Y en qué consiste ese plan?

Annabelle le dirigió una breve y desdeñosa mirada.

—Como si se lo fuera a contar a usted.

—Tengo la esperanza de que sea algo retorcido y poco limpio —dijo Hunt con seriedad—. Ya que parece que el acercamiento propio de una dama no le ha dado resultado alguno.

—Sólo porque carezco de dote —contestó Annabelle—. Si tuviera dinero, llevaría muchos años casada.

—Yo tengo dinero —dijo él, servicialmente—. ¿Cuánto quiere?

Annabelle lo miró con cinismo.

—Me hago una idea bastante clara de lo que querría a cambio, señor Hunt, así que puedo contestarle con toda honestidad que no quiero ni un chelín de su bolsillo.

—Es agradable saber que se muestra tan selectiva en lo concerniente a las amistades que mantiene. —Hunt extendió una mano para apartar una rama de modo que ella pudiera pasar—. Dado que he escuchado algunos rumores en sentido contrario, me alegra comprobar que no son ciertos.

—¿Rumores? —Annabelle se detuvo en mitad del sendero y se giró para mirarlo a la cara—. ¿Sobre mí? ¿Y qué podrían decir sobre mí?

Hunt contempló su expresión preocupada en silencio mientras ella adivinaba el significado por sí sola.

—Selectiva... —murmuró—. En lo concerniente a las amistades que mantengo... ¿Y se supone que eso implica que he hecho algo inapropiado...? —Se detuvo de golpe cuando la imagen de la repugnante y rubicunda cara de Hodgeham se abrió paso en su cabeza.

A Hunt no le pasaron desapercibidas la súbita palidez de sus mejillas ni las pequeñas arrugas que se le formaron en el entrecejo. Tras dedicarle una mirada gélida, Annabelle se dio la vuelta y comenzó a andar por el sendero cubierto de hierba con pasos medidos y seguros.

Hunt se puso a su altura, mientras escuchaban de nuevo la lejana voz de Kendall, que seguía dándoles una clase a sus atentas oyentes acerca de las plantas que dejaban atrás. Raros ejemplares de orquídeas, celidonias, algunas variedades de hongos... El discurso se veía salpicado de tanto en tanto por las exclamaciones de sorpresa provenientes de su encandilado público.

—... estas plantas bajas —decía Kendall, que había hecho una pausa para señalar un grupo de musgo y líquenes que cubría un desafortunado roble— se clasifican como briofitas, y requieren ciertas condiciones de humedad para proliferar. Si se vieran privadas de la protección de las copas de los árboles, en campo abierto, perecerían sin duda alguna...

—No he hecho nada malo —dijo Annabelle sin más, preguntándose por qué le importaba en lo más mínimo la opinión de Hunt. Sin embargo, le molestaba lo bastante como para preguntarse quién le habría contado ese rumor y, más concretamente, cuándo se lo habrían contado. ¿Acaso alguien había presenciado las visitas nocturnas de Hodgeham a su casa? Aquello no era una buena señal. No había defensa alguna contra un rumor como ése, que era capaz de destruir la reputación de una dama—. Y tampoco me arrepiento de nada.

—Una lástima —le dijo Hunt con despreocupación—. Arrepentirse de algo es la única muestra de que se ha hecho algo interesante en la vida.

—¿Y de qué se arrepiente usted, por ejemplo?

—Bueno, yo tampoco me arrepiento de nada. —Un brillo perverso iluminó sus ojos oscuros—. Aunque no crea que no lo he intentado. Sigo empeñado en hacer cosas innombrables con la esperanza de arrepentirme más tarde. Pero, hasta el momento... nada.

A pesar de la agitación que sentía, Annabelle no pudo reprimir una risa nerviosa. Una rama larga cruzaba el camino, por lo que estiró el brazo para apartarla.

—Permítame —intervino Hunt, que se adelantó para sujetarla en su lugar.

—Gracias. —Pasaba al lado de Hunt con la vista perdida en Kendall y las demás, cuando sintió, de repente, un pinchazo en el interior del pie—. ¡Ay! —Se detuvo en mitad del sendero y se levantó el bajo del vestido para averiguar el origen del malestar.

—¿Qué sucede? —Hunt estuvo a su lado de inmediato y la sujetó por el codo con una de sus grandes manos para ayudarla a mantener el equilibrio.

—Me he clavado algo en el zapato.

—Déjeme ayudarla —le dijo al tiempo que se agachaba y se apoderaba de su tobillo.

Era la primera vez que un hombre le tocaba la pierna, por lo que el rostro de Annabelle adquirió un rubor escarlata.

—Ni se le ocurra tocarme ahí —protestó con un áspero susurro. A punto estuvo de perder el equilibrio al retroceder. Ya que Hunt no soltó su presa, con el fin de evitar caerse, Annabelle se vio obligada a aferrarse a sus hombros—. Señor Hunt...

—Ya veo cuál es el problema —murmuró. Ella sintió cómo tiraba del fino algodón de la media que cubría su pierna—. Debe de haber pisado algún helecho con espinas. —Sostuvo algo en alto para que lo inspeccionara: una ramita de aspecto parecido a una espiga se había colado por el algodón hasta llegar al empeine.

Con el rostro arrebolado, Annabelle siguió aferrada a su hombro para mantener el equilibrio. El contorno de su hombro era sorprendentemente duro; el hueso y el fuerte músculo no quedaban suavizados por ninguna capa de relleno del abrigo. Su mente, estupefacta, tenía serios problemas para aceptar el hecho de que se encontraba en mitad del bosque con la mano de Simon Hunt en el tobillo.

Al darse cuenta de su mortificación, Hunt esbozó una repentina sonrisa.

—Hay más espigas en su media. ¿Quiere que se las quite?

—Que sea rápido —le replicó con voz agraviada—, antes de que Kendall se dé la vuelta y le vea con la mano metida bajo mis faldas.

Con una risa ahogada, Hunt se dedicó a la tarea y sacó con destreza la última espina del tejido de sus medias. Mientras trabajaba, Annabelle se quedó absorta en ese lugar de su nuca donde los mechones negros se rizaban contra la tersa y bronceada piel.

Tras coger el zapato que le había quitado, Hunt volvió a ponérselo con una floritura.

—Mi Cenicienta campestre —le dijo al tiempo que se ponía en pie. Mientras paseaba la mirada por las ruborizadas mejillas de Annabelle, sus ojos chispearon con un brillo burlón, pero amistoso—. ¿Por qué utiliza un calzado tan ridículo para caminar por el campo? Siempre supuse que tendría el buen tino de calzarse un par de botines.

—No tengo botines —respondió Annabelle, molesta por la insinuación de ser una inconsciente incapaz de elegir el calzado adecuado para un simple paseo—. Los que tenía se hicieron pedazos y no puedo permitirme comprar otro par.

Para su sorpresa, Hunt no aprovechó la oportunidad para burlarse más de ella. Su rostro adquirió una expresión pétrea mientras la observaba con detenimiento.

—Será mejor que nos unamos a los demás —dijo al fin—. A estas alturas, puede que hayan descubierto alguna variedad de musgo que todavía no hayamos visto. O, que Dios nos ayude, una seta.

La opresión que Annabelle sentía en el pecho disminuyó.

—Por mi parte, tengo la esperanza de que se trate de un liquen.

El comentario obtuvo por respuesta la sombra de una sonrisa. Hunt extendió una mano para apartar una rama que sobresalía por encima del sendero. Con valentía, Annabelle se levantó las faldas para seguirlo mientras trataba de no pensar en lo bien que estaría en esos momentos sentada en la terraza de la mansión, tomando una taza de té con pastas. Alcanzaron la cima de una suave pendiente y se vieron recompensados por la sorprendente visión que un manto de campanillas ofrecía sobre el suelo del bosque. Era como caer de cabeza en un sueño, con esos destellos azules que fluían entre los troncos de los robles, las hayas y los fresnos. El aroma de las campanillas llegaba desde todas partes, y sus pulmones se llenaron con el aire perfumado.

Al pasar junto al tronco de un árbol delgado, Annabelle lo rodeó con un brazo y se detuvo a contemplar los ramilletes de campanillas con placentera sorpresa.

—Encantador —murmuró con el rostro brillante bajo las sombras que proyectaban las copas de aquellas antiguas ramas entrelazadas.

—Sí.

Sin embargo, Hunt la miraba a ella, no a las campanillas, y un breve vistazo a su expresión hizo que la sangre de Annabelle comenzara a vibrar en sus venas. Había visto la admiración en los rostros de otros hombres, e incluso había llegado a reconocer el deseo, pero ninguna mirada había sido tan íntima y perturbadora como ésa..., como si lo que él anhelara fuera mucho más complicado que el mero uso de su cuerpo.

Desconcertada, se apartó del tronco y se acercó a Kendall, que charlaba con su madre aprovechando que el grupo de jovencitas se había dispersado para recoger enormes ramos de campanillas. Los tallos de las flores acabaron pisoteados y destrozados mientras las saqueadoras reunían su tesoro.

Kendall pareció aliviado al ver que Annabelle se acercaba, impresión que se intensificó al percatarse de la espléndida sonrisa que ésta le dedicaba. Por su actitud, parecía haber esperado que Annabelle se mostrara petulante, tal y como lo habría hecho cualquier mujer a la que se invitara a dar un paseo para luego ser ignorada a favor de una compañía más exigente. La mirada del hombre se posó sobre la figura oscura de Simon Hunt y su expresión pasó a ser de incertidumbre. Los dos hombres intercambiaron saludos con la cabeza: Hunt trasuntaba confianza en sí mismo; Kendall, en cambio, se mostraba en cierta forma cauteloso.

—Veo que hemos atraído más compañía —murmuró Kendall.

Annabelle le dedicó su sonrisa más encantadora.

—Por supuesto que sí —le dijo—. Es usted como el flautista de Hamelín, milord. Allá donde va, la gente lo sigue.

El hombre se sonrojó, agradecido por el comentario, y musitó:

—Espero que haya disfrutado del paseo hasta el momento, señorita Peyton.

—Desde luego que sí —le aseguró—. Aunque debo admitir que me he tropezado con un helecho espinoso.

Philippa emitió una suave exclamación, movida por la inquietud.

—Santo cielo... ¿Estás herida, querida?

—No, no, no fue más que una insignificancia —replicó Annabelle de inmediato—. Un par de arañazos nada más. Y la culpa fue mía: me temo que no llevo el calzado adecuado. —Adelantó un pie para mostrarle a Kendall sus zapatos, asegurándose de mostrar también una buena porción de su esbelto tobillo al mismo tiempo.

Kendall chasqueó la lengua con preocupación.

—Señorita Peyton, necesita algo mucho más resistente que esos zapatos para dar un paseo por el bosque.

—Tiene razón, por supuesto. —Annabelle se encogió de hombros sin perder la sonrisa—. Fue una estupidez por mi parte no prever que el terreno fuera tan accidentado. Intentaré medir mis pasos con más cuidado en el camino de vuelta. Aunque las campanillas son tan maravillosas que creo que atravesaría un campo lleno de helechos espinosos con tal de alcanzarlas.

Tras agacharse para recoger un ramillete de campanillas, Kendall separó un tallo y lo prendió del lazo de su bonete.

—No son ni la mitad de azules que sus ojos —le dijo. Su vista bajó hasta el tobillo, que había vuelto a quedar oculto tras el dobladillo de las faldas—. Durante el camino de vuelta, apóyese en mi brazo y así evitaremos más contratiempos.

—Muchas gracias, milord. —Annabelle le dirigió una mirada de admiración—. Me temo que me he perdido alguno de sus comentarios acerca de los helechos. Dijo algo acerca de... culantrillos, ¿no era así?... Me ha fascinado por completo...

Kendall se apresuró de buena gana a explicarle todo lo que cualquiera desearía saber acerca de los helechos... Más tarde, cuando Annabelle se arriesgó a mirar hacia Simon Hunt, éste había desaparecido.

9

—¿De verdad vamos a hacer esto? —preguntó Annabelle con voz lastimera mientras las demás floreros caminaban por el bosque con las cestas y las canastas en las manos—. Creí que todo eso de jugar al *rounders* en pololos no era más que una broma para reírnos.

—Las Bowman jamás bromeamos acerca del *rounders* —señaló Daisy—. Sería un sacrilegio.

—A ti te gustan los juegos, Annabelle —dijo Lillian con diversión—. Y el *rounders* es el mejor juego de todos.

—Me gustan los juegos de mesa —replicó Annabelle—. Los que se juegan con la ropa puesta, como Dios manda.

—La ropa está demasiado sobrevalorada —dijo Daisy con frivolidad.

Annabelle estaba aprendiendo que el precio de tener amigas consistía en que, de vez en cuando, una se veía obligada a ceder a los deseos del grupo, aun cuando fuesen en contra de las propias inclinaciones. De cualquier forma, esa mañana, Annabelle había tratado de poner a Evie de su parte sin que las otras dos se percataran, incapaz de creer que la chica pretendiera realmente quedarse en calzones a la vista de cualquiera . Sin embargo, Evie estaba más que decidida a seguir los planes de las Bowman, ya que al parecer lo consideraba como parte de un programa autoimpuesto para infundirse valor.

—Qui-quiero parecerme más a ellas —le había confiado a Annabelle—. Son tan libres y atrevidas... No le temen a nada.

Al contemplar el rostro entusiasmado de la muchacha, Annabelle se había rendido con un enorme suspiro.

—Está bien, está bien. Supongo que, siempre que no nos vea nadie, no tiene nada de malo. Sin embargo, no se me ocurre en qué puede ayudarnos.

—Puede que sea di-divertido, ¿no crees? —había sugerido Evie; a lo que Annabelle había respondido con una mirada de lo más elocuente que había logrado que la chica se echara a reír.

Por supuesto, el clima había decidido cooperar en todo con los planes de las Bowman: el cielo estaba azul y despejado; soplaba una suave brisa. Cargadas con las cestas, las cuatro chicas avanzaron por el camino y dejaron atrás prados húmedos salpicados con capullos rojos de drosera y brillantes violetas púrpura.

—Estad atentas por si veis un pozo de los deseos —dijo Lillian con entusiasmo—. En ese punto tenemos que cruzar el prado hasta el otro lado y atravesar el bosque. Hay una pradera en la cima de la colina. Uno de los sirvientes me dijo que nadie se acerca por allí.

—Tenía que estar en la cima de la colina, ¡cómo no! —dijo Annabelle sin rencor—. ¿Qué aspecto tiene el pozo, Lillian? ¿Es una de esas pequeñas estructuras encaladas con un cubo y una polea?

—No, es un enorme agujero fangoso en el suelo.

—¡Allí está! —exclamó Daisy al tiempo que salía a la carrera hacia el acuoso agujero pardusco, que se reabastecía de una ribera próxima—. Venid todas, tenemos que pedir un deseo. Incluso tengo alfileres que podemos lanzar.

—¿Cómo sabías que debías traer alfileres? —preguntó Lillian.

Daisy sonrió de un modo travieso.

—Bueno, ayer por la tarde, cuando estaba con mamá y las demás viudas mientras cosían, hice nuestra pelota de *rounders*. —Sacó una pelota de cuero de su cesta y la mostró con orgullo—. Sacrifiqué un par de guantes nuevos para hacerla, y no fue tarea fácil, la verdad. No obstante, las viejas damas me vieron rellenarla con trozos de lana y, cuando una de ellas no pudo soportarlo más, se acercó y me preguntó qué diantres estaba haciendo. Por supuesto, no podía decirles que era una pelota de *rounders*. Estoy segura de que mamá se lo imaginó, pero estaba demasiado avergonzada para decir nada al respecto. De modo que le dije a la viuda que estaba haciendo un alfiletero.

Todas las chicas se echaron a reír.

—Debió de pensar que era el alfiletero más espantoso del mundo —señaló Lillian.

—Sin duda alguna —replicó Daisy—. Creo que le di bastante lástima. Me dio algunos alfileres y dijo en voz baja algo sobre las pobres y arrogantes chicas americanas que no tienen habilidad prácticamente para nada. —Con la punta de la uña, sacó los alfileres de la pelota de cuero y los repartió entre todas.

Annabelle dejó la cesta en el suelo, cogió el alfiler entre el pulgar y el índice y cerró los ojos. Siempre que se presentaba la oportunidad, pedía el mismo deseo: casarse con un noble. Cosa extraña, una nueva idea cruzó su cabeza justo en el momento en que lanzaba el alfiler al pozo.

«Desearía poder enamorarme.»

Sorprendida ante esa idea tonta y caprichosa, Annabelle se preguntó cómo podía haber desperdiciado un deseo en algo que era, a todas luces, tan estúpido.

Al abrir los ojos, Annabelle se dio cuenta de que el resto de las floreros contemplaban el pozo con gran solemnidad.

—He pedido el deseo equivocado —dijo con inquietud—. ¿Puedo pedir otro?

—No —afirmó Lillian con seriedad—. Una vez que lanzas el alfiler, no hay nada que hacer.

—Pero es que no quería pedir ese deseo en particular —protestó Annabelle—. Se me vino a la cabeza y no tenía nada que ver con lo que pensaba pedir.

—No te quejes, Annabelle —le aconsejó Evie—. No que-querrás molestar al espíritu del pozo.

—¿A quién?

Evie sonrió al ver su expresión de perplejidad.

—Al espíritu que vive en el pozo. Es él quien se encarga de llevar a ca-cabo las peticiones. Pero si lo haces enfadar, puede que decida exigirte un precio terrible por concederte tu deseo. O, quizá, te ahogue en el pozo para que vivas con él para siempre como su con-consorte.

Annabelle contempló las aguas marrones. Acto seguido, se colocó las manos a los lados de la boca para que su voz se escuchara alta y clara.

—No hace falta que te encargues de que mi asqueroso deseo se cumpla —le gritó al espíritu invisible—. ¡Lo retiro!

—No te burles de él, Annabelle —exclamó Daisy—. Y, por el amor de Dios, ¡apártate del borde!

—¿Eres supersticiosa? —le preguntó Annabelle con una sonrisa.

Daisy la miró echando chispas por los ojos.

—Las supersticiones existen por una razón, por si no lo sabes. En algún momento, algo malo le ocurrió a alguien que estaba justo al borde de un pozo, igual que tú. —Cerró los ojos y se concentró intensamente antes de lanzar su alfiler al agua—. Ya está. He pedido un deseo para ti, así que no hace falta que protestes tanto por haber desperdiciado el tuyo.

—Pero ¿cómo sabes lo que yo quería?

—El deseo que he pedido es por tu propio bien —dijo Daisy.

Annabelle soltó un gruñido melodramático.

—Odio de todo corazón las cosas que otros hacen por mi propio bien.

A continuación, se produjo una discusión amistosa en la que cada una de las chicas hizo unas cuantas sugerencias acerca de qué sería lo mejor para las demás, hasta que Lillian les pidió que guardaran silencio porque no la dejaban concentrarse. Se callaron tan sólo el tiempo necesario para que Lillian y Evie pidieran sus deseos y después prosiguieron su camino a través del prado y del bosque. No tardaron en llegar a una encantadora pradera, cubierta de hierba y bañada por el sol salvo en uno de sus lados, que estaba al abrigo de la sombra de un bosquecillo de robles. El aire era limpio y puro, y tan fresco que Annabelle suspiró de contento.

—El aire no tiene cuerpo —se quejó en broma—. Ni humo de carbón ni polvo de las calles. Demasiado ligero para una londinense. Ni siquiera puedo sentirlo en los pulmones.

—No es tan ligero —replicó Lillian—. De vez en cuando, la brisa trae un claro aroma a *eau* de oveja.

—¿De veras? —Annabelle olisqueó el aire para comprobarlo—. No huelo nada.

—Eso es porque no tienes nariz —señaló Lillian.

—¿Cómo dices? —preguntó Annabelle con una mueca divertida.

—Bueno, tienes una nariz normal, como todos —explicó Lillian—. Pero yo tengo «nariz». Tengo un olfato inusualmente agudo. Dame cualquier perfume y te diré cuáles son sus componentes. Es como escuchar un acorde musical y adivinar todas sus notas. Antes de que partiéramos de Nueva York, incluso ayudé a desarrollar una fórmula para un jabón aromático de la fábrica de mi padre.

—¿Crees que serías capaz de crear un perfume? —preguntó Annabelle, fascinada.

—Me atrevo a decir que sería capaz de crear un perfume excelente —dijo Lillian con toda confianza—. No obstante, los del ramo lo despreciarían, ya que la expresión «perfume americano» se considera como un oxímoron... y, además, soy mujer, lo que deja bastante en entredicho la calidad de mi nariz.

—¿Quieres decir que los hombres tienen mejor olfato que las mujeres?

—Desde luego, ellos así lo creen —apuntó Lillian de forma enigmática al tiempo que sacaba de su cesta una manta de picnic con una floritura—. Ya está bien de hablar de los hombres y de sus protuberancias. ¿Nos sentamos un rato al sol?

—Nos broncearemos —predijo Daisy, que se dejó caer en una esquina de la manta con un suspiro de felicidad—. Y, entonces, a mamá le dará un telele.

—¿Qué es un telele? —preguntó Annabelle, que no entendía el curioso vocablo americano. Se sentó junto a Daisy—. Llamadme si le da uno... Siento curiosidad por ver cómo son.

—A mamá le dan continuamente —le aseguró Daisy—. No temas, estarás más que familiarizada con los teleles antes de que nos vayamos de Hampshire.

—No deberíamos comer antes de jugar —dijo Lillian al ver que Annabelle levantaba la tapadera de una de las cestas de la merienda.

—Tengo hambre —dijo Annabelle con voz triste al tiempo que echaba un vistazo al interior de la cesta, que estaba llena de fruta, paté, gruesas rebanadas de pan y distintos tipos de ensalada.

—Tú siempre tienes hambre —observó Daisy con una carcajada—. Para ser una persona tan menuda, tienes un apetito considerable.

—¿Que yo soy menuda? —replicó Annabelle—. Si mides un centímetro más de metro y medio, me comeré esa cesta.

—Entonces, será mejor que empieces a masticarla —afirmó Daisy—. Mido un metro y cincuenta y dos centímetros, para que lo sepas.

—Annabelle, yo no empezaría a comerme el asa todavía, si estuviera en tu lugar —intercedió Lillian con una sonrisa—. Daisy siempre se pone de puntillas cuando la miden. La pobre modista tuvo que volver a cortar el dobladillo de casi una docena de vestidos debido a la inexplicable negativa de mi hermana a admitir que es baja.

—No soy baja —murmuró Daisy—. Las mujeres bajas nunca son misteriosas ni elegantes, ni las persiguen hombres guapos. Y siempre se las trata como si fueran niñas. Me niego a ser baja.

—Puede que no seas misteriosa o elegante —concedió Evie—. Pero eres muy bo-bonita.

—Y tú eres un cielo —replicó Daisy, que se inclinó hacia delante para mirar el contenido de la cesta—. Venga, alimentemos a la pobre Annabelle... Puedo oír cómo ruge su estómago.

Se entregaron a la comida con entusiasmo. Más tarde, se tumbaron perezosamente sobre la manta para observar las nubes y charlar sobre todo y sobre nada. Cuando la conversación se apagó y dio paso a un silencio satisfecho, una pequeña ardilla roja se aventuró desde el bosquecillo de robles y giró hacia un lado, observándolas con uno de sus brillantes ojitos negros.

—Un intruso —observó Annabelle al tiempo que emitía un delicado bostezo.

Evie se puso boca abajo y lanzó una rebanada de pan en dirección a la ardilla. El animal se quedó inmóvil y contempló la seductora oferta, pero era demasiado tímido para acercarse. Evie inclinó la cabeza, con el cabello brillando al sol como si estuviese cubierto por una capa de rubíes.

—Pobrecito —dijo en voz baja al tiempo que le lanzaba otra corteza a la tímida ardilla. Ésa llegó unos centímetros más cerca y la cola del animalillo se agitó con entusiasmo—. Venga, sé valiente —lo animó Evie—. Acércate y cógelo. —Con una sonrisa tolerante, lanzó una corteza más que aterrizó a escasos centímetros de la ardilla—. Venga, señor Ardilla —lo reprendió Evie—. Eres todo un cobarde. ¿No te das cuenta de que nadie va a hacerte daño?

Con un súbito estallido de iniciativa, la ardilla cogió el bocadito y salió pitando sin dejar de agitar la cola. Evie alzó la cabeza con una sonrisa triunfante y descubrió que las demás floreros la contemplaban en silencio con la boca abierta.

—¿Qu-qué pasa? —preguntó, perpleja.

Annabelle fue la primera en hablar.

—Ahora mismo, cuando hablabas con esa ardilla, no tartamudeabas.

—Ah. —De pronto, avergonzada, Evie agachó la cabeza e hizo un mohín—. Nunca tartamudeo cuando hablo con los niños ni con los animales. No sé por qué.

Las demás sopesaron ese sorprendente comentario un instante.

—También me he dado cuenta de que tartamudeas muy poco cuando hablas conmigo —comentó Daisy.

Al parecer, Lillian fue incapaz de resistirse a responder al comentario.

—¿En qué categoría te coloca eso, querida? ¿Entre los niños o entre los animales?

Daisy respondió con un gesto de la mano que a Annabelle le resultó completamente desconocido. Estaba a punto de preguntarle a Evie si había consultado alguna vez a un médico lo de su tartamudez, pero la chica pelirroja cambió rápidamente de tema.

—¿Dónde está la pe-pelota de *rounders*, Daisy? Si no nos ponemos a jugar pronto, me quedaré dormida.

Al darse cuenta de que Evie no quería discutir su tartamudez, Annabelle secundó la propuesta.

—Supongo que si de verdad vamos a jugar, este momento es tan bueno como cualquier otro.

Mientras Daisy registraba la cesta en busca de la pelota, Lillian sacó un objeto de su propia canasta.

—Mirad lo que he traído —dijo con aire satisfecho.

Daisy levantó la mirada y soltó una carcajada de deleite.

—¡Un bate de verdad! —exclamó al contemplar con admiración el objeto que tenía un lado plano—. Y yo que creí que tendríamos que utilizar un palo viejo. ¿De dónde lo has sacado, Lillian?

—Se lo pedí prestado a uno de los mozos de cuadra. Al parecer, se escaquean para jugar al *rounders* siempre que pueden... Son bastante aficionados al juego.

—¿Y quién no? —preguntó Daisy de forma retórica mientras empezaba a desabrochar los botones de su corpiño—. Por Dios, con el calor que hace será un placer librarse de todas estas capas.

Mientras las hermanas Bowman se deshacían de sus vestidos con la indiferencia típica de las chicas que están acostumbradas a desvestirse en público, Annabelle y Evie se miraron la una a la otra con cierta incertidumbre.

—Te desafío —murmuró Evie.

—Ay, Dios —dijo Annabelle con voz afligida, y empezó a desabotonar su propio vestido.

Había descubierto que poseía una inesperada veta de modestia que hizo que se sonrojara. Sin embargo, no iba a acobardarse cuando incluso la tímida Evie Jenner estaba dispuesta a unirse a aquella rebelión contra el decoro. Sacó los brazos de las mangas de su vestido y se puso en pie para dejar que el pesado tejido cayera en un arrugado montoncito a sus pies. Con tan sólo la enagua, los calzones y el corsé, y con los pies cubiertos únicamente por las medias y unos finos zapatos de baile, sintió que la brisa soplaba sobre el sudor que humedecía el hueco de sus axilas y le provocaba un estremecimiento de placer.

Las demás chicas se pusieron en pie y se quitaron los vestidos, que quedaron amontonados sobre el suelo como gigantescas flores exóticas.

—¡Atrápala! —exclamó Daisy antes de lanzarle la bola a Annabelle, que la cogió de forma instintiva.

Todas caminaron hacia el centro del prado, lanzándose la pelota una y otra vez. A Evie era a la que peor se le daba lo de lanzar y atrapar, aunque estaba claro que su ineptitud se debía a la inexperiencia y no a la torpeza. Annabelle, por su parte, que tenía un hermano pequeño que la solía buscar con frecuencia como compañera de juegos, se mostró bastante familiarizada con la mecánica de bolear.

La sensación de caminar en plena naturaleza sin sentir el peso de las faldas sobre las piernas era de lo más extraña y liberadora.

—Supongo que esto es lo que sienten los hombres —musitó Annabelle en voz alta —... al caminar de un lado para otro con pantalones. Una casi podría llegar a envidiar semejante libertad.

—¿Casi? —inquirió Lillian con una sonrisa—. Sin duda alguna, yo los envidio. ¿No sería maravilloso que las mujeres pudieran llevar pantalones?

—A mí no me gu-gustaría na-nada —dijo Evie—. Me moriría de vergüenza si un hombre llegara a ver la forma de mis piernas y de mis —vaciló, sin duda en busca de una palabra que describiera las innombrables partes de la anatomía femenina—... otras cosas —finalizó con un hilo de voz.

—Tu enagua tiene un aspecto lamentable, Annabelle —señaló Lillian con repentina franqueza—. No había pensado en darte ropa interior nueva, pero debería haberme dado cuenta...

Annabelle se encogió de hombros con despreocupación.

—No importa; ésta será la única ocasión en que alguien la vea.

Daisy echó un vistazo a su hermana mayor.

—Lillian, somos penosas a la hora de prever las cosas. Creo que la pobre Annabelle cogió la pajita más corta cuando le tocaron las hadas madrinas.

—No me quejo —dijo Annabelle entre risas—. Y, hasta donde yo sé, las cuatro vamos montadas en la misma calabaza.

Después de unos cuantos minutos más de prácticas y una breve discusión acerca de las reglas del *rounders*, colocaron las cestas de la merienda a modo de puestos de base y comenzó el juego. Annabelle apoyó bien los pies en el lugar que había sido designado como «Castillo de Roca».

—Yo le lanzaré la pelota —le dijo Daisy a su hermana mayor— y tú la atraparás.

—Pero yo tengo mejor brazo que tú... —gruñó Lillian al tiempo que se situaba detrás de Annabelle.

Con el bate sujeto sobre su hombro, Annabelle trató de golpear la bola que lanzó Daisy. No logró atizarle y el bate silbó en el aire al trazar un arco limpio. Por detrás de ella, Lillian atrapó la pelota de manera experta.

—Ése ha sido un buen *swing* —la animó Daisy—. No pierdas de vista la bola cuando se acerque a ti.

—No estoy acostumbrada a quedarme quieta mientras me tiran objetos —dijo Annabelle al tiempo que blandía el bate una vez más—. ¿Cuántos intentos tengo?

—En el *rounders,* el bateador tiene un número infinito de *swings* —dijo Lillian a sus espaldas—. Prueba otra vez, Annabelle; y, esta vez, trata de imaginar que la pelota es la nariz del señor Hunt.

Annabelle aceptó la sugerencia con agrado.

—Preferiría apuntar a una protuberancia que se encuentra algo más abajo que ésa —dijo y balanceó el bate mientras Daisy le lanzaba la pelota de nuevo.

En esta ocasión, la parte plana del bate golpeó la bola con un sólido porrazo. Dejando escapar un grito de deleite, Daisy echó a correr tras la bola mientras Lillian, que había estado aullando de risa, gritaba:

—¡Corre, Annabelle!

Annabelle corrió con una carcajada de alegría, sorteando las cestas mientras giraba hacia el Castillo de Roca.

Daisy cogió la pelota y se la lanzó a Lillian, que la atrapó en el aire.

—Quédate en la tercera base, Annabelle —señaló Lillian—. Vamos a ver si Evie puede llevarte de vuelta al Castillo de Roca.

Con aspecto nervioso pero decidido, Evie cogió el bate y se colocó en el lugar del bateador.

—Imagina que la pelota es tu tía Florence —le aconsejó Annabelle y una sonrisa apareció en el rostro de Evie.

Daisy lanzó una bola lenta y fácil al tiempo que Evie sacudía el bate. Falló, y la bola acabó con un sonido seco en las manos de Lillian. Ésta le lanzó la bola de nuevo a su hermana y volvió a colocar a Evie.

—Separa más los pies y flexiona un poco las rodillas —murmuró—. Ésa es mi chica. Ahora, no dejes de observar la pelota según se acerca y ya verás como no fallas.

Por desgracia, Evie sí falló; de hecho, falló una y otra vez hasta que su cara se puso roja por la frustración.

—Es dem-demasiado difícil —dijo, con la frente arrugada por

la preocupación—. Tal vez debería abandonar y dejar que probara alguien más.

—Sólo unos cuantos intentos más —dijo Annabelle inquieta, pero decidida a que Evie golpeara la pelota al menos una vez—. No tenemos ninguna prisa.

—¡No te rindas! —la animó Daisy—. Lo que pasa es que te esfuerzas demasiado, Evie. Relájate y deja de cerrar los ojos al batear.

—Puedes hacerlo —dijo Lillian al tiempo que se apartaba un sedoso mechón de cabello oscuro de su frente y flexionaba sus esbeltos y expertos brazos—. Casi le diste a la última. Lo único que tienes que hacer es no... apartar... la vista... de la pelota.

Con un suspiro de resignación, Evie arrastró el bate de nuevo hasta el Castillo de Roca y lo levantó una vez más. Sus ojos azules se entrecerraron al contemplar a Daisy y se puso rígida con el fin de prepararse para el siguiente lanzamiento.

—Estoy lista.

Daisy lanzó la pelota con fuerza y Evie balanceó el bate con una mueca de determinación. Un estremecimiento de satisfacción atravesó a Annabelle al contemplar cómo el bate golpeaba sólidamente la bola. La pelota trazó un arco en el aire para caer lejos, más allá del bosquecillo de robles. Todas empezaron a gritar de alegría ante tan espléndido bateo. Atónita por lo que había hecho, Evie comenzó a dar saltos mientras chillaba:

—¡Lo conseguí! ¡Lo conseguí!

—¡Corre alrededor de las cestas! —gritó Annabelle, que salió pitando de nuevo al Castillo de Roca.

Llena de júbilo, Evie rodeó el improvisado campo de *rounders* a tal velocidad que sus ropas se convirtieron en un borrón blanco. Cuando llegó al Castillo de Roca, las chicas continuaron con los saltos y los gritos de alegría, ya sin más razón que el hecho de ser jóvenes, estar saludables y sentirse bastante satisfechas consigo mismas.

De pronto, Annabelle atisbó una silueta oscura que ascendía rápidamente por la colina. Se quedó en silencio de repente al descubrir que había un... —no, ¡dos!— jinetes que avanzaban hacia el prado.

—¡Viene alguien! —dijo—. Un par de jinetes. ¡Coged vuestras ropas, deprisa!

Su susurro de alarma se abrió paso entre la alegría de las chicas. Se miraron las unas a las otras con los ojos como platos y se pusieron en acción presas del pánico. Con un chillido, Evie y Daisy salieron a la carrera hacia lo que quedaba del picnic, donde habían dejado sus vestidos.

Annabelle comenzó a seguirlas, pero se detuvo de pronto cuando los jinetes hicieron un alto justo a sus espaldas. Los miró con cautela, tratando de evaluar el peligro que suponían. Al contemplar sus rostros y reconocerlos, sintió un estremecimiento de espanto.

Lord Westcliff... y lo que era peor: Simon Hunt.

10

En cuanto los ojos de Annabelle conectaron con la atónita mirada de Hunt, no pudo apartarlos de él. Parecía una de esas pesadillas de las que uno siempre se despierta con una sensación de alivio al saber que algo tan espantoso no ocurrirá jamás. De no haberse encontrado en una situación tan desfavorecedora, podría haberse divertido al observar a un Simon Hunt totalmente estupefacto. En un principio, su rostro no traslucía expresión alguna, como si encontrara extremadamente difícil asimilar el hecho de que ella estuviese ante él tan sólo con la enagua, el corsé y los calzones. La mirada del hombre se deslizó sobre su cuerpo muy despacio hasta que llegó a su ruborizado rostro.

Tras unos instantes de abochornado silencio, Hunt tragó saliva con fuerza antes de decir en un tono ahogado:

—Probablemente no debería preguntar, pero ¿qué demonios están haciendo?

Esas palabras sacaron a Annabelle de su parálisis. Desde luego, no podía quedarse allí de pie y conversar con él vestida tan sólo con la ropa interior. Sin embargo, su dignidad —o lo que quedaba de ella— le exigía que no emitiera un chillido estúpido antes de correr a por su ropa tal y como habían hecho Evie y Daisy. Satisfecha con esa idea, caminó con rapidez hacia su abandonado vestido y lo sostuvo frente a ella mientras se giraba para enfrentarse a Simon Hunt una vez más.

—Estábamos jugando al *rounders* —explicó, aunque su voz sonó bastante más aguda que de costumbre.

Hunt echó un vistazo a su alrededor antes de clavar la vista en ella una vez más.

—¿Y por qué...?

—No se puede correr de forma adecuada con faldas —lo interrumpió Annabelle—. Cualquiera diría que es algo obvio.

Al escuchar el comentario, Hunt apartó la mirada con premura, pero no antes de que ella pudiese atisbar el súbito destello de su sonrisa.

—Puesto que nunca lo he intentado, tendré que aceptar su palabra al respecto.

Por detrás de ella, Annabelle escuchó cómo Daisy le recriminaba a Lillian:

—¡Creí que habías dicho que nadie venía jamás a este prado!

—Eso fue lo que me dijeron —replicó Lillian con voz apagada al tiempo que se introducía en el círculo de su vestido y se inclinaba para subirlo de un tirón.

El conde, que había permanecido callado hasta ese momento, dijo unas palabras con la mirada deliberadamente fija en el horizonte.

—Su información era correcta, señorita Bowman —dijo de forma controlada—. Este terreno es, por lo general, poco frecuentado.

—Muy bien, ¿entonces por qué están ustedes aquí? —quiso saber Lillian con un tono tan acusador que hizo parecer que ella, y no Westcliff, era la dueña de la propiedad.

La pregunta consiguió que la cabeza del conde se girara con asombrosa velocidad. Le dedicó a la chica americana una mirada de incredulidad antes de apartar la vista una vez más.

—Nuestra presencia aquí es producto de una simple casualidad —dijo con frialdad—. Hoy deseaba echar un vistazo a la parte noroeste de mi propiedad. —Le dio a la palabra «mi» un énfasis sutil pero inconfundible—. Fue cuando el señor Hunt y yo recorríamos el camino que las oímos gritar. Creímos que lo mejor sería investigar lo que sucedía y nos acercamos con la intención de ofrecer ayuda si era necesario. No teníamos ni la más remota idea de que ustedes estarían utilizando este prado para... para...

—Jugar al *rounders* en pololos —terminó Lillian al tiempo que metía los brazos en las mangas del vestido.

El conde, al parecer, fue incapaz de repetir aquella ridícula frase. Se giró con su caballo y dijo de forma cortante por encima del hombro:

—Planeo sufrir de amnesia en los próximos cinco minutos. Antes de que lo haga, les sugeriría que en el futuro se abstuvieran de llevar a cabo actividades que supongan andar en cueros fuera de sus aposentos, ya que puede que el siguiente transeúnte que las descubra no se muestre tan indiferente como el señor Hunt o yo mismo.

A pesar de la mortificación, Annabelle tuvo que reprimir un bufido de incredulidad ante el comentario del conde sobre la supuesta indiferencia de Hunt, por no mencionar la suya propia. Desde luego, Hunt había conseguido echarle un buen vistazo. Y si bien el escrutinio de Westcliff había sido más sutil, a Annabelle no se le había pasado por alto que le había echado una buena mirada a Lillian antes de girar su caballo. De cualquier modo, a la luz de su presente estado de desnudez, aquél no era el momento más adecuado para desinflar el comportamiento santurrón de Westcliff.

—Se lo agradezco, milord —dijo Annabelle con una serenidad que la llenó de orgullo—. Y ahora, después de tan excelente consejo, le rogaría que nos permitiesen algo de privacidad para que podamos arreglarnos de forma conveniente.

—Será un placer —gruñó Westcliff.

Al parecer, Simon Hunt no pudo reprimir las ganas de echar un vistazo a Annabelle con el vestido sujeto por delante del pecho antes de partir. A pesar de su aparente compostura, a ella le pareció que se había ruborizado un poco... y la mirada abrasadora de sus ojos negros no dejaba duda alguna. Annabelle deseaba tener la presencia de ánimo suficiente como para poder devolverle la mirada con fría indiferencia pero, en cambio, se sentía abochornada, desarreglada y completamente desequilibrada. El hombre parecía a punto de decirle algo; sin embargo, se contuvo y murmuró algo en voz muy baja con una sonrisa de desprecio hacia sí mismo. Su caballo pateó el suelo y resopló con desasosiego, antes de girar con impaciencia cuando Hunt lo apuró a partir al galope tras Westcliff, que ya se encontraba hacia la mitad del prado.

Avergonzada, Annabelle se giró hacia Lillian, que estaba ruborizada pero hacía gala de un admirable autodominio.

—De todos los hombres que podrían habernos descubierto de esta guisa —dijo Annabelle con disgusto—, tenían que ser esos dos.

—Hay que admirar semejante arrogancia, no cabe duda —comentó Lillian con sequedad—. Debe de llevar años conseguirla.

—¿A quién te refieres: al señor Hunt o a lord Westcliff?

—A ambos. Aunque la arrogancia del conde podría dejar la del señor Hunt a la altura del betún... Lo que, a mi parecer, es una hazaña asombrosa.

Se miraron todas con una expresión de desdén compartido hacia los visitantes y, de pronto, Annabelle prorrumpió en unas irreprimibles carcajadas.

—Estaban sorprendidos, ¿no os parece?

—Pero no tanto como nosotras —contestó Lillian—. Lo que importa ahora es cómo seremos capaces de volver a mirarlos a la cara.

—¿Cómo volverán a mirarnos ellos? —argumentó Annabelle—. Nosotras estábamos ocupadas con nuestros propios asuntos... ¡Los intrusos eran ellos!

—Tienes mucha razón... —comenzó Lillian, pero se detuvo al escuchar un sonido ahogado que procedía del lugar donde habían merendado.

Evie se retorcía sobre la manta mientras Daisy, de pie, la miraba con los brazos en jarras.

Annabelle corrió hacia la pareja y le preguntó consternada a Daisy:

—¿Qué ocurre?

—La vergüenza ha sido demasiado para ella —dijo Daisy—. Le ha dado un ataque.

Evie rodó sobre la manta con una servilleta a modo de escudo sobre el rostro, al tiempo que una de sus orejas adquiría el color de las remolachas en vinagre. Cuanto más trataba de contener las carcajadas, peores se volvían éstas, hasta que empezó a jadear frenéticamente entre risas. De alguna manera, consiguió pronunciar algunas palabras.

—¡Vaya introducción ap-aplastante a los juegos de campo!

Y, después, volvió a resollar entre espasmos de risa mientras las demás la contemplaban.

Daisy le dirigió a Annabelle una mirada significativa.

—Eso —le informó— es un telele.

Simon y Westcliff cabalgaron lejos del prado a todo galope y aminoraron el paso cuando entraron en el bosque para seguir el sendero que se abría paso a través de los árboles. Transcurrieron sus buenos dos minutos antes de que ninguno de ellos sintiese la inclinación —o fuese capaz, de hecho— de hablar. La cabeza de Simon estaba llena de imágenes de Annabelle Peyton, de sus increíbles curvas cubiertas por esa desgastada ropa interior que había encogido a causa de los continuos lavados. Era de agradecer que no se hubieran encontrado solos en semejantes circunstancias, ya que estaba seguro de que no habría sido capaz de apartarse de ella sin cometer alguna atrocidad.

En toda su vida, Simon jamás había experimentado un deseo tan poderoso como el que había sentido al ver a Annabelle medio desnuda en el prado. Todo su cuerpo se había visto inundado por el impulso de desmontar de su caballo, cogerla entre sus brazos y llevarla hasta la zona de pasto suave más cercana que pudiese encontrar. No podía imaginarse una tentación más poderosa que la imagen de su voluptuoso cuerpo, la visión de toda esa piel sedosa con una mezcla de tonos crema y rosado, y ese cabello castaño con hebras doradas por el sol. Quería arrancarle esa harapienta ropa interior con los dientes y los dedos y, después, besarla de la cabeza a los pies, saborear esos lugares dulces y suaves que...

—No —murmuró Simon al sentir que se le calentaba la sangre hasta escaldar el interior de sus venas.

No podía permitirse seguir esa línea de pensamiento, o el pétreo deseo que latía en su entrepierna haría que el resto del viaje a caballo resultara de lo más incómodo. Cuando tuvo la lujuria bajo control, echó un vistazo a Westcliff, que parecía ensimismado. Aquello era algo inusual en el conde, que no era de los que se quedaban ensimismados en absoluto.

Ambos eran amigos desde hacía alrededor de cinco años; se habían conocido en una cena organizada por un político progresista al que ambos conocían. El autocrático padre de Westcliff acababa de morir, a resultas de lo cual Marcus, el nuevo conde, se encontraba al cargo de todos los negocios familiares. Había descubierto que las finanzas de la familia estaban saneadas en la superficie, pero enfermas en el fondo, de forma muy parecida a un paciente que hubiese contraído una enfermedad terminal pero aún pareciera saludable. Alarmado por las pérdidas continuas que reflejaban los libros de cuentas, el nuevo conde de Westcliff había llegado a la conclusión de que debía llevar a cabo cambios drásticos. Había resuelto evitar el destino de otros nobles que se pasaban la vida administrando una siempre menguante fortuna familiar. A diferencia de las novelas de moda victorianas, que describían a los incontables nobles que habían perdido su riqueza en las mesas de juego, la realidad era que los aristócratas modernos no se mostraban, por lo general, tan temerarios como ineptos a la hora de dirigir sus finanzas. Inversiones conservadoras, puntos de vista anticuados y desatinadas leyes fiscales estaban erosionando poco a poco la riqueza de la aristocracia y haciendo posible que una nueva y próspera clase social de hombres dedicados al comercio se colara en los más altos niveles de la sociedad. Cualquier individuo que eligiera no tener en cuenta la influencia de las ciencias y los avances de la industria en la economía emergente estaba sin duda destinado a hundirse en esa agitada estela... y Westcliff no sentía deseo alguno de acabar incluido en esa categoría.

Cuando Simon y Westcliff empezaron a relacionarse, no cabía duda de que cada uno de ellos utilizaba al otro para conseguir algo a cambio: Westcliff quería el instinto financiero de Simon, mientras que éste deseaba tener acceso al mundo de la clase privilegiada. Sin embargo, a medida que fueron conociéndose mejor, se hizo evidente que eran muy parecidos en muchas cosas. Ambos eran jinetes y cazadores agresivos que necesitaban de una frecuente actividad física intensa como medio para descargar el exceso de energía. Y ambos eran escrupulosamente honrados, si bien Westcliff poseía los modales apropiados como para conseguir que su sinceridad resultara más aceptable. Ninguno pertenecía al tipo de hombre que se sentaba durante horas para charlar sobre poesía y asuntos sentimentales. Preferían tratar de temas y hechos tangibles y, por supuesto, discutían sobre los riesgos de los negocios presentes y futuros con absoluto deleite.

Como Simon había resultado ser un huésped habitual en Stony Cross Park y un visitante frecuente en la casa londinense de Westcliff, Marsden Terrace, las amistades del conde habían llegado a admitirlo dentro de su círculo. Había sido una agradable sorpresa para Simon descubrir que no era el único plebeyo entre aquellos a los que Westcliff consideraba amigos íntimos. Al parecer, el conde prefería la compañía de hombres cuya perspectiva del mundo había sido adquirida fuera de los muros de sus aristocráticas propiedades. De hecho, en algunas ocasiones, Westcliff afirmaba que le habría gustado renunciar a su título si eso fuera posible, ya que no aprobaba la idea de una aristocracia hereditaria. A Simon no le cabía duda de que las afirmaciones de Westcliff eran sinceras, pero, según parecía, al conde jamás se le había pasado por la cabeza que los privilegios de la aristocracia, con todo el poder y las responsabilidades que los acompañaban, eran una parte innata en él. Como beneficiario del más antiguo y respetado condado de Inglaterra, Marcus, lord Westcliff, había nacido para cumplir las exigencias del deber y la tradición. Mantenía su vida bien organizada y estrictamente programada, y era uno de los hombres con mayor autocontrol que Simon había conocido jamás.

En aquel momento, la habitual cabeza fría del conde parecía más perturbada de lo que la situación exigía.

—Maldición —exclamó finalmente Westcliff—. Hago negocios ocasionales con su padre. ¿Cómo se supone que voy a enfrentarme ahora a Thomas Bowman sin recordar que he visto a su hija en ropa interior?

—A sus hijas —lo corrigió Simon—. Estaban las dos.

—Yo sólo me fijé en la alta.

—¿Lillian?

—Sí, ésa —dijo Westcliff frunciendo aún más el ceño—. Por el amor de Dios, ¡no me extraña que sigan todas solteras! Son unas pervertidas, incluso para las normas americanas. Y el modo en que me habló esa mujer, como si fuera yo quien debiera sentirse avergonzado por interrumpir su depravada diversión...

—Westcliff, hablas como un mojigato —lo interrumpió Simon,

que encontraba muy divertida la vehemencia del conde—. Unas cuantas chicas inocentes en un prado no es lo que se llama el fin de la civilización tal y como la conocemos. Si hubiesen sido mozas del pueblo, no habrías pensado nada de eso. Diablos, es muy probable que te hubieses unido a ellas. Te he visto hacer cosas con tus amiguitas en las fiestas y los bailes que...

—Bueno, pero ellas no son mozas del pueblo, ¿no es cierto? Son jóvenes damas..., o, al menos, se supone que lo son. ¿Por qué, en el nombre de Dios, un grupo de «floreros» como ellas se comporta de forma semejante?

Simon sonrió al escuchar el tono agraviado de su amigo.

—Me da la impresión de que se han aliado a causa de su estado de soltería. Durante la mayor parte de la pasada temporada se sentaron juntas sin dirigirse la palabra entre ellas, pero parece que últimamente han entablado una amistad.

—¿Con qué propósito? —preguntó el conde con una profunda sospecha.

—Tal vez lo único que quieren es divertirse —sugirió Simon, interesado por el grado de objeción que Westcliff presentaba ante el comportamiento de las chicas.

Lillian Bowman, en particular, parecía haberlo molestado sobremanera. Y eso era algo poco habitual en el conde, que siempre trataba a las mujeres con amabilidad. Hasta donde Simon sabía, a pesar del gran número de mujeres que lo perseguían dentro y fuera de la cama, Westcliff jamás había perdido su indiferencia. Hasta aquel momento.

—En ese caso, deberían estar bordando, o lo que sea que hagan las mujeres para divertirse como es debido —gruñó el conde—. Al menos, deberían encontrar alguna afición que no implique correr desnudas por el campo.

—No estaban desnudas —señaló Simon—. Por desgracia.

—Ese comentario me impulsa a decir algo —comentó Westcliff—. Como bien sabes, no soy muy dado a obsequiar consejos cuando no me los han pedido...

Simon lo interrumpió con una carcajada.

—Westcliff, dudo mucho que haya pasado un solo día de tu vida sin que le hayas dado un consejo a alguien sobre algo.

—Sólo ofrezco consejo cuando resulta obvio que se necesita —replicó el conde con el ceño fruncido.

Simon le dedicó una mirada irónica.

—Ilumíname, pues, con tus sabias palabras, ya que parece que voy a tener que escucharlas lo quiera o no.

—Se trata de la señorita Peyton. Si fueras inteligente, te desharías de toda idea acerca de ella. No es más que una cosita superficial y más engreída que cualquier criatura que haya conocido jamás. La fachada es bella, debo reconocerlo..., pero, a mi parecer, no hay nada bajo ella que sea recomendable. No me cabe duda de que estás pensando tomarla como amante si fracasa en su conquista de Kendall. Mi consejo es que no lo hagas. Hay mujeres que tienen muchísimo más que ofrecerte.

Simon dejó pasar un instante antes de contestar. Los sentimientos que le provocaba Annabelle Peyton eran desagradablemente complejos. Admiraba a Annabelle, le caía bien, y Dios sabía que no tenía derecho a juzgarla con dureza por haberse convertido en la amante de otro hombre. Sin embargo, y a pesar de todo, la más que probable posibilidad de que hubiese metido en su cama a Hodgeham le provocaba una mezcla de celos y furia que lo dejaba atónito.

Después de escuchar el rumor que lord Burdick había estado esparciendo, según el cual Annabelle se había convertido en la amante secreta de lord Hodgeham, Simon no había sido capaz de dejar de investigar semejante afirmación. Le había preguntado a su padre, que mantenía los libros de cuentas en escrupuloso orden, si alguien le había dado dinero para pagar las deudas de los Peyton en la carnicería. Sin dejar lugar a dudas, su padre le confirmó que lord Hodgeham había abonado de forma ocasional la cuenta de los Peyton. Aunque aquello no podía ser considerado una prueba concluyente, era cierto que daba más peso a la posibilidad de que Annabelle se hubiera convertido en la querida de Hodgeham. Y el tono evasivo de la muchacha durante la conversación que habían mantenido la mañana anterior había servido de bien poco para contradecir el rumor.

Estaba claro que la situación de la familia Peyton era desesperada... pero la razón por la que Annabelle había recurrido a un charlatán viejo y gordo como Hodgeham en busca de ayuda le resultaba un misterio. No obstante, había muchas decisiones en la vida, tanto buenas como malas, que se tomaban en función del momento. Quizás Hodgeham había logrado aparecer en un instante en el que las defensas de Annabelle se encontraban en su momento más bajo y ella se había dejado convencer para entregarle a ese viejo cabrón lo que quería a cambio del dinero que tanto necesitaba.

No tenía botas de paseo. ¡Por Dios! La generosidad de Hodgeham debía de ser bastante miserable si daba para unos cuantos vestidos nuevos, pero no para calzado decente y le permitía llevar ropa interior que estaba muy cerca de convertirse en harapos. Si Annabelle tenía que ser la amante de alguien..., por todos los diablos, bien podía ser la suya y recibir al menos la recompensa adecuada por sus favores. Resultaba evidente que era demasiado pronto para plantearle la cuestión a ella. Tendría que esperar con paciencia mientras Annabelle trataba de arrancar una proposición matrimonial a lord Kendall. Y no tenía la menor intención de hacer algo que estropeara sus posibilidades de conseguirlo. Pero si fracasaba con Kendall, tenía la intención de acercarse a ella con una oferta muchísimo mejor que la de su actual e insignificante acuerdo con Hodgeham.

Al imaginarse a Annabelle tumbada desnuda en su cama, Simon notó que su lujuria se reavivaba y luchó por retomar el hilo de la conversación.

—¿Por qué tienes la impresión de que siento algún interés por la señorita Peyton? —preguntó con tono indiferente.

—Por el hecho de que estuviste a punto de caerte del caballo cuando la viste en enaguas.

Eso arrancó una sonrisa renuente a Simon.

—Con una fachada como ésa, me importa un comino lo que haya debajo.

—Pues debería importarte —dijo el conde con énfasis—. La señorita Peyton es la mujer más egoísta que he conocido nunca.

—Westcliff —dijo Simon de forma amigable—, ¿se te ha ocurrido alguna vez que es posible que en ocasiones estés equivocado en alguna cosa?

El conde pareció perplejo ante semejante pregunta.

—En realidad, no.

Simon sacudió la cabeza con una sonrisa de incredulidad y espoleó a su caballo para que avivara el paso.

11

Durante el camino de vuelta a la mansión de Stony Cross, Annabelle comenzó a inquietarse por el intenso dolor que sentía en el tobillo. Debía de habérselo torcido mientras jugaban el partido de *rounders,* aunque no recordaba el momento preciso en el que había sucedido. Con un hondo suspiro, alzó la cesta que llevaba en la mano y apresuró el paso para mantenerse junto a Lillian, que caminaba con aire pensativo. Daisy y Evie las seguían un tanto a la zaga, entusiasmadas con la conversación que mantenían.

—¿Qué es lo que te preocupa? —le preguntó Annabelle a Lillian en voz baja.

—El conde y el señor Hunt... ¿Crees que le contarán a alguien que nos han visto esta tarde? La historia dejaría nuestra reputación por los suelos.

—No creo que Westcliff diga nada —contestó Annabelle tras meditar un instante—. Me resultó bastante convincente cuando hizo el comentario sobre la amnesia. Además, no parece un hombre dado al cotilleo.

—¿Y el señor Hunt?

Annabelle frunció el ceño.

—No lo sé. No se me ha pasado por alto el hecho de que no prometiera guardar silencio. Supongo que mantendrá la boca cerrada si cree que puede obtener algo a cambio.

—En ese caso, deberás ser tú la que se lo pida. En cuanto veas al señor Hunt esta noche en el baile, debes acercarte y conseguir que prometa no contarle a nadie los detalles de nuestro partido de *rounders*.

Al recordar el baile que tendría lugar en la mansión esa misma noche, Annabelle gimió para sus adentros. Estaba casi segura —no, completamente segura— de que no sería capaz de enfrentarse a Hunt después de lo que había sucedido un rato antes. Sin embargo, Lillian tenía razón: no podían asumir sin más que el hombre iba a guardar silencio. Tendría que tratar el tema con él, por poco que le agradara la perspectiva.

—Y ¿por qué yo? —preguntó, aunque conocía la respuesta.

—Porque le gustas a Hunt. Todo el mundo lo sabe. Se mostrará mucho más dispuesto a hacer algo que tú le pidas.

—Pero no lo hará sin recibir algo a cambio —murmuró Annabelle, que sintió que el dolor pulsante del tobillo empeoraba por momentos—. ¿Y si me hace alguna proposición de mal gusto?

A la pregunta siguió una pausa larga y contrita, tras la cual Lillian contestó:

—Debes ofrecerle algún premio de consolación.

—¿Qué tipo de premio de consolación? —inquirió Annabelle con suspicacia.

—Bueno, permítele que te bese si así se compromete a guardar silencio.

Atónita al descubrir que Lillian era capaz de realizar semejante afirmación con tal indiferencia, jadeó antes de exclamar:

—¡Dios Bendito, Lillian! ¡No puedo hacer eso!

—¿Por qué no? Ya has besado a algún hombre antes, ¿no?

—Sí, pero...

—Todos los labios son iguales. Sólo tienes que asegurarte de que nadie os ve y hacerlo con rapidez. De ese modo, el señor Hunt quedará satisfecho y nuestro secreto estará a salvo.

Annabelle meneó la cabeza al tiempo que soltaba una carcajada ahogada y su corazón comenzaba a desbocarse ante la idea. No podía evitar recordar ese beso secreto que había tenido lugar tanto tiempo atrás, en el diorama; esos segundos de devastadora conmoción sensual que la dejaron estremecida y sin habla.

—Sólo tendrás que dejarle muy claro que lo único que obtendrá de ti será un beso —prosiguió Lillian—, y asegurarle que no volverá a suceder nunca.

—Perdóname si pongo tu plan en entredicho, pero... apesta como el pescado al sol. ¡No todos los labios son iguales, y mucho menos si da la casualidad de que van unidos a Simon Hunt! Además, nunca se dará por satisfecho con algo tan insignificante como un beso, y no podría ofrecerle nada más.

—¿De verdad te parece tan repulsivo el señor Hunt? —preguntó Lillian sin darle la mayor importancia—. En realidad, no es tan desagradable. Yo incluso diría que es guapo.

—Me resulta tan insoportable que jamás me he fijado en su físico. Pero debo admitir que es... —Annabelle cayó en un confuso silencio mientras sopesaba la pregunta con una nueva e inquietante minuciosidad.

Si era objetiva —en el hipotético caso de que pudiera ser objetiva en lo referente a Simon Hunt—, debía admitir que el hombre era, en realidad, atractivo. El calificativo «guapo» se usaba para aquellas personas de rasgos esculturales y proporciones esbeltas y elegantes. Sin embargo, Simon Hunt redefinía la palabra con un semblante de líneas bruscas y audaces, unos descarados ojos negros, una nariz de fuerte personalidad, sin duda muy masculina, y una boca de labios generosos, eternamente curvada en una sonrisa por su irreverente sentido del humor. Incluso su inusual estatura y esa fuerza muscular parecían sentarle de maravilla, como si la naturaleza hubiera reconocido que era una criatura incapaz de conformarse con las medias tintas.

Simon Hunt había conseguido que se sintiera incómoda desde su primer encuentro. A pesar de no haberlo visto nunca de otro modo que no fuera impecablemente ataviado y controlado, siempre había tenido la sensación de que no estaba del todo domesticado, por decirlo de un modo delicado. Los instintos más profundos de Annabelle le decían que, bajo esa fachada burlona, había un hombre capaz de sentir una pasión tan profunda que podría resultar alarmante o, incluso, dar rienda suelta a su crueldad. No estaba ante un hombre dispuesto a ser domado.

Intentó imaginarse el moreno rostro de Simon Hunt sobre ella, la ardiente sensación de su boca, sus brazos cerrándose a su alrededor..., exactamente igual que en aquella ocasión, salvo que en ese momento ella sería una participante más que dispuesta. Sólo era un hombre, se recordó con nerviosismo. Y un beso era algo muy efímero. No obstante, mientras el beso se prolongara, ella estaría unida de modo muy íntimo a él. Y, a partir de ese momento, Simon Hunt se regodearía por dentro cada vez que se encontraran. Eso sí sería difícil de soportar.

Annabelle se frotó la frente, que sentía de súbito tan dolorida como si acabaran de darle un golpe con un bate de *rounders.*

—¿No podríamos olvidarnos del asunto y esperar que tenga el buen gusto de mantener la boca cerrada?

—Sí, claro —replicó Lillian con ironía—, el señor Hunt y la frase «buen gusto» suelen ir de la mano muy a menudo. Por supuesto, también podríamos cruzar los dedos y esperar..., si tus nervios son capaces de soportar la incertidumbre.

Mientras se masajeaba las sienes, Annabelle exhaló un suspiro angustiado.

—Está bien. Me acercaré a él esta noche. Yo —hizo una pausa más larga de lo habitual—... incluso lo besaré si es necesario. ¡Pero pienso considerarlo como pago más que suficiente por todos los vestidos que me has regalado!

La boca de Lillian se curvó en una sonrisa satisfecha.

—Estoy segura de que podrás llegar a algún acuerdo con él.

Una vez que se separaron al llegar a la mansión, Annabelle se dirigió a su habitación para descansar durante lo que quedaba de tarde hasta la hora de la cena y el baile, momento para el que esperaba estar recuperada. Su madre no aparecía por ningún lado, de modo que dio por hecho que estaría tomando el té con algunas damas en el salón de la planta baja. Agradecida por su ausencia, se cambió de ropa y se lavó sin necesidad de enfrentarse a incómodas preguntas. Si bien Philippa era una madre cariñosa y, por regla general, permisiva, no habría reaccionado bien ante la noticia de que su hija había estado involucrada en algún tipo de escándalo junto a las hermanas Bowman.

Tras ponerse ropa interior limpia, se deslizó entre las sábanas recién planchadas. Para su frustración, el molesto dolor del tobillo le impidió conciliar el sueño. Cansada e irascible, llamó a una doncella con el fin de que ésta le preparara un baño frío para el pie y así se mantuvo, sentada y con el pie en el agua fría, durante más de media hora. Era evidente que se le había hinchado el tobillo, lo que la llevó a la malhumorada conclusión de que aquél había sido un día particularmente desafortunado. Lanzó una maldición cuando el tejido le rozó la piel pálida e inflamada del tobillo al ponerse la media limpia, y acabó de vestirse sin demasiadas prisas. Volvió a llamar a la doncella una vez más, ya que necesitaba ayuda para ceñirse el corsé y abrocharse la hilera de botones que descendían por la espalda del vestido de seda amarilla.

—¿Señorita? —murmuró la doncella con los ojos entornados por la preocupación al ver la expresión tensa de Annabelle—. Parece un poco sofocada... ¿Quiere que le traiga algo? El ama de llaves guarda en su armarito un tónico para las molestias femeninas...

—No, no se trata de eso —le aseguró Annabelle con una débil sonrisa—. Es que siento un ligero pinchazo en el tobillo.

—En ese caso, ¿le traigo una infusión de corteza de sauce? —sugirió la muchacha al tiempo que se colocaba tras Annabelle para abotonarle el vestido de noche—. Bajaré en un momento y no tardaré nada en preparárselo, así se lo podrá beber mientras la peino.

—Sí, gracias. —Se mantuvo firme mientras los hábiles dedos de la criada abrochaban los botones y, después, se dejó caer sobre la silla del tocador. Contempló su tenso semblante en el espejo estilo Reina Ana—. No recuerdo cómo pude hacerme daño. Por lo general, no soy tan torpe.

La doncella ahuecó el tul de suave color dorado que adornaba las mangas del vestido de Annabelle.

—Volveré en un instante con la infusión, señorita. Cuando se la tome, se sentirá mucho mejor.

Philippa llegó justo en el momento en que la doncella salía de la habitación. Sonrió al ver a su hija ataviada con el vestido de noche de color amarillo y se detuvo tras ella para mirarla a los ojos a través del espejo.

—Estás preciosa, querida.

—No me siento muy bien —le contestó Annabelle con sequedad—. Me torcí el tobillo esta tarde, durante mi paseo con las floreros.

—¿Por qué os empeñáis en usar ese calificativo? —preguntó Philippa, visiblemente molesta—. No creo que os resulte muy difícil buscar un nombre más favorecedor para vuestro grupo...

—La verdad es que ése nos sienta bien —contestó Annabelle con una sonrisa—. A partir de ahora pronunciaré el nombre con cierta ironía, si eso hace que te sientas mejor.

Philippa suspiró.

—Me temo que he agotado todas mis reservas de ironía. No me resulta fácil verte luchar y conspirar mientras otras chicas de tu misma posición social lo tienen tan sencillo; verte utilizar vestidos prestados y pensar en la carga que llevas sobre los hombros... Cuántas veces he pensado que si tu padre estuviera vivo o si tuviéramos un poco más de dinero...

Annabelle se encogió de hombros.

—Como dice el refrán, mamá: «Si los nabos fuesen relojes, todo el mundo llevaría uno en el bolsillo.»

Philippa le acarició el pelo con suavidad.

—¿Por qué no te quedas esta noche descansando en la habitación? Te leeré algo mientras tú reposas con el pie en alto...

—No me tientes —replicó Annabelle con voz acongojada—. Me encantaría poder hacerlo, pero no puedo permitírmelo. No puedo desaprovechar ni una sola oportunidad de impresionar a lord Kendall.

«Y de negociar con Simon Hunt», pensó, al tiempo que sentía una punzada de aprensión.

Tras beber una gran taza de infusión de corteza de sauce, Annabelle fue capaz de bajar las escaleras sin una sola mueca de dolor, a pesar de que la hinchazón del tobillo se negaba a desaparecer. Una vez abajo, tuvo tiempo de intercambiar unas cuantas palabras con Lillian antes de que los invitados fuesen conducidos al comedor. El sol había dejado las mejillas de Lillian sonrosadas y lustrosas, y, a la luz de las velas, sus ojos castaños tenían un aspecto aterciopelado.

—Hasta ahora, los esfuerzos de lord Westcliff por evitar a las floreros han sido obvios —comentó Lillian con una sonrisa—. Tenías razón; por esa parte no tendremos que preocuparnos. Nuestro problema es el señor Hunt.

—No será ningún problema —le aseguró Annabelle con firmeza—. Tal y como te he prometido, voy a hablar con él.

Lillian le respondió con una sonrisa aliviada.

—Eres un cielo, Annabelle.

En cuanto se sentaron a la mesa, Annabelle se quedó desconcertada al descubrir que la anfitriona había ubicado a lord Kendall muy cerca de ella. En cualquier otra ocasión, hubiera sido un regalo llovido del cielo, pero esa noche en particular no estaba en su mejor momento. No se sentía capaz de mantener una conversación inteligente con ese dolor punzante en el tobillo y la cabeza a punto de estallar. Para colmo de infortunios, Simon Hunt estaba sentado casi enfrente de ella y su aspecto era de lo más autocomplaciente. Y por si todo eso fuera poco, una especie de náusea le impedía hacer justicia a la magnífica cena. Privada de su habitual y sano apetito, se descubrió picoteando con indiferencia los manjares de su plato. Cada vez que alzaba la vista, descubría los perspicaces ojos de Simon Hunt pendientes de ella, por lo que se preparaba para recibir algún tipo de sutil provocación. Sin embargo, gracias a Dios, las pocas observaciones que éste le dirigió fueron insípidas y triviales, y consiguió acabar la cena sin padecer incidente alguno.

Cuando la cena llegó a su fin, la música flotó hasta ellos procedente del salón de fiestas y Annabelle celebró el inminente comienzo del baile. Por una vez, agradecería poder sentarse en la fila de floreros y descansar el pie mientras las demás bailaban. Supuso que había tomado el sol en exceso durante el día y que ése era el motivo de su malestar y del dolor de cabeza. Lillian y Daisy, en cambio, parecían más saludables y llenas de vida que nunca. Por desgracia, la pobre Evie había recibido una reprimenda por parte de su tía, que la había castigado sin mostrar compasión alguna.

—El sol hace que le salgan pecas —le comentó Daisy a Annabelle con tristeza—. Tía Florence le ha dicho a Evie que, después del día que hemos pasado al sol, le van a salir más motas que a un leopardo y le ha prohibido volver a reunirse con nosotras hasta que su cutis vuelva a la normalidad.

Annabelle frunció el ceño al tiempo que la invadía una oleada de compasión por su amiga.

—Esa horrible tía Florence —murmuró—. Está claro que su único propósito en la vida es conseguir que Evie sea desdichada.

—Pues lo hace muy bien —admitió Daisy. De repente, vio algo por encima del hombro de Annabelle que la hizo abrir los ojos como platos—. ¡Cielos! El Señor Hunt viene hacia aquí. Me muero de sed, voy a acercarme a la mesa de los refrescos y os dejaré para que... esto...

—Lillian te lo ha contado —le dijo Annabelle de malhumor.

—Sí, y tanto ella, como Evie y como yo te agradeceremos durante toda la vida el sacrificio que vas a hacer por todas nosotras.

—Sacrificio —repitió Annabelle, a la que no le gustaba en lo más mínimo el sonido de esa palabra—. Eso es exagerar un poco las cosas, ¿no crees? Tal y como dijo Lillian: «Todos los labios son iguales.»

—Eso fue lo que te dijo a ti —corrigió Daisy con gesto travieso—. Pero a Evie y a mí nos dijo que preferiría la muerte antes de permitir que la besara un hombre como el señor Hunt.

—¿Cómo que...? —comenzó a decir Annabelle, pero Daisy se escabulló entre risas, antes de que pudiera concluir la pregunta.

Con la sensación de ser una virgen arrojada en sacrificio al infierno, Annabelle se sobresaltó cuando escuchó la profunda voz de Simon Hunt muy cerca de su oído. La serena burla que traslucía su voz de barítono pareció recorrerle el cuerpo de arriba abajo.

—Buenas noches, señorita Peyton. Veo que está convenientemente vestida..., para variar.

Annabelle se giró para mirarlo frente a frente mientras apretaba los dientes.

—Debo confesar, señor Hunt, que me ha sorprendido mucho verlo tan comedido durante la cena. Había esperado una diatriba de comentarios insultantes y, muy al contrario, ha logrado comportarse como un caballero durante toda una hora.

—Ha supuesto un esfuerzo titánico —concedió él con semblante serio—. Pero se me ocurrió que debía dejarle a usted los comportamientos escandalosos —hizo una circunspecta pausa antes de añadir—... ya que últimamente parece que se le dan de maravilla.

—¡Mis amigas y yo no hemos hecho nada malo!

—¿He dicho yo que desaprobara el partido de *rounders* en su conjunto? —preguntó con inocencia—. Al contrario; secundo la idea de todo corazón. De hecho, creo que deberían jugar todos los días.

—Mi «conjunto» era de lo más decente —replicó Annabelle en un cortante susurro—. Iba vestida con mi ropa interior.

—¿Eso que llevaba era ropa interior? —preguntó con indolencia.

El rostro de Annabelle se sonrojó al comprender que él había notado el lamentable estado de sus prendas íntimas.

—¿Le ha contado a alguien que nos vio en el prado? —inquirió con voz tensa.

Obviamente, ésa era la pregunta que él había estado esperando. Sus labios dibujaron una lenta sonrisa.

—Aún no.

—¿Planea decírselo a alguien?

Hunt meditó la pregunta con gesto reflexivo, si bien no lograba disimular en absoluto la diversión que todo el asunto le provocaba.

—No es que lo planee, no... —Se encogió de hombros, fingiendo arrepentimiento—. Pero ya sabe cómo son las cosas. En ocasiones, este tipo de asuntos suelen mencionarse por descuido durante una conversación...

Annabelle lo observó con los ojos entrecerrados.

—¿Qué puedo hacer para garantizar su silencio?

Hunt fingió horrorizarse por su franqueza.

—Señorita Peyton, debería aprender a manejar estas cuestiones con un poco más de diplomacia, ¿no cree? Siempre había supuesto que una dama de su refinamiento utilizaría el tacto y la delicadeza...

—No tengo tiempo para diplomacias —lo interrumpió Annabelle, ceñuda—. Y es obvio que no podremos asegurarnos su silencio hasta que no le ofrezcamos algún tipo de soborno.

—La palabra «soborno» tiene unas connotaciones tan negativas... —musitó—. Yo prefiero llamarlo «incentivo».

—Llámelo como quiera —le contestó ella, cediendo a la impaciencia—. Pasemos a las negociaciones, ¿le parece?

—De acuerdo. —La actitud de Hunt no podía ser más seria; sin embargo, sus profundos ojos color café brillaban a causa de la risa contenida—. Supongo que podría persuadirme para que guardara silencio sobre sus escandalosas cabriolas, señorita Peyton. Con el incentivo necesario.

Annabelle guardó silencio y bajó la mirada mientras sopesaba lo que estaba a punto de decir. Una vez que pronunciara las palabras, no habría vuelta atrás. ¡Dios Santo! ¿Por qué le había tocado a ella persuadir a Simon Hunt de que guardara silencio acerca de un estúpido partido de *rounders* al que ella ni siquiera había querido jugar en un principio?

—Si fuera un caballero —musitó—, esto no sería necesario.

El esfuerzo por contener una súbita carcajada hizo que la voz de Hunt sonara con un timbre más grave.

—No, no soy un caballero. Pero me veo obligado a recordarle que no era yo el que corría medio desnudo por el prado esta tarde.

—¿Quiere callarse? —susurró con brusquedad—. Podría oírle alguien.

Hunt la estudió, fascinado, y sus ojos adquirieron una mirada oscura y elocuente.

—Haga su mejor oferta, señorita Peyton.

Sin dejar de mirar la extensión de pared que se alzaba por encima del hombro de Hunt, Annabelle comenzó a hablar con voz ahogada, y el sonrojo, que le llegó hasta las orejas, fue tan intenso que temió que su cabello acabara chamuscado.

—Si promete guardar silencio acerca del partido de *rounders*... dejaré que me bese.

El inaudito silencio que siguió a su proposición le resultó insoportable. Se obligó a alzar la mirada y vio que Simon Hunt estaba genuinamente sorprendido. La miraba como si ella hubiera hablado en un idioma extraño y no estuviese del todo seguro acerca del significado de sus palabras.

—Un beso —puntualizó Annabelle con los nervios destrozados debido a la tensión que se había instalado entre ellos—. Y no asuma que, por el hecho de permitírselo una vez, vaya a repetirse en el futuro.

Hunt contestó con una inusual cautela y pareció escoger sus palabras con sumo cuidado.

—Había pensado que me ofrecería un baile. Un vals o una contradanza.

—Pensé en eso —confesó ella—. Pero un beso me parece mucho más oportuno, por no mencionar que también es mucho más breve que un vals.

—Mis besos no lo son.

Semejante declaración, hecha en voz muy baja, provocó que las rodillas de Annabelle comenzaran a temblar.

—No sea ridículo —replicó al instante—. Un vals normal y corriente dura al menos treinta minutos. Es imposible que usted pueda besar a alguien durante tanto tiempo.

La voz de Hunt se tornó imperceptiblemente más ronca al contestar:

—Usted debería saberlo mejor que nadie, por supuesto. Muy bien; acepto su oferta. Un beso a cambio de guardar su secreto. Yo decidiré cuándo y cómo.

—El «cuándo» y el «cómo» se decidirán de común acuerdo —contraatacó Annabelle—. El motivo de todo esto es que mi reputación no se vea comprometida; no estoy dispuesta a arriesgarme, permitiéndole a usted elegir un momento o un lugar inapropiados.

Hunt la miró con una sonrisa burlona.

—Menuda negociadora es usted, señorita Peyton. Que Dios nos ayude si en el futuro se le ocurre tomar parte en el mundo de los negocios.

—No. Mi única ambición es convertirme en lady Kendall —rebatió Annabelle con venenosa dulzura, y se sintió enormemente satisfecha al ver que la sonrisa de Hunt se desvanecía.

—Eso sería una lástima —contestó él—. Tanto para usted como para Kendall.

—Váyase al infierno, señor Hunt —le dijo con un hilo de voz antes de alejarse de él, ignorando el intenso dolor de su dañado tobillo.

De camino a la terraza posterior, comprendió que la herida de su tobillo había empeorado. Las punzadas de dolor ascendían hasta la rodilla.

—¡Por las campanas del infierno! —musitó.

En esas condiciones, le iba a resultar imposible hacer avance alguno en su relación con lord Kendall. No era nada fácil adoptar una actitud seductora cuando una estaba a punto de gritar de dolor. Sintiéndose exhausta y derrotada de repente, Annabelle decidió regresar a su habitación. Ya que el asunto con Simon Hunt estaba zanjado, lo mejor que podía hacer era descansar el tobillo y rezar para que estuviera mejor a la mañana siguiente.

El dolor se hacía más intenso a cada paso que daba, hasta el punto de que comenzó a sentir que unos hilillos de sudor frío corrían por debajo de las rígidas ballenas de su corsé. Nunca había sufrido una herida semejante. No sólo le dolía la pierna, sino que también la cabeza había empezado a darle vueltas y el dolor se había extendido por todo el cuerpo. De repente, el contenido de su estómago comenzó a revolverse de forma alarmante. Necesitaba tomar un poco de aire... Tenía que refugiarse en la fresca oscuridad de la noche y sentarse en algún sitio hasta que las náuseas desaparecieran. La puerta que daba a la terraza trasera parecía estar demasiado lejos y se preguntó, en una especie de sopor, cómo iba a lograr alcanzarla.

Por fortuna, las hermanas Bowman se acercaron a ella en cuanto se dieron cuenta de que la conversación con Simon Hunt había concluido. La sonrisa expectante del rostro de Lillian desapareció al contemplar la expresión de sufrimiento de Annabelle.

—Tienes un aspecto horrible —exclamó Lillian—. Dios mío, ¿qué te ha dicho el señor Hunt?

—Ha accedido a lo del beso —contestó Annabelle sin dar más explicaciones, mientras continuaba cojeando hacia la terraza. Apenas distinguía la música de la orquesta debido al intenso zumbido de sus oídos.

—Si la idea te resulta tan terrible... —comenzó Lillian.

—No se trata de eso —dijo Annabelle, presa de la exasperación y la angustia—. Es el tobillo. Me lo torcí esta tarde y ahora me resulta casi imposible caminar.

—¿Y por qué no lo mencionaste antes? —exigió saber Lillian, preocupada de inmediato. Su delgado brazo resultó ser sorprendentemente fuerte cuando rodeó la cintura de Annabelle—. Daisy, acércate a esa puerta de ahí y mantenla abierta mientras nos escabullimos.

Ambas hermanas la ayudaron a salir a la terraza y, una vez allí, Annabelle se enjugó el sudor de la frente con uno de sus guantes.

—Creo que voy a vomitar —gimió al sentir que la boca se le llenaba de una desagradable saliva y la bilis le irritaba la garganta. Por el dolor que sentía en la pierna, bien podría haberla atropellado un carruaje—. ¡Dios mío! No puedo. No puedo vomitar ahora.

—No pasa nada —la tranquilizó Lillian, que la acercó hasta un macizo de flores situado junto a los escalones de la terraza—. No va a verte nadie, querida. Vomita todo lo que quieras. Daisy y yo te cuidaremos.

—Cierto —agregó Daisy, que estaba detrás de ellas—. A las verdaderas amigas no les importa sostenerse el cabello mientras echan los buñuelos.

Annabelle se habría reído de buena gana de no haber estado tan doblegada por las continuas náuseas. Por fortuna, no había comido demasiado durante la cena, por lo que el proceso acabó con rapidez. Su estómago entró en erupción y ella no tuvo más remedio que rendirse. Jadeó y escupió sobre el macizo de flores sin dejar de repetir entre gemidos:

—Lo siento. Lo siento muchísimo, Lillian...

—No seas ridícula —fue la relajada respuesta de la americana—. Tú harías lo mismo por mí, ¿no es cierto?

—Por supuesto... Pero tú no serías nunca tan tonta como...

—Tú no estás siendo tonta —la corrigió Lillian con suavidad—. Estás enferma. Venga, coge mi pañuelo.

Todavía inclinada hacia delante, Annabelle agradeció el detalle y cogió el pañuelo de lino ribeteado de encaje, pero lo alejó de ella al percibir el perfume.

—¡Uf! No puedo —susurró—. El olor. ¿No tienes uno que no esté perfumado?

—¡Vaya por Dios! —exclamó Lillian, con aire de disculpa—. Daisy, ¿dónde está tu pañuelo?

—Olvídalo —fue la somera respuesta de la muchacha.

—Tendrás que usar éste —le señaló Lillian a Annabelle—. Es el único que tenemos.

En ese momento, una voz masculina se unió a la conversación.

—Tome éste.

12

Demasiado mareada para notar lo que estaba sucediendo a su alrededor, Annabelle aceptó el pañuelo limpio que le pusieron en la mano. Por suerte, carecía de cualquier olor que no fuera un ligero toque de almidón. Tras enjugarse el sudor de la cara y limpiarse después la boca, consiguió incorporarse y enfrentarse al recién llegado. Su dolorido estómago se retorció de forma lenta y agonizante al ver a Simon Hunt. Al parecer, la había seguido al exterior, a la terraza, justo a tiempo para presenciar sus humillantes náuseas. Quería morirse. Le hubiera encantado expirar de forma conveniente en aquel mismo momento con el fin de desterrar para siempre el conocimiento de que Simon Hunt la había visto devolver los buñuelos sobre el lecho de flores.

El rostro de Hunt no mostraba expresión alguna, salvo el ceño fruncido que le arrugaba la frente. En un instante, se acercó a su lado y la sujetó mientras ella se tambaleaba ante él.

—A la luz de nuestro reciente acuerdo —murmuró el hombre—, esto resulta muy poco halagador, señorita Peyton.

—Por el amor de Dios, lárguese —gimió Annabelle; sin embargo, se descubrió apoyada contra el fuerte soporte que le brindaba su cuerpo al tiempo que otra oleada de náuseas la sacudía.

Apretó el pañuelo contra su boca y respiró por la nariz hasta que, felizmente, las arcadas remitieron. No obstante, se sintió estremecida por la debilidad más acuciante que hubiera experimentado en su vida y supo que si él no hubiera estado allí, se habría desplomado sobre el suelo. Dios Bendito, ¿qué le ocurría?

Hunt ajustó de inmediato su sujeción para aferrarla con suavidad.

—Me pareció que estaba algo pálida —señaló mientras apartaba con suavidad un mechón de pelo que le había caído sobre la frente húmeda—. ¿Qué pasa, cariño? ¿Es sólo el estómago o te duele algo más?

En algún lugar bajo la inmensa mortificación que la embargaba, Annabelle se sorprendió al escuchar el apodo cariñoso, por no mencionar el hecho de que un caballero jamás debía hacer referencia a las partes internas de una dama. De cualquier forma, en aquel momento estaba demasiado enferma como para hacer otra cosa que no fuera aferrarse a las solapas de su chaqueta. Concentrándose en su pregunta, evaluó el caos que reinaba en el interior de su inhóspito cuerpo.

—Me duele todo —susurró—. La cabeza, el estómago, la espalda... Pero, sobre todo, el tobillo.

Mientras hablaba, notó que empezaban a dormírsele los labios. Se los humedeció, alarmada por la falta de sensibilidad. De haber estado algo menos desorientada, se habría dado cuenta de que Hunt la contemplaba como nunca antes lo había hecho. Más tarde, Daisy le describiría con todo detalle la forma tan protectora con la que Simon Hunt la había rodeado con los brazos. En aquel momento, no obstante, Annabelle se sentía demasiado maltrecha para percibir algo que no fuera su propio y abrumador malestar.

Lillian habló con brusquedad y avanzó para arrancar a Annabelle de los brazos de Hunt.

—Gracias por prestarle su pañuelo, señor. Ahora puede marcharse; mi hermana y yo somos muy capaces de cuidar de la señorita Peyton.

Sin hacer caso a la joven americana, Hunt mantuvo su brazo alrededor de Annabelle mientras contemplaba su pálido rostro.

—¿Cómo te hiciste daño en el tobillo? —preguntó.

—Jugando al *rounders,* supongo...

—No te vi beber nada durante la cena. —Hunt colocó la mano

sobre su frente en busca de signos de fiebre. El gesto resultó sorprendentemente íntimo y familiar—. ¿Has tomado algo antes?

—Si se refiere a licores o a vino, no. —El cuerpo de Annabelle parecía colapsarse con lentitud, como si su mente hubiera renunciado a todo control que tuviera sobre sus miembros—. Bebí un poco de infusión de corteza de sauce en mi habitación.

La mano cálida de Hunt se deslizó hacia un lado de su cara y se amoldó con suavidad a la curva de su mejilla. Annabelle tenía tanto frío que temblaba en el interior de su vestido, húmedo por el sudor, y tenía la piel de gallina. Al notar la acogedora calidez que irradiaba el cuerpo del hombre, estuvo a punto de ceder al impulso de acurrucarse bajo su chaqueta como un animalillo dentro de su madriguera.

—Est-toy congelada —susurró y sintió que el brazo de Hunt se tensaba a su alrededor.

—Agárrate a mí —murmuró y, con suma habilidad, logró taparla con su chaqueta al tiempo que sujetaba su trémulo cuerpo.

La arropó con la chaqueta, que aún conservaba el calor de su piel, y ella respondió con un incomprensible sonido de gratitud.

Ofendida al ver el modo en que sujetaba a su amiga aquel detestable adversario, Lillian dijo con impaciencia:

—Mire, señor Hunt, mi hermana y yo...

—Vaya a buscar a la señora Peyton —la interrumpió Hunt, cuyo tono de voz, si bien suave, resultó bastante autoritario—. Y dígale a lord Westcliff que la señorita Peyton necesita un médico. Él sabrá a quién hay que buscar.

—¿Y qué va a hacer usted? —preguntó Lillian, que, obviamente, no estaba acostumbrada a recibir órdenes de semejante manera.

Hunt entrecerró los ojos al responder.

—Voy a llevarme a la señorita Peyton por la entrada de la servidumbre, que se encuentra en uno de los laterales de la casa. Su hermana vendrá con nosotros para solventar cualquier posible falta de decoro.

—¡Eso demuestra lo poco que sabe acerca del decoro! —le espetó Lillian.

—No pienso discutir ese asunto ahora. Trate de ser de utilidad, ¿quiere? Vaya a hacer lo que le he dicho.

Después de una pausa furiosa y cargada de tensión, Lillian se dio la vuelta y caminó a grandes zancadas hacia las puertas del salón de baile.

Era obvio que Daisy estaba perpleja.

—Creo que nadie se había atrevido a hablarle a mi hermana de esa manera jamás. Es usted el hombre más valiente que he conocido, señor Hunt.

Hunt se inclinó con cuidado para colocar el brazo bajo las rodillas de Annabelle. La levantó con facilidad y aferró el revoltijo de miembros temblorosos y crujiente seda entre sus brazos. A Annabelle jamás la había llevado así ningún hombre... No podía creerse lo que estaba ocurriendo.

—Creo... que podría caminar parte del camino —consiguió decir.

—No llegarías ni a bajar los escalones de la terraza —dijo Hunt con sequedad—. Sé indulgente conmigo y permíteme mostrarte mi lado caballeroso. ¿Puedes rodearme el cuello con los brazos?

Ella obedeció, agradecida por no tener que apoyarse sobre el tobillo dolorido. Rindiéndose a la tentación de colocar la cabeza sobre el hombro de Hunt, enroscó el brazo alrededor de su cuello. Mientras él bajaba los escalones embaldosados de la terraza trasera, pudo sentir el agradable movimiento de los músculos bajo el tejido de su camisa.

—No creía que tuviera un lado caballeroso —dijo, apretando los dientes cuando otro escalofrío la estremeció—. Lo te-tenía por un completo granuja.

—No sé de dónde saca la gente esas ideas sobre mí —replicó él mientras la miraba con un brillo de diversión en los ojos—. La tragedia de mi vida es que nadie me comprende ni lo más mínimo.

—Sigo creyendo que es un granuja.

Hunt sonrió y la colocó de forma más cómoda entre sus brazos.

—Es obvio que la enfermedad no te ha enturbiado el juicio.

—¿Por qué me ayuda después de haberle dicho que se fuera al infierno? —susurró Annabelle.

—Tengo un especial interés en que conserves un buen estado de salud. Quiero que estés en plena forma cuando me cobre la deuda.

Mientras Hunt descendía los escalones con rapidez y facilidad,

Annabelle percibió la gracia y elegancia con que se movía: no como un bailarín, sino como un felino al acecho. Al estar sus rostros tan cerca, pudo percatarse de que el escrupuloso apurado de su afeitado no lograba ocultar los gruesos puntos de barba que se dibujaban bajo su piel. Aferrándose con más fuerza a él, colocó mejor los brazos alrededor de su cuello, hasta que sus dedos acariciaron la parte del cabello que se ondulaba ligeramente contra la nuca.

«Qué lástima que me encuentre tan mal —pensó—. Si no tuviera tanto frío y no estuviera tan mareada, quizá podría disfrutar de verdad de que me lleven así.»

Cuando alcanzó el sendero que rodeaba el lateral de la mansión, Hunt se detuvo un momento para dejar que Daisy los adelantara y encabezara la marcha.

—Por la entrada de la servidumbre —le recordó Hunt, ante lo que la joven asintió con la cabeza.

—Sí, sé cuál es. —Daisy echó un vistazo por encima el hombro mientras los guiaba por el sendero—. Nunca había visto que una torcedura de tobillo le provocara vómitos a nadie —comentó.

—Sospecho que esto es algo más que una simple torcedura de tobillo —replicó Hunt.

—¿Cree que ha sido la infusión de corteza de sauce? —preguntó Daisy.

—No, la corteza de sauce no causaría una reacción semejante. Tengo una idea acerca de cuál es el problema, pero no podré confirmarlo hasta que lleguemos a la habitación de la señorita Peyton.

—¿Y cómo tiene pensado «confirmar» su idea? —preguntó Annabelle con cautela.

—Lo único que quiero hacer es echarle un vistazo a tu tobillo. —Hunt sonrió al mirarla—. Estoy seguro de que me merezco eso después de llevarte en brazos tres tramos de escaleras.

Como quedó bien claro, las escaleras no le supusieron el más mínimo esfuerzo. Cuando alcanzaron el final del tercer tramo de escaleras, su respiración ni siquiera se había alterado. Annabelle sospechaba que habría podido llevarla diez veces más lejos sin ponerse a sudar. Cuando se lo dijo, él replicó con tono indiferente:

—Pasé la mayor parte de mi juventud llevando carne de ternera y de cerdo hasta la tienda de mi padre. Llevarla a usted es mucho más agradable.

—Qué encantador —musitó Annabelle con debilidad y con los ojos cerrados—. Toda mujer sueña con que le digan que la prefieren a una vaca muerta.

La risa retumbó en el pecho de Hunt mientras se giraba para evitar que el pie de Annabelle se golpeara contra el marco de la puerta. Daisy abrió la puerta para ellos y se quedó allí de pie, contemplando con ansiedad cómo Hunt llevaba a Annabelle hasta la cama cubierta de brocado.

—Ya hemos llegado —dijo el hombre al tiempo que la dejaba sobre la cama; estiró el brazo para colocar un almohadón más, a fin de que ella pudiera permanecer medio incorporada.

—Gracias —susurró Annabelle, que no podía dejar de mirar esos ojos negros de abundantes pestañas que la contemplaban desde lo alto.

—Quiero verte la pierna.

El corazón de Annabelle pareció detenerse ante aquella escandalosa declaración. Cuando su pulso volvió a la normalidad, era débil y demasiado rápido.

—Yo preferiría esperar a que llegara el doctor.

—No te estoy pidiendo permiso. —Haciendo caso omiso de sus protestas, Hunt estiró la mano hacia el dobladillo de las faldas.

—¡Señor Hunt! —exclamó Daisy con indignación al tiempo que se apresuraba a alcanzarlo—. ¡No se atreva! La señorita Peyton está enferma y si usted no aparta sus manos de ella ahora mismo...

—No se encrespe tanto —replicó Hunt con ironía—. No voy a abusar de la virtuosa doncellez de la señorita Peyton. Todavía no, al menos. —Su mirada se posó sobre el rostro pálido de Annabelle—. No te muevas. Por encantadoras que sean tus piernas, no van a incitarme a un frenesí de... —Se detuvo con una súbita inhalación al levantar las faldas y ver el hinchado tobillo—. Maldición. Hasta ahora siempre había creído que eras una mujer razonablemente inteligente. ¿Por qué demonios has bajado en semejantes condiciones?

—¡Dios mío, Annabelle! —murmuró Daisy—. ¡Tu tobillo tiene un aspecto horrible!

—Antes no estaba tan mal —dijo Annabelle a la defensiva—. Se ha puesto mucho peor en la última hora y... —Dio un alarido mezcla de alarma y de dolor cuando sintió que Hunt le subía un poco más las faldas—. ¿Qué está haciendo? Daisy, no le permitas...

—Voy a quitarte las medias —dijo Hunt—. Y si estuviera en tu lugar, le aconsejaría a la señorita Bowman que no interfiriera.

Daisy lo miró con el ceño fruncido y se acercó a Annabelle.

—Y yo le aconsejaría a usted que procediera con cautela, señor Hunt —replicó la aludida con impertinencia—. No voy a quedarme de brazos cruzados mientras usted incomoda a mi amiga.

Hunt le dirigió una mirada de ardiente socarronería al tiempo que encontraba la liga de Annabelle y la desabrochaba con pericia.

—Señorita Bowman, dentro de unos minutos nos veremos invadidos por los visitantes, incluyendo a la señora Peyton, lord Westcliff y su testaruda hermana, seguidos en breve por el susodicho médico. Incluso yo, un experimentado violador, necesito algo más de tiempo para incomodar a alguien. —Su expresión cambió cuando Annabelle jadeó de dolor ante su suave caricia. Con destreza, le bajó las medias con unos dedos tan suaves como plumas, pero la piel de la joven estaba tan sensibilizada que incluso la más delicada de las caricias le causaba un dolor insoportable—. Quédate quieta, cariño —murmuró mientras retiraba la seda de su pierna dolorida.

Sin dejar de morderse el labio, Annabelle contempló cómo esa oscura cabeza se inclinaba sobre su tobillo. Hunt lo hizo girar con mucho cuidado, preocupándose de no tocarla más de lo necesario. Acto seguido, se quedó inmóvil, con la cabeza morena todavía inclinada sobre su pierna.

—Justo lo que pensaba.

Daisy se echó hacia delante y observó la zona de su tobillo que Hunt señalaba.

—¿Qué son esas pequeñas marcas?

—La mordedura de una víbora —dijo Hunt sin miramientos. Se remangó las mangas de la camisa, dejando al descubierto unos musculosos antebrazos cubiertos de vello oscuro.

Las dos muchachas lo miraron con asombro.

—¿Me ha mordido una serpiente? —preguntó Annabelle con incredulidad—. Pero ¿cómo? ¿Cuándo? No puede ser cierto. Habría sentido algo... ¿O no?

Hunt metió la mano en el bolsillo de la chaqueta, que todavía estaba colocada alrededor de los hombros de Annabelle, en busca de algo.

—En algunas ocasiones, la gente no se da cuenta de la mordedura. Los bosques de Hampshire están plagados de víboras en esta época del año. Lo más probable es que ocurriera durante el paseo de esta tarde. —Tras encontrar lo que andaba buscando, sacó una pequeña navaja y la abrió.

Los ojos de Annabelle se abrieron como platos a causa del miedo.

—¿Qué está haciendo?

Hunt cogió su media y la cortó limpiamente en dos.

—Un torniquete.

—¿Si-siempre lleva esa cosa consigo? —Siempre había creído que era un poco pirata y, en aquel momento, al verlo con la camisa remangada y una navaja en la mano, la imagen se vio poderosamente reforzada.

Hunt se sentó junto a su pierna estirada, le alzó las faldas hasta la rodilla y le ató un trozo de seda alrededor del tobillo.

—Casi siempre —dijo con sequedad, concentrándose en su tarea—. Ser el hijo de un carnicero me condenó a una vida de fascinación por los cuchillos.

—Jamás he creído... —Annabelle se detuvo y jadeó de dolor al sentir el suave apretón de la seda.

Los ojos de Hunt volaron hacia los suyos, cargados de una nueva tensión en su expresión.

—Lo siento —dijo mientras enrollaba con cuidado la otra mitad de la media bajo la herida. Habló para distraerla al tiempo que apretaba el segundo torniquete—: Esto es lo que pasa por llevar esos malditos zapatos de baile tan debiluchos para andar por el campo. Debes de haber pisado a una víbora que tomaba el sol... y cuando vio uno de estos preciosos tobillitos, decidió darle un mordisco. —Hizo una pausa y dijo algo en voz baja que sonó como: «No puedo culparla.»

El dolor y el palpitar de la pierna llenaron de lágrimas los ojos de Annabelle. Sin dejar de luchar contra la mortificación de dejar escapar un sollozo, la joven hundió los dedos en el grueso brocado del cubrecama que tenía debajo.

—¿Por qué me ha empezado a doler el tobillo tanto ahora si me mordieron esta mañana?

—A veces puede tardar varias horas en hacer efecto. —Hunt miró a Daisy—. Señorita Bowman, toque la campanilla para llamar al servicio y dígales que necesitamos que hiervan presera. De inmediato.

—¿Qué es la presera? —preguntó Daisy con suspicacia.

—Una hierba. El ama de llaves guarda un puñado seco en su alacena desde que el jardinero jefe sufriera una mordedura el año pasado.

Daisy se apresuró a hacer lo que le habían ordenado y los dejó a ambos a solas por un instante.

—¿Qué le ocurrió al jardinero? —preguntó Annabelle, que no podía controlar el castañeteo de los dientes. Se veía sacudida por estremecimientos constantes, como si la hubieran sumergido en agua helada—. ¿Murió?

La expresión de Hunt no cambió, pero ella pudo darse cuenta de que su pregunta lo había sorprendido.

—No —dijo con amabilidad y se acercó un poco más—. No, cariño... —Tomó su trémula mano entre las suyas y le entibió los dedos con un cálido apretón—. Las víboras de Hampshire no tienen veneno suficiente para matar a nada que sea más grande que un gato o un perro pequeño. —Su mirada era cariñosa cuando continuó—. Te pondrás bien. Te sentirás espantosamente mal los próximos días, pero después todo volverá a la normalidad.

—No estará tratando de ser amable, ¿verdad? —preguntó ella con inquietud.

Hunt se inclinó sobre ella y le retiró unos cuantos mechones de pelo que se le habían pegado a la frente, empapada en sudor. A pesar del tamaño de su mano, su toque era liviano y tierno.

—Jamás miento por amabilidad —murmuró con una sonrisa—. Es uno de mis muchos defectos.

Después de darle las instrucciones pertinentes a uno de los sirvientes, Daisy se apresuró a regresar junto a la cama. A pesar de que había arqueado las cejas oscuras y elegantes al ver a Hunt inclinado sobre Annabelle, se abstuvo de hacer comentario alguno. En cambio, preguntó:

—¿No deberíamos hacer un corte en la picadura para dejar que salga el veneno?

Annabelle le dirigió una mirada de advertencia y soltó un gemido.

—¡No le des ideas, Daisy!

Hunt miró hacia el techo un instante antes de replicar.

—Eso no debe hacerse en las picaduras de víbora. —Entrecerró los ojos al mirar a Annabelle y darse cuenta de que respiraba de forma rápida y superficial—. ¿Te resulta difícil respirar?

Ella asintió al tiempo que se esforzaba por introducir aire en unos pulmones que parecían haberse reducido a un tercio de su tamaño habitual. Cada vez que tomaba aliento, le daba la sensación de que estuvieran comprimiéndole el pecho con un vendaje, hasta que sus costillas amenazaron con partirse a causa de la presión.

Hunt le acarició el rostro con suavidad y pasó el pulgar sobre la superficie seca de sus labios.

—Abre la boca. —Al contemplar el interior, señaló—: No tienes la lengua hinchada... Te pondrás bien. De cualquier forma, hay que quitarte el corsé. Date la vuelta.

Antes de que Annabelle pudiese responder, Daisy protestó con indignación.

—Yo me encargaré de ayudar a Annabelle con el corsé. Salga de la habitación, por favor.

—Ya he visto a otras mujeres en corsé con anterioridad —le dijo con sarcasmo.

Daisy puso los ojos en blanco.

—No se haga el tonto, señor Hunt. Es obvio que no es usted quien me preocupa. Los hombres no les quitan los corsés a las jóvenes damas por ninguna razón, a menos que su vida corra peligro..., cosa que, como usted acaba de señalar, no es el caso.

Hunt la miró con una expresión torturada.

—¡Maldita sea, mujer...!

—Maldiga cuanto le venga en gana —dijo Daisy de forma implacable—. Mi hermana mayor sabe maldecir diez veces mejor que usted. —Se irguió en toda su estatura, si bien un metro y cincuenta y dos discutibles centímetros a duras penas podían impresionar a nadie—. El corsé de la señorita Peyton se quedará donde está hasta que usted salga de la habitación.

Hunt le echó un vistazo a Annabelle, quien de repente necesitaba tanto respirar que apenas le importaba quién le quitara el corsé, con tal de que lo hiciera alguien.

—Por el amor de Dios —dijo Hunt con impaciencia y caminó a grandes pasos hasta la ventana para darles la espalda—. No voy a mirar. Hágalo ya.

Daisy obedeció a toda prisa al darse cuenta de que, al parecer, aquélla iba a ser la única concesión que Hunt se mostrara dispuesto a hacer. Retiró la chaqueta del cuerpo rígido de Annabelle.

—Desataré los lazos de la espalda y te dejaré el vestido encima —le susurró a su amiga—. De ese modo estarás decentemente cubierta.

Annabelle no pudo reunir el aliento suficiente para decirle que cualquier preocupación que pudiese haber albergado con respecto a la decencia palidecía al compararla con el acuciante problema que suponía no poder respirar. Sin dejar de jadear con fuerza, se giró hacia un lado y notó cómo los dedos de Daisy se introducían tras la empapada espalda de su vestido de baile. Sus pulmones se contorsionaban en frustrados intentos por introducir el preciado aire. Dio un afanoso gemido y comenzó a jadear con desesperación.

Daisy soltó unas cuantas maldiciones.

—Señor Hunt, me temo que debo pedirle prestada su navaja... Los cordones del corsé están anudados y no puedo... ¡Ay!

La última exclamación se produjo cuando Hunt se acercó como una exhalación a la cama, la apartó a un lado sin muchas ceremonias y se dispuso a encargarse él mismo del corsé. Tras unas cuantas y prudentes aplicaciones de la navaja, la obstinada prenda de vestir liberó las costillas de Annabelle de su férrea constricción.

Annabelle notó cómo separaba la rígida prenda de su cuerpo, dejando tan sólo el delgado velo de la enagua entre la mirada del hombre y su piel desnuda. Debido al estado en que se encontraba, aquella exposición no representaba una preocupación acuciante. No obstante, sabía muy bien que más tarde se moriría de vergüenza.

Hunt se inclinó sobre ella después de tumbarla de espaldas como si no fuera más que una muñeca de trapo.

—No aspires con tanta fuerza, cielo. —Colocó la mano sobre la parte superior de su pecho. La miró a los ojos fijamente y empezó a frotarla en relajantes círculos—. Despacio. Tienes que relajarte un poco.

Sin apartar la mirada del oscuro resplandor de sus ojos, Annabelle trató de obedecer, pero se le cerraba la garganta con cada jadeante aliento. Iba a morirse de asfixia en aquel mismo momento.

Él no permitió que apartara los ojos.

—Te pondrás bien. Deja que el aire entre y salga con suavidad. Despacio. Eso es. Así. —De alguna forma, el cálido peso de su mano sobre el pecho pareció ayudarla, como si tuviese el poder de lograr que los pulmones recuperaran su ritmo normal—. Lo peor pasará dentro de nada —dijo Hunt.

—Vaya, qué alivio. —Trató de responder de forma sarcástica, pero el esfuerzo hizo que se atragantara y que empezara a tener hipo.

—No intentes hablar... Sólo respira. Otro de los largos, muy despacio... y otro más. Buena chica.

A medida que Annabelle recuperaba poco a poco el aliento, el pánico empezó a desvanecerse. Aquel hombre tenía razón: era más fácil si no luchaba por respirar. El sonido de sus jadeos quedaba amortiguado por la fascinante suavidad de su voz.

—Eso es —murmuró Hunt—. Así es como hay que hacerlo.

La mano seguía moviéndose en círculos suaves y lentos sobre su pecho. No había nada sexual en sus caricias... De hecho, bien podría haber sido una niña a la que él tratara de tranquilizar. Annabelle estaba perpleja. ¿Quién se habría imaginado que Simon Hunt podía mostrarse tan dulce?

Movida a partes iguales por la gratitud y la confusión, buscó a tientas la enorme mano que se movía con tanta gentileza sobre su pecho. Estaba tan débil que ese gesto consumió todas sus fuerzas. Hunt comenzó a retirar la mano al asumir que ella pretendía apartarla, pero cuando sintió que los dedos de la joven se curvaban alrededor de los suyos, se quedó muy quieto.

—Gracias —musitó Annabelle.

El contacto hizo que Hunt se tensara de forma obvia, como si el hecho de que ella lo tocara hubiese enviado una especie de descarga a través de su cuerpo. La miró, pero no a la cara; contempló los delicados dedos que estaban entrelazados con los suyos como lo haría un hombre que tratara de resolver un complejo rompecabezas. Todavía inmóvil, prolongó el instante mientras bajaba los párpados para ocultar su mirada.

Annabelle se humedeció los labios secos con la lengua y descubrió que aún no podía sentirlos.

—Tengo la cara dormida —dijo con un hilo de voz al tiempo que soltaba la mano del hombre.

Hunt la contempló con la sonrisa irónica de alguien que acaba de descubrir algo sobre sí mismo que no esperaba.

—La presera ayudará. —Colocó la mano en uno de los lados de la garganta de Annabelle y deslizó el pulgar a lo largo del borde de su mandíbula en un gesto que sólo podía calificarse como una caricia—. Eso me recuerda... —Echó un vistazo por encima del hombro, como si acabara de recordar que Daisy se encontraba en la habitación—. Señorita Bowman, ¿ha traído ya ese maldito sirviente...?

—Está aquí —dijo la chica de pelo oscuro mientras se acercaba desde la puerta con la bandeja que acababan de llevar. Al parecer, ambos habían estado demasiado absortos el uno en el otro como para notar la llamada a la puerta del sirviente—. El ama de llaves ha enviado una infusión de presera, que huele fatal, y también una botellita que el sirviente dijo que era «solución de ortiga». Y parece que el doctor acaba de llegar y que estará aquí arriba en cualquier momento... lo que significa que usted debe marcharse, señor Hunt.

El hombre apretó la mandíbula.

—Todavía no.

—Ahora mismo —dijo Daisy con urgencia—. Al menos, salga ahí fuera. Por el bien de Annabelle. Su reputación quedará arruinada si lo ven aquí dentro.

Hunt miró a Annabelle con el ceño fruncido.

—¿Quieres que me vaya?

En realidad, no quería; sentía un irracional deseo de rogarle que se quedara. ¡Dios Santo! ¡Qué mal debían de estar las cosas para que ella sintiera semejante anhelo por la compañía de un hombre al que detestaba! Sin embargo, durante los pasados minutos, se había establecido una frágil conexión entre ellos, y se descubrió en el extraño aprieto de ser incapaz de decir «sí» o «no».

—Seguiré respirando —susurró al final—. Sería mejor que se marchara.

Hunt asintió.

—Esperaré en el pasillo —anunció de mala gana antes de levantarse de la cama. Le hizo un gesto a Daisy para que se acercara con la bandeja y volvió a mirar a Annabelle—. Bébete la infusión de presera sin importar lo horrible que sea su sabor o volveré aquí y te la haré tragar. —Cogió su chaqueta y salió de la habitación.

Con un suspiro de alivio, Daisy dejó la bandeja en la mesita que había junto a la cama.

—Gracias a Dios —dijo—. No estaba segura de cómo iba a lograr que se marchara si se negaba a hacerlo. Espera..., deja que te ayude a incorporarte un poco y te pondré otro almohadón por detrás. —La joven la levantó con eficiencia, demostrando una sorprendente competencia. Daisy cogió una enorme taza de barro que contenía un líquido humeante y presionó el borde contra sus labios—. Toma un poco de esto, querida.

Annabelle tragó el amargo líquido marrón y apartó la cara.

—¡Puaj!

—Más —dijo Daisy de forma implacable al tiempo que lo inclinaba sobre su boca una vez más.

Annabelle bebió de nuevo. Tenía la cara tan dormida que no fue consciente de que parte de la medicina se había derramado de sus labios hasta que Daisy cogió una servilleta de la bandeja y le limpió la barbilla. Con mucho cuidado, Annabelle levantó la mano y exploró con la punta de los dedos la hormigueante superficie de su piel.

—Es una sensación de lo más extraña —dijo con voz mal articulada—. No puedo sentir la boca. Daisy..., no me digas que he estado babeando mientras el señor Hunt estaba aquí...

—Por supuesto que no —respondió Daisy de inmediato—. De haber sido así, yo habría hecho algo. Una amiga de verdad no permite que otra amiga babee cuando hay un hombre presente. Ni siquiera si ese hombre es alguien a quien no se desea atraer.

Aliviada, Annabelle se esforzó por tragar un poco más de la infusión de presera, que tenía un sabor muy parecido al del café quemado. Tal vez fueran imaginaciones provocadas por una esperanza absurda, pero comenzaba a sentirse un poquito mejor.

—A Lillian debe de haberle costado sudor y lágrimas encontrar a tu madre —comentó Daisy—. No puedo imaginar qué las está retrasando tanto. —Se echó un poco hacia atrás para mirar a Annabelle, y sus ojos castaños resplandecieron—. En realidad, me alegro, la verdad. Si hubiesen venido enseguida, no habría podido ver cómo el señor Hunt se transformaba de un lobo grande y malo en... Bueno..., en algo parecido a un lobo bueno.

A desgana, Annabelle soltó una pequeña carcajada.

—Todo un espectáculo, ¿no es cierto?

—Sí, desde luego que sí. Tan arrogante y autoritario... Como uno de los personajes de esas tórridas novelas que mamá siempre me quita de las manos. Menos mal que estaba aquí, o es muy probable que él hubiese dejado a la vista todas tus partes innombrables. —Continuó parloteando mientras ayudaba a Annabelle a beber más infusión y le limpiaba la barbilla una vez más—. ¿Sabes? Jamás habría creído que diría esto, pero el señor Hunt no es tan horrible como pensaba.

Annabelle frunció los labios de forma experimental al percibir que había recuperado parte de la sensibilidad y compuso un mohín.

—Al parecer, tiene sus méritos. Sin embargo..., no esperes que la transformación sea permanente.

13

Apenas habían pasado dos minutos cuando apareció el grupo que Simon predijera poco antes y que estaba integrado por el médico, lord Westcliff, la señora Peyton y Lillian Bowman. Con los hombros reclinados contra la pared, Simon los observó con actitud escrutadora. Personalmente, encontraba muy divertida la obvia antipatía que existía entre Westcliff y la señorita Bowman, cuya evidente y recíproca animosidad dejaba claro que había habido algunas palabras entre ellos.

El médico era un anciano de aspecto respetable, que llevaba casi tres décadas atendiendo a Westcliff y a sus parientes, los Marsden. Tras clavar en Simon esos penetrantes ojos, hundidos en un rostro arrugado por la edad, el anciano preguntó con imperturbable tranquilidad:

—Señor Hunt, me han informado de que usted ayudó a la joven a llegar a su habitación. ¿Es eso cierto?

De manera concisa, Simon comenzó a describir al médico los síntomas y el estado de Annabelle, si bien omitió que había sido él, y no Daisy, quien había descubierto las evidencias de la mordedura en el tobillo de la joven. La señora Peyton lo escuchaba con el rostro pálido por la angustia. Sin dejar de fruncir el ceño, lord Westcliff se inclinó para murmurar algo al oído de ésta, que asintió y le dio las gracias de modo distraído. Simon supuso que Westcliff acababa de prometer a la mujer que su hija disfrutaría de los mejores cuidados hasta su completa recuperación.

—Es evidente que no podré confirmar la opinión del señor Hunt hasta haber examinado a la joven —recalcó el médico—. No obstante, sería aconsejable que comenzaran a hervir un poco de presera, en previsión de que la enfermedad haya sido ocasionada por una mordedura de víbora...

—Ya ha bebido un poco —lo interrumpió Simon—. Ordené que hicieran una infusión hace un cuarto de hora.

El doctor lo miró con esa expresión vejatoria reservada a aquellos que se aventuraban a anunciar un diagnóstico sin haber obtenido la titulación en medicina.

—Esa planta es un narcótico muy efectivo, señor Hunt, y potencialmente peligroso en el caso de que el paciente no sufra de una mordedura de serpiente venenosa. Debería haber esperado a contar con la opinión de un médico antes de administrarla.

—Los síntomas de una mordedura de víbora son inconfundibles —replicó Simon con impaciencia, deseando que el hombre dejara de demorarse en el pasillo y fuese de inmediato a hacer su trabajo—. Además, quería aliviar las molestias de la señorita Peyton lo antes posible.

Las abundantes y canosas cejas del anciano a punto estuvieron de ocultar sus ojos.

—Está muy seguro de su propio juicio —fue su irritado comentario.

—Sí —contestó Simon sin parpadear.

De súbito, el conde intentó sofocar sin éxito una carcajada, antes de colocar una mano sobre el hombro del médico.

—Me temo, señor, que nos veremos obligados a permanecer aquí fuera de modo indefinido si trata de convencer a mi amigo de que ha hecho algo de modo incorrecto. «Intransigente» es el adjetivo más suave que se le podría aplicar al señor Hunt. Le aseguro que sería mucho mejor que concentrara todos sus esfuerzos en el cuidado de la señorita Peyton.

—Tal vez —contestó el doctor de mal humor—. Aunque se diría que mi presencia resulta innecesaria a la luz del avezado diagnóstico del señor Hunt. —Y con ese comentario sarcástico, el anciano entró en la habitación, seguido de la señora Peyton y Lillian Bowman.

Una vez a solas en el pasillo con Westcliff, Simon puso los ojos en blanco.

—Viejo cabrón amargado... —murmuró—. ¿Es que no podías haber traído a alguien más decrépito, Westcliff? Dudo mucho que vea u oiga lo suficiente para ser capaz de emitir su propio diagnóstico, maldita sea.

El conde alzó una de sus negras cejas mientras observaba a Simon con un risueño aire de superioridad.

—Es el mejor médico de todo Hampshire. Acompáñame a la planta baja, Hunt. Vamos a tomarnos unas copas de brandy.

Simon miró de soslayo a la puerta de la habitación que permanecía cerrada.

—Luego.

Westcliff respondió con un tono de voz despreocupado y demasiado edulcorado.

—¡Vaya! Perdóname. Está claro que prefieres esperar al médico junto a la puerta, como un perro vagabundo que aguardara las sobras de la cocina. Estaré en mi despacho... Sé un buen chico y corre a comunicarme las noticias en cuanto sepas algo.

Simon lo miró con frío desdén, obviamente molesto, antes de apartarse de la pared.

—Está bien —gruñó—. Voy contigo.

El conde asintió con la cabeza para mostrar su satisfacción.

—El doctor me dará su informe en cuanto acabe de examinar a la señorita Peyton.

Simon iba sumido en sombrías reflexiones, mientras acompañaba a Westcliff en dirección a la escalinata, sobre su comportamiento de hacía unos minutos. Dejarse arrastrar por las emociones en lugar de seguir los dictados de la razón era una experiencia nueva para él y no le gustaba en absoluto. De todos modos, no parecía tener mucha importancia que le gustara o no. En cuanto se dio cuenta de que Annabelle estaba enferma, tuvo la impresión de que el pecho se le quedaba vacío, como si le hubieran arrancado el corazón. Ni siquiera se había cuestionado el hecho de que haría cualquier cosa para mantenerla sana y salva. Y, en esos momentos en los que ella había luchado para seguir respirando mientras lo miraba con el dolor y el miedo reflejado en los ojos, habría hecho cualquier cosa por ella. Cualquier cosa.

Que Dios lo ayudara si Annabelle descubría alguna vez el poder que tenía sobre él... Un poder que amenazaba de forma peligrosa tanto su orgullo como su autocontrol. Quería poseerla en cuerpo y alma, de cualquier forma imaginable que la intimidad pusiera a su disposición. La profundidad de la pasión que la muchacha despertaba en él lo asombraba; una pasión que no dejaba de crecer. Ninguno de sus allegados lo entendería, y menos aún Westcliff. El conde acostumbraba mantener sus emociones y deseos bajo un férreo control, y no dudaba en demostrar su desprecio por todos aquellos que hacían el tonto en aras del amor.

Y no podía decirse que lo que sentía fuera amor... Simon no iría tan lejos como para admitir semejante afirmación. No obstante, iba mucho más allá del mero deseo físico. Y exigía, como mínimo, una posesión absoluta.

Obligándose a ocultar esas emociones bajo una máscara inexpresiva, Simon siguió a Westcliff al interior de su estudio.

Era una estancia pequeña y austera, con las paredes cubiertas por paneles de brillante madera de roble y cuya única ornamentación consistía en una extensa vidriera. Con sus ángulos rectos y su mobiliario de estilo serio, el lugar no resultaba precisamente acogedor. Sin embargo, era una estancia muy masculina, donde se podía fumar, beber y hablar sin tapujos. Simon aceptó la copa de brandy que le ofreció Westcliff, se sentó en una de las incómodas sillas colocadas frente al escritorio y se bebió el licor de un solo trago. Acto seguido, alargó la copa e inclinó la cabeza para dar las gracias sin necesidad de hablar en cuanto su amigo volvió a llenarla.

Antes de que Westcliff se lanzara a una innecesaria diatriba acerca de Annabelle, Simon decidió distraerlo con otro tema:

—No pareces llevarte muy bien con la señorita Bowman —dijo, sin darle mayor importancia.

Como estrategia de distracción, la referencia a la señorita Bowman fue de lo más efectiva. Westcliff respondió con un hosco gruñido.

—Esa mocosa maleducada se ha atrevido a sugerir que yo soy

el culpable del accidente de la señorita Peyton —dijo al tiempo que se servía otra copa de brandy.

Simon alzó las cejas.

—¿Y cómo es posible que tú seas el culpable?

—La señorita Bowman parece creer que, como anfitrión, es responsabilidad mía asegurarme de que mi propiedad no esté «invadida por una plaga de víboras venenosas»; ésas fueron sus palabras exactas.

—¿Y qué le respondiste?

—Me limité a señalarle a la señorita Bowman que los invitados que deciden permanecer vestidos cuando se aventuran de puertas afuera no suelen acabar con una mordedura de víbora.

Simon no pudo evitar sonreír ante el comentario.

—Sólo está preocupada por su amiga.

Westcliff asintió con aspecto malhumorado.

—No puede afrontar la pérdida de una de ellas, ya que, indudablemente, su número es bastante escaso.

Simon contempló las profundidades de su copa sin dejar de sonreír.

—Vaya nochecita más difícil has tenido... —escuchó que Westcliff le decía, recurriendo al sarcasmo—. Primero, te ves obligado a llevar el joven y núbil cuerpo de la señorita Peyton todo el largo camino hasta su habitación... Y, después, tienes que examinar su pierna herida. Una experiencia de lo más desagradable para ti, sin duda.

La sonrisa de Simon se esfumó.

—Yo no he dicho que le examinara la pierna.

El conde lo observó con una mirada perspicaz.

—No hacía falta. Te conozco lo bastante bien como para asumir que no has desaprovechado semejante oportunidad.

—Admito que le he echado un vistazo a su tobillo. Y también que le corté los lazos del corsé cuando se hizo evidente que no podía respirar. —La mirada de Simon retó al conde a que hiciera alguna objeción al respecto.

—Un muchacho muy servicial —murmuró Westcliff.

Simon resopló.

—Aunque te resulte difícil de creer, el sufrimiento de una mujer no me provoca ningún tipo de lascivia.

Westcliff se reclinó en su silla y le lanzó una mirada fría e inquisitiva que consiguió que a Simon se le erizara el vello de la nuca.

—Espero que no seas tan imbécil como para enamorarte de una criatura como ésa. Ya conoces mi opinión sobre la señorita Peyton...

—Sí, la has puesto de manifiesto en varias ocasiones.

—Y, además —continuó el conde—, me desagradaría mucho ver que uno de los pocos hombres con sentido común que conozco acaba convertido en uno de esos imbéciles que van por ahí balbuceando y arrojando sus sensibleras emociones a los cuatro vientos.

—No estoy enamorado.

—Pues estás... algo —insistió Westcliff—. Desde que te conozco, jamás te había visto hacer un despliegue sentimental como el que has hecho delante de la puerta de su habitación.

—Lo único que he desplegado ha sido un poco de compasión por otro ser humano.

El conde lanzó un resoplido.

—Bajo cuyos calzones estás deseando meterte.

La franca exactitud de la observación provocó una recalcitrante sonrisa en Simon.

—Lo deseaba hace dos años —admitió—. Ahora se ha convertido en una especie de necesidad vital.

Westcliff dejó escapar un gruñido y se frotó el estrecho puente de la nariz con dos dedos.

—No hay cosa que odie más que ver a un amigo encaminarse directo al desastre. Tu debilidad, Hunt, reside en esa incapacidad para rechazar cualquier desafío. Incluso cuando el desafío no está a tu altura.

—Me gustan los desafíos. —Simon hizo girar el brandy en su copa—. Pero eso no tiene nada que ver con mi interés por ella.

—¡Santo Dios! —murmuró el conde—. Bébete el brandy o deja de jugar con él. Vas a marear al licor con tantas vueltas.

Simon le dedicó una mirada alegre, si bien un tanto misteriosa.

—Y ¿cómo, exactamente, se «marea» una copa de brandy? No, no me lo digas; mi rústico cerebro no sería capaz de entender el concepto. —De modo obediente, tomó un sorbo y dejó la copa a un lado—. Y, ahora, ¿de qué estábamos hablando? ¡Ah, sí! De mi debilidad. Antes de que sigamos discutiendo el asunto, quiero que admitas que, en algún momento de tu vida, has prestado más atención al deseo que al sentido común. Porque, de no ser así, no tiene ningún sentido seguir hablando contigo de este tema.

—Por supuesto que lo he hecho. Cualquier hombre que tenga más de doce años lo ha hecho. Sin embargo, la razón de tener un intelecto superior, no es otra que la de prevenir que caigamos en semejantes errores repetidamente...

—Bueno, pues ahí se encuentra la raíz de mi problema —concluyó Simon de modo razonable—. No me preocupa en absoluto esa cuestión sobre el intelecto superior. Hasta ahora, me las he apañado muy bien con mi intelecto inferior.

La mandíbula del conde adquirió una expresión pétrea.

—Existe una razón por la que la señorita Peyton y sus carnívoras amistades no se han casado, Hunt. Son problemáticas. Si los acontecimientos de esta tarde no te lo han dejado claro, es que no hay esperanza alguna para ti.

Tal y como Simon había anticipado, Annabelle sufrió un malestar constante durante los días siguientes. Había acabado familiarizándose, por desgracia, con el sabor de la infusión de presera que, según prescripción del doctor, debía tomar el primer día a intervalos de cuatro horas, y a partir de entonces, cada seis. Si bien era cierto que la infusión ayudaba a que los síntomas provocados por el veneno de la víbora remitieran, seguía sin poder dormir bien y era incapaz de concentrarse en cualquier actividad más de dos minutos, a pesar de que deseaba entretenerse con algo que aliviara su aburrimiento.

Sus amigas hicieron todo lo posible por alegrarla y distraerla, por lo cual Annabelle estaba más que agradecida. Evie se sentaba junto a ella en la cama y le leía pasajes de una espeluznante novela que había sacado a hurtadillas de la biblioteca. Daisy y Lillian le traían los últimos cotilleos y la hacían reír con sus traviesas imitaciones de los distintos invitados. A petición suya, le informaban puntualmente de los progresos en la carrera por ganar las atenciones de lord Kendall. En particular, había una muchacha alta, delgada y de cabello rubio, lady Constance Darrowby, que parecía haber atraído el interés del aristócrata.

—En mi opinión, es de lo más frígida —dijo Daisy con franqueza—. Tiene una forma de fruncir la boca que me recuerda a uno de esos monederos en los que hay que tirar de un lazo para cerrarlos, por no mencionar esa horrible costumbre de reírse como una estúpida mientras se tapa la boca con la mano, como si fuera impropio de una dama ser vista riendo en público.

—Debe de tener los dientes torcidos —aventuró Lillian, esperanzada.

—Creo que es bastante aburrida —prosiguió Daisy—. No puedo imaginarme de qué hablará con Kendall, pero éste parece de lo más interesado.

—Daisy —interrumpió Lillian—, estamos hablando de un hombre que cree que la mayor diversión es la contemplación de las plantas. Su umbral del aburrimiento es, obviamente, inalcanzable.

—Después de la fiesta de hoy en el lago, se celebró una merienda campestre —informó Daisy a Annabelle— y, por un increíble y satisfactorio momento, creí haber pillado a lady Constance en una situación comprometida con uno de los invitados. Desapareció durante unos minutos junto a un caballero que no era lord Kendall.

—¿Y quién era? —preguntó Annabelle.

—El señor Benjamin Muxlow, un vecino perteneciente a la aristocracia rural. Ya sabes, ese tipo de hombre que es la sal de la tierra, que posee unas cuantas hectáreas de tierras más que decentes y un puñado de sirvientes y que pretende que una esposa le dé ocho o nueve hijos, le remiende los puños de las camisas y le haga pudin de sangre de cerdo en la época de la matanza...

—Daisy —la interrumpió Lillian al ver que el rostro de Annabelle había adquirido cierto tono verdoso—, intenta ser un poco menos repugnante, ¿quieres? —Sonrió a Annabelle a modo de disculpa—. Lo siento, querida. Pero debes admitir que los ingleses estáis dispuestos a comer ciertas cosas que harían a un americano huir de la mesa chillando de horror.

—A lo que iba —continuó Daisy con exagerada paciencia—, lady Constance desapareció después de haber sido vista en la compañía del señor Muxlow y, como era natural, fui a buscarlos con la esperanza de poder ver algo que la desacreditara y así conseguir que lord Kendall perdiera todo interés en ella. Ya te puedes imaginar mi satisfacción en cuanto los descubrí debajo de un árbol con las cabezas muy juntas.

—¿Se estaban besando? —inquirió Annabelle.

—No, maldita sea. Muxlow estaba ayudando a lady Constance a devolver al nido a un pequeño petirrojo que se había caído.

—¡Vaya! —Annabelle hundió los hombros antes de añadir, malhumorada—: Qué tierno por su parte.

Sabía que su abatimiento se debía, en cierta medida, a los efectos del veneno de la serpiente, por no mencionar su desagradable antídoto. No obstante, el hecho de conocer la causa de su falta de ánimo no ayudaba en absoluto a que éste mejorara.

Al ver que Annabelle parecía decaída, Lillian cogió un cepillo cuyo mango de plata estaba bastante deslustrado.

—Olvídate de lady Constance y de lord Kendall por ahora —le ordenó—. Déjame que te trence el cabello; te sentirás mucho mejor cuando lo tengas apartado de la cara.

—¿Dónde está mi espejo? —preguntó Annabelle, que se inclinó hacia delante para que Lillian pudiera sentarse tras ella.

—No lo he encontrado —fue la tranquila respuesta de Lillian.

Annabelle no había pasado por alto la conveniente desaparición del espejo. Sabía que la enfermedad había hecho estragos en su físico: su cabello había perdido el brillo y su piel carecía del saludable color que solía tener. Además, las constantes náuseas le impedían comer, por lo que sus brazos tenían un aspecto mucho más delgado de lo normal mientras descansaban lánguidamente sobre el cubrecama.

Esa misma noche, tumbada en el lecho a causa de sus malestares, el sonido de la música y de la danza llegó flotando hasta ella a través de la ventana de su habitación, procedente del salón de baile de la planta baja. Al imaginarse a lady Constance bailando un vals en brazos de lord Kendall, se movió inquieta entre las sábanas y llegó a la triste conclusión de que sus oportunidades de contraer matrimonio habían desaparecido.

—Odio las víboras —gruñó mientras observaba a su madre, la cual estaba ordenando los objetos colocados sobre la mesita de noche: cucharillas pegajosas por la medicina, frascos, pañuelos, un ce-pillo para el pelo y unas cuantas horquillas—. Odio estar enferma y odio pasear por el bosque y, sobre todo, ¡odio jugar al *rounders* en pololos!

—¿Qué acabas de decir, queridita? —preguntó Philippa, que es-taba a punto de colocar unos cuantos vasos vacíos sobre una bandeja.

Annabelle negó con la cabeza, afectada por una repentina tris-teza.

—Yo... nada, mamá. He estado pensando... Quiero regresar a Londres en un par de días, cuando esté mejor para viajar. No tiene sentido quedarnos más tiempo aquí. Lady Constance ya es prácti-camente lady Kendall y no tengo ni los ánimos ni el aspecto nece-sarios para atraer la atención de cualquier otro. Además...

—Yo no perdería las esperanzas todavía —comentó Philippa, que soltó la bandeja antes de inclinarse sobre su hija para acariciar-le la frente en un gesto tierno y maternal—. Aún no se ha anuncia-do compromiso alguno y lord Kendall ha preguntado por ti con mucha frecuencia. Además, no olvides el enorme ramo de cam-panillas azules que te envió. Las recogió él mismo, según me dijo.

Exhausta, Annabelle echó un vistazo al rincón donde habían colocado el enorme arreglo floral cuyo intenso perfume flotaba en el aire.

—Mamá, he estado a punto de pedírtelo en varias ocasiones... ¿Podrías llevártelo de aquí? Es precioso y el gesto es encantador... Pero el olor...

—¡Vaya! No lo había pensado —dijo Philippa de inmediato. Se dirigió sin pérdida de tiempo hacia el ramo y cogió el jarrón con las flores azules de tallos curvos antes de encaminarse a la puerta—. Lo dejaré en el recibidor y le diré a una doncella que se las lleve... —Su voz se perdió a medida que se alejaba, entregada a su tarea.

Annabelle comenzó a juguetear con el débil metal ondulado de una horquilla que había caído sobre la cama y frunció el ceño. El ramo de Kendall había sido uno entre muchos otros, en realidad. Las noticias de su enfermedad le habían granjeado un buen núme-ro de muestras de simpatía por parte de los invitados que se aloja-ban en Stony Cross Park. Incluso lord Westcliff le había enviado un ramo de rosas del invernadero en su nombre y en el de los Marsden.

La proliferación de jarrones de flores había conferido a la habitación un aspecto un tanto fúnebre. Curiosamente, no había llegado ni un solo regalo de parte de Simon Hunt... Ni una nota, ni unas flores. Tras su solícito comportamiento dos noches atrás, Annabelle había esperado algo por su parte. Alguna pequeña muestra de preocupación... Sin embargo, resolvió que, tal vez, Hunt había llegado a la conclusión de que era una criatura problemática y absurda que no merecía ser objeto de sus atenciones en lo sucesivo. Si eso era cierto, se alegraría sobremanera de no volver a soportar sus groserías.

No obstante, en lugar de alegrarse, se le llenaron los ojos de lágrimas y sintió una extraña presión en la garganta. No acababa de entender sus propias reacciones. Como tampoco era capaz de identificar la emoción que subyacía bajo toda esa enorme desesperanza. Parecía estar poseída por un indescriptible y extraño anhelo... al que ojalá pudiera ponerle nombre. Ojalá...

—Bueno, esto sí que es extraño —dijo Philippa, que parecía muy asombrada al regresar a la habitación—. Acabo de encontrar esto justo detrás de la puerta. Alguien las ha dejado ahí, pero no las acompaña ninguna nota. Y, por su aspecto, son nuevas, a estrenar. ¿Crees que las ha dejado alguna de tus amigas? Ha debido de ser una de ellas. Un regalo tan excéntrico sólo se le puede ocurrir a una de esas chicas americanas.

Cuando levantó la cabeza de la almohada, Annabelle descubrió un par de objetos en su regazo que observó con total desconcierto. Se trataba de un par de botines atados con un alegre lazo rojo. La piel era suave como la mantequilla y estaba teñida con un elegante color bronce. Los habían lustrado hasta hacerlos brillar como el cristal. Con el tacón de piel bajo y las suelas cosidas con diminutas puntadas, eran unas botas para darles uso, pero sin dejar de lado la elegancia. Estaban adornadas con un delicado bordado de hojas que cubrían toda la parte delantera. Mientras las contemplaba, Annabelle sintió que la risa comenzaba a burbujear en su interior.

—Debe de ser un regalo de las Bowman —dijo... aunque sabía que no era cierto.

Las botas eran un regalo de Simon Hunt, quien sabía de buena tinta que un caballero jamás debía regalar una prenda de vestir a una dama. Annabelle era consciente de que debería devolverlas de inmediato, y así lo pensó al tiempo que las sujetaba con fuerza. Sólo Hunt podía conseguir regalarle algo tan práctico y, a la vez, tan inaceptablemente personal.

Con una sonrisa en los labios, desató el lazo rojo y alzó uno de los botines. Era muy ligero y supo, con tan sólo echarle un vistazo, que le quedarían perfectos. ¿Cómo se las habría arreglado Hunt para saber el número que ella calzaba y dónde los habría conseguido? Deslizó el dedo a lo largo de las diminutas y exquisitas puntadas que unían la suela a la brillante piel broncínea de la parte superior.

—Son muy bonitos —comentó Philippa—. Demasiado bonitos para caminar por el campo embarrado.

Annabelle alzó una de las botas hasta su nariz y respiró el olor limpio y agreste de las botas recién lustradas. Pasó la yema de un dedo por el suave borde superior y la alejó un tanto para apreciarla a distancia, como si fuera una valiosa escultura.

—Ya he dado bastantes paseos por el campo —replicó con una sonrisa—. Estos botines me vendrán de perlas para caminar por los caminos de gravilla en los jardines.

Philippa, que la miraba con cariño, alargó el brazo para acariciarle el pelo.

—Nunca habría pensado que un nuevo par de botas te animaría tanto; pero me alegro muchísimo. ¿Llamo para que suban una bandeja con un poco de sopa y unas tostadas, querida? Tienes que intentar comer algo antes de la próxima infusión.

Annabelle hizo una mueca de asco.

—Sí, me apetece un poco de sopa.

Philippa asintió con satisfacción y alargó un brazo para apartar los botines.

—Te quitaré esto de encima y los dejaré en el armario...

—Todavía no —murmuró Annabelle, sujetando uno de ellos con gesto posesivo.

Philippa sonrió mientras se acercaba al cordón para llamar a la servidumbre.

Mientras Annabelle se recostaba y seguía acariciando la sedosa piel con las yemas de los dedos, sintió que la presión que le agobiaba el pecho se aliviaba un poco. Sin duda era la señal de que los efectos del veneno se desvanecían..., pero eso no explicaba por qué de pronto se sentía aliviada y tranquila.

Tendría que darle las gracias a Simon Hunt, por supuesto, y decirle que su obsequio no era apropiado. Y si reconocía que era él quien le había regalado las botas, no tendría más remedio que devolvérselas. Un libro de poesía, una caja de caramelos o un ramo de flores hubiese sido algo muchísimo más apropiado. Pero ningún otro regalo habría sido tan enternecedor como ése.

Annabelle no se separó de las botas en toda la noche, a pesar de la advertencia de su madre de que traía mala suerte dejar los zapatos sobre la cama. Cuando finalmente cedió al sueño, con la música de la orquesta aún flotando a través de la ventana, consintió en dejarlas sobre la mesita de noche. Y, al despertar por la mañana, la visión de los botines la hizo sonreír.

14

Una mañana, tres días después de la mordedura de la víbora, Annabelle se sintió por fin con la presencia de ánimo suficiente como para salir de la cama. Para su inmenso alivio, la mayoría de los invitados se había marchado con el fin de asistir a una fiesta que se celebraba en una propiedad colindante, de modo que Stony Cross Park había quedado en paz y bastante vacía. Tras haberlo consultado con el ama de llaves, Philippa trasladó a Annabelle a un salón privado de la planta superior, con vistas a los jardines. Era una estancia encantadora, con las paredes cubiertas por un papel de estampados florales en color azul y repletas de alegres retratos de niños y animales. Según el ama de llaves, ese salón estaba reservado para el uso exclusivo de los Marsden, pero el propio lord Westcliff había sugerido la estancia en beneficio de la comodidad de Annabelle.

Después de colocar una manta de viaje sobre las rodillas de su hija, Philippa depositó una infusión de presera en la mesa que había junto a ella.

—Debes beberte esto —dijo con firmeza en respuesta a la mueca de desagrado de Annabelle—. Es por tu propio bien.

—No hace falta que te quedes en la habitación para cuidar de mí, mamá —contestó—. Estaré encantada de quedarme aquí descansando mientras vas a dar un paseo o charlas con alguna de tus amistades.

—¿Estás segura? —preguntó Philippa.

—Totalmente. —Annabelle cogió la taza con la infusión y le dio un sorbo—. Incluso me estoy tomando la medicina, ¿ves? Vete, mamá, y no te preocupes más por mí.

—Muy bien —accedió Philippa a regañadientes—. Pero sólo un ratito. El ama de llaves me dijo que utilizaras esa campanilla que hay sobre la mesa si necesitas a algún criado. Y no olvides beberte toda la infusión.

—Lo haré —prometió Annabelle, esforzándose por componer una enorme sonrisa que mantuvo hasta que Philippa abandonó la habitación; en cuanto su madre desapareció, se inclinó por encima del borde del canapé y vertió con sumo cuidado el contenido de la taza por la ventana abierta.

Con un suspiro de satisfacción, Annabelle se hizo un ovillo en uno de los extremos del canapé. De vez en cuando, el ruido que hacía la servidumbre rompía el plácido silencio: el estrépito de los platos, el murmullo de la voz del ama de llaves, el sonido de una escoba que limpiaba la alfombra del pasillo... Apoyó un brazo en el alféizar y se inclinó hacia un rayo de sol, dejando que su brillo le bañara el rostro. Cerró los ojos y escuchó el zumbido de las abejas mientras se desplazaban, perezosamente, entre el despliegue de flores de las hortensias rosas y los delicados ramilletes de los arvejos que adornaban los parterres. A pesar de que aún se encontraba demasiado débil, resultaba muy placentero sentarse a disfrutar de ese cálido letargo, medio adormilada como un gato.

Se estaba sumiendo en el sueño cuando escuchó un sonido proveniente de la puerta. No fue más que un ligero golpecito, como si el visitante se resistiera a interrumpir su sueño con un golpe más fuerte. Deslumbrada como estaba por la luz del sol, Annabelle parpadeó repetidamente y se quedó donde estaba, con las piernas dobladas bajo el cuerpo. Las motitas de luz fueron desapareciendo poco a poco de su campo de visión, y, cuando por fin lo hicieron, se encontró con la vista clavada en la oscura y esbelta figura de Simon Hunt. Descansaba parte de su peso en una de las jambas de la puerta, con un hombro apoyado contra ésta en una elegante, aunque inconsciente, postura. Tenía la cabeza ligeramente inclinada y la observaba con una expresión indescifrable.

El pulso de Annabelle se desbocó. Como era habitual, Hunt vestía de forma impecable, pero el atuendo formal no ocultaba de ninguna de las maneras la masculinidad que parecía emanar de él. Annabelle recordó la dureza de sus brazos y su pecho mientras la llevaba en brazos, el tacto de esas manos sobre su cuerpo... ¡Señor, jamás sería capaz de mirarlo sin acordarse!

—Tiene el aspecto de una mariposa que acabara de colarse desde el jardín —le dijo él con suavidad.

Debía de estar burlándose de ella, pensó Annabelle, que se daba perfecta cuenta de la palidez enfermiza que mostraba. Consciente de su apariencia, se llevó una mano al cabello y se apartó unos cuantos mechones desordenados.

—¿Qué hace aquí? —preguntó—. ¿No debería estar en la fiesta de la propiedad vecina?

No había pretendido sonar tan brusca y desagradable, pero su habitual facilidad con las palabras parecía haberla abandonado. Mientras lo contemplaba, no podía dejar de recordar el modo en que él le había frotado el pecho con las manos. El recuerdo hizo que un acalorado rubor, provocado por la vergüenza, le cubriera la piel.

Hunt replicó con un tono melifluo igual de ácido.

—Tengo asuntos de negocios que tratar con uno de mis gerentes, que tiene que llegar desde Londres esta mañana. A diferencia de esos caballeros con medias de seda cuyos linajes tanto admira, yo tengo más cosas en las que pensar además de decidir el mejor lugar donde extender la manta para la merienda campestre. —Se apartó del marco de la puerta y se aventuró al interior de la habitación sin dejar de estudiarla de un modo exhaustivo—. ¿Todavía se siente débil? Pronto se sentirá mejor. ¿Cómo está su tobillo? Levántese las faldas... Creo que debería echarle otro vistazo.

Annabelle lo observó con alarma durante una fracción de segundo, pero luego comenzó a reír cuando se percató del brillo de sus ojos. La audacia del comentario había mitigado su vergüenza y había hecho que se relajara.

—Eso es muy amable —respondió, cortante—. Pero no hay necesidad alguna. Mi tobillo está mucho mejor, gracias.

Hunt sonrió mientras se acercaba a ella.

—Debo decirle que mi oferta está motivada por el más puro de los altruismos. No hubiera recibido placer ilícito alguno con la visión de su pierna. Bueno, tal vez un pequeño estremecimiento, pero lo hubiera ocultado sin dificultad.

Con una sola mano, agarró una de las sillas por el respaldo y la llevó sin esfuerzo junto al canapé, tras lo que se sentó cerca de ella. Annabelle se quedó impresionada por la facilidad con la que había levantado el pesado mueble de caoba labrada, como si fuera una pluma. Lanzó una rápida mirada al vano de la puerta. Mientras ésta permaneciera abierta, era aceptable que se sentara con Hunt en el saloncito. Además, su madre volvería para comprobar cómo seguía. No obstante, antes de que eso sucediera, Annabelle decidió sacar el tema de las botas.

—Señor Hunt —comenzó con cautela—, hay algo que debo preguntarle...

—¿Sí?

Sus ojos eran, sin duda alguna, su rasgo más atractivo, pensó Annabelle distraída. Vibrantes y llenos de vida, le hacían preguntarse por qué la gente solía preferir los ojos azules a los oscuros. Ninguna tonalidad de azul podría jamás transmitir la inteligencia que bullía en las brillantes y negras profundidades de los ojos de Simon Hunt.

Por más que lo intentaba, no se le ocurría una manera sutil de formularle la pregunta. Tras una lucha silenciosa con varias frases, al final optó por la franqueza.

—¿Los botines son cosa suya?

Su expresión no reveló nada.

—¿Botines? Me temo que no la entiendo, señorita Peyton. ¿Habla con metáforas o nos referimos a calzado de verdad?

—Botas altas —dijo Annabelle, que lo miró con manifiesta sospecha—. Ayer, alguien dejó un par de botas nuevas en mi habitación.

—Por más que me deleite discutir cualquier parte de su vestuario, señorita Peyton, me temo que no tengo nada que ver con un par de botas. No obstante, me alivia saber que haya encontrado la forma de adquirir unas. A menos, por supuesto, que desee seguir mostrándose como un bufé andante para la fauna salvaje de Hampshire.

Annabelle lo observó durante largo rato. A pesar de que lo hubiera negado, algo se escondía bajo la máscara de indiferencia..., un brillo juguetón en sus ojos...

—Entonces ¿niega haberme regalado las botas?

—Lo niego de modo total y absoluto.

—Pero, me pregunto... Si alguien deseara regalarle un par de botas a una dama sin que ésta lo supiera ¿cómo podría averiguar la medida exacta de sus pies?

—Una tarea de lo más sencilla... —explicó—. Me imagino que una persona con recursos se limitaría a pedirle a una doncella que copiara la silueta de las suelas de unos zapatos de la dama en cuestión. Después, podría llevar el patrón al zapatero más cercano, a quien obligaría a abandonar el trabajo que estuviera haciendo para que, de ese modo, pudiera confeccionar las botas de inmediato.

—Demasiadas molestias para esa persona —musitó Annabelle.

La mirada de Hunt se encendió de repente con un brillo travieso.

—Sería mucho menos problemático que verse obligado a cargar con una mujer herida y subirla tres tramos de escaleras cada vez que saliera a pasear con sus zapatos de baile.

Annabelle se dio cuenta de que Hunt nunca admitiría que le había regalado las botas, cosa que no sólo le permitiría conservarlas, sino que aseguraba también que jamás pudiera agradecérselo. Y ella sabía que había sido el responsable: lo llevaba escrito en la cara.

—Señor Hunt —dijo con gran formalidad—, me gustaría... Me gustaría... —Se detuvo, incapaz de encontrar las palabras, y lo contempló impotente.

Apiadándose de ella, Hunt se puso en pie, cruzó la habitación y levantó un pequeño tablero de juego circular. Tenía poco más de medio metro de diámetro y estaba fabricado con un ingenioso mecanismo que permitía jugar tanto a las damas como al ajedrez.

—¿Juega? —preguntó de pasada al tiempo que colocaba el tablero delante de ella.

—¿A las damas? Sí, de vez en cuando...

—No, no me refería a las damas, sino al ajedrez.

Annabelle negó con la cabeza y volvió a arrellanarse contra el canapé.

—No, nunca he jugado. Y, aunque no quiero parecer poco coo-
peradora, según me siento en estos momentos, no tengo ganas de
probar algo tan difícil como...

—Pues ha llegado el momento de que aprenda —sentenció Hunt,
que se acercó a una estantería empotrada para coger una caja de madera tallada—. Se dice que nunca se llega a conocer a alguien hasta
haber jugado una partida de ajedrez.

Annabelle lo observó con cautela, nerviosa ante la idea de estar
a solas con él... y, a la vez, seducida sin remedio por su deliberada
ternura. Daba la impresión de que estuviera tratando de obligarla a
confiar en él. Sus modales traslucían cierta delicadeza que parecía
contradecir por completo al cínico disoluto por el que ella siempre
lo había tomado.

—¿De verdad lo cree? —preguntó ella.

—Por supuesto que no. —Hunt llevó la caja hasta la mesa, donde la abrió para revelar un juego de piezas de ónice y marfil, labra-
das con todo lujo de detalles. Le dedicó una mirada provocativa—.
Lo cierto es que no se puede conocer realmente a un hombre hasta
que se le ha prestado dinero. Y nunca se puede conocer a una mujer hasta que se ha dormido en su cama.

Lo dijo con toda deliberación, desde luego, con el fin de escan-
dalizarla. Y había tenido éxito, a pesar de que Annabelle hizo cuanto pudo para ocultarlo.

—Señor Hunt —le dijo, respondiendo a sus ojos risueños con
un ceño fruncido—, si continúa haciendo comentarios groseros, me
veré obligada a pedirle que se vaya de la sala.

—Perdóneme. —La inmediata disculpa no la engañó en ningún
momento—. Es que no puedo dejar pasar ninguna oportunidad de
hacer que se ruborice. Nunca conocí a una mujer que lo hiciera con
tanta frecuencia como usted.

El rubor que había comenzado en su garganta se extendió hasta la raíz del cabello.

—Yo nunca me ruborizo. Tan sólo cuando usted está cerca y...
—Se detuvo de golpe y lo miró con un ceño tan indignado que lo
hizo reír a carcajadas.

—Me comportaré —le dijo—. No me pida que me vaya.

Lo miró, indecisa, y se pasó una mano temblorosa por la frente. Aquella muestra de debilidad física lo hizo hablar con un tono todavía más amable.

—Está bien —murmuró—. Deje que me quede, Annabelle.

Parpadeando, respondió con un inestable cabeceo y volvió a hundirse en los cojines del canapé mientras Hunt acomodaba las piezas con gestos meticulosos. La forma en que tocaba las piezas era sorprendentemente ligera y hábil, sobre todo si se consideraba el tamaño de sus manos. Manos rudas cuando así lo quería, pensó ella..., bronceadas y masculinas, con apenas un poco de vello oscuro en el dorso.

Al estar medio inclinado sobre ella, Annabelle se percató del intrigante aroma que emanaba de él, mezcla de un ligero toque de almidón y jabón de afeitar, que se superponía a la fragancia de la piel masculina limpia... Y también percibía algo más esquivo, un olor dulzón en su aliento, como si acabara de comer peras o, tal vez, una rodaja de piña. Al levantar la vista para mirarlo, se dio cuenta de que con muy poco esfuerzo, Hunt podría haberse inclinado y besarla. Ese pensamiento consiguió que se estremeciera. En realidad, deseaba sentir la boca del hombre sobre la suya, inhalar ese efímero toque de dulzura de su aliento. Deseaba que volviera a abrazarla.

Al darse cuenta de ese hecho, abrió los ojos de par en par. La súbita inmovilidad de Annabelle quedó patente para Hunt al instante. El hombre desvió su atención desde el tablero de ajedrez hasta su rostro, y lo que quiera que viese en su expresión hizo que contuviera el aliento. Ninguno de los dos se movió. Lo único que Annabelle pudo hacer fue esperar en silencio, hundiendo los dedos en el tapizado del canapé, mientras se preguntaba cuál sería el siguiente paso de Hunt.

Él rompió la tensión con un largo suspiro, tras el que habló con una voz ligeramente ronca.

—No... Todavía no está lo bastante recuperada.

Le costaba trabajo escuchar las palabras debido al ensordecedor latido de su corazón.

—¿Có-cómo ha dicho? —preguntó ella con voz débil.

Aparentemente incapaz de contenerse, Hunt apartó un pequeño mechón rizado de sus sienes. El roce de la yema de su dedo hizo que la sedosa piel de Annabelle ardiera y se erizara a su paso.

—Sé lo que está pensando. Y créame, me resulta de lo más tentador. Pero todavía se encuentra demasiado débil... y mi autocontrol hoy es bastante escaso.

—Si con eso insinúa que yo...

—Nunca malgasto el tiempo con insinuaciones —murmuró al tiempo que regresaba a la metódica colocación de las piezas de ajedrez—. Es obvio que desea que la bese. Y cuando llegue el momento adecuado, estaré encantado de complacerla. Pero todavía no.

—Señor Hunt, es usted el mayor...

—Sí, lo sé —replicó con una sonrisa—. También puede ahorrarse el esfuerzo de arrojarme epítetos a la cara, puesto que ya los he escuchado todos.

Se sentó en la silla y le colocó una pieza de ajedrez en la mano. El ónice labrado resultaba pesado y frío, aunque la lisa superficie se calentó poco a poco al tacto.

—No hay epíteto alguno que desee arrojarle a la cara —le dijo Annabelle—. Con uno o dos objetos afilados bastaría.

Una risa profunda retumbó en el pecho de Hunt, que acarició el dorso de los dedos de ella con el pulgar antes de retirar la mano. Annabelle sintió la ligera aspereza de un callo, y la sensación no pareció muy diferente del lametón de un gato. Asombrada por la respuesta que él le provocaba, bajó la vista hasta la pieza que tenía en la mano.

—Es la dama: la pieza más poderosa del tablero. Puede desplazarse en cualquier dirección y cuantas casillas quiera.

No había ninguna sugerencia manifiesta en sus palabras, pero cuando hablaba tan bajo, como en aquel momento, la tonalidad ronca de su voz conseguía hacerle un nudo en el estómago.

—¿Más poderosa que el rey? —preguntó.

—Sí. El rey sólo se puede mover una casilla por turno. Sin embargo, el rey es la pieza más importante.

—¿Por qué es más importante que la reina si no es más poderoso?

—Porque una vez que es capturado, el juego llega a su fin. —Le quitó la pieza que le había dado y la cambió por un peón. Los dedos de Hunt rozaron los suyos y se demoraron en una breve pero inequívoca caricia. A pesar de que Annabelle sabía que debía poner freno a semejantes y escandalosas familiaridades, se encontró sumida en una especie de estupor al tiempo que sus nudillos palidecían al apretar la pieza de marfil con demasiada fuerza. Cuando prosiguió con la explicación, el tono de Hunt sonó grave y aterciopelado—. Esa pieza es un peón, que se mueve una casilla por turno. No puede desplazarse hacia atrás ni en diagonal, a menos, en este último caso, que se coma a otra pieza. Por regla general, los principiantes se inclinan por utilizar mucho los peones al comienzo del juego, puesto que de esa forma controlan una gran superficie del tablero. Sin embargo, la estrategia que da mejores resultados es la de utilizar con sabiduría el resto de las piezas...

A medida que Hunt continuaba la explicación acerca de cada pieza y su utilidad, las iba apretando contra su palma. Annabelle quedó seducida por los hipnóticos roces de esas manos y con la sensibilidad a flor de piel. Sus defensas habituales parecían haber quedado hechas añicos. Algo le había sucedido a ella misma, o a Hunt, o tal vez a los dos, algo que les permitía deleitarse con la compañía del otro con una desenvoltura de la que no habían disfrutado con anterioridad. No quería invitarlo a que se acercara más, ya que no podría resultar nada bueno de ese impulso, pero se sentía incapaz de no disfrutar de su cercanía.

Hunt la persuadió para que jugara y esperó con paciencia a que considerara cada movimiento posible; también se prestaba a ofrecerle consejo cuando ella se lo pedía. Sus modales eran tan encantadores y la distraían con tanta efectividad que para Annabelle no tenía importancia alguna quién pudiera ganar. Casi. Cuando desplazó una pieza hasta una posición en la que no sólo atacaba una de las piezas de él, sino dos a la vez, Hunt le dirigió una sonrisa de aprobación.

—A eso se le llama «doble amenaza». Tal como supuse, tiene un instinto innato para el ajedrez.

—Ahora no le queda otra opción que la de retirarse —anunció Annabelle exultante.

—Todavía no. —Movió otra de sus piezas hacia un área diferente del tablero y amenazó de inmediato a su reina.

Desconcertada por esa estrategia, Annabelle cayó en la cuenta de que acababa de obligarla a retroceder.

—Eso no es justo —protestó, ante lo que él emitió una risa ahogada.

Annabelle enlazó los dedos y apoyó la barbilla sobre las manos mientras procedía a estudiar el tablero. Pasó un minuto completo durante el cual meditó diversos movimientos, pero ninguno le parecía acertado.

—No sé qué hacer —admitió por fin.

Cuando levantó la vista, advirtió que Hunt la estaba observando de una forma extraña: su mirada era cariñosa y, a la vez, destilaba preocupación. Esa mirada la desconcertó, y tuvo que tragar saliva para hacer desaparecer un nudo de espesa dulzura que, igual que la miel, ahogaba su garganta.

—La he fatigado —murmuró Hunt.

—No, me encuentro bien...

—Retomaremos la partida más tarde. Verá con mayor claridad su siguiente movimiento una vez que haya descansado.

—No quiero dejarlo ahora —dijo ella, que se sentía molesta por su negativa—. Además, ninguno de los dos recordará la disposición de las piezas.

—Yo me acordaré. —Hunt hizo caso omiso de sus protestas, se puso en pie y apartó la mesa hasta dejarla fuera de su alcance—. Tiene que dormir una siesta. ¿Necesita la asistencia de alguien para regresar al piso superior o...?

—Señor Hunt, de ninguna de las maneras pienso regresar a mi habitación —dijo con obstinación—. Estoy más que cansada de estar allí. De hecho, preferiría dormir en el pasillo antes que...

—Muy bien —musitó Hunt con una sonrisa antes de volver a sentarse—. Cálmese. Nada más lejos de mi intención que obligarla a hacer algo que no desea. —Enlazó los dedos, se reclinó en una postura engañosamente informal y entrecerró los ojos para mirarla—. Mañana, los invitados regresarán a la mansión con renovadas fuerzas —señaló—. Supongo que retomará la persecución de Kendall enseguida, ¿no es así?

—Probablemente —admitió Annabelle, que se cubrió la boca cuando un insistente bostezo se propuso estirar sus labios.

—No lo desea —recalcó Hunt en voz baja.

—Por supuesto que sí. —Annabelle se detuvo, soñolienta, y

medio apoyó la cabeza en el brazo doblado—. Y, aunque se ha mostrado de lo más gentil conmigo, señor Hunt..., me temo que no puedo permitir que eso cambie mis planes.

Hunt la contempló con la misma mirada relajada y absorta que le había dedicado al tablero de ajedrez.

—Tampoco yo voy a cambiar mis planes, cariño.

Si Annabelle no hubiera estado tan cansada, se habría opuesto al tratamiento afectuoso. En cambio, se limitó a considerar sus palabras a través de la bruma del sueño. Sus planes...

—Que no son otros que evitar que atrape a lord Kendall —dijo.

—Son un poco más ambiciosos —replicó, con la diversión bailando en la comisura de los labios.

—¿A qué se refiere?

—No estoy dispuesto a desvelar mi estrategia. Es evidente que necesito de cualquier ventaja de la que disponga. El siguiente movimiento es suyo, señorita Peyton. Pero no olvide que la estaré vigilando.

Annabelle era consciente de que la advertencia debería haberla alarmado. Sin embargo, abrumada como estaba por una debilidad extrema, cerró los ojos por unos segundos. La balsámica humedad que había tras sus párpados alivió la sensación de picor que anunciaba la urgente necesidad de dormir. Abrió los ojos con gran renuencia y la imagen de Hunt se desdibujó delante de ella. Era una pena que tuvieran que ser adversarios, pensó con cansancio. No fue consciente de que había pronunciado las palabras en voz alta hasta que él replicó con tono amable.

—Nunca he sido su adversario.

—¿Somos amigos, en ese caso? —murmuró con escepticismo al tiempo que sucumbía a la tentación de cerrar los ojos una vez más. En esa ocasión, el sueño la acogió en su abrazo con tanta rapidez que apenas pudo percatarse de que Hunt la había cubierto hasta los hombros con la manta de viaje.

—No, cariño —susurró—. No soy tu amigo...

Disfrutó de un sueño ligero y, al despertar, pudo comprobar que se encontraba sola en el salón privado antes de volver a dormirse a la suave luz del sol. A medida que su cuerpo se adentraba en un estado de somnolencia, se halló inmersa en un sueño de vívidos colores, en el que sus sentidos se habían agudizado y sentía su cuerpo tan ligero como si flotara en un mar de cálidas aguas. Poco a poco, las formas se materializaron a su alrededor...

Caminaba por una casa desconocida, una mansión brillante donde la luz del sol se filtraba por los ventanales. Las habitaciones estaban vacías, sin invitados ni sirvientes a la vista. La música, cuyo origen no podía ver, flotaba en el aire; era una melodía triste y etérea que despertaba en ella un extraño anhelo. Mientras paseaba sola, dio con una espaciosa habitación con columnas de mármol y sin techo... Se abría al cielo, que apenas quedaba oculto por una fugaz nube que sobrevolaba la estancia. El suelo de parqué que pisaban sus pies estaba formado por cuadros negros y blancos que se asemejaban a un tablero de ajedrez, con estatuas de tamaño natural colocadas en algunas de las casillas.

Se movió entre ellas con curiosidad y trazó lentos círculos a su alrededor para contemplar sus brillantes rostros esculpidos. Sintió el deseo de tener a alguien con quien hablar, el calor humano de una mano a la que aferrarse, por lo que cruzó el gigantesco tablero de ajedrez, buscando a ciegas entre la multitud de figuras inmóviles... hasta que divisó una oscura silueta que se apoyaba, indolente, contra una blanca columna de mármol. Su corazón se desbocó y sus pasos se fueron deteniendo poco a poco a medida que una sensación de nerviosismo se apoderaba de ella, calentando su piel y acelerando su pulso con un ritmo frenético.

Era Simon Hunt, que se acercaba a ella con una ligera sonrisa en el rostro. La atrapó antes de que pudiera escapar y se inclinó para susurrarle al oído.

—¿Bailarás conmigo ahora?

—No puedo —contestó sin aliento mientras luchaba por desasirse de su abrazo.

—Sí, sí que puedes —la urgió con gentileza y le recorrió el rostro dejando un reguero de besos tiernos—. Rodéame con los brazos...

Cuando Annabelle se retorció entre ellos, Hunt rió con suavidad y la besó hasta que se encontró inerte e indefensa frente a él.

—La reina está a punto de caer —murmuró al tiempo que se retiraba un poco para mirarla con una expresión perversa en los ojos—. Estás en peligro, Annabelle...

De repente, quedó libre y se volvió para huir de él, tropezando con las estatuas que encontraba en su camino. Hunt la siguió muy despacio, y esa risa grave tan suya le martilleaba en los oídos. La siguió muy de cerca, prolongando la caza con toda deliberación, hasta que ella se encontró acalorada, exhausta y sin aliento. Cuando por fin la capturó, la obligó a apoyar la espalda contra él antes de tenderla en el suelo. Su oscura cabellera ocultó el cielo cuando colocó su cuerpo sobre el de ella; la música quedó apagada por los atronadores latidos de su propio corazón.

—Annabelle —susurró—, Annabelle...

Se despertó; sus ojos se abrieron en un rostro sonrojado por el sueño y descubrió que había alguien más con ella.

—Annabelle —volvió a escuchar... Pero no se trataba de la voz de barítono ronca y acariciante que aparecía en su sueño.

15

Cuando Annabelle alzó la vista, vio a lord Hodgeham inclinado sobre ella. Trató de incorporarse y echarse hacia atrás al darse cuenta de que aquello no eran imaginaciones suyas, sino una situación de lo más real. Incapaz de hablar debido a la sorpresa, se encogió hacia delante en cuanto vio que el hombre alargaba el brazo para apartar el ribete de encaje que adornaba la parte delantera de su vestido mañanero.

—He oído que estaba enferma —dijo Hodgeham, que la miraba con los párpados entornados mientras seguía atrapada en el sofá—. Me apenó muchísimo que sufriera una aflicción semejante. Pero parece que el daño no ha sido permanente. Está —se detuvo y se humedeció sus gruesos labios—... tan exquisita como siempre, aunque un poco más pálida, tal vez.

—¿Cómo... cómo sabía que estaba aquí? —preguntó Annabelle—. Éste es el salón privado de los Marsden. No creo que ninguno de ellos le haya dado permiso...

—Conseguí que un criado me lo dijera —fue su petulante respuesta.

—Salga de aquí —espetó Annabelle—. O gritaré que me está forzando.

Hodgeham rió con ganas.

—Querida, no puede permitirse un escándalo semejante. Su interés en lord Kendall resulta obvio para todo el mundo. Y los dos sabemos que el más mínimo descrédito asociado a su nombre sería un desastre para sus aspiraciones. —Sonrió ante el silencio de Annabelle, revelando una hilera de dientes amarillentos y torcidos—. Así está mejor. Mi pobre y preciosa Annabelle... Sé muy bien cómo conseguir que el color regrese a sus pálidas mejillas. —Metió la mano en el bolsillo y sacó una gruesa moneda de oro que movió ante ella de forma tentadora—. Un regalo como muestra de mi simpatía por la horrible experiencia que ha sufrido.

La respiración de Annabelle se convirtió en un jadeo indignado cuando Hodgeham se inclinó aún más hacia ella con la moneda sujeta entre unos rechonchos dedos que trataban de apartar el corpiño de su vestido para dejar allí su regalo. Logró apartar la mano del hombre con un manotazo fuerte y rápido. Aunque todavía se encontraba bastante débil, el gesto fue suficiente para que la moneda saliera volando y aterrizara sobre la alfombra del suelo con un ruido sordo.

—Déjeme sola —le ordenó, furiosa.

—Puta engreída. No hace falta que finjas ser mejor que tu madre.

—Cerdo... —Maldiciendo su debilidad y en medio de estremecimientos de repugnancia, Annabelle lo golpeó, apenas sin fuerzas, cuando el hombre se inclinó de nuevo hacia ella—. ¡No! —exclamó con los dientes apretados y cubriéndose la cara con los brazos. Resistió como pudo mientras lord Hodgeham la agarraba por las muñecas—. No...

Un ruido metálico procedente de la puerta hizo que el hombre se incorporara, sorprendido. Temblando de los pies a la cabeza, Annabelle siguió la dirección del ruido con la mirada y vio a su madre, de pie en la entrada, sujetando la bandeja del almuerzo. La cubertería había caído al suelo en cuanto Philippa comprendió lo que estaba sucediendo.

La mujer negó con la cabeza, como si le resultara imposible creer que Hodgeham estuviese allí.

—Se ha atrevido a acercarse a mi hija... —comenzó a hablar con voz ronca. Intensamente ruborizada por la furia, dejó la bandeja sobre una mesa cercana y se dirigió al hombre con voz calmada, pero furibunda—. Mi hija está enferma, milord. No permitiré que su salud se vea comprometida... Va a venir conmigo en este mismo momento y discutiremos este asunto en otro lado.

—No es discutir lo que me interesa en este momento —contestó Hodgeham.

Annabelle percibió la rápida sucesión de emociones que cruzaron el rostro de su madre: repugnancia, resentimiento, odio, miedo y, finalmente, resignación.

—En ese caso, aléjese de mi hija —le contestó con frialdad.

—No —protestó Annabelle con un gemido al darse cuenta de que Philippa tenía toda la intención de marcharse para estar a solas con él—. Mamá, quédate conmigo.

—No pasará nada. —Philippa no la miró, al contrario, mantuvo los ojos fijos y carentes de expresión en el rubicundo semblante de Hodgeham—. Te he traído una bandeja con el almuerzo, querida. Intenta comer algo...

—No. —Desesperada e incapaz de creer lo que estaba sucediendo, Annabelle contempló cómo su madre salía de la habitación con paso tranquilo por delante de lord Hodgeham—. ¡Mamá, no vayas con él! —Pero Philippa se marchó haciendo caso omiso de su ruego.

Annabelle no supo durante cuántos minutos se había quedado mirando fijamente la puerta por la que su madre acababa de marcharse. No tenía intención alguna de acercarse a la bandeja del almuerzo. El olor de la sopa de verdura que flotaba en el ambiente le estaba provocando náuseas. Descorazonada, se preguntó cómo habría empezado ese infernal asunto: si Hodgeham habría obligado a su madre o si, en un principio, habría sido de mutuo acuerdo. Sin importar cómo hubiesen sido los comienzos, era obvio que aquello se había convertido en una farsa. Hodgeham era un monstruo y Philippa estaba intentando calmarlo con el fin de evitar que las arruinara por completo.

Exhausta y abatida, Annabelle se levantó del canapé, intentando no pensar en lo que podría suceder en esos mismos momentos entre su madre y Hodgeham. Hizo una mueca de dolor ante el aguijonazo de protesta de sus músculos. Le dolía la cabeza y se sentía mareada; lo único que deseaba era encerrarse en su habitación. Caminando igual que una anciana, consiguió llegar hasta la campanilla para tirar del cordón. No hubo respuesta alguna, aunque esperó durante lo que le pareció una eternidad. Puesto que los invitados se habían marchado, la mayor parte de los miembros del servicio disfrutaba de un día libre y no había muchas doncellas disponibles.

Annabelle meditó sobre su situación al tiempo que se acariciaba con aire distraído los lacios mechones de pelo. Aunque sentía las piernas un tanto débiles, podía caminar. Esa misma mañana, su madre la había ayudado a pasear por los dos pasillos que separaban su habitación del salón privado de los Marsden, situado en el piso superior. En ese momento, no obstante, estaba bastante segura de poder recorrer la distancia sin ayuda de nadie.

Hizo caso omiso de los destellos brillantes que danzaban delante de sus ojos como si fuesen luciérnagas y salió de la estancia con pasos cortos y cautelosos. Permaneció cerca de la pared por si se diera el caso de que llegara a necesitar apoyo. Qué extraño era, reflexionó con tristeza, que incluso un esfuerzo tan insignificante la obligara a jadear como si acabase de correr varios kilómetros. Furiosa por su propia debilidad, se preguntó con remordimiento si no debería haberse tomado esa última taza de infusión de presera después de todo. Concentrándose en colocar un pie delante del otro, avanzó muy despacio por el primer pasillo hasta que estuvo cerca de la esquina que conducía al ala este de la mansión, donde se encontraba su habitación. Allí se detuvo cuando escuchó unas voces procedentes de otra dirección.

«¡Por las campanas del infierno!» Sería mortificante que la vieran en semejantes condiciones.

Rogando que las voces pertenecieran a un par de criados, Annabelle se apoyó contra la pared y esperó sin hacer movimiento alguno. Tenía unos cuantos mechones de pelo adheridos a la frente y a las mejillas, que estaban pegajosas por el sudor.

Dos hombres cruzaron el pasillo frente a ella, tan inmersos en su conversación que no percibieron su presencia. Aliviada, creyó que se había librado de ser vista.

Sin embargo, no fue tan afortunada. Uno de los hombres miró de soslayo en su dirección y la vio de inmediato. A medida que se aproximaba a ella, Annabelle reconoció la elegancia masculina de sus largas zancadas antes de distinguir siquiera su rostro con claridad.

Al parecer, estaba destinada a ponerse en ridículo delante de Simon Hunt. Con un suspiro, se separó de la pared e intentó componer una apariencia sosegada a pesar del temblor de sus piernas.

—Buenas tardes, señor Hunt...

—¿Qué está haciendo? —la interrumpió él en cuanto estuvo a su lado. Parecía estar molesto, aunque, en cuanto lo miró a la cara, Annabelle leyó la preocupación en sus ojos—. ¿Por qué está aquí sola en el pasillo?

—Me dirigía a mi habitación. —Annabelle se sorprendió un poco cuando él la rodeó con sus brazos, pasando uno por detrás de sus hombros y otro por la cintura—. Señor Hunt, no hay necesidad...

—Está tan débil como un gatito —contestó él sin más—. Sabe muy bien que no debería ir a ningún sitio sola en semejantes condiciones.

—No había nadie que me ayudara —replicó ella, irritada. La cabeza le daba vueltas y descubrió que se había inclinado hacia él, descansado en Hunt parte de su peso. Su torso parecía maravillosamente sólido y fuerte, y podía sentir la frescura de la seda de su chaqueta contra la mejilla.

—¿Dónde está su madre? —insistió Hunt al tiempo que le desenredaba un mechón rebelde de cabello—. Dígamelo y yo iré...

—¡No! —Annabelle levantó la mirada hacia él con súbita alarma, mientras cerraba sus largos dedos en torno a las solapas de su chaqueta. Dios Santo, lo último que necesitaba era a Hunt promoviendo la búsqueda de Philippa cuando lo más probable es que ésta se encontrara en ese mismo instante con Hodgeham, en una situación de lo más comprometida—. No es necesario que la busque —dijo con brusquedad—. Yo... no necesito a nadie. Puedo llegar sola a mi habitación, si me suelta. No quiero...

—Está bien —murmuró Hunt, abrazándola con más fuerza—. No pasa nada. No la buscaré. No pasa nada. —Siguió acariciándole el pelo con una relajante cadencia.

Annabelle se dejó caer sobre él mientras trataba de recuperar el aliento.

—Simon —susurró, apenas sorprendida por haber utilizado su

nombre de pila que, hasta entonces, sólo había pronunciado en sus pensamientos. Humedeciéndose los labios resecos, lo intentó una vez más y, para su sorpresa, volvió a repetirlo—: Simon...

—¿Sí?

El cuerpo de Hunt, fuerte y voluminoso, se vio asaltado por una tensión diferente y, al mismo tiempo, su mano le acarició la parte posterior de la cabeza con la más tierna de las caricias.

—Por favor... Llévame a mi habitación.

Hunt le inclinó la cabeza hacia atrás con delicadeza y la miró con una pequeña sonrisa en los labios.

—Cariño, si me lo pidieras, te llevaría a Tombuctú.

Para entonces, el hombre que lo acompañaba había llegado junto a ellos y Annabelle, mortificada, aunque no sorprendida, descubrió que se trataba de lord Westcliff.

El conde la observó con fría desaprobación, como si sospechara que había planeado el encuentro de modo intencional.

—Señorita Peyton —la saludó sucintamente—. Le aseguro que no había necesidad alguna de que atravesara el pasillo sin compañía. Si no había nadie para acompañarla, podría haber llamado al servicio.

—Lo hice, milord —le contestó Annabelle a la defensiva, al tiempo que intentaba apartarse de Hunt, que no estaba dispuesto a permitírselo—. Toqué la campanilla y esperé durante un cuarto de hora, pero no vino nadie.

Westcliff la contempló con obvio escepticismo.

—Imposible. Mis criados siempre acuden cuando se les llama.

—Bueno, pues al parecer lo de hoy ha sido una excepción —espetó Annabelle—. Tal vez el cordón de la campanilla esté roto. O, tal vez, sus criados...

—Tranquila —murmuró Hunt, obligándola a recostar de nuevo la cabeza sobre su pecho. A pesar de que Annabelle no podía verle el rostro, percibió la tajante advertencia que imprimió a su voz al dirigirse a lord Westcliff—. Continuaremos nuestra discusión más tarde. Ahora voy a acompañar a la señorita Peyton a su habitación.

—En mi opinión, no es una idea muy brillante —le dijo el conde.

—En ese caso, me alegro de no habértela pedido —replicó Hunt con afabilidad.

Se escuchó el tenso suspiro del conde y, a continuación, Annabelle fue vagamente consciente de sus mullidos pasos sobre la alfombra a medida que se alejaba de ellos.

Hunt inclinó la cabeza y su aliento le rozó la oreja mientras le preguntaba:

—Ahora..., ¿le importaría explicarme lo que está ocurriendo aquí?

Todas las venas de Annabelle parecieron dilatarse y cubrir su piel fría con un repentino y placentero rubor. La cercanía de Hunt la llenaba a partes iguales de satisfacción y anhelo. Rodeada por sus brazos, no pudo evitar recordar el sueño, la erótica ilusión de sentir el peso de su cuerpo sobre ella. Aquello estaba terriblemente mal; se deleitaba en secreto con la sensación de estar envuelta por sus brazos..., aun sabiendo que no conseguiría nada de él, aparte de un placer pasajero seguido de un deshonor perpetuo. Se las arregló para negar con la cabeza en respuesta a su pregunta, y el movimiento hizo que frotara la mejilla sobre la solapa de su chaqueta.

—No me convence su respuesta —contestó él con sorna.

Aflojó la presión de sus brazos de modo tentativo y con una simple mirada con los ojos entrecerrados comprobó que la debilidad le impedía guardar el equilibrio por sí sola, de modo que se inclinó para cogerla en brazos. Annabelle se rindió con un murmullo inarticulado antes de rodearle el cuello con los brazos. Mientras Hunt atravesaba el pasillo camino de su habitación, le habló en voz baja:

—Podría ayudarla, si me dijera cuál es el problema.

Annabelle meditó la oferta un instante. Lo único que conseguiría contándole sus penas a Simon Hunt sería una más que probable proposición de apoyo en calidad de amante. Y odiaba esa parte de sí misma que se sentía tentada por la idea.

—¿Por qué iba a querer inmiscuirse en mis problemas? —le preguntó.

—¿Es que debo tener un motivo implícito para querer ayudarla?

—Sí —contestó ella con un aire misterioso que arrancó a Hunt una carcajada.

Al llegar a la puerta de su habitación, él la dejó con suavidad en el suelo.

—¿Puede llegar sola a la cama o quiere que la deje allí?

A pesar de que su voz traslucía una ligera burla, Annabelle sospechaba que, si lo alentaba en lo más mínimo, eso sería exactamente lo que Hunt haría. Por tanto, negó con la cabeza sin pérdida de tiempo.

—No. Estoy bien, por favor, no entre. —Le colocó la mano en el pecho para impedir que entrara. Débil como era el gesto, fue suficiente para detenerlo.

—Está bien. —La miró, intentando ver a través de ella—. Haré que suba una doncella para atenderla. Aunque sospecho que Westcliff ya está haciendo sus pesquisas.

—Llamé a una doncella —insistió Annabelle, avergonzada por el tono malhumorado de su voz—. Está claro que el conde no me cree, pero...

—Yo sí la creo. —Hunt apartó la mano de Annabelle de su pecho con suma delicadeza, reteniendo sus elegantes dedos un instante antes de dejarla marchar—. Westcliff no es, ni por asomo, el ogro que aparenta ser. Es necesario haberlo tratado durante algún tiempo para poder apreciar sus mejores cualidades.

—Si usted lo dice... —le contestó ella dubitativa, tras lo cual dejó escapar un suspiro y entró en la oscura y enrarecida habitación en la que aún flotaban los miasmas de la enfermedad—. Gracias, señor Hunt.

Preguntándose con ansiedad cuándo regresaría Philippa, echó un vistazo a la habitación antes de volver a mirar a Hunt.

La penetrante mirada del hombre pareció hacer aflorar todas las emociones que Annabelle ocultaba bajo su tensa fachada y la joven percibió la multitud de preguntas que lo rondaban. No obstante, lo único que dijo fue:

—Necesita descansar.

—Eso es lo único que he hecho hasta ahora. Me voy a morir del aburrimiento... Sin embargo, el mero hecho de pensar en hacer algo me deja exhausta. —Bajó la cabeza y miró con amarga concentración los pocos centímetros de suelo que los separaban antes de preguntar con cautela—: Supongo que no tendrá interés en continuar la partida de ajedrez esta noche, ¿verdad?

Se produjo un breve silencio tras el cual Hunt contestó de forma lenta y algo burlona:

—Vaya, señorita Peyton... Me siento abrumado al pensar que usted desea mi compañía.

Tan avergonzada estaba Annabelle que no fue capaz de alzar la mirada y, con el rostro ruborizado, murmuró:

—Buscaría la compañía del diablo en persona con tal de hacer otra cosa que no sea estar en la cama.

Con una suave carcajada, él alargó el brazo y le colocó un mechón de pelo tras la oreja.

—Ya veremos —murmuró él—. Tal vez venga a su habitación más tarde.

Y, con esa promesa, le hizo una breve y experta reverencia y se alejó por el pasillo con su habitual paso confiado.

Annabelle recordó, si bien demasiado tarde, algo acerca de una velada musical que había sido planeada para los invitados mientras éstos disfrutaban del bufé. No le cabía duda alguna de que Simon Hunt preferiría quedarse con los invitados en la planta inferior a jugar una partida de ajedrez con una simple aficionada enferma, desaliñada y con bastante mal humor. Hizo una mueca, deseando poder retirar la espontánea invitación... ¡Qué desesperada habría parecido! Se llevó una mano a la frente y entró en la habitación, casi arrastrando los pies, para dejarse caer con pesadez sobre la cama deshecha, como un árbol al que acabaran de derribar.

Cinco minutos más tarde, escuchó que alguien llamaba a la puerta y, acto seguido, dos doncellas de aspecto contrito entraron en la habitación.

—Hemos venido a limpiar, señorita —se atrevió a decir una de ellas—. El señor nos ha enviado... Dice que debemos ayudarla con cualquier cosa que necesite.

—Gracias —contestó Annabelle, esperando que lord Westcliff no hubiese sido demasiado severo con las muchachas.

Se retiró a un sillón y se limitó a contemplar la vorágine de actividad que siguió a la llegada de las doncellas. Con una velocidad que más bien parecía cosa de magia, las muchachas cambiaron las sábanas, abrieron las ventanas para permitir la entrada del aire fresco, limpiaron el polvo de los muebles y trajeron una bañera que procedieron a llenar con agua caliente. Una de las chicas ayudó a Annabelle a desvestirse mientras que la otra traía unas cuantas toallas dobladas y un cubo de agua limpia que serviría para enjuagarle el cabello. Con un estremecimiento de placer, se metió en la bañera portátil ribeteada de caoba.

—Agárrese a mi brazo, señorita, por favor —dijo la más joven de las doncellas al tiempo que extendía el brazo para que Annabelle se sostuviera—. Parece que todavía no es capaz de guardar bien el equilibrio.

Ella obedeció y se sentó en la bañera antes de soltar el musculoso brazo de la muchacha.

—¿Cómo te llamas? —le preguntó antes de recostarse en la bañera hasta que sus hombros quedaron bajo la superficie del agua, de la que ascendía una nube de vapor.

—Meggie, señorita.

—Meggie, creo que se me cayó un soberano en el saloncito de la familia, ¿te importaría buscarlo?

La chica la observó con expresión perpleja, preguntándose a todas luces por qué Annabelle habría dejado caer una moneda de tanto valor al suelo y qué pasaría si ella no era capaz de encontrarla.

—Sí, señorita.

Se despidió con una inclinación recelosa y se apresuró a salir de la habitación.

Tras meter la cabeza bajo el agua, Annabelle volvió a sentarse con la cara y el pelo chorreando y se enjugó los ojos mientras la otra doncella se inclinaba para frotarle el jabón sobre la cabeza hasta conseguir una buena cantidad de espuma.

—Es maravilloso sentirse limpia —murmuró Annabelle, inmóvil bajo las atenciones de la muchacha.

—Mi madre dice siempre que es malo bañarse cuando uno está enfermo —le dijo la doncella con voz insegura.

—Creo que correré el riesgo —replicó Annabelle, echando agradecida la cabeza hacia atrás mientras la muchacha le aclaraba el jabón del pelo con el agua limpia.

Tras limpiarse los ojos de nuevo, Annabelle vio que Meggie había vuelto.

—Lo encontré, señorita —exclamó Meggie sin aliento, mostrándole la moneda que tenía en la mano extendida. Era muy posible que ésa fuera la primera vez que la muchacha veía un soberano, puesto que el sueldo medio de una doncella era de ocho chelines al mes—. ¿Dónde quiere que lo ponga?

—Podéis repartirlo entre las dos —le contestó Annabelle.

Las doncellas la miraron de hito en hito, incapaces de creer lo que acababan de oír.

—¡Vaya! ¡Gracias, señorita! —exclamaron al unísono, con los ojos y las bocas abiertos de par en par a causa de la sorpresa.

Consciente, por desgracia, de la hipocresía que suponía deshacerse del dinero de lord Hodgeham, cuando la residencia de los Peyton se había beneficiado del dudoso auspicio del hombre durante más de un año, Annabelle bajó la cabeza, mortificada por la gratitud de las muchachas. Al ver su incomodidad, las doncellas se apresuraron a ayudarla a salir de la bañera, le secaron el pelo y el cuerpo, que se veía sacudido por continuos escalofríos, y la ayudaron a ponerse un vestido limpio.

Renovada tras el baño, aunque un poco cansada, se metió en la cama y permaneció allí tumbada entre las suaves y frescas sábanas de lino. Se quedó adormilada mientras las doncellas sacaban la bañera y apenas fue consciente de que salían de la habitación de puntillas. Cuando despertó, acababa de anochecer y su madre estaba encendiendo la lámpara de la mesita de noche, lo que hizo que Annabelle parpadeara.

—Mamá —la llamó con voz somnolienta, aturdida por el sueño. Al recordar el anterior encuentro con Hodgeham se espabiló de repente—. ¿Estás bien? ¿Te ha...?

—No me apetece discutir el tema —contestó Philippa en voz baja mientras la luz de la lámpara delineaba suavemente su perfil. Su semblante era una máscara de inexpresividad, aunque la tensión le había provocado unas cuantas arrugas en la frente—. Sí, estoy bastante bien, cariño.

Annabelle asintió de modo imperceptible, sonrojada y deprimida, muy consciente del profundo sentimiento de vergüenza que la embargaba. Al sentarse, sintió la espalda tan rígida como si tuviese un atizador por columna vertebral. A pesar del agarrotamiento de los músculos que llevaba días sin usar, se sentía mucho mejor y su estómago rugía de hambre por primera vez en dos días. Salió de la cama y se acercó al tocador para coger un cepillo con el que adecentarse un poco el cabello.

—Mamá —comenzó con incertidumbre—. Necesito un cambio de aires. Tal vez vuelva al saloncito de los Marsden y ordene que me lleven allí una bandeja con la cena.

Philippa pareció escucharla a medias.

—Sí —le contestó con actitud ausente—, me parece una idea estupenda. ¿Quieres que te acompañe?

—No, gracias... Me siento muy bien y no está muy lejos. Iré yo sola. Probablemente quieras un poco de intimidad después de... —Annabelle hizo una incómoda pausa antes de soltar el cepillo—. Volveré dentro de un rato.

Con un susurro casi inaudible, su madre se sentó junto al fuego y Annabelle se dio cuenta de que la aliviaba la posibilidad de quedarse a solas. Tras recogerse el pelo en una larga trenza que dejó caer por encima del hombro, salió de la habitación y cerró la puerta sin hacer ruido.

Cuando salió al pasillo, llegó hasta ella el quedo murmullo de los invitados que disfrutaban del bufé en el salón de la planta baja. Por encima de las carcajadas y de las conversaciones, se escuchaba la música: un cuarteto de cuerda con un acompañamiento de piano. Se detuvo para escuchar y la sorpresa la dejó paralizada al descubrir que era la misma melodía, triste pero hermosa, que escuchara durante el sueño. Cerró los ojos y prestó más atención a la música al tiempo que la tristeza le provocaba un extraño nudo en la garganta. La melodía la llenaba con esa clase de anhelo que no debería haberse permitido sentir.

«Dios mío —pensó—, la enfermedad me está convirtiendo en una sensiblera... Tengo que recuperar un poco la compostura.»

Abrió los ojos, comenzó a caminar de nuevo, y a punto estuvo de chocar de bruces con alguien que venía en la dirección opuesta.

El corazón pareció agrandarse en su pecho cuando, al alzar la mirada, se encontró con Simon Hunt vestido con esa combinación tan elegante de blanco y negro, y cuyos labios acababan de curvarse en una lenta sonrisa. Su voz ronca hizo que un escalofrío le recorriera la espalda.

—¿Dónde cree que va?

Así que había venido buscarla a pesar de la elegante multitud con la que debería estar relacionándose en la planta baja. Consciente de que la súbita debilidad que sentía en las rodillas tenía muy poco que ver con su enfermedad, Annabelle comenzó a juguetear con el extremo de su trenza, presa de los nervios.

—A cenar al saloncito de la familia.

Tras darse la vuelta, Hunt la tomó del codo y la guió por el pasillo, aminorando el paso para mantenerse junto a ella.

—No le apetece en absoluto cenar en el saloncito —informó él.

—Vaya. ¿No me apetece?

Él asintió con la cabeza para corroborar su afirmación.

—Tengo una sorpresa para usted. Venga, no está muy lejos. —Mientras lo acompañaba de buena gana, Hunt la miró de arriba abajo con actitud analítica—. Su equilibrio ha mejorado bastante desde esta tarde. ¿Cómo se encuentra?

—Mucho mejor —contestó Annabelle, que se sonrojó cuando su estómago rugió de forma audible—. Y un poco hambrienta, a decir verdad.

Hunt sonrió y la condujo hacia una puerta ligeramente entreabierta. Entró tras ella en la estancia y Annabelle descubrió que estaban en una pequeña y encantadora habitación de paredes recubiertas con paneles de palisandro, de las que colgaban varios tapices, y cuyos muebles estaban revestidos con terciopelo color ámbar. No obstante, la característica más sobresaliente de la estancia era la ventana que se abría en la pared interior y que daba al salón situado dos plantas más abajo. El lugar estaba oculto por completo a los ojos de los invitados que se encontraban en la planta baja, pero la música llegaba hasta allí a través de la ventana, abierta de par en par. Los atónitos ojos de Annabelle se desplazaron hasta una mesita en la que se había dispuesto la cena, si bien las fuentes estaban cubiertas por unas tapaderas de plata.

—Me ha costado un dolor de cabeza decidir qué podía despertar su apetito —confesó Hunt—. Así que le dije al personal de la cocina que pusiera un poco de todo.

Abrumada e incapaz de recordar otra ocasión en la que un hombre hubiese llegado a semejantes extremos para que ella se distrajera, Annabelle descubrió que, de pronto, le resultaba muy difícil decir algo. Tragó saliva y recorrió la habitación con la mirada para evitar encontrarse con los ojos de Hunt.

—Todo esto es encantador. Yo... yo no sabía que existía esta habitación.

—Poca gente lo sabe. La condesa suele sentarse aquí en ocasiones, cuando se encuentra demasiado débil para bajar. —Hunt se acercó a ella y deslizó sus largos dedos bajo la barbilla de Annabelle, obligándola de ese modo a que lo mirara a los ojos—. ¿Cenará conmigo?

El pulso le latía con tal rapidez que estaba segura de que él podría sentirlo bajo los dedos.

—No tengo carabina —contestó con un hilo de voz.

Hunt sonrió ante la respuesta y apartó la mano de su barbilla.

—No podría estar más segura. No tengo intención alguna de seducirla cuando es obvio que está demasiado débil para defenderse.

—Eso es muy caballeroso por su parte.

—La seduciré cuando se encuentre mejor.

Reprimiendo una sonrisa, Annabelle alzó una ceja y le dijo:

—Parece muy seguro de sí mismo. ¿No debería haber dicho que va a «intentar» seducirme?

—«Nunca des por adelantado el fracaso», eso es lo que mi padre suele decirme. —Apoyó uno de sus fuertes brazos en su espalda y la condujo a una silla—. ¿Le apetece un poco de vino?

—No debería —contestó ella, apesadumbrada, al tiempo que se hundía en una de las mullidas sillas—. Es muy posible que se me suba a la cabeza.

Hunt sirvió una copa y se la ofreció, sonriendo con esa expresión traviesa y tentadora que el mismo Lucifer se esforzaría por emular.

—Vamos —murmuró él—. Yo la cuidaré en caso de que acabe un poco achispada.

Mientras daba un sorbo a la excelente y suave cosecha, Annabelle le lanzó una mirada irónica.

—Me pregunto con qué frecuencia la ruina de una dama comienza con esa misma promesa...

—Aún no he sido el causante de la ruina de ninguna dama —contestó él, al tiempo que apartaba las tapaderas de los platos y las dejaba a un lado—. Por lo general, suelo perseguirlas una vez que ya están arruinadas.

—¿Ha habido muchas damas arruinadas en su pasado? —preguntó Annabelle, incapaz de contenerse.

—Unas cuantas —replicó él, mirándola directamente a los ojos con una expresión que no era ni contrita ni jactanciosa—. Aunque, en los últimos tiempos, todas mis energías se han visto absorbidas por un pasatiempo muy diferente.

—¿Cuál?

—La supervisión del desarrollo de una locomotora en la que tanto Westcliff como yo hemos invertido dinero.

—¿En serio? —preguntó Annabelle, cuyo interés acababa de despertarse tras la confesión—. Nunca me he subido a un tren. ¿Cómo es?

Hunt sonrió y su rostro adquirió una expresión infantil a causa del entusiasmo que apenas lograba contener.

—Rápido. Emocionante. La velocidad media de un tren de pasajeros es de unos ochenta kilómetros por hora, pero Consolidated está diseñando un modelo expreso de seis cilindros combinados que debería alcanzar los ciento diez.

—¿Ciento diez kilómetros por hora? —repitió ella, incapaz de imaginar que se pudiera viajar a semejante velocidad—. ¿Y no resultará incómodo para los pasajeros?

La pregunta provocó una sonrisa en Hunt.

—Una vez que el tren alcanza una velocidad constante, no se nota el movimiento.

—¿Cómo es el interior de un vagón de pasajeros?

—No muy lujoso —admitió Hunt, sirviéndose un poco más de vino en su copa—. Sólo recomendaría viajar en un vagón privado; especialmente a alguien como usted.

—¿A alguien como yo? —repitió ella con una sonrisa amonestadora—. Si está dando a entender que soy una consentida, le aseguro que está muy equivocado.

—Pues alguien debería encargarse de que lo fuera.

La cálida mirada del hombre se deslizó por las arreboladas mejillas de Annabelle y descendió por su esbelto torso antes de volver a clavarse en sus ojos. Al hablar, hubo cierta nota en su voz que consiguió dejarla sin aliento:

—No le vendría mal que la mimaran un poco.

Annabelle inspiró con fuerza con el fin de recuperar el ritmo normal de su respiración. Deseó con desesperación que él no la tocara, que mantuviera su promesa de no seducirla. Porque si no la cumplía... Que Dios la ayudara, no estaba segura de poder resistirse.

—¿«Consolidated» es el nombre de su compañía? —le preguntó con voz temblorosa, intentando recuperar el hilo de la conversación.

Hunt asintió con la cabeza.

—Es el socio inglés de Fundiciones Shaw.

—¿La empresa que pertenece al prometido de lady Olivia, el señor Shaw?

—Exacto. Shaw está ayudándonos a adaptarnos al sistema de producción americano, cuyo método de fabricación de locomotoras es mucho más efectivo que el británico.

—Siempre he oído que los motores fabricados en Gran Bretaña son los mejores del mundo —observó Annabelle.

—Eso es discutible. Sin embargo, incluso si así fuera, están poco estandarizados. No hay dos locomotoras construidas en Gran Bretaña que sean exactamente iguales, lo que frena en gran medida la producción y hace que las reparaciones sean complicadas. En cambio, si siguiéramos el ejemplo americano y fabricáramos las piezas a partir de un mismo molde, con calibres y modelos regularizados, podríamos construir un motor en cuestión de semanas en lugar de meses y llevar a cabo las reparaciones en un abrir y cerrar de ojos.

Mientras conversaban, Annabelle se dedicó a contemplar a Hunt con creciente fascinación, ya que jamás había escuchado a un hombre hablar acerca de su profesión de ese modo. Según su experiencia, el trabajo no era un tema del que los hombres estuvieran dispuestos a hablar, más aún si se tenía en cuenta que el mero concepto de «trabajar» para ganarse la vida era la marca distintiva de las clases bajas. Si un caballero perteneciente a la clase alta se veía obligado a trabajar, trataba de ser discreto en lo que a su profesión se refería y fingía dedicar la mayor parte de su tiempo a actividades lúdicas. Sin embargo, Simon Hunt no hacía esfuerzo alguno por ocultar la satisfacción que le proporcionaba su trabajo... Y, por alguna razón, Annabelle encontraba esta peculiaridad atractiva, por extraño que pareciera.

A petición suya, Hunt le ofreció una explicación más extensa de sus negocios y le habló de las transacciones en las que había estado inmerso para comprar una fundición, anteriormente en manos de la compañía del ferrocarril, y que estaba siendo remodelada con el fin de adaptarse al sistema de producción americano. Dos de los nueve edificios que se alzaban en las más de dos hectáreas que ocupaba la fábrica ya habían sido transformados en una fundición donde se producirían pernos, pistones, varillas y válvulas según un molde previamente fabricado. Todos estos elementos, junto con algunas partes que ya habían sido importadas de la Fundición Shaw, ubicada en Nueva York, se utilizarían para fabricar motores de cuatro y seis cilindros que se venderían en toda Europa.

—¿Con qué frecuencia visita la fundición? —preguntó Annabelle antes de dar un bocado a un trozo de faisán cubierto por una cremosa salsa de berros.

—Cuando estoy en la ciudad, todos los días. —Hunt contempló el contenido de su copa de vino con el ceño ligeramente fruncido—. Ya llevo demasiado tiempo fuera; tendré que regresar a Londres pronto para comprobar los progresos.

A Annabelle debería haberle alegrado la idea de que él abandonara Hampshire en poco tiempo. Simon Hunt era una distracción que no podía permitirse y le resultaría más fácil concentrar sus atenciones en lord Kendall una vez que Hunt abandonara la propiedad. Sin embargo, la noticia la dejó bastante deprimida y se dio cuenta de lo mucho que disfrutaba de la compañía del hombre y de lo solitario que parecería Stony Cross Park cuando él se marchara.

—¿Volverá antes de que la fiesta concluya? —le preguntó, aparentemente concentrada en desmenuzar con el cuchillo un trozo de faisán.

—Depende.

—¿De qué?

Su voz fue muy suave.

—De si tengo los motivos suficientes para regresar.

Annabelle no lo miró. En cambio, se hundió en un incómodo silencio y se volvió hacia la ventana, a través de la cual les llegaba la exuberante melodía de *Rosamunde* de Schubert, sin ver nada en realidad.

A la postre, se escuchó un ligero toque en la puerta antes de que un sirviente entrara a retirar los platos. Manteniendo el rostro apartado de Hunt, Annabelle se preguntó si las noticias de que habían cenado a solas tardarían mucho en extenderse por las dependencias de la servidumbre. No obstante, en cuanto el criado se marchó, Hunt la tranquilizó, como si acabara de leerle el pensamiento:

—No dirá ni una palabra a nadie. Westcliff lo recomendó por su capacidad para mantener la boca cerrada en lo referente a los asuntos confidenciales.

Annabelle le dedicó una mirada angustiada.

—Entonces... ¿El conde sabe que usted y yo...? ¡Estoy segura de que no debe de haberle gustado!

—He hecho muchas cosas que el conde no ha aprobado —replicó él con voz pausada—. Del mismo modo que yo no apruebo algunas de sus decisiones. No obstante, y con el fin de mantener nuestra beneficiosa amistad, no solemos enfrentarnos. —Se puso de pie, apoyó las manos sobre la mesa y se inclinó hacia delante, de modo que su sombra cayó sobre Annabelle—. ¿Le apetece jugar una partida de ajedrez? Hice que subieran un tablero... por si acaso.

Annabelle asintió. Mientras contemplaba sus cálidos ojos negros, cayó en la cuenta de que, tal vez, ésa fuera la primera noche de toda su vida adulta en la que se sentía plenamente feliz estando donde estaba. Con ese hombre. Sentía una curiosidad enorme sobre él, una necesidad acuciante de descubrir los pensamientos y sentimientos ocultos bajo su fachada exterior.

—¿Dónde aprendió a jugar al ajedrez? —le preguntó, tras observar los movimientos de las manos de Hunt mientras éste colocaba las piezas sobre el tablero para comenzar la partida.

—Me enseñó mi padre.

—¿Su padre? —preguntó, perpleja.

Los labios del hombre se alzaron levemente con una sonrisa socarrona.

—¿Es que un carnicero no puede jugar al ajedrez?

—Por supuesto, yo... —Annabelle sintió que la cubría un profundo rubor. Se sentía abochornada por su falta de tacto—. Lo siento.

La sonrisa de Hunt se mantuvo en su lugar mientras la observaba.

—Parece tener una impresión equivocada con respecto a mi familia. Los Hunt pertenecen a la clase media. Tanto mis hermanos como mis hermanas asistieron al colegio, al igual que yo. Mi padre ha dado trabajo a mis hermanos, que también viven sobre la tienda. Y por las noches, suelen jugar al ajedrez.

Más relajada al no percibir censura alguna en su voz, Annabelle cogió un peón y lo giró entre los dedos.

—¿Por qué no eligió trabajar junto a su padre, como han hecho sus hermanos?

—Fui un muchacho bastante problemático en mi juventud —admitió con una sonrisa—. Cada vez que mi padre me ordenaba que hiciera algo, yo siempre me esforzaba por hacer lo contrario.

—¿Y qué hacía él? —preguntó Annabelle con un brillo travieso en los ojos.

—En un principio, trató de mostrarse paciente conmigo. Cuando vio que eso no funcionaba, aplicó el método opuesto. —Hunt hizo una mueca ante el recuerdo y su sonrisa se tornó triste—. Créame, no le gustaría mucho que la vapuleara un carnicero; sus brazos suelen ser tan gruesos como el tronco de un árbol.

—Puedo imaginármelo —murmuró ella, mirando de soslayo la amplitud de sus hombros al tiempo que recordaba la musculosa dureza de sus brazos—. Su familia debe de estar muy orgullosa de su éxito.

—Es posible —contestó él, encogiéndose de hombros en un gesto evasivo—. Por desgracia, parece ser que mi ambición ha servido para que nos distanciemos. Mis padres no permiten que les compre una casa en el West End; y tampoco entienden que quiera vivir allí. Así como tampoco creen que el mundo de las inversiones sea un trabajo adecuado. Serían mucho más felices si me dedicara a algo más... tangible.

Annabelle lo estudió con atención, consciente de lo que él había dejado en el tintero durante la breve explicación. Siempre había sabido que Simon Hunt no pertenecía a las altas esferas en las que solía moverse. Sin embargo, hasta ese momento no se le había ocurrido que también estuviese fuera de lugar en el mundo que había dejado atrás. No podía evitar preguntarse si se sentiría solo en alguna ocasión o si estaría demasiado ocupado para darse cuenta.

—Se me ocurren pocas cosas que sean más tangibles que una locomotora de cinco toneladas —puntualizó ella, en respuesta a su último comentario.

Hunt dejó escapar una carcajada y alargó el brazo en busca del peón que Annabelle tenía en la mano. No obstante, ella fue incapaz de soltar la pieza de marfil y sus dedos se enlazaron durante un instante mientras sus miradas hacían lo mismo, cediendo a la intimidad del momento. Annabelle se quedó atónita al percibir la calidez que ascendió desde su mano hasta el hombro para extenderse al instante por todo su cuerpo. Era algo semejante a estar ebria por la luz del sol; el calor la inundaba en una corriente continua de sensaciones y, junto con el placer, llegó la repentina y alarmante presión tras los párpados que anunciaba la llegada de las lágrimas.

Aturdida, Annabelle retiró la mano con brusquedad y el peón cayó y rebotó sobre el suelo.

—Lo siento —se disculpó con una trémula carcajada, asustada de repente por lo que podría suceder si seguía a solas con él durante más tiempo. Se alejó de la mesa tras ponerse en pie con torpeza—. A-acabo de darme cuenta de que estoy muy cansada... El vino parece haberme afectado, después de todo. Debería regresar a mi habitación. Creo que todavía tiene mucho tiempo para alternar con los invitados, de modo que su noche no será un completo desastre. Gracias por la cena, por la música y...

—Annabelle. —Hunt se movió hasta llegar a su lado con elegancia y rapidez, y colocó las manos en su cintura. Bajó la mirada y la estudió con el ceño fruncido por la curiosidad—. No tendrás miedo de mí, ¿verdad? —murmuró.

Ella negó con la cabeza, sin pronunciar una sola palabra.

—Entonces, ¿por qué ese repentino empeño en marcharte?

Podía haber contestado de mil formas diferentes, no obstante, en ese momento, fue incapaz de demostrar sutileza, ingenio o agilidad verbal alguna. Lo único que pudo hacer fue contestar con la misma falta de tacto de un mazazo.

—No... no quiero esto.

—¿Esto?

—No voy a convertirme en su amante. —Dudó por un instante antes de seguir hablando—: Puedo aspirar a mucho más.

Hunt meditó la franca respuesta con cuidado, sin apartar las manos de su cintura para poder sostenerla.

—¿Quieres decir que puedes encontrar a alguien con quien casarte? —preguntó por fin—, ¿o que tienes la intención de convertirte en la amante de un aristócrata?

—Da igual, ¿no es cierto? —murmuró Annabelle, apartándose del apoyo de sus manos—. En ninguno de los dos escenarios aparece usted.

Si bien se negó a mirarlo a los ojos, sintió que su mirada la atravesaba y se estremeció al sentir que esa resplandeciente calidez que la invadiera poco antes la abandonaba.

—La llevaré de vuelta a su habitación —dijo Hunt sin mostrar emoción alguna, antes de acompañarla a la puerta.

16

Cuando Annabelle volvió a reunirse con los invitados a la mañana siguiente, descubrió que su encuentro fortuito con la víbora le había granjeado muchas simpatías por parte de todos, incluido lord Kendall, circunstancia que la animó bastante. Haciendo gala de una gran sensibilidad y preocupación, Kendall se sentó con ella en la terraza trasera a últimas horas de la mañana para disfrutar de un tardío desayuno al aire libre. Insistió en sostenerle el plato en la mesa del bufé mientras ella seleccionaba varios manjares y se aseguró de que un criado le llenara el vaso de agua tan pronto como estuviese vacío. También insistió en hacer lo mismo con lady Constance Darrowby, que se había sentado con ellos a la mesa.

Recordando lo que las floreros comentaran acerca de lady Constance, Annabelle evaluó a su competidora. Kendall parecía más que interesado en la muchacha, que era de carácter tranquilo, si bien un poco distante. Su delgadez resultaba elegante, dado que encajaba en el estilo que se había impuesto poco tiempo atrás. Y las afirmaciones de Daisy resultaron ser ciertas: la boca de lady Constance parecía un monedero cerrado y sus labios no dejaban de curvarse en forma de «o» cada vez que Kendall les contaba algún pequeño detalle relacionado con la horticultura.

—Qué horrible ha debido de ser para usted —comentó lady Constance, dirigiéndose a Annabelle tras escuchar los detalles de la mordedura de víbora—. Es un milagro que no haya muerto. —A pesar de la expresión angelical, el gélido brillo que Annabelle distinguió en sus pálidos ojos azules le indicó que la muchacha no lo habría lamentado en absoluto si ése hubiera sido el resultado.

—Ya me encuentro bastante mejor —le contestó antes de girarse para sonreír a Kendall—. Y más que preparada para dar otro paseo por el bosque.

—Yo no haría tantos esfuerzos si fuese usted, señorita Peyton —aconsejó lady Constance, en una muestra de exquisita preocupación—. Aún no parece estar del todo recuperada. De cualquier modo, estoy segura de que la palidez de su rostro desaparecerá dentro de un par de días.

Annabelle no dejó de sonreír, poco dispuesta a demostrar que el comentario la había molestado..., aunque se sentía de lo más tentada a hacer una observación sobre la mancha que lady Constance tenía en la frente.

—Perdónenme —murmuró lady Constance al tiempo que se levantaba de la silla—. Veo que hay fresas maduras. Volveré enseguida.

—Tómese su tiempo —le contestó Annabelle con voz dulce—. Apenas notaremos su ausencia.

Juntos, Annabelle y Kendall observaron cómo lady Constance se acercaba con paso grácil a la mesa del bufé, donde, por casualidad, se encontraba el señor Benjamin Muxlow, que también estaba llenando su plato. Demostrando sus buenos modales, Muxlow se apartó de la enorme fuente de fresas y sostuvo el plato de la muchacha mientras ésta cogía el cucharón para servirse unas cuantas. Entre ellos sólo parecía haber una amistad cordial..., pero Annabelle recordaba la historia que Daisy le había contado el día anterior.

Y, en ese momento, se le ocurrió: la solución perfecta para eliminar a lady Constance de la competición. Antes de poder reflexionar acerca de las consecuencias, de las implicaciones morales o de cualquier otra idea que la obligara a rechazar la repentina inspiración, se inclinó hacia lord Kendall.

—A ambos se les da muy bien ocultar la verdadera naturaleza de su relación, ¿no es cierto? —murmuró al tiempo que lanzaba una furtiva mirada en dirección a lady Constance y Muxlow—. Pero, claro, a ninguno les convendría que se hiciera notorio... —Hizo una pausa y clavó la mirada en el perplejo lord Kendall, fingiendo un pequeño azoramiento—. ¡Vaya! Lo siento. Supuse que ya lo habría oído...

De pronto, Kendall frunció el ceño.

—¿Qué tendría que haber oído? —preguntó al tiempo que contemplaba a la pareja con recelo.

—Bueno, no es que yo sea muy dada a los cotilleos..., pero me ha dicho una fuente de lo más fiable que el día de la fiesta en el estanque, durante la merienda, lady Constance y el señor Muxlow fueron descubiertos en una situación terriblemente comprometida. Ambos estaban bajo un árbol y... —Annabelle se detuvo y compuso una estudiada expresión de embarazo—. No debería haber dicho nada. Es posible que sólo sea un malentendido. Nunca se sabe, ¿verdad?

Acto seguido, se concentró en beber unos sorbos de té al tiempo que estudiaba a lord Kendall por encima del borde de la taza. Le resultó muy fácil interpretar la expresión del hombre: no quería creer que lady Constance hubiese sido descubierta en una situación semejante. La mera idea era suficiente para dejarlo horrorizado. No obstante, ya que era un caballero de pies a cabeza, Kendall se mostraría reacio a investigar el asunto. Jamás se atrevería a preguntar a lady Constance si era cierto que se había visto comprometida por Muxlow. Al contrario, guardaría silencio e intentaría hacer caso omiso de las sospechas... Y la duda quedaría en el aire hasta que acabara por infectarse.

—Annabelle, no de-deberías haberlo hecho —murmuró Evie esa misma tarde, cuando su amiga les contó la conversación que había mantenido con Kendall.

Las cuatro estaban sentadas en la habitación de Evie, que tenía la cara cubierta con una espesa capa de crema blanca que, supuestamente, eliminaba las pecas. Mirando con detenimiento a Annabelle desde debajo del ungüento blanqueador, Evie intentó continuar, si bien quedó patente que su capacidad dialéctica —que, para empezar, no era muy grande— había quedado eclipsada por la desaprobación.

—Fue una estrategia brillante —declaró Lillian al tiempo que cogía una lima de uñas del tocador junto al que estaba sentada. No había quedado muy claro si aprobaba o no el recurso utilizado por Annabelle, pero era obvio que apoyaría a su amiga hasta el final—. Annabelle no mintió exactamente, ¿no te das cuenta? Se limitó a repetir un rumor que había llegado a sus oídos y dejó bien claro que sólo era eso, un rumor. Lo que Kendall haga con la información depende de él.

—Pero Annabelle no le dijo que sabía con certeza que el rumor era infundado —argumentó Evie.

Lillian se concentró en limar una de sus uñas hasta darle la forma perfecta.

—De todos modos, no mintió.

A la defensiva y sintiéndose culpable, Annabelle miró a Daisy.

—Bueno, ¿y tú qué opinas?

La más joven de las hermanas Bowman, que se entretenía pasándose sin cesar la pelota de *rounders* de una mano a la otra, contempló a Annabelle con expresión astuta mientras le contestaba:

—Creo que, en ocasiones, ocultar información es lo mismo que mentir. Has elegido un camino resbaladizo, querida. Ten cuidado a partir de ahora.

Lillian frunció el ceño, contrariada.

—Venga, deja de hablar como una pitonisa de tres al cuarto, Daisy. Una vez que Annabelle consiga lo que quiere, no importará el modo en que lo hizo. Lo importante son los resultados. Y tú, Evie, nada de sutilezas éticas. Estuviste de acuerdo en ayudarnos a manejar a lord Kendall de modo que acabara en una situación comprometida... ¿Eso es mejor que un rumor infundado?

—Todas prometimos no hacer daño a nadie —replicó Evie con gran dignidad, al tiempo que cogía una toallita para limpiarse la crema de la cara.

—Lady Constance no ha sufrido daño alguno —insistió Lillian—. No está enamorada de él. Es obvio que quiere a Kendall por la única razón de que es uno de los solteros que ha llegado a finales de la temporada sin comprometerse y ella no está casada. ¡Por todos los cielos, Evie, tienes que endurecerte! ¿Acaso lady Constance se encuentra en una situación peor? Míranos, cuatro floreros que no han conseguido más recompensa por los esfuerzos que han realizado hasta ahora que unas cuantas pecas y un mordisco de víbora... y la humillación de haber enseñado nuestros pololos a lord Westcliff.

Annabelle, que hasta entonces había permanecido sentada en el borde del colchón, se dejó caer hacia atrás para quedar tendida en el centro de la cama y contempló el dosel de rayas que había sobre su cabeza, embargada por el sentimiento de culpa. Cómo desearía poder parecerse a Lillian, firme defensora de que el fin justificaba los medios. Se prometió que en el futuro se comportaría de modo honorable.

Sin embargo..., tal y como Lillian había señalado, lord Kendall podía creer el rumor o descartarlo, según le apeteciera. Era un hombre adulto, capaz de tomar una decisión por sí mismo. Lo único que ella había hecho era sembrar las semillas... y ahora dependía de Kendall preocuparse por verlas crecer o dejar que murieran.

Por la noche, Annabelle se puso un vestido color rosa intenso, confeccionado con numerosas capas de gasa de seda transparente que flotaban a su alrededor. La cintura quedaba ceñida con un lazo de seda adornado con una enorme rosa blanca. Al caminar, la seda emitía un agradable susurro y Annabelle ahuecó las capas superiores, sintiéndose como una princesa. Demasiado impaciente como para esperar a Philippa, que estaba tardando siglos en vestirse, abandonó la habitación antes de tiempo con la esperanza de reunirse con sus amigas. Si la fortuna la acompañaba, podría encontrarse con lord Kendall y pensar en alguna excusa para escabullirse con él durante un instante.

Sin forzar demasiado el tobillo, caminó a lo largo del pasillo que conducía hasta la majestuosa escalinata. Siguiendo un impulso, se detuvo en el saloncito de los Marsden, cuya puerta estaba ligeramente entreabierta, y entró con cautela. La estancia estaba a oscuras, pero la luz del pasillo fue suficiente para iluminar los bordes del tablero de ajedrez situado en el rincón. Atraída por el tablero, vio con un destello de placer que habían vuelto a colocar las piezas de su partida con Simon Hunt. ¿Por qué se habría molestado en disponer las piezas como si siguieran jugando? ¿Acaso él esperaba un movimiento por su parte?

«No toques nada», se dijo a sí misma..., pero la tentación era demasiado fuerte como para resistirse. Entornó los ojos con un gesto de concentración y estudió la situación desde una nueva perspectiva. El caballo de Hunt estaba en el lugar perfecto para capturar a su dama, lo que significaba que ella tenía dos opciones: mover la dama o defenderla. De repente, descubrió el modo perfecto de proteger a su amenazada pieza: movió una torre hacia delante para capturar al caballo de Hunt y así lograr que la pieza abandonara el tablero de forma definitiva. Dejó al caballo en el borde del tablero con una sonrisa satisfecha y abandonó la habitación.

Tras bajar la gran escalinata, atravesó el vestíbulo de entrada y se encaminó por un pasillo hacia una serie de estancias destinadas al uso de los invitados. La alfombra que pisaba amortiguaba cualquier sonido, pero, de repente, notó una presencia a su espalda. La alertó el escalofrío que sintió en la parte de los hombros y la espalda que no estaba cubierta por el vestido. Echó un vistazo por encima del hombro y descubrió a lord Hodgeham tras ella, quien, a pesar de su corpulencia, hacía gala de un sorprendente sigilo. El hombre cerró sus rechonchos dedos alrededor del cinturón de su vestido y Annabelle se vio obligada a detenerse ante el riesgo de que el delicado tejido se rasgara.

El hecho de que Hodgeham la acosara en un lugar donde podrían ser descubiertos con facilidad era una muestra de la arrogancia del hombre. Con un jadeo indignado, se giró para enfrentarlo. Al instante, se encontró con la visión de ese corpulento torso embutido en el estrecho traje de etiqueta, al tiempo que el aceitoso olor de su cabello impregnado de perfume asaltaba sus fosas nasales.

—Encantadora criatura —musitó él. Su aliento apestaba a brandy—. Ya veo que se recupera sin problemas. Tal vez debiéramos proseguir la conversación que manteníamos ayer en el mismo punto donde su madre me interrumpió de un modo tan placentero.

—Es usted repugnante... —comenzó Annabelle, movida por la furia, aunque Hodgeham detuvo su torrente de insultos sujetándola con fuerza por el mentón.

—Le contaré todo a Kendall —la amenazó, al tiempo que acercaba sus gruesos labios a la boca de Annabelle—... con los adornos suficientes como para asegurarme de que os contemple, a ti y a tu familia, con la más absoluta repulsión. —Su voluminoso cuerpo la presionó contra la pared hasta dejarla casi sin respiración—. A menos —continuó mientras su apestoso aliento caía de lleno sobre el rostro de Annabelle—... que decidas complacerme del mismo modo que lo hace tu madre.

—En ese caso, ya puede ir a contárselo todo a Kendall —contestó Annabelle, echando chispas por los ojos—. Dígaselo todo y acabemos de una vez. Prefiero morirme de hambre en la calle antes que «complacer» a un cerdo repugnante como usted.

Hodgeham la contempló con furia e incredulidad.

—Lo lamentarás —le dijo mientras en sus labios se acumulaba la saliva.

Ella le dedicó una sonrisa fría y desdeñosa.

—No lo creo.

Antes de que Hodgeham la soltara, Annabelle captó un movimiento por el rabillo del ojo. Al girar la cabeza, vio que alguien se acercaba a ellos: un hombre que se movía con el mismo sigilo que una pantera al acecho. Lo más probable sería que pensara que los había atrapado a Hodgeham y a ella en un amoroso abrazo.

—Suélteme —siseó al tiempo que le daba un fuerte empujón en la prominente barriga.

Hodgeham dio un paso atrás, permitiendo de ese modo que ella pudiera respirar por fin, y le dedicó una mirada que encerraba una malévola promesa antes de alejarse en dirección contraria al hombre que se acercaba.

Mortificada, Annabelle vio de repente el rostro de Simon Hunt ante ella y sintió las manos del hombre sobre sus hombros. Hunt observaba a Hodgeham mientras éste se alejaba con rapidez y sus ojos tenían una mirada dura, casi asesina, que le heló la sangre en las venas. Un momento después, bajó la vista y la contempló con tanta intensidad que Annabelle volvió a quedarse sin respiración. Hasta ese instante, nunca había visto a Simon Hunt de otro modo que no fuese haciendo gala de su característica indiferencia. Sin importar la gravedad de los insultos que ella le arrojara, la grosería con que lo tratara o los desaires que le hiciera, él siempre reaccionaba con un irónico y predecible autocontrol. No obstante, parecía que por fin había logrado despertar la ira del hombre. Tenía todo el aspecto de estar a punto de estrangularla.

—¿Me estaba siguiendo? —le preguntó con fingida tranquilidad al tiempo que se preguntaba cómo se las habría arreglado para aparecer en ese preciso momento.

—La vi atravesar el vestíbulo de entrada —explicó él— y a Hodgeham tras usted. La seguí porque quería descubrir lo que se traen entre manos.

La mirada de Annabelle se tornó desafiante.

—¿Y qué ha descubierto?

—No lo sé —fue su suave, pero no por ello menos peligrosa, respuesta—. Dime, Annabelle, ¿a esto te referías cuando me dijiste que podías aspirar a mucho más? ¿A ofrecer tus servicios a ese cerdo seboso a cambio de las lamentables recompensas que te ofrece? Nunca me habría imaginado que pudieses ser tan estúpida.

—¡Eres un maldito hipócrita! —susurró Annabelle, presa de la furia—. Estás enfadado conmigo porque soy su amante y no la tuya; bueno, pues dime una cosa: ¿por qué te importa tanto a quién venda mi cuerpo?

—Porque no lo deseas —le explicó Hunt con los dientes apretados—. Y a Kendall tampoco. Me deseas a mí.

Annabelle no supo entender la hirviente maraña de emociones que surgió en su interior, ni por qué ese enfrentamiento estaba comenzando a provocarle una extraña y terrible euforia. Tenía deseos de golpearlo, arrojarse sobre él y espolearlo hasta que los últimos fragmentos de autocontrol quedasen reducidos a polvo.

—Déjame adivinar. ¿Estás dispuesto a ofrecerme una versión mucho más lucrativa del supuesto arreglo que tengo con Hodgeham? —Dejó escapar una desdeñosa carcajada mientras observaba la respuesta a su pregunta en el rostro de Hunt—. La respuesta es no. No. Así que déjame en paz de una vez y para siempre...

Se detuvo al escuchar las voces de gente que se acercaba por el pasillo. Furiosa y desesperada, se dio la vuelta y descubrió una puerta por la que podía escabullirse y evitar de ese modo ser vista a solas con Hunt. Tras agarrarla por un brazo, él la hizo pasar a la habitación más cercana y cerró la puerta sin perder un instante.

Annabelle se apartó bruscamente de Hunt y recorrió el lugar con la mirada hasta descubrir la silueta de un piano y de los atriles de las partituras. Él alargó un brazo y evitó que uno de los atriles cayera al suelo, tras haber sido empujado por el giro de sus faldas.

—Si puedes soportar ser la amante de Hodgeham —murmuró Hunt, retomando la conversación mientras Annabelle se internaba en la sala de música—, Dios sabe que no tendrás problemas siendo la mía. Podrías decir que no te sientes atraída por mí, pero ambos sabemos que estarías mintiendo. Pon un precio, Annabelle. La suma que quieras. ¿Quieres una casa a tu nombre? ¿Un velero? No tienes más que decirlo. Vamos a poner fin a este asunto; ya estoy cansado de esperarte.

—¡Qué romántico! —exclamó Annabelle con una trémula carcajada—. ¡Dios mío! De algún modo, su proposición carece de sutileza, señor Hunt. Y está muy equivocado si cree que mi única opción es convertirme en la amante de alguien. Puedo conseguir que lord Kendall se case conmigo.

Los ojos de Hunt adquirieron un color tan oscuro como el de la obsidiana.

—El matrimonio con él será un infierno para ti. Kendall nunca te amará. Jamás llegará a conocerte siquiera.

—No estoy interesada en el amor —contestó ella, angustiada por sus palabras—. Lo único que quiero... —Hizo una pausa al sentir que un dolor repentino, acompañado de una frialdad insoportable, le atravesaba el pecho. Lo miró a los ojos y lo intentó de nuevo—. Sólo quiero...

En ese momento, se escuchó un ruido en la puerta. Alguien giró el picaporte. Sobresaltada, Annabelle se dio cuenta de que estaban a punto de entrar y de que, en ese caso, toda opción de casarse con Kendall se desvanecería, arrastrada como un puñado de polvo que se llevara el viento. Reaccionando por instinto, aferró a Hunt por el brazo y lo arrastró hasta un recoveco situado junto a una de las ventanas y cubierto por unas cortinas que colgaban de una barra de bronce. Lo único que había en el hueco era un sofá con tapicería de terciopelo situado junto a la ventana, sobre el que habían dejado unos cuantos libros al descuido. Annabelle corrió la cortina de un tirón y se lanzó a los brazos de Hunt para taparle la boca con la palma de la mano justo en el momento en que alguien (o más de un «alguien») entraba en la habitación. Distinguió unas cuantas voces masculinas acompañadas de unos sonidos metálicos y cierto estrépito que la dejaron bastante confusa hasta que escuchó el punteo de unas cuerdas de violín desafinadas.

«¡Dios mío!»

Los miembros de la orquesta acababan de llegar a la sala de música para afinar sus instrumentos antes del comienzo del baile. Según parecía, su reputación estaba a punto de verse arruinada frente a una orquesta completa.

Un ligero resplandor penetraba en la alcoba por encima del borde de la cortina y alumbraba un tanto sus rostros; lo suficiente para poder distinguir la diabólica sonrisa que acababa de iluminar los ojos de Hunt. Una sola palabra o un simple sonido en semejantes circunstancias y estaría arruinada. Presionó la mano con más fuerza sobre la boca de Hunt; los ojos de ambos estaban separados por escasos centímetros y, con una sola mirada, le dejó bien claro que si no guardaba silencio, lo asesinaría.

Las voces de los músicos se mezclaron con el sonido de los instrumentos que afinaban; mantuvieron las notas hasta que todas se unieron en armonía y cualquier disonancia estuvo bajo control. Con la duda de si serían descubiertos o no, Annabelle no apartaba la vista de las cortinas, deseando con fervor que permanecieran cerradas. Sintió el aliento de Hunt sobre el borde de su mano y se dio cuenta de que el hombre había tensado la mandíbula. Lo miró de soslayo y vio que ese brillo malicioso de sus ojos había desaparecido para dar paso a una mirada que era, de lejos, mucho más alarmante. Su corazón comenzó a latir con tanta fuerza que resultaba doloroso y, paralizada, observó con los ojos abiertos de par en par cómo el hombre alzaba su mano libre muy despacio. Ella aún le tapaba la boca con los dedos, pero Hunt empezó a separarlos con delicadeza, uno por uno y comenzando por el meñique, mientras su aliento le acariciaba el borde de la mano con bocanadas cada vez más rápidas. Annabelle sacudió la cabeza en una tensa negativa y se alejó, al tiempo que él le rodeaba la cintura con un brazo. Estaba atrapada por completo..., incapaz de impedir que Simon Hunt hiciese con ella todo lo que se le antojara.

En cuanto apartó el último dedo de sus labios, Hunt la obligó a bajar la mano y la sostuvo por la nuca. Ella se aferró a las mangas de la chaqueta y arqueó el cuerpo hacia atrás, pero no sirvió de nada puesto que él aumentó la presión de la mano que tenía sobre su nuca. No le estaba haciendo daño y, sin embargo, había conseguido que le resultara imposible moverse o forcejear. Conforme la boca de Hunt descendía sobre la suya, Annabelle jadeó sin emitir ruido alguno, separó los labios y su mente se quedó en blanco.

Los labios del hombre acariciaron los suyos, con suavidad pero también con firmeza, tratando de arrancarle una respuesta. Al instante, Annabelle se vio consumida por un fuego que ardía por todo su cuerpo y que la dejó indefensa ante un tipo de anhelo que no había sentido en toda su vida. El recuerdo del único beso que habían compartido no era nada comparado con lo que estaba experimentando..., tal vez porque Hunt ya no era un extraño para ella. Lo deseaba con tal desesperación que la asustaba. Él se alejó de su boca con suavidad y sus labios se detuvieron brevemente en la barbilla antes de ascender hacia la mejilla, dejando un rastro de fuego por el camino, para regresar a su boca con más insistencia. Annabelle sintió la punta de la lengua de Hunt contra la suya y el suave roce fue tan inesperado que hubiese retrocedido de inmediato de no ser porque él la tenía sujeta.

La elegante cacofonía de los músicos tintineó en sus oídos, recordándole la inminente posibilidad de ser descubierta. Presa de continuos temblores, se obligó a relajarse entre los brazos del hombre. Durante unos minutos, le permitiría que hiciera lo que quisiera con ella, cualquier cosa, a fin de que no traicionase su presencia tras las cortinas. Hunt saboreó de nuevo el interior de su boca, sometiéndola a las suaves caricias de su lengua. Para Annabelle, una exploración tan íntima resultaba de lo más escandalosa, más aún si tenía en cuenta las innombrables sensaciones que asaltaban las partes más vulnerables de su cuerpo. Se vio invadida por una deliciosa laxitud que la obligó a buscar apoyo en Hunt y a rodearle el cuello con los brazos, tras lo cual hundió los dedos en su cabello y se deleitó con el tacto sedoso de los gruesos mechones. La tímida exploración de sus manos consiguió que la respiración de Hunt se acelerara, como si sus caricias lo hubieran afectado profundamente. Después de colocar la palma de la mano sobre una de sus mejillas, él la acarició con las yemas de los dedos y la instó a echar la cabeza hacia atrás lo suficiente para poder mordisquearle los labios, primero el superior, del que tiró con suavidad, y después el inferior, tras lo que la deleitó con el cálido roce de su lengua. Incapaz de detenerse, Annabelle utilizó la mano que tenía en su nuca para tirar de él e instarlo a que regresara a sus labios con la misma voracidad que antes. Cuando la obedeció y sus labios se cerraron sobre los de ella en otro profundo beso, estuvo a punto de dejar escapar un gemido. No obstante, antes de que el sonido abandonara su garganta, se alejó de la boca de Hunt y enterró el rostro sobre su hombro.

El pecho del hombre subía y bajaba con rapidez bajo su mejilla y la ardiente caricia de su aliento le rozaba el pelo. Hunt aferró los abundantes rizos de Annabelle, sujetos con horquillas en la parte posterior de la cabeza, y tiró de ella hacia atrás para así tener acceso a su cuello. La ardiente huella de sus labios comenzó en el diminuto hueco que había justo tras la oreja derecha, donde un buen número de terminaciones nerviosas despertaron bajo las caricias de su lengua mientras ésta trazaba el recorrido de una delicada vena. Al mismo tiempo, deslizó los dedos por encima de su hombro y trazó con el pulgar la línea de la clavícula mientras recorría la zona con la palma. Acarició con la nariz uno de los lados de la garganta de Annabelle y descubrió un lugar que la hizo estremecerse; allí permaneció hasta que la joven sintió que un nuevo gemido pugnaba por abandonar sus labios, humedecidos a causa de los besos.

Con un frenético empujón, Annabelle consiguió que Hunt se apartara durante tres segundos, tras los cuales él volvió a atrapar sus labios con otro beso hambriento. En ese momento, la palma de su mano rozó la seda que cubría uno de sus pechos, una vez, y otra, y otra. Con cada caricia, el calor que desprendía su mano se introducía más y más a través de la delgada tela. Annabelle sintió un cosquilleo sobre el pezón y, de inmediato, su contorno se adivinó bajo la seda; Hunt lo acarició con suavidad con el dorso de los dedos, endureciéndolo aún más. La creciente presión de sus labios hizo que se inclinara hacia atrás en una postura de clara rendición que la dejaba del todo expuesta, no sólo a los lánguidos roces de su lengua, sino también a las hábiles caricias de sus manos. Se suponía que nada de eso debía estar pasando, y sin embargo, todas sus terminaciones nerviosas vibraban de placer y su cuerpo se estremecía por la pasión.

En esos momentos ardientes y silenciosos, Hunt consiguió que se olvidara de todo: perdió la noción del tiempo, del espacio e, incluso, olvidó su propio nombre. Lo único que sabía era que necesitaba sentirlo más cerca, más adentro, más fuerte... Necesitaba sentir su piel desnuda y que su boca le recorriera el cuerpo. Cerró las manos sobre la tela de su camisa, aferrando con una necesidad rayana en la desesperación el almidonado lino blanco, y tiró de ella hasta sacarla de debajo de la cinturilla de los pantalones, de modo que la piel quedara expuesta a sus caricias. Él pareció comprender que carecía de la experiencia necesaria para controlar sus acciones a ese nivel de deseo, por lo que cambió la naturaleza de sus besos, que se tornaron relajantes, al tiempo que comenzaba a masajearle la espalda para tranquilizarla. Sin embargo, los efectos no fueron los esperados, sino todo lo contrario. Annabelle profundizó los besos y comenzó a moverse inquieta contra su cuerpo, siguiendo el ritmo de su deseo.

A la postre, Hunt decidió apartar sus labios de los de Annabelle e inmovilizarla con un abrazo posesivo, tras lo cual enterró el rostro en la azorada curva de su hombro. Ella encontró un extraño alivio en su feroz abrazo, puesto que los fuertes músculos de sus brazos ayudaron a contener los violentos temblores que la recorrían. Permanecieron así durante lo que les pareció una eternidad, hasta que Annabelle se dio cuenta, sumida en una especie de bruma, de que la habitación estaba vacía. Los músicos habían puesto punto y final a su ensayo y se habían marchado poco antes. Hunt alzó la cabeza y separó un poco las cortinas. Al ver que la sala de música estaba vacía una vez más, devolvió su atención a Annabelle y, con la yema del pulgar, le apartó un mechón de brillante cabello que había caído sobre su oreja.

—Se han marchado —le dijo en un ronco susurro.

Demasiado aturdida para pensar con coherencia, ella lo miró sin pronunciar palabra. Entretanto, los dedos de Hunt le recorrían los ardientes contornos de las mejillas y se deslizaban sobre los labios, hinchados por sus besos. Con algo que se asemejaba a la desesperación, Annabelle sintió la vertiginosa respuesta de su cuerpo, que no había sido aplacado, y su pulso volvió a la carga con renovado vigor mientras una nueva oleada de escalofríos le recorría la piel. Era el momento de apartarse de él antes de que alguien la echara en falta. Para su mortificación, permaneció donde estaba, dejando que su cuerpo absorbiera las distintas sensaciones que le provocaban las caricias de Hunt. En ese instante, él deslizó una mano hasta la parte trasera de su vestido y Annabelle sintió que sus dedos trabajaban con eficacia mientras se inclinaba para besarla de nuevo. En esa ocasión no pudo contener los gemidos; ni los pequeños sollozos que escaparon de su garganta; ni el suspiro de placer que exhaló cuando el estrecho corpiño de su vestido fue aflojado. El corte del escote le había impedido usar un corsé con copas, por lo que había tenido que recurrir al modelo que dejaba el pecho al descubierto bajo la enagua.

Sin dejar de besarla, Hunt la arrastró con él hasta el asiento de la ventana. La colocó sobre su regazo, donde sus dedos acabaron de bajar el corpiño suelto, y emitió un gemido de placer al descubrir la plenitud de sus pechos. Asustada de pronto al darse cuenta de las libertades que le estaba permitiendo, Annabelle empujó sin fuerzas su muñeca. La respuesta de Hunt consistió en alzarla un poco más y en presionar sus labios sobre el valle de sus senos, allí donde su corazón latía a un ritmo fuerte y constante. Sus brazos la sujetaron por la espalda y la mantuvieron arqueada mientras sus labios se deslizaban un poco más abajo, hasta llegar a la curva de un pecho que procedieron a investigar. En cuanto Annabelle sintió la caricia de su enfebrecido aliento sobre el pezón, dejó de forcejear y permaneció inmóvil, apretando los puños sobre los hombros de Hunt. Él tomó el pezón en su boca y comenzó a acariciarlo con la lengua hasta que estuvo húmedo y endurecido; fue entonces cuando Annabelle sintió que la sangre hervía a fuego lento y se espesaba en sus venas. Sin dejar de acariciarla con la mano, Hunt comenzó a murmurar incoherencias con el fin de tranquilizarla y colocó la mano sobre su pecho, extendiendo con el pulgar la humedad que su lengua había dejado sobre el pezón y haciendo que su piel brillara bajo la luz. Annabelle susurró algo ininteligible y rodeó el fuerte cuello de Hunt con los brazos. Fue incapaz de contener un gemido cuando él cerró los labios alrededor del otro pezón y tironeó de él con suavidad.

En ese instante, una nueva urgencia se apoderó de ella; una sensación que arrancó temblorosos gemidos de su pecho e hizo que su cuerpo se tensara rítmicamente entre los brazos de Hunt. Al parecer, él también sufría la misma necesidad: Annabelle percibía los violentos latidos de su corazón y su laboriosa respiración. No obstante, parecía ser capaz de controlar su pasión mucho mejor que ella, ya que las caricias de sus manos y su boca no dejaron de ser suaves y pausadas. Ella se agitó bajo las numerosas capas de seda de su vestido y le hundió los dedos en la manga de la chaqueta y en el chaleco. Demasiada ropa. Había demasiada ropa por todos lados y la necesidad de sentir esa piel desnuda sobre ella estaba a punto de arrebatarle la razón.

—Tranquila, cariño —susurró él sobre su mejilla—. Relájate. No, déjame que te abrace...

Sin embargo, Annabelle era incapaz de conseguir que su cuerpo la obedeciera; no podía detener los movimientos de sus caderas y le resultaba imposible contener las temblorosas súplicas que escapaban de sus labios, enrojecidos por los besos.

Hunt continuó murmurando con suavidad sin dejar de abrazarla, depositando pequeños besos sobre su rostro y masajeándole con delicadeza el cuello, allí donde el pulso latía enloquecido. Annabelle fue consciente de que él le colocaba la ropa y la ponía de pie con cuidado, como si fuera una muñeca, para abrocharle el vestido. En un momento dado, incluso se permitió soltar una leve carcajada, como si sus propias acciones le resultaran graciosas. Más tarde, llegaría a la conclusión de que él parecía tan abrumado como ella; no obstante, en esos momentos, presa del malestar que le provocaba el deseo frustrado, no fue capaz de desenmarañar sus enredados pensamientos. A medida que el deseo abandonaba su cuerpo, iba dejando una repulsiva sensación de bochorno.

Forcejeando para abandonar su regazo, Annabelle se puso en pie con las piernas temblorosas y le dio la espalda. Sólo fue capaz de pronunciar dos palabras para romper el tenso silencio. Sin volverse a mirarlo, dijo con voz áspera:

—Nunca más.

Tras apartar las cortinas, salió de la sala de música tan rápido como pudo y huyó por el pasillo.

17

Simon permaneció en la sala de música al menos durante media hora más después de que Annabelle huyera de allí, luchando por poner freno a su arrolladora pasión y esperando a que el fuego que incendiaba su sangre se enfriara. Se colocó la ropa y se pasó una mano por el cabello al tiempo que meditaba, malhumorado, cuál debía ser su siguiente movimiento.

—Annabelle —musitó, más preocupado y confuso de lo que había estado jamás.

El hecho de que una mujer lo hubiera dejado reducido a ese estado resultaba de lo más indignante. Él, cuya capacidad como negociador habilidoso y disciplinado era bien conocida, había hecho la oferta más torpe que se pudiera imaginar y había sido rechazado de plano. Y lo tenía bien merecido. Nunca debería haber intentado que ella pusiera un precio antes de haber admitido siquiera que lo deseaba. Pero la sospecha de que podía estar acostándose con Hodgeham —¡con Hodgeham, de entre todos los hombres que podía elegir!— había estado a punto de volverlo loco de celos y sus acostumbradas habilidades lo habían abandonado.

Al recordar lo que había sentido al besarla, al acariciar por fin esa piel cálida y sedosa, Simon se dio cuenta de que la sangre amenazaba con hervir de nuevo en sus venas. Dada la experiencia que tenía con las mujeres, había supuesto que conocía todas y cada una de las sensaciones físicas imaginables. No obstante, este reciente encuentro le había hecho tomar conciencia, de un modo bastante drástico, de que acostarse con Annabelle sería una cuestión totalmente distinta. La experiencia no sólo involucraría a su cuerpo, sino también a sus emociones..., unas emociones tan alarmantes que todavía no se sentía con fuerzas para examinarlas de cerca.

La atracción entre ellos se había convertido en algo peligroso; no tanto para él como para ella. Y estaba muy claro que tenía que analizar la situación desde cierta perspectiva. Sin embargo, en ese momento, su mente no funcionaba con claridad.

Abandonó la sala de música al tiempo que murmuraba una maldición y se enderezaba el nudo de la corbata de seda negra. La tensión se había apoderado de sus músculos, de modo que su forma de caminar no resultaba tan fluida como era habitual y, de camino al salón de baile, se sentía como un depredador de temperamento volátil. La idea de asistir a otra velada social lo sacaba de quicio. Nunca se había mostrado muy tolerante con ese tipo de fiestas que se alargaban durante varios días; no era un hombre que disfrutara con horas de conversación insustancial ni con diversiones ociosas. De no ser por la presencia de Annabelle en Stony Cross, se habría marchado bastantes días atrás.

Ensimismado, entró al salón de baile y estudió a la multitud brevemente. Localizó a Annabelle de inmediato, sentada en una silla dispuesta en un rincón, con lord Kendall a su lado. No había duda de que Kendall estaba enamorado de ella; la expresión embelesada con que la contemplaba convertía la cuestión en un secreto a voces. Annabelle parecía apagada e inquieta, y evitaba la mirada de admiración del aristócrata. No participaba en la conversación y permanecía sentada con las manos apretadas sobre el regazo. Simon la contempló con los ojos entornados. Por irónico que fuese, el comportamiento inseguro y apocado de Annabelle en aquellos momentos había conseguido que la atracción que Kendall sentía por ella echara por fin raíces. Sería una desagradable sorpresa para él que ella consiguiera ponerle el lazo al cuello y descubriera, poco después, que su esposa no era la tímida jovencita ingenua que aparentaba ser. Era una mujer de carácter apasionado, una criatura decididamente ambiciosa que necesitaba una pareja que poseyera su misma fuerza. Kendall jamás sería capaz de manejarla. Era un hombre demasiado caballeroso para Annabelle; demasiado apacible y moderado; demasiado inteligente en el sentido equivocado. Ella jamás lo respetaría, así como tampoco encontraría satisfacción alguna en sus virtudes. Acabaría odiándolo por las mismas razones que debería haberlo admirado..., y Kendall se echaría a temblar al ser testigo de esas cualidades de Annabelle que Simon sí habría sabido valorar.

Se obligó a apartar la mirada de la pareja y se encaminó al otro lado de la estancia, donde Westcliff conversaba con unos amigos. El conde se dio la vuelta para preguntarle en un murmullo:

—¿Te diviertes?

—No mucho. —Simon se metió las manos en los bolsillos de la chaqueta y volvió a echar un vistazo al salón con evidente impaciencia—. Llevo demasiado tiempo en Hampshire; necesito regresar a Londres para ver lo que ocurre en la fundición.

—¿Y qué pasa con la señorita Peyton? —preguntó Westcliff en voz baja.

Simon reflexionó un instante antes de contestar.

—Creo —respondió lentamente— que voy a esperar a ver en qué acaba su persecución de Kendall. —Clavó la mirada en el conde y alzó una ceja en un gesto inquisitivo.

Westcliff respondió con una breve inclinación de cabeza.

—¿Cuándo te marcharás?

—Por la mañana temprano. —Simon fue incapaz de contener un largo y tenso suspiro.

El conde de Westcliff sonrió con mordacidad.

—La situación se aclarará por sí sola —dijo en actitud prosaica—. Vete a Londres y vuelve cuando tengas la cabeza despejada.

Annabelle no podía librarse de la melancolía que llevaba adherida como si fuese un manto de hielo. No había pegado ojo y apenas era capaz de comer un bocado del espléndido desayuno que le habían servido en el comedor. Al verla, lord Kendall había creído que su pálido semblante y su silencio no eran más que los efectos residuales de su enfermedad, de modo que la había tratado con toda su simpatía y comprensión, irritándola hasta hacerla desear librarse de él a empujones. Sus amigas también parecían compartir esa molesta amabilidad y, por primera vez, sus alegres bromas no le hacían ninguna gracia. Intentó recordar el momento preciso en que su ánimo se había tornado tan agrio y comprendió que su cambio de humor había tenido lugar cuando lady Olivia señaló que Simon Hunt se había marchado de Stony Cross.

—El señor Hunt ha ido a Londres por negocios —le había dicho lady Olivia con voz alegre—. Nunca suele quedarse mucho en este tipo de fiestas; lo extraño es que haya tardado tanto en marcharse. Está claro que no da tiempo a que le caiga el polvo encima, no señor.

Hubo alguien que preguntó por los motivos de la precipitada marcha del señor Hunt, a lo que lady Olivia contestó con una sonrisa y un movimiento de cabeza:

—Bueno, Hunt suele ir y venir a su antojo, como un gato callejero. Siempre se marcha de repente, puesto que no parecen gustarle mucho las despedidas de ningún tipo.

Hunt se había marchado sin decirle una sola palabra y, como resultado, ella se sentía nerviosa y abandonada. Los recuerdos de la noche anterior —¡una noche horrorosa!— se empeñaban en permanecer en su memoria de forma persistente. Tras lo sucedido en la sala de música, el desconcierto se había apoderado de ella y su incapacidad para pensar en otra cosa que no fuese en Hunt la había mantenido ajena a cualquier otra cuestión. No había querido alzar la mirada para evitar encontrarse con él inesperadamente y había pasado toda la noche rezando para que no se acercara. Por fortuna, Hunt había mantenido las distancias mientras que lord Kendall, en cambio, no se había apartado de su lado. El aristócrata había pasado el resto de la velada hablando de temas que a ella no le interesaban en absoluto y que tampoco comprendía. Sin embargo, había animado al hombre con murmullos insípidos y medias sonrisas, al mismo tiempo que pensaba de forma distraída que debería sentirse extasiada por las atenciones que le profesaba. En lugar de sentirse feliz, lo único que había deseado era que la dejara sola.

Su reservada actitud durante el desayuno pareció despertar aún más el interés de lord Kendall. Lillian, que pensaba que esa fachada de docilidad no era más que una actuación, se acercó para susurrarle en secreto al oído:

—Buen trabajo, Annabelle. Lo tienes comiendo de tu mano.

No tardó mucho en levantarse de la mesa del desayuno con el pretexto de que necesitaba descansar y se dedicó a vagar por la mansión hasta que llegó al salón azul. El tablero de ajedrez ejercía una extraña atracción sobre ella, por lo que se acercó muy despacio al tiempo que se preguntaba si alguna doncella habría colocado las piezas en la caja o si alguien habría interferido en la partida. No, estaba todo tal y como ella lo había dejado..., salvo por un pequeño cambio. Simon Hunt había movido un peón en una jugada defensiva, lo que le daba la oportunidad de mejorar su propia defensa o realizar un movimiento agresivo contra su dama. Desde luego, ése no era el tipo de jugada que habría esperado de él. Por el contrario, había creído que Hunt intentaría una estrategia algo más ambiciosa. Más beligerante. Tras estudiar el tablero, se afanó por comprender la estrategia del hombre. ¿Habría movido la pieza motivado por la indecisión o en un descuido? ¿O había algún motivo oculto que ella no era capaz de descubrir?

Alargó la mano para coger una de las piezas, pero, tras dudar, se alejó del tablero. Sólo era un juego, se recordó. Estaba dando a cada movimiento mucha más importancia de la que tenía, como si hubiera un fabuloso premio en juego. No obstante, reconsideró su decisión con cuidado antes de volver a mover. Adelantó la reina, capturó el peón de Hunt y le produjo un estremecimiento de placer escuchar el tintineo de las piezas al chocar, marfil contra ónice. Mantuvo al peón encerrado en el puño, como si tratara de evaluar su peso antes de dejarlo con mucho cuidado junto al tablero.

A medida que la semana avanzaba, Annabelle dedujo que el único momento placentero que ésta le había deparado, si bien fugaz y solitario, fue aquel que había pasado junto al tablero de ajedrez. Nunca se había sentido de ese modo con anterioridad: no estaba feliz, ni triste, ni tampoco se preocupaba por su futuro. Podría decirse que estaba sumida en una especie de entumecimiento en el que sus sentidos y sus emociones parecían haber sucumbido al letargo, hasta tal punto que comenzó a pensar que tal vez nunca volviera a interesarse por nada. La sensación de alejamiento era tal que en ocasiones creía estar fuera de sí misma, observándose como si no fuera más que una muñeca mecánica que se movía rígidamente día tras día.

Lord Kendall la acompañaba cada vez con más frecuencia; bailaban juntos, se sentaban juntos en las veladas musicales y paseaban por el jardín, seguidos a una distancia prudente por Philippa. Kendall era un hombre agradable, respetuoso y poseía un encanto sosegado. De hecho, era tan tolerante que Annabelle comenzaba a plantearse la posibilidad de que, una vez que las floreros y ella hubieran llevado a cabo la trampa para atraparlo, Kendall se arrepintiera terriblemente de verse obligado a casarse con una muchacha a la que había comprometido sin ser consciente de ello. A la postre, acabaría por acostumbrarse y, siendo como era un hombre filosófico, encontraría el modo de aceptar la situación.

En cuanto a Hodgeham, estaba claro que Philippa se las estaba ingeniando para mantenerlo apartado de Annabelle. Más aún, su madre lo había convencido para que no le contara su secreto a lord Kendall, si bien no había explicado a su hija todos los detalles del acuerdo. Preocupada por los efectos que la tensión constante podría provocar en su madre, Annabelle sugirió la posibilidad de que abandonaran Stony Cross Park. Sin embargo, Philippa no quiso escuchar ni una palabra al respecto.

—Yo me encargo de Hodgeham —había replicado de forma categórica—. Tú sigue con lord Kendall. Todo el mundo sabe que está enamorado de ti.

Si tan sólo pudiera olvidar los recuerdos de aquel recoveco tras las cortinas en la sala de música... Los sueños acerca de ese instante eran tan reales que acababa despertando atormentada por la pasión, con las sábanas enrolladas entre las piernas y la piel enfebrecida. Los recuerdos de Simon Hunt la perseguían: su olor, su calidez y esos besos tan provocadores..., la dureza de su cuerpo bajo la elegancia del traje de etiqueta negro.

A pesar de la promesa que habían hecho las floreros de contarse todo lo referente a sus aventuras románticas, Annabelle no se veía capaz de sincerarse con ninguna de ellas. Lo que había sucedido con

Hunt era demasiado íntimo y personal. No era algo que pudiese ser diseccionado por un grupo de amigas entusiastas que sabían tanto de los hombres como ella misma..., es decir, nada. No le cabía duda de que si hubiera tratado de explicarles la experiencia, no lo habrían entendido. No había palabras que describieran aquella intimidad que robaba el alma y que venía seguida de una confusión devastadora.

En el nombre de Dios, ¿cómo podía sentir algo así por un hombre al que siempre había despreciado? Durante dos años, había temido encontrárselo en los acontecimientos sociales; lo había considerado como la compañía más desagradable que pudiera imaginar. Y en esos momentos... en esos momentos...

Un buen día, Annabelle dejó a un lado esos indeseables razonamientos y se retiró al salón de los Marsden con la esperanza de distraer su agitada mente con un poco de lectura. Llevaba bajo el brazo un grueso tomo en el que rezaba, con letras doradas: *Real Sociedad de Horticultura. Descubrimientos y conclusiones de los informes presentados por nuestros ilustres miembros en el año 1843.* El libro era tan pesado como un yunque y ella, malhumorada, no dejaba de preguntarse cómo alguien era capaz de encontrar tanto que decir sobre las plantas. Había dejado el libro en una mesita y estaba a punto de sentarse en el canapé cuando vislumbró por el rabillo del ojo algo en el tablero de ajedrez que llamó su atención. ¿Era su imaginación o...?

Con los ojos entrecerrados por la curiosidad, se acercó al tablero y estudió con atención la posición de las piezas, que habían permanecido inmóviles durante toda una semana. Sí..., había algo distinto. Ella había utilizado su reina para capturar uno de los peones de Simon. No obstante, alguien había quitado su reina del tablero y la había dejado a un lado de éste.

«Ha vuelto», pensó con un repentino fogonazo de emoción tan intenso que le recorrió el cuerpo de la cabeza a los pies. Estaba segura de que Simon Hunt era el único que había tocado el tablero. Estaba allí, en Stony Cross. Su rostro adquirió la palidez del papel, salvo en las mejillas, que se colorearon de un rosa intenso. A sabiendas de que su reacción era del todo desproporcionada, se esforzó por recuperar la calma. El regreso de Hunt no significaba nada; ella no quería tener nada que ver con él, no podía conseguirlo de ningún modo y, desde luego, debía evitarlo a toda costa. Cerró los ojos y respiró en profundidad, intentando controlar los latidos de su corazón, si bien el errático órgano se empeñaba en mantener el ritmo.

Cuando por fin consiguió recuperar la compostura, observó el tablero e intentó comprender su último movimiento. ¿Cómo había conseguido Hunt capturar a su dama? Recordó con rapidez la anterior disposición de las piezas. Y, entonces, se dio cuenta: había usado el peón como cebo para que adelantara a la reina, de modo que quedase en el lugar perfecto para poder capturarla con su torre. Y, con la dama fuera del tablero, su rey estaba en peligro y...

Le había dado jaque.

La había engañado con un humilde peón y ahora estaba en apuros. Con una carcajada de incredulidad, Annabelle dio la espalda al tablero y comenzó a caminar de un lado a otro de la habitación. Tenía la cabeza llena de estrategias de defensa y, finalmente, se decidió por una que él no esperaría. Obedeciendo a su instinto, se dio la vuelta y regresó al tablero al tiempo que sonreía y se preguntaba cuál sería la reacción de Hunt al descubrir su contraataque. No obstante, en cuanto su mano se cernió sobre el tablero, el flujo de cálida excitación la abandonó al instante y su rostro se tornó pétreo. ¿Qué estaba haciendo? Alargar la partida y mantener esa frágil vía de comunicación con él era del todo inútil. No... Era peligroso. La elección entre la seguridad y el desastre estaba más que clara.

La mano de Annabelle tembló cuando comenzó a coger las piezas, una tras otra, y las guardó de forma ordenada en su caja, abandonando de ese modo la partida.

—Abandono —dijo en voz alta, sintiendo un nudo en la garganta—. Abandono.

Tragó saliva para hacer desaparecer el nudo que esa palabra parecía haber provocado. No podía permitirse el lujo de ser tan estúpida como para desear algo... a alguien... que no era en absoluto adecuado para ella. Cuando la caja de las piezas estuvo cerrada, se alejó de la mesa caminando de espaldas y la contempló durante un instante. Tenía la sensación de estar marchitándose por dentro, de que la invadía un repentino cansancio, pero todo estaba decidido.

Esa noche. Su ambiguo cortejo con lord Kendall tendría que resolverse esa misma noche. La fiesta estaba a punto de terminar y, con Simon Hunt de vuelta, no podía arriesgarse a que una nueva complicación con él lo arruinara todo. Enderezó los hombros y se marchó dispuesta a hablar con Lillian. Juntas tramarían un plan. La noche no acabaría sin que se anunciara su compromiso con lord Kendall.

18

—El truco está en medir bien el tiempo —dijo Lillian, cuyos ojos castaños brillaban por la diversión.

Sin duda alguna, ningún oficial había dirigido jamás una campaña militar con más determinación de la que demostraba Lillian Bowman en ese momento. Las cuatro floreros estaban sentadas en la terraza con otros tantos vasos de limonada fría y representaban la viva estampa de la indolencia, cuando, en realidad, tramaban con sumo cuidado los acontecimientos que la tarde iba a deparar.

—Sugeriré que demos un agradable paseo por los jardines antes de la cena para despertar el apetito —le dijo Lillian a Annabelle—, y tanto Daisy como Evie accederán; también llevaremos a nuestra madre y a la tía Florence, y a cualquier persona con la que estemos hablando en ese momento. Así, con suerte, para cuando lleguemos al otro lado del huerto de los perales, te atraparemos en *flagrante delicto* con lord Kendall.

—¿Qué significa *flagrante delicto?* —preguntó Daisy—. Suena ilegal.

—No lo sé con certeza —admitió Lillian—. Lo leí en una novela... Pero estoy segura de que es algo que comprometería a cualquier chica.

Annabelle respondió con una risa apática, deseando que la situación despertara en ella una pizca del entusiasmo que sentían las

Bowman. Apenas una noche antes, no habría cabido en sí de gozo. No obstante, en aquel momento todo le parecía mal. La idea de recibir, al fin, la tan ansiada proposición de matrimonio por parte de un aristócrata no le provocaba ni la más mínima emoción. Ninguna sensación de nerviosismo ni alivio, ni nada que pudiera considerarse positivo de ninguna de las maneras. Más bien parecía un deber desagradable que tenía que cumplir. Sin embargo, ocultó sus recelos mientras las hermanas Bowman tramaban y hacían cálculos con la misma habilidad que un avezado conspirador.

A pesar de todo, Evie, cuyas dotes de observación sobrepasaban con mucho las de todas ellas, pareció percibir las verdaderas emociones que Annabelle ocultaba tras su máscara.

—¿Es esto lo que qui-quieres, Annabelle? —le preguntó en voz baja y con una mirada preocupada—. No tienes por qué hacerlo, ya lo sabes. Encontraremos a otro pretendiente si no deseas a Kendall.

—No queda tiempo para encontrar a otro —musitó Annabelle en respuesta—. No, debe ser Kendall, y tiene que ser esta noche, antes de que...

—¿Antes? —repitió Evie, que ladeó la cabeza al mirar a Annabelle con ligera perplejidad. El sol iluminaba las pecas que salpicaban su rostro y las hacía brillar como polvo de oro sobre su piel aterciopelada—. ¿Antes de qué?

Como Annabelle permaneció callada, Evie bajó la cabeza y pasó un dedo por el borde de su vaso, recogiendo las hebras de pulpa endulzada que se habían quedado adheridas al filo. Las hermanas Bowman seguían con su animada charla y debatían acerca de la posibilidad de utilizar el huerto de los perales como escenario para organizar la emboscada a Kendall. Justo cuando Annabelle creía que Evie dejaría pasar el asunto, la muchacha murmuró en voz baja:

—¿Sabías que el señor Hunt regresó a Stony Cross anoche, Annabelle?

—¿Cómo lo sabes?

—Alguien se lo contó a mi tía.

Al enfrentar la intuitiva mirada de Evie, Annabelle no pudo evitar compadecerse de aquella pobre persona que había cometido el error de subestimar a Evangeline Jenner.

—No, no lo sabía —musitó.

Al tiempo que inclinaba un poco el vaso de limonada, Evie fijó la vista en el fondo del líquido azucarado.

—Me pregunto por qué nunca aprovechó la oportunidad de darte un beso cuando tú misma se lo ofreciste —dijo despacio—. Sobre todo, teniendo en cuenta todo el interés que mos-mostró por ti en el pasado...

Sus miradas se encontraron y Annabelle sintió que se ruborizaba. Le imploró con los ojos a Evie que no añadiera nada más, a lo que ésta respondió con un asentimiento de cabeza. La comprensión se reflejó al instante en el rostro de la muchacha.

—Annabelle —dijo con lentitud—, ¿te molestaría mucho si no fuera con las demás para pillarte con lord Kendall esta noche? Habrá gen-gente de sobra para actuar de testigo. Si duda, Lillian llevará una multitud de testigos inesperados. Mi presencia no se-sería necesaria.

—Claro que no me molestaría —respondió con una sonrisa, tras lo cual preguntó con una sonrisa tímida—: ¿Prejuicios morales, Evie?

—No, nada de eso, no soy hipócrita. Estoy más que dispuesta a admitir mi culpa como colaboradora... y apa-aparezca o no esta noche en el jardín, formo parte del grupo. Lo que pasa es que —se detuvo y continuó en tono más bajo—... no creo que tú quie-quieras a lord Kendall. Al menos, no como hombre, ni por lo que es en realidad. Y ahora que te conozco un poco mejor, no... no creo que el matrimonio con él te haga feliz.

—Pues lo hará —replicó Annabelle y alzó tanto la voz que captó la atención de las Bowman. Éstas dejaron de hablar y la miraron con curiosidad—. Nadie podría acercarse tanto a mi ideal de hombre como lord Kendall.

—Es perfecto para ti —la apoyó Lillian con firmeza—. Espero que no intentes sembrar dudas, Evie... Ya es demasiado tarde para eso. Y desde luego que no vamos a tirar por la borda un plan tan perfectamente trazado como éste justo ahora, cuando estamos a punto de alcanzar la meta.

Evie sacudió la cabeza al instante, y pareció encogerse en la silla.

—No, no... No intentaba... —Su voz se convirtió en un murmullo, tras lo cual le lanzó a Annabelle una mirada de disculpa.

—Por supuesto que no intentaba hacer eso —dijo Annabelle en su defensa, que, acto seguido, compuso una sonrisa temeraria—. Repasemos una vez más el plan, Lillian.

Lord Kendall reaccionó con divertida complacencia cuando Annabelle Peyton lo instó a que se escaparan para dar un paseo vespertino por el jardín. El ambiente apacible del atardecer extendía una capa de humedad sobre la propiedad, y no se agitaba brisa alguna que aliviara la opresiva atmósfera. Dado que la mayoría de los invitados se estaba vistiendo para la cena o haraganeaba abanicándose en la sala de naipes o en el salón, el exterior estaba prácticamente vacío. A ningún hombre se le pasaría por alto lo que deseaba una muchacha cuando ésta sugería que dieran un paseo sin compañía en semejantes circunstancias. Ya que no parecía hacerle ascos a la idea de uno o dos besos robados, Kendall se dejó convencer por Annabelle para caminar a lo largo de los jardines de la terraza y más allá del muro de piedra cubierto por rosales trepadores.

—Preferiría que contáramos con una carabina —le dijo con una leve sonrisa—. Esto es del todo impropio, señorita Peyton.

Annabelle lo obsequió con una sonrisa propia.

—Sólo nos alejaremos un instante —le urgió—. Nadie se dará cuenta.

En cuanto Kendall se decidió a seguirla de buen talante, Annabelle se percató de la creciente culpabilidad que parecía cernirse sobre ella desde todas partes. Se sentía igual que si condujera a un cordero al matadero. Kendall era un hombre agradable, no se merecía que lo engañaran para forzar un matrimonio. Si al menos hubiera contado con más tiempo, podría haber dejado que las cosas siguieran el cauce habitual y, de ese modo, habría obtenido una proposición auténtica por su parte. No obstante, ése era el último fin de semana de la fiesta, y era imperativo que consiguiera un resultado positivo sin más dilación. Si tan sólo pudiera sobrellevar aquella fase del plan, las cosas serían mucho más fáciles a partir de entonces.

«Annabelle, lady Kendall», se recordó torvamente. Annabelle, lady Kendall... No le resultaba difícil imaginarse como una respetable y joven esposa que vivía en el pacífico mundo de la sociedad de Hampshire, que hacía ocasionales viajes a Londres y que le daba la bienvenida a su hermano para pasar las vacaciones de verano. Annabelle, lady Kendall, tendría media docena de hijos rubios, algunos de los cuales llevarían gafas como su padre. Y Annabelle, lady Kendall, sería una devota esposa que pasaría el resto de su vida intentando expiar el pecado de haber engañado a su marido para que se casara con ella.

Llegaron hasta el claro que había más allá del huerto de los perales, al lugar donde se encontraba la mesa de piedra dentro del círculo de gravilla. Tras detenerse, Kendall miró a Annabelle, que se había apoyado contra la mesa de piedra en una pose estudiada. Se atrevió a tocar un mechón de cabello que había caído sobre su hombro y admiró los matices dorados que se mezclaban con las hebras castañas.

—Señorita Peyton —murmuró—, a estas alturas ya debe de ser consciente de que he desarrollado una marcada preferencia por su compañía.

Annabelle sintió que el corazón se le subía a la garganta, tanto que creyó que podría ahogarse con él.

—Yo... Yo he disfrutado mucho de nuestras conversaciones y de los paseos que hemos dado juntos —consiguió decir.

—Es usted encantadora —susurró Kendall, que se acercó más a ella—. Jamás había visto unos ojos tan azules.

Poco menos de un mes atrás, Annabelle habría saltado de alegría ante esta escena. Kendall era un hombre agradable, por no mencionar que también era atractivo, joven, rico y que poseía un título... Señor, ¿qué demonios le estaba pasando? Todo su ser se tensó con renuencia cuando el hombre se inclinó sobre su cara, ruborizada y tensa. Inquieta y aturdida, intentó no huir de él. Sin embargo, antes de que sus labios se encontraran, se revolvió con un gemido apagado y se alejó de él.

El silencio cayó sobre el claro.

—¿La he asustado? —fue la pregunta de Kendall. Sus modales eran amables y pausados, muy diferentes de la arrogancia que mostraba Simon Hunt.

—No... No se trata de eso. Es sólo que... que no puedo hacer esto. —Annabelle se frotó la frente, que había comenzado a dolerle; sentía los hombros rígidos bajo las mangas ahuecadas de su vestido color melocotón. Cuando volvió a hablar, su voz destilaba derrota y disgusto hacia sí misma—. Perdóneme, milord. Es usted uno de los hombres más agradables que he tenido el privilegio de conocer. Razón por la que debo marcharme ahora. No es justo por mi parte que aliente su interés cuando nada puede resultar de él.

—¿Qué le hace pensar eso? —preguntó, a todas luces confuso.

—En realidad, usted no me conoce —le respondió con una sonrisa amarga—. Créame, formamos una pareja espantosa. Por mucho que lo intentara, al final no sería capaz de evitar engatusarlo para atraparlo, y usted, como un caballero que es, no presentaría objeción alguna, lo que nos haría a ambos muy desgraciados.

—Señorita Peyton —murmuró al tiempo que intentaba averiguar el significado de su despliegue emocional—, no acabo de comprender...

—Ni siquiera yo estoy segura de comprenderlo. Pero lo siento muchísimo. Le deseo lo mejor, milord. Como también deseo... —Su respiración se agitó cuando comenzó a reírse de repente—. Los deseos son algo peligroso, ¿no le parece? —murmuró y, acto seguido, abandonó el claro a toda prisa.

19

Maldiciéndose a sí misma, Annabelle recorrió el camino de vuelta a la casa. No podía creérselo. Justo cuando tenía lo que deseaba al alcance de la mano, lo había arrojado por la borda.

—Estúpida —musitó para sí entre dientes—. Estúpida, estúpida...

Ni siquiera podía imaginarse qué les diría a sus amigas cuando llegaran al claro y lo encontraran vacío. Tal vez lord Kendall se quedara donde lo había dejado, con el aspecto de un gato al que acabaran de quitarle el plato de leche antes siquiera de haberle dado un lametón.

Annabelle se juró que no volvería a pedirles ayuda a las demás floreros para encontrar un futuro marido; no cuando había tirado por tierra la oportunidad que le habían brindado. Se merecía cualquier cosa que le sucediera a partir de ese momento. Sus pasos se convirtieron casi en una carrera en su afán por llegar al dormitorio. Estaba tan concentrada en su frenética huida que a punto estuvo de toparse de bruces contra un hombre que caminaba con tranquilidad por el sendero que discurría al otro lado del muro de piedra. Se detuvo de golpe y murmuró una disculpa:

—Le ruego que me disculpe.

Lo hubiera sorteado de no ser porque su estatura tan característica y esas manos grandes y bronceadas que abandonaron los bolsillos de su abrigo delataron de inmediato su identidad. Sorprendida, retrocedió mientras Simon Hunt la miraba.

Ambos se observaron con expresiones carentes de toda emoción.

Puesto que acababa de huir de lord Kendall, Annabelle no pudo sino advertir las diferencias entre ambos hombres. Hunt tenía un aspecto decididamente bronceado a la luz del crepúsculo que se cernía sobre ellos; corpulento y muy masculino, con los ojos de un pirata y la crueldad despreocupada de un rey pagano. No era menos arrogante que antes, como tampoco más dócil ni refinado; sin embargo, se había convertido en el objeto de un deseo tan arrollador que Annabelle estaba convencida de haber perdido la razón. El ambiente que los rodeaba se cargó y crepitó por la pasión y el conflicto.

—¿Qué sucede? —preguntó Hunt sin preliminares, observándola con los ojos entrecerrados ante su evidente nerviosismo.

La tarea de exponer sus emociones en unas cuantas frases coherentes se le antojó imposible. De todas formas, Annabelle lo intentó.

—Te marchaste de Stony Cross sin avisarme.

Su mirada era dura y fría como el ébano.

—Tú guardaste el juego de ajedrez.

—Yo... —Apartó la mirada de él al tiempo que se mordía el labio—. No podía permitirme ninguna distracción.

—Nadie te distrae ahora. ¿Deseas a Kendall? Pues disfrútalo.

—¡Vaya! Muchas gracias —replicó sarcástica—. Es muy amable de tu parte que dejes el camino libre ahora que lo has estropeado todo.

El hombre le dirigió una mirada cautelosa.

—¿Qué quieres decir con eso?

Annabelle sintió una irracional sensación de frío, a pesar de que estaba envuelta por el cálido aire veraniego. Un ligero estremecimiento se inició en sus huesos y acabó por traslucirse en su piel.

—Los botines que recibí mientras estuve enferma —dijo precipitadamente—, los que llevo ahora mismo..., me los mandaste tú, ¿no es cierto?

—¿Acaso importa?

—Por Dios, admítelo —insistió.

—Sí, te los envié yo —respondió con sequedad—. ¿Hay algún problema?

—Hace un par de minutos estaba con Kendall; todo marchaba según lo planeado y él estuvo a punto de... Pero no pude, no pude. No pude dejar que me besara mientras yo llevaba estas malditas botas. Ahora sin duda piensa que estoy loca, después de la forma en que lo dejé. Pero, después de todo, tenías razón, es demasiado agradable para mí. Y hubiéramos formado una pareja espantosa.

—Se detuvo para tomar aire, pero entonces se percató del súbito brillo de los ojos de Hunt. Tenía el mismo aspecto de un depredador a la espera de su oportunidad de atacar.

—Así que —dijo él en voz baja— ahora que has descartado a Kendall, ¿cuáles son tus planes? ¿Regresar con Hodgeham?

Aguijoneada por la irónica pregunta, Annabelle frunció el ceño.

—Si así fuera, no sería de tu incumbencia. —Giró sobre los talones y comenzó a alejarse de él.

Hunt la alcanzó en dos zancadas y, sujetándola por los brazos, la obligó a girarse para quedar cara a cara. Tras sacudirla un poco, llevó la boca hasta su oído.

—Se acabaron los juegos —le dijo—. Dime lo que deseas. Ahora, antes de que se me agote la poca paciencia que me queda.

Su aroma, un olor a limpio y a jabón que resultaba de lo más masculino, hizo que a Annabelle le diera vueltas la cabeza. Quería abrirse paso entre sus ropas... Deseaba que la besara hasta perder el sentido. Deseaba al despreciable, arrogante, seductor y diabólicamente apuesto Simon Hunt. Sin embargo, no había duda de que iba a mostrarse implacable con ella. Su maltrecho orgullo se impuso y se quedó atascado en su garganta hasta que apenas fue capaz de hablar.

—No puedo —dijo con aspereza.

Él inclinó la cabeza hacia atrás y la miró; sus ojos brillaban con perversa diversión.

—Puedes tener todo lo que desees, Annabelle..., pero sólo si eres capaz de pedirlo.

—Estás decidido a humillarme por completo, ¿no es cierto? No me permitirás conservar un mínimo de dignidad...

—¿Que yo te humillo? —Alzó una ceja en una mueca sardónica—. ¿Después de pasar dos años siendo el objeto de tus desdenes y menosprecios cada vez que te pedía que bailaras conmigo...?

—Está bien, de acuerdo —respondió con tristeza justo cuando comenzaba a temblar de la cabeza a los pies—. Lo admito... Te deseo. Ya está. ¿Satisfecho? Te deseo a ti.

—¿De qué forma? ¿Como amante o como marido?

Annabelle lo miró estupefacta.

—¿Cómo dices?

La rodeó con los brazos y apretó su temblorosa figura contra él. No pronunció palabra alguna, se limitó a observarla con intensidad mientras ella intentaba desentrañar las implicaciones de esa pregunta.

—Pero tú no eres de los que se casan... —consiguió decir con un hilo de voz.

Simon le acarició una oreja, trazando la delicada curva exterior con la yema de un dedo.

—He descubierto que sí lo soy en lo que a ti se refiere.

La sutil caricia incendió su sangre e inutilizó su capacidad para pensar.

—Lo más probable es que nos matemos el uno al otro antes de acabar el primer mes.

—Es lo más probable, sí —concedió Hunt, cuya boca sonriente rozaba la sien de ella. La calidez de sus labios envió una oleada de vertiginoso placer por todo el cuerpo de Annabelle—. Pero cásate conmigo de todas formas, Annabelle. Tal y como yo lo veo, podría solucionar la mayoría de tus problemas... y también unos cuantos de los míos. —Su enorme mano se deslizó con suavidad por su columna, calmando sus temblores—. Deja que te consienta —susurró—. Deja que te cuide. Nunca has tenido nadie en quien apoyarte, ¿no es verdad? Mis hombros son fuertes, Annabelle. —Una risa profunda reverberó en su pecho—. Y es muy posible que sea el único hombre de entre tus conocidos con suficiente dinero para pagar tus caprichos.

Ella estaba demasiado atónita como para responder a la burla.

—Pero ¿por qué? —preguntó, y la mano de él subió hasta su nuca desprotegida. Ella jadeó al sentir que sus dedos se clavaban con suavidad en la ligera depresión de la base del cráneo—. ¿Por qué ofrecerme matrimonio cuando podrías tenerme como amante?

Con delicadeza, Simon frotó la nariz contra la garganta de Annabelle.

—Porque, durante los últimos días, me he dado cuenta de que no puedo soportar que alguien dude siquiera a quién perteneces. Sobre todo tú.

Annabelle cerró los ojos y dejó que la euforia inundara sus sentidos cuando la boca de él comenzó a ascender con lentitud hasta sus labios resecos, que lo aguardaban entreabiertos. Las manos y brazos de Hunt reclamaron el deseoso cuerpo de Annabelle, atrayéndola hacia la seguridad de su cuerpo. Si en su manera de abrazarla había rastros de dominación, también los había de reverencia; sus dedos descubrían los rincones más sensibles de la piel que quedaba al descubierto y los acariciaban con toques ligeros como los de una pluma. Annabelle permitió que le separara los labios y gimió ante el suave roce de su tentativa lengua. Devoró su boca con besos tiernos que calmaron el ansia que ella sentía, pero, que al mismo tiempo, la hicieron tomar conciencia de todos aquellos vacíos que anhelaba llenar con desesperación. Cuando Hunt sintió el urgente temblor que recorrió su cuerpo, la calmó con una larga caricia de su boca mientras sus brazos la sostenían con firmeza. Acunó su acalorada mejilla con una mano al tiempo que acariciaba el satén rosado de sus labios con el pulgar.

—Respóndeme —musitó.

La calidez de su mano hizo que una miríada de escalofríos le recorriera la piel y apretó aún más la mejilla contra su palma.

—Sí —contestó sin aliento.

Un brillo triunfal iluminó los ojos de Hunt. Al instante, inclinó la cabeza de Annabelle y volvió a besarla, profundizando las caricias de su lengua poco a poco. Sus palmas le apretaban con gentileza ambos lados de la cabeza y fueron modificando el ángulo entre ellos hasta que sus bocas encajaron a la perfección. El ritmo de la respiración de Annabelle se tornó caprichoso, hasta que sintió que la cabeza le daba vueltas por la súbita inhalación de demasiado oxígeno. Alzó las manos para aferrarse a su cuerpo duro y hundió los dedos en el elegante tejido de su chaqueta. Sin romper el beso, Hunt la ayudó a apoyarse contra él, instándola a que le rodeara el cuello con una mano. Cuando estuvo seguro de que Annabelle no perdería el equilibrio, movió su propia mano hacia la encorsetada cintura y la atrajo con una ligera presión hacia su cuerpo. La besó con creciente apremio, hasta que el potente influjo de su boca la redujo a un estado de delirio sensual.

Por fin, él apartó la boca y la acalló cuando ella gimió como protesta, diciéndole con un murmullo que tenían compañía. Con los ojos entrecerrados y totalmente desconcertada, Annabelle miró más allá del círculo de sus brazos. Estaban justo delante de un grupo de testigos que difícilmente podrían pasar por alto a una pareja que se abrazaba en mitad del sendero, junto al muro de piedra. Lillian, Daisy, su madre, lady Olivia y su apuesto prometido americano, el señor Shaw y, por último, ni más ni menos que lord Westcliff.

—Ay, Señor... —acertó a decir Annabelle con desmayo antes de esconder el rostro en el hombro de Hunt, como si al cerrar los ojos pudiera hacerlos desaparecer a todos.

Un escalofrío recorrió su oreja cuando Hunt se inclinó y, con voz cargada de regocijo, murmuró:

—Jaque mate.

Lillian fue la primera en hablar.

—¿Qué rayos está pasando, Annabelle?

Acobardada, se obligó a enfrentar la mirada de su amiga.

—No pude continuar —dijo con timidez—. Lo siento... Era un buen plan y vosotras cumplisteis con vuestra parte a la perfección...

—Y habría tenido éxito si tú no hubieras estado besando al hombre equivocado —exclamó Lillian—. ¿Qué ha pasado, por todos los santos? ¿Por qué no estás en el huerto de los perales con lord Kendall?

Desde luego, ése no era el tipo de discusión que a uno le gustaría mantener frente a toda una multitud. Annabelle vaciló un instante antes de levantar la vista hacia Hunt, que la miraba con una sonrisa socarrona y que parecía fascinado ante la idea de escuchar cualquier explicación que consiguiera articular.

Durante el prolongado silencio, lord Westcliff consiguió unir todas las piezas del rompecabezas, tras lo cual miró alternativamente a Annabelle y a Lillian con evidente desaprobación.

—De modo que ésa fue la razón de que insistiera en dar un paseo. ¡Ustedes dos lo arreglaron todo para atrapar a Kendall!

—Yo también formaba parte del plan —confesó Daisy, decidida a compartir la culpa.

Westcliff hizo oídos sordos al comentario y permaneció con la vista clavada en el rostro de Lillian, que no mostraba señal alguna de arrepentimiento.

—Santo Dios, ¿es que no respeta absolutamente nada?

—Si hay algo que merezca mi respeto —replicó Lillian con elegancia—, aún no lo he descubierto.

De haberse encontrado en circunstancias menos mortificantes, Annabelle se habría deshecho en carcajadas ante la expresión del conde.

Tras fruncir el entrecejo, Lillian devolvió su atención a Annabelle.

—Puede que no sea demasiado tarde para salvar la situación —dijo—. Haremos que todos se comprometan a no decir una palabra sobre esta escena tuya con el señor Hunt. Y sin testigos, nada de esto habrá sucedido.

Lord Westcliff respondió, ceñudo, al comentario.

—Por más que deteste estar de acuerdo con la señorita Bowman —dijo, con aspecto amenazador—, debo sumarme a su propuesta. Lo mejor para todos los implicados es olvidar este incidente. Nadie ha visto a la señorita Peyton y al señor Hunt, y, por tanto, nadie se ha visto comprometido, lo que significa que esta desafortunada situación no tendrá repercusión alguna.

—La verdad es que sí se ha visto comprometida —dijo Hunt, repentina e inexorablemente decidido—. Por mi persona. Y no quiero evitar esa repercusión, Westcliff. Yo...

—Sí, claro que quieres —le aseguró el conde de modo autoritario—. Que me aspen si dejo que arruines tu vida por esta criatura, Hunt.

—¡¿Cómo que arruinar su vida?! —exclamó Lillian con indignación—. ¡El señor Hunt no podría elegir mejor esposa que Annabelle! Cómo se atreve a insinuar que ella no es lo bastante buena para él, cuando es obvio que es él quien...

—No —la interrumpió Annabelle con ansiedad—, por favor, Lillian...

—Les ruego que nos disculpen —murmuró el señor Shaw con unos modales impecables, aunque no consiguió reprimir una sonrisa. Enlazó el brazo de lady Olivia con el suyo y realizó una graciosa reverencia sin dirigirse a nadie en particular—. Creo que tanto mi prometida como yo mismo nos dispensaremos de los procedimientos, ya que estamos... cómo diría... de sobra. Creo que puedo hablar en nombre de ambos cuando les aseguro que seremos tan sordos, mudos y ciegos como los tres monos sabios. —Sus ojos azules brillaron con buen humor—. Dejaremos que el resto de ustedes decida lo que ha sido visto y oído esta noche... o lo que no se ha visto ni oído. Vamos, querida. —Se alejó con lady Olivia del brazo y la escoltó de vuelta a la mansión.

El conde se giró hacia la madre de las Bowman, una mujer alta y de rostro alargado como el de un zorro. La mujer había logrado que su expresión reflejara el grado justo de indignación, pero había contenido su lengua con el deseo de no perderse detalle. Tal y como Daisy explicaría más tarde, la señora Bowman nunca sufría un telele en mitad de una escena, sino que prefería reservarlo para los intermedios.

—Señora Bowman —comenzó Westcliff—, ¿puedo contar con que guarde silencio acerca de este asunto?

Si el conde, o cualquier otro hombre que poseyera un título, le hubiera pedido por simple diversión a la señora Bowman que se tirara de cabeza en el primer parterre de flores que encontrara, lo habría hecho sin siquiera sobresaltarse.

—Por supuesto, milord; yo nunca, jamás, propagaría un rumor tan desagradable. Mis hijas son tan inocentes y siempre han estado tan protegidas... Me apena comprobar lo que la amistad con esta... esta jovencita sin escrúpulos les ha llevado a hacer. Estoy segura de que un caballero con su capacidad de discernimiento puede ver que mis dos angelitos son totalmente inocentes, que se han dejado arrastrar por esa joven maquiavélica a la que llamaban amiga.

Tras dirigirles una mirada escéptica a los dos «angelitos», Westcliff replicó con frialdad.

—Por supuesto.

Hunt, que había rodeado la cintura de Annabelle con un brazo posesivo, escrutó a los presentes con serenidad.

—Hagan lo que les plazca. La señorita Peyton se va a ver comprometida esta noche, de una forma o de otra. —Y, tomándola por la muñeca, la obligó a seguirlo por el camino—. Vamos.

—¿Adónde vamos? —preguntó Annabelle, que se rebelaba contra la mano que la sujetaba.

—A la casa. Si ellos no están dispuestos a actuar como testigos, tendré que seducirte delante de otras personas.

—¡Espera! —chilló Annabelle—. ¡Ya he aceptado casarme contigo! ¿Por qué tienes que comprometerme de nuevo?

Hunt hizo caso omiso de las protestas de Westcliff y de las Bowman cuando dejó oír su sucinta réplica.

—Para mayor seguridad.

Annabelle clavó los talones y se negó a avanzar cuando Hunt tiró de su brazo.

—¡No necesitas más seguridad! ¿Es que crees que voy a romper la promesa que te he hecho?

—En una palabra, sí. —Con calma, Hunt comenzó a arrastrarla de nuevo por el sendero—. Bien, y ahora ¿adónde vamos? Creo que a la entrada. Estará llena de testigos que contemplarán cómo te devoro. O tal vez a la sala de juegos...

—Simon —protestó Annabelle mientras se veía arrastrada sin mucha ceremonia tras sus pasos—. Simon, por favor...

Escuchar su nombre de los labios de Annabelle hizo que Hunt se detuviera de inmediato y que la mirara con una media sonrisa curiosa.

—¿Sí, cariño?

—Por el amor de Dios —musitó Westcliff—, dejemos esta escena para la noche del teatro de aficionados, si no te importa. Maldita sea, Hunt, si estás tan decidido a conseguirla, sin duda puedes ahorrarnos más exhibiciones. Actuaré encantado como testigo, de aquí hasta Londres, de que has comprometido el buen nombre de tu prometida si con eso consigo algo de paz. Pero no me pidas que esté junto a ti en el altar, porque no tengo deseo alguno de convertirme en un hipócrita.

—No, sólo en un estúpido —fue el murmullo de Lillian.

Aunque pronunció las palabras en voz muy baja, al parecer Westcliff consiguió oírlas, ya que su oscura cabeza se giró y respondió a la deliberada expresión inocente de Lillian con una mueca amenazadora.

—En cuanto a usted...

—Por lo que veo, todos estamos de acuerdo —interrumpió Simon, evitando así lo que, sin duda, hubiera derivado en una discusión interminable. Acto seguido, miró a Annabelle con una expresión de pura satisfacción masculina—. Te has visto comprometida. Ahora vayamos a buscar a tu madre.

El conde sacudió la cabeza, exhibiendo un gélido agravio que tan sólo podría mostrar un aristócrata cuyos deseos acababan de ser denegados.

—Nunca he conocido a un hombre tan ansioso por confesarse ante los padres de una muchacha a la que acaba de arruinar —dijo con amargura.

20

La reacción de Philippa ante las noticias fue de una sorprendente calma. Mientras los tres permanecían sentados en el salón privado de los Marsden y Simon le contaba la noticia de su compromiso, además de la causa que lo motivaba, el rostro de la mujer palideció, pero no pronunció palabra alguna. Durante el breve silencio que siguió a la concisa explicación de Simon, Philippa le clavó la vista sin parpadear y dijo con cautela:

—Ya que Annabelle no tiene padre que la defienda, señor Hunt, recae sobre mí toda la responsabilidad de obtener de usted ciertas garantías. Por supuesto, toda madre desea que su hija sea tratada con respeto y amabilidad... y coincidirá conmigo en que las circunstancias...

—Comprendo —dijo Simon. Impactada por su sobriedad, Annabelle lo observó sin perder detalle mientras él centraba toda su atención en Philippa—. Tiene mi palabra de honor de que su hija no tendrá jamás motivo de queja.

En el rostro de Philippa apareció una breve expresión de recelo, ante lo cual Annabelle se mordió el labio, ya que sabía lo que venía a continuación.

—Sospecho que ya tiene plena conciencia, señor Hunt —murmuró su madre—, de que Annabelle no posee dote.

—Sí —replicó Simon de modo conciso.

—Y ese hecho no supone ningún problema para usted —dejó caer Philippa con un asomo de interrogación en la voz.

—En absoluto. Tengo la fortuna de poder desentenderme de la cuestión financiera a la hora de elegir esposa. Me importa un bledo si Annabelle se casa conmigo sin un solo chelín en el bolsillo. Es más, tengo la intención de facilitar las cosas para su familia: asumir deudas, hacerme cargo de las facturas y los acreedores, de las matrículas de la escuela y todo ese tipo de cosas; lo que sea necesario para que vivan con total comodidad.

Annabelle pudo distinguir la palidez de los dedos de Philippa, que se apretaban sobre su regazo, y la indescifrable trepidación de la voz de su madre, que bien podía deberse al nerviosismo, al alivio, a la vergüenza, o una combinación de las tres cosas.

—Muchas gracias, señor Hunt. Debe comprender que si el señor Peyton estuviera todavía vivo, las cosas serían muy diferentes...

—Sí, por supuesto.

Philippa reflexionó en silencio antes de musitar:

—Por supuesto, sin la dote, Annabelle no dispondrá de dinero para los pequeños gastos...

—Pienso abrir una cuenta a su nombre en Barings —dijo Hunt sucintamente—. Estableceremos una cifra inicial de, digamos... ¿cinco mil libras? Y repondré el saldo cada cierto tiempo cuando sea necesario. Por supuesto, yo correré con los gastos del mantenimiento de un carruaje y los caballos, además de la ropa, las joyas..., y Annabelle dispondrá de crédito en todas las tiendas de Londres.

La reacción de Philippa ante sus palabras pasó desapercibida para Annabelle, cuya cabeza comenzó a dar vueltas como una peonza. La mera idea de disponer de cinco mil libras, toda una fortuna, se le antojaba casi irreal. Su asombro se mezclaba con una pizca de anticipación. Tras años de penurias, podría acudir a las mejores modistas, comprarle un caballo a Jeremy y redecorar la casa de su familia con muebles y el más exquisito de los menajes. No obstante, el hecho de discutir las cuestiones económicas de un modo tan franco justo después de recibir una proposición de matrimonio le producía la inquietante sensación de haberse vendido a cambio de dinero. Dirigió a Simon una mirada cautelosa y vio que sus ojos habían adquirido ese brillo burlón tan familiar. La comprendía demasiado bien, pensó al tiempo que un indeseado rubor le coloreaba las mejillas.

Permaneció en silencio mientras la conversación giraba en torno a los abogados, contratos y estipulaciones, lo que la llevó a descubrir que su madre poseía la perseverancia de un *bull terrier* en lo referente a negociaciones matrimoniales. Toda esa discusión, que se parecía mucho a una reunión de negocios, no podía calificarse de ninguna de las maneras como romántica. De hecho, no había pasado por alto que su madre no le había preguntado a Hunt si la amaba, y que tampoco él había afirmado hacerlo.

Una vez que Simon Hunt se hubo marchado, Annabelle siguió a su madre hasta la habitación que ocupaban, donde, sin duda alguna, le esperaba otra charla. Preocupada por la tranquilidad tan poco habitual que demostraba Philippa, Annabelle cerró la puerta y trató de pensar algo que decirle, preguntándose si su madre guardaba alguna reserva acerca de la idea de tener a Simon Hunt como yerno.

Tan pronto como estuvieron a solas, Philippa se acercó a la ventana y clavó la vista en el cielo de la tarde, para luego cubrirse los ojos con una mano. Alarmada, Annabelle escuchó el sonido apagado de un sollozo.

—Mamá —susurró con vacilación mientras contemplaba la rígida espalda de su madre—. Lo siento, yo...

—Gracias a Dios —murmuró Philippa con voz temblorosa, que al parecer no había escuchado a su hija—. Gracias a Dios.

A pesar de haber jurado que no asistiría a la boda de Simon, lord Westcliff llegó a Londres con una quincena de adelanto para acudir a la ceremonia. Con semblante sobrio pero cortés, incluso se ofreció a entregar a la novia y asumir así el papel de su difunto padre. La tentación de rechazarlo fue muy fuerte, pero su madre se mostró tan contenta que Annabelle se vio obligada a aceptar. Incluso sintió un perverso placer al obligar al conde a tomar un papel destacado en una ceremonia a la que tanto se oponía. Lo único que había llevado a Westcliff a Londres era la lealtad que sentía hacia Hunt, lo que revelaba que el lazo de amistad entre los dos hombres era mucho más fuerte de lo que Annabelle hubiera esperado.

Lillian, Daisy y su madre también asistieron a la ceremonia religiosa privada, aunque su presencia sólo se debió a la asistencia de lord Westcliff. La señora Bowman jamás habría permitido que sus hijas acudieran a la boda de una joven que no se casaba con un aristócrata y que, además, era una influencia tan perniciosa. Sin embargo, había que aprovechar cualquier oportunidad de estar cerca del soltero más codiciado de toda Inglaterra. El hecho de que Westcliff reaccionara con absoluta indiferencia hacia su hija menor y que desdeñara abiertamente a la mayor era un inconveniente sin importancia que la señora Bowman estaba segura de poder sortear.

Por desgracia, la tía Florence y el resto de su familia materna le habían prohibido a Evie que asistiera. En su lugar, ésta envió a Annabelle una larga y afectuosa carta, así como un juego de té de porcelana de Sèvres pintado con flores rosas y doradas como regalo de boda. El resto de la pequeña congregación estaba compuesta por los padres y los hermanos de Hunt, que eran más o menos como Annabelle había esperado. Su madre poseía un rostro de facciones toscas y una constitución recia, pero era una mujer amable que parecía inclinada a pensar lo mejor de Annabelle a menos que hubiese algo que la hiciera cambiar de opinión. Su padre era un hombre de gran tamaño y huesos prominentes que no sonrió ni una sola vez durante la ceremonia, a pesar de que las profundas arrugas que rodeaban sus ojos indicaban su tendencia al buen humor. Ninguno de los progenitores era particularmente guapo, pero tenían cinco hijos notables, todos altos y de pelo negro.

Ojalá Jeremy hubiera podido asistir a la boda..., pero se encontraba en el colegio, y tanto ella como Philippa habían decidido que sería mejor para él que terminara el semestre y que acudiera a Londres una vez que Hunt y ella hubieran regresado de su luna de miel. Annabelle no estaba muy segura de cuál sería la reacción de su hermano ante la idea de tener a Simon como cuñado. A pesar de que a Jeremy parecía caerle bien, llevaba mucho tiempo acostumbrado a ser el único varón de la familia y siempre existía la posibilidad de que se molestara por cualquier restricción que Hunt quisiera imponerle. A ese respecto, a Annabelle tampoco le hacía mucha gracia la idea de acatar los deseos de un hombre a quien, en realidad, apenas conocía.

Aquel hecho acudió a la mente de Annabelle en su noche de bodas, mientras esperaba a su esposo en una habitación del hotel Rutledge. Puesto que había asumido que Hunt vivía en una de esas casas adosadas con terraza, como muchos solteros, se sorprendió bastante al comprobar que ocupaba una *suite* de hotel.

—¿Y por qué no? —le había preguntado Hunt pocos días antes, divertido ante su evidente asombro.

—Bueno, porque... vivir en un hotel proporciona tan poca intimidad...

—Siento no estar de acuerdo. Aquí puedo ir y venir a mi antojo sin una horda de criados que esparzan rumores acerca de mis hábitos y mis modales. Por lo que he podido comprobar, vivir en un hotel bien dirigido es mucho más cómodo que establecerse en una mansión llena de corrientes de aire.

—Sí, pero un hombre de tu posición debe tener a su servicio el número adecuado de criados para demostrar su éxito a los demás...

—Disculpa —la interrumpió Hunt—, pero siempre creí que se debían contratar criados cuando fuese necesario su trabajo. El beneficio de mostrar a los empleados como meros adornos se me había pasado por alto hasta este momento.

—¡No se les puede considerar mano de obra esclava, Simon!

—Por el salario que se le paga a la mayoría de los criados, esa afirmación es más que discutible.

—Nos veremos en la necesidad de contratar a un buen número de sirvientes si vamos a vivir en la casa adecuada —dijo Annabelle con descaro—. A menos que tengas planeado ponerme de rodillas para que friegue los suelos y limpie las chimeneas.

La sugerencia hizo que los ojos café oscuro de Hunt se iluminaran con un brillo perverso que ella no entendió.

—Tengo intención de ponerte de rodillas, querida, pero te garantizo que no será para fregar. —Se rió quedamente al advertir la confusión de ella. La acercó a él y le dio un beso breve pero intenso.

Ella intentó zafarse de su abrazo.

—Simon... Suéltame, mi madre no aprobaría vernos en esta situación...

—¿De veras? Ahora podría hacer lo que quisiera contigo y ella no pondría objeción alguna.

Ceñuda, Annabelle consiguió interponer los brazos entre ambos.

—Eres un arrogante... ¡No, lo digo en serio, Simon! Quiero que resolvamos este asunto. ¿Vamos a vivir en un hotel para siempre o comprarás una casa?

Le robó otro besó y, acto seguido, se echó a reír al ver la expresión de ella.

—Te compraré la casa que quieras, cariño. Mejor aún, te construiré una nueva, ya que me he acostumbrado a las comodidades de la buena iluminación y a las cañerías modernas.

Annabelle dejó de forcejear.

—¿De verdad? ¿Dónde?

—Creo que podría adquirir una buena extensión de terreno cerca de Bloomsbury o de Knightsbridge...

—¿Qué te parece Mayfair?

Simon sonrió como si hubiera estado esperando esa sugerencia.

—No me digas que quieres vivir en una plaza como Grosvenor o St. James, atestada de edificios, para contemplar desde la ventana a los pomposos aristócratas mientras se pasean tras las verjas de sus pequeños patios...

—¡Sí, sí! Eso sería absolutamente perfecto —dijo con entusiasmo, lo que arrancó una carcajada a Simon.

—Muy bien, conseguiremos algo en Mayfair y que Dios me ayude. También puedes contratar a cuantos criados quieras. Y que conste que no he dicho «necesites», ya que eso parece totalmente irrelevante. Mientras tanto ¿crees que podrás tolerar unos cuantos meses en el Rutledge?

Mientras recordaba la conversación, Annabelle investigaba las inmensas habitaciones de la *suite,* decoradas suntuosamente con terciopelos, cuero y brillante madera de caoba. Tenía que admitirlo, el Rutledge conseguía que una persona cambiara las ideas preconcebidas que pudiera tener acerca de un hotel. Se rumoreaba que el misterioso propietario, el señor Harry Rutledge, aspiraba a crear el hotel más elegante y moderno de toda Europa a través de la combinación del estilo continental con las innovaciones traídas de América. Ubicado en el distrito teatral, el Rutledge era un enorme edificio que ocupaba las cinco manzanas que había entre el Teatro Capitol y el Embankment. Peculiaridades tales como su construcción a prueba de incendios, el servicio de habitaciones y los baños privados en cada *suite,* por no mencionar su famoso restaurante, habían contribuido a que el Rutledge se convirtiera en un lugar de moda entre los americanos y los europeos más ricos. Para deleite de Annabelle, las Bowman ocupaban cinco de las cien *suites* de lujo que poseía el hotel, lo que significaba que tendrían muchas oportunidades para verse cuando regresara de su luna de miel.

Dado que nunca había salido de Inglaterra, Annabelle se había entusiasmado al descubrir que Simon tenía la intención de llevarla a París y pasar allí dos semanas. Pertrechada con una lista de modistas, sombrererías y perfumerías confeccionada por las Bowman, que habían visitado París anteriormente en compañía de su madre, Annabelle ya anticipaba con ansiedad lo que sería su primer vistazo a la Ciudad de la Luz. No obstante, antes de partir por la mañana, tendría que pasar por la noche de bodas.

Ataviada con un camisón adornado con abundantes metros de encaje blanco que colgaban del corpiño y las mangas, Annabelle caminaba nerviosa por la habitación. Se sentó junto a la cama y cogió un cepillo del tocador. Con pasadas metódicas, comenzó a cepillarse el pelo mientras se preguntaba si todas las novias pasaban por aquel momento de aprensión, preguntándose con inquietud si las siguientes horas les depararían miedo o alegría. En ese instante, la llave giró en la cerradura y la oscura y esbelta figura de Simon entró en la *suite.*

Un escalofrío recorrió la columna de Annabelle, pero se obligó a continuar cepillándose el pelo con movimientos tranquilos, a pesar de que apretaba el mango con demasiada fuerza y de que le temblaban los dedos. La mirada de Simon vagó por las capas de encaje y muselina que cubrían su cuerpo. Todavía vestido con el traje negro de etiqueta que había llevado en la boda, se acercó despacio y se colocó frente a ella mientras Annabelle permanecía sentada. Para su sorpresa, se arrodilló hasta que sus caras quedaron al mismo nivel y sus muslos le rodearon las esbeltas pantorrillas. Acto seguido, alzó una de esas grandes manos hacia su cabello, que estaba suelto y brillaba a su alrededor, y peinó las hebras con los dedos, observando con fascinación cómo los mechones color miel se deslizaban entre sus nudillos.

A pesar de estar impecablemente vestido, se evidenciaban señales de desarreglo que llamaron la atención de Annabelle: los cortos mechones de cabello que caían sobre su frente, el nudo flojo de la corbata de seda gris... Dejó caer el cepillo al suelo y utilizó los dedos para peinarle el cabello con pasadas indecisas. Las oscuras hebras eran gruesas y brillantes, y se rizaban por propia voluntad entre sus dedos. Simon permaneció inmóvil mientras ella le desataba la corbata, cuya seda aún guardaba la calidez de su piel. En los ojos del hombre se leía una expresión que le provocó un cosquilleo en el estómago.

—Cada vez que te miro —murmuró—, creo que es imposible que puedas estar más hermosa..., pero siempre consigues demostrar lo equivocado que estoy.

Annabelle dejó que la corbata colgara a ambos lados de su cuello y sonrió ante el cumplido. Cuando sintió que las manos de él se cerraban sobre las suyas, dio un pequeño respingo en la silla. La boca de Simon se curvó ligeramente mientras la estudiaba con una mirada curiosa.

—¿Estás nerviosa?

Annabelle asintió mientras él le sostenía las manos y le acariciaba los dedos. Simon le habló muy despacio, como si estuviera eligiendo las palabras con más tiento del habitual.

—Cariño, supongo que tus experiencias con lord Hodgeham no han resultado placenteras, pero espero que confíes en mí cuando te digo que no tiene por qué ser así. Sean cuales sean tus miedos...

—Simon —lo interrumpió con voz ronca y temerosa, antes de aclararse la garganta—. Eso es muy amable de tu parte. Y... y el hecho de que estés dispuesto a ser tan comprensivo acerca de... Bueno..., aprecio tu gesto. Sin embargo..., me temo que no fui del todo sincera contigo acerca de mi relación con Hodgeham. —Al percatarse de la súbita y extraña inmovilidad de su marido y de la forma en que su expresión se había vaciado de emociones, Annabelle inspiró con fuerza—. La verdad es que sí, Hodgeham frecuentaba nuestra casa algunas noches, y sí, pagó nuestras facturas a cambio de... de... —Se detuvo al descubrir que se le había formado un nu-

do en la garganta que hacía difícil pronunciar las palabras—. Pero...
no era a mí a quien iba a visitar.

Las pupilas de Simon se dilataron de forma apenas perceptible.

—¿Cómo dices?

—Nunca me acosté con él —admitió—. Mantenía relaciones
con mi madre.

Simon la miró de hito en hito.

—Por todos los santos —masculló entre dientes.

—Empezó hace cosa de un año —explicó, un poco a la defensiva—. Nos encontrábamos en una situación desesperada. Teníamos
una lista interminable de facturas pendientes y ninguna manera de
pagarlas. Los ingresos provenientes de la herencia de mi madre habían mermado a causa de una mala inversión. Lord Hodgeham
llevaba persiguiendo a mi madre cierto tiempo. No sé con seguridad cuándo se iniciaron sus visitas nocturnas, pero comencé a ver
su sombrero y su bastón en la entrada a horas desacostumbradas
justo cuando las deudas empezaron a disminuir un poco. Me di
cuenta de lo que pasaba, pero nunca dije nada. Y debería haberlo
hecho. —Suspiró y se frotó las sienes—. En la fiesta, Hodgeham
dejó muy claro que se había cansado de mi madre y que quería que
yo ocupara su lugar. Amenazó con revelar el secreto... «con los
adornos suficientes», dijo, lo que causaría nuestra ruina. Lo recha-
cé y, de alguna manera, mi madre consiguió que mantuviera la boca
cerrada.

—¿Por qué me permitiste creer que eras tú quien se acostaba
con él?

Annabelle se encogió de hombros con cierta incomodidad.

—Lo habías dado por sentado... y no parecía haber razón alguna para corregirte, ya que jamás se me pasó por la cabeza que pu-
diéramos acabar así. Después, me propusiste matrimonio de todas
maneras, lo que me hizo llegar a la conclusión de que no te importaba mucho si era virgen o no.

—Y no me importaba —murmuró Simon, cuya voz sonaba extraña—. Te deseaba a pesar de todo. Pero ahora que sé... —Se detuvo y sacudió la cabeza con incredulidad—. Annabelle, para que no
haya malentendidos, ¿me estás diciendo que nunca te has acostado
con un hombre?

Intentó retirar las manos, ya que el apretón de Simon resultaba casi doloroso en esos momentos.

—Bueno, sí.

—¿Sí, sí te has acostado con alguien o no, no lo has hecho?

—Nunca me he acostado con nadie —dijo Annabelle con firmeza al tiempo que le dirigía una mirada interrogante—. ¿Estás enfadado porque no te lo dije antes? Lo siento. Pero no es algo que se pueda comentar mientras se toma el té o en el vestíbulo de entrada: «Aquí tienes tu sombrero y, de paso, que sepas que soy virgen»...

—No estoy enfadado. —La mirada de Simon la recorrió con aire pensativo—. Sólo me pregunto qué demonios voy a hacer contigo.

—¿Lo mismo que ibas a hacer antes de que te lo contara? —le preguntó esperanzada.

Simon se puso en pie y la obligó a hacer lo mismo antes de abrazarla con suavidad, como si temiera que pudiera romperse si la apretaba con demasiada fuerza. Presionó la cara contra su melena e inhaló con fuerza.

—Créeme, todo llegará a su debido tiempo —dijo con voz risueña—. Pero parece que antes debo preguntarte algunas cosas.

Annabelle introdujo los brazos bajo la parte delantera de su chaqueta y los deslizó sobre su pecho para rodear su duro y suave torso. El calor de su cuerpo se filtraba por el fino tejido de la camisa y Annabelle tembló de placer al sumergirse en la calidez masculina de su abrazo.

—¿Qué cosas? —inquirió.

Hasta ese momento, siempre había visto a Simon manejarse con fluidez durante cualquier conversación..., pero cuando habló, su voz resultó estar afectada por una inesperada indecisión, como si se tratara de una clase de discusión que no se había visto obligado a mantener con anterioridad.

—¿Tienes alguna idea de lo que va a pasar? ¿Tienes toda la... esto... la información necesaria?

—Eso creo —replicó Annabelle, que sonrió al descubrir, no sin cierta sorpresa, la rapidez con la que latía el corazón de Simon contra su mejilla—. Mi madre y yo mantuvimos una charla hace muy poco..., tras la cual me sentí muy tentada de pedir una anulación.

De repente, él dejó escapar una risa ahogada.

—En ese caso, será mejor que reclame mis derechos maritales sin dilación. —Le tomó los dedos en un suave y cálido apretón y se los llevó a los labios. Su aliento parecía vapor—. ¿Qué te contó? —murmuró contra las yemas de sus dedos.

—Después de informarme de los detalles básicos, me señaló que debía permitirte hacer cuanto quisieras y que no debía quejarme si algo no me gustaba. También sugirió que si se volvía demasiado desagradable, podía pensar en la increíble cuenta bancaria que abriste a mi nombre.

Annabelle se arrepintió de esas palabras tan pronto como salieron de sus labios, temiendo que Simon pudiera sentirse ofendido por semejante despliegue de franqueza. Sin embargo, él comenzó a reírse con voz ronca.

—Es un cambio refrescante si se lo compara con lo de pensar en la patria. —Echó la cabeza hacia atrás para mirarla—. ¿Significa eso que debo conquistarte con susurros acerca de transferencias bancarias y tasas de interés?

Annabelle giró la mano dentro de la de él y trazó con los dedos la superficie de sus labios, acariciando sus bordes aterciopelados antes de descender hacia la barbilla, que comenzaba a mostrar señales de barba.

—No será necesario. Basta con que me digas las palabras habituales.

—No..., las palabras habituales no sirven en tu caso.

Simon le colocó un mechón de cabello tras la oreja y acunó su mejilla en la palma de la mano al tiempo que se inclinaba hacia ella. La convenció con su boca para que separara los labios, mientras sus manos encontraban los contornos de su cuerpo ocultos tras las amplias capas de encaje. Sin corsé que le oprimiera las costillas, podía sentir sus manos a través del fino velo que suponía el camisón. Las caricias de Simon en sus costados le provocaron temblores y las puntas de sus pechos se tornaron exquisitamente sensibles. La palma de una mano recorrió despacio su cuerpo hasta alcanzar la redondez de uno de sus senos y lo acunó con gentileza entre los dedos antes de alzar la delicada carne. Annabelle dejó de respirar un instante cuando el pezón se endureció por las delicadas caricias de su pulgar.

—La primera vez suele ser dolorosa para una mujer —murmuró.

—Sí, lo sé.

—No quiero causarte dolor.

Semejante admisión la conmovió y sorprendió a la vez.

—Mi madre dice que no dura mucho —le dijo.

—¿El dolor?

—No, lo que sigue —dijo y, por alguna razón, su respuesta volvió a arrancarle otra carcajada.

—Annabelle... —Deslizó los labios por su garganta—. Te he deseado desde el primer momento en que te vi, allí, en el exterior del auditorio, mientras buscabas unas monedas en tu bolso. No podía apartar la vista de ti. Apenas podía creer que fueras real.

—No me quitaste la vista de encima durante todo el espectáculo —le dijo y emitió un jadeo cuando él atrapó el sedoso lóbulo de su oreja—. Dudo que hubieras aprendido nada sobre la caída del Imperio romano.

—Aprendí que tienes los labios más dulces que jamás he besado.

—Tienes una manera muy original de presentarte.

—No pude evitarlo. —Su mano se movía arriba y abajo por el costado de Annabelle en una suave caricia—. Estar junto a ti en la oscuridad fue la tentación más insoportable que he experimentado jamás. No podía pensar más que en lo adorable que eras y en cuánto te deseaba. Cuando las luces se apagaron del todo, no pude reprimirme más. —Un dejo de satisfacción masculina se filtró en su voz cuando añadió—: Y tú no me apartaste.

—¡Estaba demasiado sorprendida!

—¿Ésa fue la única razón por la que no pusiste objeciones?

—No —admitió Annabelle, que inclinó la cabeza para que su mejilla se frotara contra la de él—. Me gustó tu beso. Y lo sabes.

Él sonrió ante ese comentario.

—Albergaba la esperanza de que no me hubiese sucedido sólo a mí. —La miró a los ojos; estaba tan cerca de ella que sus narices casi se tocaban—. Ven a la cama conmigo —susurró con un imperceptible matiz interrogante en la voz.

Annabelle asintió con un tembloroso suspiro y permitió que la guiara hasta la enorme cama de cuatro postes, cubierta con una colcha de gruesa seda de Borgoña. Tras apartar el cobertor, Simon depositó a Annabelle entre las inmaculadas sábanas, y ella se apartó a un lado para dejarle espacio. Él permaneció junto a la cama mientras se quitaba lo que restaba de su traje de etiqueta. El contraste entre el corte elegante de la ropa y el primitivo poder masculino que emanaba del cuerpo que ésta cubría resultaba desconcertante. Tal y como Annabelle había anticipado, su marido poseía un torso inusualmente atlético: los músculos de la espalda y los hombros estaban bastante desarrollados, al igual que los del estómago, que formaban una serie de surcos muy marcados. A la luz de la lámpara, su atezada piel quedaba bañada por un tinte dorado, y la superficie de sus hombros brillaba con el tono rico y firme de un busto de bronce. Ni siquiera el vello oscuro que le cubría el pecho suavizaba la poderosa estructura conformada por músculos y huesos. Annabelle dudaba de que existiera un hombre de aspecto más sano y más vigoroso. Tal vez, Simon no encajara con el ideal que marcaba la moda: un aristócrata de piel pálida y estructura delgada..., pero a ella le parecía espléndido en toda su magnitud.

Sintió unos pinchazos de ansiedad y nerviosismo en el estómago cuando se reunió con ella en la cama.

—Simon —dijo con la respiración agitada mientras él la abrazaba—, mi madre no me dijo si... si esta noche yo tendría que hacerte algo...

La mano de él comenzó a jugar con sus cabellos y a masajearle la cabeza de tal modo que la espalda de Annabelle se estremeció con un ardiente cosquilleo.

—No tienes que hacer nada esta noche. Sólo deja que te abrace..., que te toque..., que descubra lo que te da placer...

La mano de Simon encontró los botones de nácar que cerraban el camisón en la espalda. Annabelle cerró los ojos al sentir que la liviana capa de encaje fruncido se desprendía de sus hombros.

—¿Te acuerdas de aquella noche en la sala de música? —susurró entre jadeos cuando sintió que Simon le bajaba el camisón por los pechos—. ¿Cuando me besaste en el recoveco de la sala de música?

—Recuerdo cada abrasador segundo —respondió también en un susurro, al tiempo que la ayudaba a sacar los brazos de las amplias mangas—. ¿Por qué lo preguntas?

—No he podido dejar de pensar en ese momento —confesó. Se

retorció para facilitarle la tarea de quitarle el camisón, a pesar de que el rubor teñía cada trozo de piel expuesta.

—Yo tampoco —admitió él. Su mano se deslizó por un pecho y cubrió la tersa redondez hasta que el pezón adquirió un color rosado y se irguió contra su palma—. Parece que la nuestra es una mezcla inflamable... Más incluso de lo que había anticipado.

—Entonces ¿no es siempre así? —preguntó Annabelle, que había dejado que sus dedos exploraran el profundo surco de la columna de su marido y los duros músculos que la flanqueaban.

Aquella caricia, tan inocente como era, alteró el ritmo de la respiración de Simon cuando se inclinó sobre ella.

—No —murmuró él, colocando una pierna sobre los muslos que Annabelle mantenía unidos con fuerza—. Casi nunca.

—¿Por qué...? —Annabelle comenzó la pregunta, pero se detuvo con un débil gemido cuando Simon trazó la curva de un pecho con el pulgar.

Al instante, apresó su estrecha cintura entre las manos y se inclinó hacia ella. Sus labios tenían un tacto ardiente y suave cuando se abrieron con delicadeza sobre el duro pezón. Annabelle dejó escapar un jadeo al sentir la suave succión que la boca de Simon ejercía sobre la sensible zona mientras su lengua continuaba acariciándola, hasta que llegó un momento en que no pudo permanecer inmóvil bajo él. Abrió las piernas de forma inconsciente y Simon no perdió la oportunidad de introducir un muslo, de tacto más áspero por el vello que lo cubría, en el hueco que ella había dejado. Mientras sus manos y su boca se paseaban por el cuerpo de Annabelle, ella alzó los brazos, le asió la cabeza con las manos y dejó que los abundantes mechones se deslizaran entre sus dedos como siempre había deseado. Simon besó la delicada piel de sus muñecas, la cara interna de los codos y las depresiones que se formaban entre las costillas hasta que no quedó un centímetro de la piel de Annabelle sin explorar. Ella se lo permitió todo, estremeciéndose cada vez que sentía el cosquilleo de su incipiente barba en contraste con la suave y abrasadora humedad de su boca. Sin embargo, cuando alcanzó su ombligo y sintió que la punta de su lengua se hundía en el pequeño hueco, se apartó de él con un jadeo escandalizado.

—No... Simon, yo... Por favor...

De inmediato, él se incorporó para estrecharla entre sus brazos y observó con una sonrisa el ruborizado rostro de su esposa.

—¿Es demasiado? —preguntó con voz ronca—. Lo siento... Por un momento olvidé que todo esto es nuevo para ti. Deja que te abrace. No tienes miedo, ¿verdad?

Antes de que pudiera responder, la boca de Simon ya apresaba la suya y se movía con destreza. El vello que le cubría el pecho rozaba sus senos como si de un tosco terciopelo se tratase y sus pezones se restregaban contra él con cada respiración. La garganta de Annabelle vibraba al compás de sus graves gemidos, que expresaban el placer que comenzaba a resquebrajar su recato. Al sentir que Simon deslizaba los dedos por su vientre y hacía presión con la rodilla que había introducido entre sus muslos, Annabelle jadeó con fuerza. En cuanto consiguió que ella separara las piernas un poco más, deslizó los dedos por los suaves y femeninos rizos, explorando los hinchados pliegues. Tras separarlos, descubrió el sedoso botón que empezó a palpitar bajo su contacto y comenzó a acariciar la parte superior con un ritmo suave y ligero.

Annabelle volvió a jadear contra su boca al sentir que su cuerpo se derretía. La pasión hizo que el rubor tiñera su piel y moteara su palidez con un profundo tono rosado. Simon buscó la entrada de su cuerpo e introdujo apenas un dedo en la húmeda y amoldable abertura. Annabelle sentía el corazón desbocado y el cuerpo tenso a causa del creciente placer. Se apartó de Simon con una exclamación ahogada y lo miró con los ojos abiertos de par en par.

Él yacía de costado, apoyado sobre uno de los codos; tenía el oscuro cabello alborotado y la mirada brillante por la pasión, aunque también se percibía un destello de diversión. Parecía comprender lo que ella había comenzado a sentir y su inocente desconcierto lo tenía fascinado.

—No te vayas —murmuró con una sonrisa—. No querrás perderte lo mejor. —Muy despacio, volvió a colocarla bajo su cuerpo, ajustando su postura con las caricias de sus manos—. Cariño, no voy a hacerte daño —susurró contra su mejilla—. Deja que te dé placer... Deja que entre en ti...

Siguió musitándole palabras tiernas mientras sus labios dejaban un rastro de besos y caricias que lo conducía, sin que ella apenas se diera cuenta, de vuelta hacia la parte baja de su cuerpo. Cuando su cabeza llegó al valle en sombras que había entre los muslos de Annabelle, ella ya gemía sin cesar. La exploró con la boca, más allá de los delicados rizos y de los sedosos pliegues de piel rosada, y comenzó a deslizar su lengua en movimientos circulares. Movida por la timidez, Annabelle trató de apartarse, pero él la aferró de las caderas y prosiguió con su implacable exploración, pasando la lengua por cada pliegue y por cada recoveco.

La imagen de aquella cabeza morena entre sus muslos fue todo un asalto a sus sentidos. La habitación se convirtió en algo borroso y Annabelle tuvo la sensación de que flotaba entre la luz y la sombra de las velas, ajena a todo salvo a aquel exquisito placer. No podía esconderle nada, no le quedaba más remedio que rendirse a esa boca ansiosa que ofrecía a su excitado cuerpo un placer indescriptible. Simon concentró sus caricias en el botón que coronaba su sexo y lo lamió con suavidad y sin reservas hasta que ella no fue capaz de soportarlo más y sus caderas se alzaron por voluntad propia, temblando contra su boca mientras la pasión abrasaba sus miembros torturados por el éxtasis.

Tras dar un último y placentero lametón a su ya saciada carne, Simon ascendió por el cuerpo de Annabelle. Los muslos de su esposa no ofrecieron resistencia alguna cuando él los separó y la cabeza de su miembro se introdujo ligeramente en ella. Bajó la mirada hacia el aturdido rostro de Annabelle y le apartó los mechones de cabello que le habían caído sobre la frente.

Al mirarlo, los labios de Annabelle se curvaron con una sonrisa trémula.

—Me temo que me he olvidado por completo de la cuenta bancaria —dijo, ante lo que él dejó escapar una suave carcajada.

Simon le acarició la frente con el pulgar, justo donde la piel tersa daba lugar al nacimiento del cabello.

—Pobre Annabelle... —La presión entre sus piernas aumentó, causando la primera punzada de dolor—. Me temo que esta parte no será tan placentera. Al menos, para ti.

—No me importa... Me... me alegro mucho de que seas tú.

No había duda de que aquél era un comentario extraño para una novia en su noche de bodas, pero lo hizo sonreír. Simon inclinó la cabeza y comenzó a susurrarle palabras al oído, y no dejó de hacerlo mientras tensaba las caderas para penetrar en su carne inocente. Annabelle se obligó a permanecer quieta, a pesar de que el instinto le dictaba que se alejara de la intrusión.

—Cariño... —Simon comenzó a jadear y, cuando ya estuvo dentro de ella, se detuvo en lo que pareció ser un intento por recuperar el control—. Sí, eso es... Un poco más... —La penetró un poco más, con mucho cuidado, antes de volver a detenerse—. Y un poquito más... —Profundizó sus movimientos poco a poco, persuadiendo con delicadeza al cuerpo de Annabelle para que lo aceptara—. Más...

—¿Cuánto más? —jadeó ella.

El cuerpo de Simon estaba demasiado duro y la presión que ejercía sobre ella resultaba demasiado intensa; además, Annabelle no podía dejar de preguntarse con cierta inquietud si era posible que aquello resultara agradable alguna vez.

El tremendo esfuerzo de mantenerse inmóvil provocó que las mandíbulas de Simon se tensaran.

—Estoy a la mitad —consiguió decir con un cierto tono de disculpa en la voz.

—La mitad... —Annabelle comenzó a protestar con una risa temblorosa y se tensó por el dolor cuando Simon volvió a moverse—. Es imposible, no puedo, no puedo...

Sin embargo, Simon continuó con su avance al tiempo que intentaba mitigar su dolor con la boca y las manos. Poco a poco, la sensación fue mejorando y el dolor se transformó en una vaga y continua molestia. Annabelle dejó escapar un largo suspiro cuando sintió que su cuerpo se amoldaba a él y que su carne virginal se abría ante la realidad inevitable de la posesión de su marido. La espalda de Simon era una masa de músculos contraídos y su estómago resultaba tan duro como el palisandro tallado. Una vez que estuvo hundido profundamente en ella, se detuvo durante un instante y emitió un gemido al tiempo que un estremecimiento recorría sus hombros.

—Eres tan estrecha —dijo con voz ronca.

—Lo-lo siento...

—No, no —consiguió decir—. No lo sientas. Dios mío... —Arrastraba las palabras, como si estuviera embriagado de placer.

Ambos se estudiaron en silencio; una mirada saciada y otra cargada de anhelo. El asombro embargó a Annabelle al darse cuenta del modo en que Simon había logrado dar la vuelta a todas sus expectativas. Había estado segura de que él aprovecharía aquella oportunidad para demostrarle quién era el amo... Sin embargo, se había acercado a ella con infinita paciencia. Movida por la gratitud, le rodeó el cuello con los brazos y lo besó, dejando que su lengua se introdujera en su boca al tiempo que le deslizaba las manos por la espalda hasta encontrar el contorno de sus nalgas. Le dio un tímido apretón para animarlo a moverse, a entrar más profundamente en ella. La caricia pareció acabar con el último resquicio de su control. Con un gemido hambriento, Simon comenzó a moverse rítmicamente dentro de ella, temblando por el esfuerzo que le suponía mostrarse considerado. La fuerza de su liberación lo hizo estremecerse de la cabeza a los pies y apretar los dientes cuando el placer se convirtió en un éxtasis cegador. Enterró el rostro en el cabello de Annabelle y se dejó empapar por la húmeda y resbaladiza calidez de su cuerpo. Pasó bastante tiempo antes de que la tensión abandonara sus músculos y dejara escapar un largo suspiro. Cuando se retiró con cuidado del cuerpo de su esposa, ésta compuso una mueca de dolor. Al darse cuenta de su incomodidad, Simon le acarició la cadera para reconfortarla.

—Creo que no voy a dejar nunca esta cama —musitó al tiempo que la acomodaba en el hueco de su brazo.

—Vaya, te aseguro que lo harás —le contestó ella adormilada—. Vas a llevarme a París mañana. No me vas a negar la luna de miel que me prometiste.

Simon restregó la nariz contra esa mata de rizos alborotados y replicó con un asomo de diversión en la voz:

—No, mi dulce esposa..., nadie va a negarte nada.

21

Durante las dos semanas que duró su luna de miel, Annabelle descubrió que no era ni de lejos tan mundana como ella misma se consideraba. Con una mezcla de candidez y arrogancia británica, siempre había pensado que Londres era el centro de la cultura y el conocimiento, de modo que París fue toda una revelación. La ciudad era asombrosamente moderna y, en comparación, Londres parecía una prima desaliñada recién llegada del campo. Aun así, a pesar de todos sus avances intelectuales y sociales, las calles de París tenían un aspecto casi medieval: oscuras, estrechas y sinuosas en su recorrido por los diferentes distritos de la ciudad, plagados de edificios hábilmente construidos. Esa mezcla de estilos arquitectónicos, que variaba de las agujas góticas de las antiguas iglesias a la sólida majestuosidad del Arco del Triunfo, era un asalto delicioso y caótico para los sentidos.

Su hotel, el *Coeur de Paris,* estaba situado en la margen izquierda del Sena, entre la deslumbrante variedad de tiendas de la calle de Montparnasse y los puestos cubiertos de Saint-Germain-des-Pres, donde se podía encontrar un apabullante surtido de telas, encajes, perfumes y cuadros . El *Coeur de Paris* era un palacio en el que las *suites* habían sido diseñadas para el disfrute de los placeres sensuales. El baño, por ejemplo —o la *salle de bain,* como lo llamaban los franceses—, estaba decorado con suelos de mármol rosado, sus paredes se adornaban con un alicatado italiano y disponía de un canapé dorado de estilo rococó donde el cliente podía descansar tras el enorme esfuerzo que suponía bañarse. No había una, sino dos bañeras de porcelana, cada una de ellas con su propio calentador y su tanque de agua fría. Justo encima de las bañeras, el techo estaba decorado con un paisaje al fresco de forma oval, diseñado para entretener al bañista mientras éste, o ésta, se relajaba. A Annabelle, educada bajo la noción británica de que el baño era una cuestión de higiene que debía llevarse a cabo con rapidez y eficacia, le gustó la idea de que el acto de tomar un baño fuese interpretado como un entretenimiento decadente.

Para su deleite, también descubrió que un hombre y una mujer podían compartir la mesa en un restaurante público sin necesidad de tener que solicitar un salón privado. Jamás había probado unos manjares tan deliciosos: pollo hervido a fuego lento con cebolletas en salsa de vino tinto; pato confitado y asado con tal maestría que, bajo la crujiente y aceitosa piel, la carne estaba tierna como la mantequilla; cabracho bañado con una espesa salsa de trufa... Y, por supuesto, los postres: gruesas porciones de bizcocho bañado en licor y cubierto de merengue; pudines con capas de nueces y frutas glaseadas... A medida que Simon observaba las dificultades que Annabelle tenía cada noche para elegir el postre, tuvo que asegurarle con toda seriedad que los generales con experiencia en el campo de batalla resolvían sus estrategias sin necesidad de reflexionar tanto como lo hacía ella a la hora de decidirse entre la tarta de pera o el suflé de vainilla.

Una noche, Simon la llevó a un *ballet* en el que las bailarinas iban indecorosamente escasas de ropa y, a la siguiente, a una representación teatral: una comedia plagada de bromas obscenas que no precisaban traducción alguna. También asistieron a los bailes y fiestas organizados por los amigos de Simon. Algunos de ellos eran ciudadanos franceses, pero otros eran turistas y emigrantes procedentes de Gran Bretaña, Estados Unidos e Italia. Unos cuantos eran accionistas o miembros del consejo de dirección de ciertas empresas de las que Simon formaba parte, y otros habían participado en los negocios navieros y ferroviarios de su marido.

—¿Cómo es que conoces a tanta gente? —le había preguntado

Annabelle, desconcertada al observar que lo saludaban varios desconocidos en la primera de las fiestas a las que asistieron.

Simon rió en respuesta y se burló con sutileza al decirle que cualquiera creería que no sabía que había todo un mundo más allá de la aristocracia inglesa. Y, a decir verdad, Annabelle no lo sabía. Hasta esos momentos, jamás se le había ocurrido mirar más allá de los estrechos confines de esa rancia sociedad. Esos hombres, al igual que sucedía con Simon, eran la elite en términos económicos: participaban activamente en la acumulación de enormes fortunas y muchos de ellos eran dueños de ciudades enteras, construidas alrededor de las fábricas en constante estado de expansión. Poseían minas, plantaciones, molinos, almacenes, tiendas y fábricas; y, según parecía, sus intereses no se centraban en un solo país. Mientras sus esposas se dedicaban a comprar y a lucir vestidos diseñados por las modistas parisinas, los hombres se sentaban en las cafeterías o en los salones privados y se enzarzaban en interminables discusiones políticas o de negocios. Muchos de ellos fumaban tabaco enrollado en unos pequeños cilindros de papel llamados «cigarrillos», una moda que había comenzado entre los soldados egipcios y que no había tardado mucho en extenderse por todo el continente. Durante la cena, hablaban de cosas que Annabelle jamás había escuchado antes, acontecimientos de los que nunca había oído hablar y que, con toda seguridad, no habían sido recogidos en los periódicos.

Annabelle pudo comprobar que cuando su marido hablaba, el resto de los asistentes lo escuchaba con mucha atención y buscaba su consejo en una gran variedad de asuntos. Tal vez Simon tuviese poca importancia a los ojos de la aristocracia británica, pero estaba claro que poseía una considerable influencia fuera de ella. Fue en esos momentos cuando entendió por qué lord Westcliff lo tenía en tan alta estima. A decir verdad, Simon era un hombre poderoso por derecho propio. Al ver el respeto que inspiraba en otros hombres y al ser consciente de la actitud coqueta que provocaba en las mujeres, Annabelle comenzó a ver a su marido bajo una nueva luz. Comenzó a desarrollar una actitud posesiva hacia él —¡hacia Simon, ni más ni menos!— y se descubrió víctima de unos apabullantes celos cada vez que una mujer se sentaba junto a él durante la cena e intentaba monopolizar su atención, o cuando otra dama declaraba en abierto flirteo que Simon estaba obligado a bailar un vals con ella.

Durante el primer baile al que asistieron, Annabelle mantuvo una conversación con un grupo de jóvenes casadas en uno de los salones; una de ellas era la esposa de un fabricante de armas norteamericano y las otras dos eran francesas y estaban casadas con sendos marchantes de arte. Annabelle, que se vio obligada a responder como pudo a la curiosidad de las mujeres acerca de Simon y se las arregló para disimular lo poco que aún sabía de su marido, respiró aliviada al ver que el objeto de la conversación iba a buscarla para sacarla a bailar. Vestido de forma impecable con un traje de etiqueta negro, Simon saludó a las ruborizadas y sonrientes jóvenes con elegante formalidad antes de dirigirse a su esposa. Sus miradas se enlazaron al tiempo que una deliciosa melodía comenzaba a sonar en el salón de baile. Annabelle reconoció la música: un vals muy de moda en Londres que era tan dulce y cautivador que las floreros habían estado de acuerdo en declarar una tortura el hecho de tener que permanecer sentadas mientras la orquesta lo tocaba.

Simon extendió el brazo y ella lo tomó al tiempo que recordaba las innumerables ocasiones en las que había despreciado sus invitaciones en el pasado. Al darse cuenta de que Simon, a la postre, se había salido con la suya, Annabelle sonrió.

—¿Siempre consigues lo que quieres? —le preguntó.

—En ocasiones tardo un poco más de lo que me gustaría —le contestó.

Cuando llegaron al salón de baile, colocó la mano en la espalda de su esposa y la guió hacia el torbellino de parejas que ya giraban en la estancia.

Los nervios la asaltaron con un súbito aguijonazo, como si estuviese a punto de compartir algo mucho más importante que un simple baile.

—Éste es mi vals favorito —le dijo a su esposo mientras se colocaba entre sus brazos.

—Lo sé. Por eso se lo he pedido a la orquesta.

—¿Cómo lo sabías? —preguntó ella con una incrédula carcajada—. Supongo que una de las hermanas Bowman te lo ha dicho.

Simon negó con la cabeza mientras sus dedos, enfundados en el guante, se curvaban alrededor de los de ella.

—He observado tu rostro en más de una ocasión mientras lo tocaban. Siempre parecías estar a punto de salir volando de la silla.

Los labios de Annabelle se abrieron por la sorpresa. Clavó la mirada en su marido con evidente desconcierto. ¿Cómo podía haber percibido algo tan sutil? Ella siempre se había mostrado desdeñosa con él y, aun así, Simon había notado su reacción a una pieza de música concreta y lo había recordado. Aquella circunstancia hizo que se le llenaran los ojos de lágrimas y se vio obligada a apartar la mirada de inmediato, mientras luchaba por controlar la desconcertante oleada de emociones.

Simon la condujo hacia las parejas en plena danza y la sostuvo con sus fuertes brazos, guiándola con la firme presión de su mano en la cintura. Era tan fácil seguirlo, dejar que su cuerpo se fundiera con el ritmo que marcaba mientras su vestido se arrastraba por el brillante suelo y flotaba alrededor de sus piernas... La encantadora melodía pareció penetrar por todos los poros de su piel y disolver el nudo que sentía en la garganta, provocándole un irrefrenable placer.

Simon, por su parte, se deleitaba con la sensación de triunfo que le provocaba tener a Annabelle entre sus brazos en la pista de baile. Por fin, después de dos años de persecución, disfrutaba de su largamente anhelado vals con ella. Y lo que era aún más satisfactorio: tras el baile, seguiría siendo suya... La llevaría al hotel, la desvestiría y le haría el amor hasta el amanecer.

El cuerpo de su esposa se mostraba complaciente entre sus brazos y tenía apoyada la mano sobre su hombro. Pocas mujeres se habían dejado guiar con esa facilidad, como si supiera de antemano la dirección que iba a tomar antes de que él mismo lo hubiese decidido. El resultado era una armonía física tal que les permitía moverse por el salón con la misma rapidez que un pájaro en pleno vuelo.

No le había causado sorpresa alguna observar la reacción de sus amistades al conocer a su flamante esposa: las felicitaciones, las disimuladas miradas de deseo que dedicaban a Annabelle y los maliciosos susurros de algunos que aseguraban no envidiar la tarea de tener que cargar con el peso de una esposa tan bella. En los últimos días, la belleza de Annabelle había aumentado, si es que eso era posible. La tensión había abandonado su rostro tras unas cuantas noches de sueño profundo. En la cama se mostraba cariñosa e, incluso, juguetona; la noche anterior, sin ir más lejos, se había colocado sobre él con la misma agilidad de una gata escurridiza para depositar un reguero de besos sobre su pecho y sus hombros. No se habría imaginado algo así de una mujer como ella; no después de haber conocido a unas cuantas mujeres hermosas en el pasado que tenían por costumbre yacer pasivamente a la espera de que las adoraran. Annabelle, por el contrario, lo había torturado y acariciado hasta que ya no pudo soportarlo más y tuvo que girar en la cama, con ella entre los brazos, riendo, protestando y alegando que todavía no había acabado con él.

—Yo acabaré contigo —había bromeado con un gruñido antes de penetrarla y conseguir que su esposa comenzara a gemir de placer.

Simon no era tan iluso como para esperar que su matrimonio disfrutara de una armonía eterna: ambos eran demasiado independientes y poseían un carácter fuerte, por lo que el choque acabaría llegando tarde o temprano. Tras haber renunciado a la oportunidad de casarse con un noble, Annabelle había cerrado las puertas al estilo de vida con el que siempre había soñado y, en su lugar, tendría que acostumbrarse a una existencia muy distinta. Con la excepción de Westcliff y de un par de amigos más, procedentes de buena cuna, Simon apenas tenía relación alguna con la aristocracia. Su mundo consistía principalmente en empresarios como él, poco refinados y felices de concentrar todos sus esfuerzos en la tarea de hacer dinero. Esa multitud de empresarios industriales no podía ser más distinta de la clase educada con la que Annabelle siempre se había relacionado. Hablaban demasiado alto, sus reuniones eran demasiado frecuentes y extensas y no sentían respeto alguno ni por la tradición ni por los buenos modales. Simon no tenía muy claro si Annabelle sería capaz de adaptarse a semejantes personas, pero parecía estar dispuesta a intentarlo. Él lo entendía y apreciaba sus esfuerzos mucho más de lo que ella podría imaginarse.

Era consciente de que escenas como las que Annabelle había soportado dos noches atrás habrían dejado reducida a un manojo de lágrimas a cualquier otra jovencita que hubiese llevado una vida protegida, sin embargo, ella lo había soportado con bastante aplomo. Dicha noche, habían asistido a una velada organizada por un acaudalado arquitecto francés y su esposa, un acontecimiento bastante caótico en el que el vino corría a raudales y había demasiados invitados; el resultado de todo ello era un ambiente de bullicioso desenfreno. Tras dejar a Annabelle sentada a una mesa en compañía de algunas amistades durante unos minutos, Simon había regresado una vez finalizada su conversación privada con el anfitrión para descubrir que su azorada esposa había sido arrinconada por dos hombres que estaban jugándose a las cartas el privilegio de beber champán en uno de sus zapatos.

Si bien el juego no tenía otro propósito que el de pasar un rato divertido, resultaba más que obvio que gran parte de la diversión de la que ambos rivales disfrutaban procedía del bochorno de Annabelle. No había nada más placentero para aquellos de carácter cínico que un asalto al pudor de otra persona, especialmente si la víctima era una joven inocente. Aunque Annabelle había intentado llevarlo lo mejor posible, la insolente apuesta la había incomodado y la sonrisa que se dibujaba en sus labios era del todo falsa. Tras levantarse de la silla, había recorrido la estancia con la mirada, en busca de un posible refugio.

Obligado a mantener una fachada amigable y ligeramente aburrida, Simon llegó hasta la mesa, deslizó la mano por la rígida espalda de Annabelle en un gesto reconfortante y acarició con el pulgar la piel que quedaba expuesta sobre el borde posterior de su corpiño. Al instante, pudo sentir cómo ella se relajaba un tanto y el rubor que había cubierto su rostro ya empezaba a disiparse cuando alzó la mirada hacia él.

—Se están jugando a las cartas quién beberá champán en mi zapato —le había explicado sin aliento—. Yo no lo he sugerido y no sé quién...

—Bueno, es un problema de fácil solución —la interrumpió él, sin darle la mayor importancia. Se había dado cuenta de que comenzaba a formarse una multitud a su alrededor que estaba ansiosa por saber si se pondría furioso debido a las audaces propuestas que los dos hombres habían hecho a su esposa. Con suavidad, aunque sin darle la oportunidad de oponerse, obligó a Annabelle a volver a su asiento—. Siéntate, cariño.

—Pero no quiero... —había protestado ella, incómoda, antes de soltar un jadeo de sorpresa al ver que Simon se ponía en cuclillas frente a ella. Tras introducir ambas manos bajo el dobladillo de su falda, le quitó los zapatos de satén adornados con perlas—. ¡Simon! —exclamó con los ojos como platos por la sorpresa.

Simon se puso entonces en pie y ofreció un zapato a cada uno de los contendientes con una floritura.

—Pueden quedarse con los zapatos, caballeros, siempre y cuando sean muy conscientes de que su dueña me pertenece. —Y, tras alzar en brazos a su descalza esposa, la sacó de la habitación entre las carcajadas y los aplausos de la multitud. De camino al exterior, pasaron junto al camarero al que se le había encargado la tarea de buscar la botella de champán—. Nos la llevaremos —le dijo Simon al atónito camarero, quien le tendió la helada botella a Annabelle.

Simon había trasladado a su esposa al carruaje mientras ella sostenía la botella con una mano y le rodeaba el cuello con el brazo libre.

—Vas a costarme una fortuna en calzado —le dijo él.

Los ojos de Annabelle brillaron de contento.

—Tengo unos cuantos zapatos más en el hotel —le informó con alegría—. ¿Estás planeando beber champán en uno de ellos?

—No, amor mío. Pienso beberlo directamente de ti.

Ella le había lanzado una mirada perpleja y, cuando por fin comprendió sus palabras, enterró el rostro en el hombro de su esposo mientras su oreja adquiría un profundo rubor escarlata.

Al recordar el episodio y las deliciosas horas que lo siguieron, Simon bajó la mirada hacia la mujer que tenía entre los brazos. La brillante luz de las ocho lámparas de araña del salón se reflejaba en sus ojos y les arrancaba diminutos destellos que los hacía asemejarse al cielo azul estrellado de una noche de verano. Su esposa lo miraba con una intensidad que no había demostrado antes, como si anhelara algo que jamás podría conseguir. Semejante mirada lo inquietó y despertó en él la necesidad de satisfacerla de cualquier manera posible. En ese momento, le habría dado cualquier cosa que pidiera sin pensárselo dos veces.

No había duda de que acababan de convertirse en un riesgo para las restantes parejas, dado que la habitación se había difuminado en una especie de bruma imaginaria y a Simon le importaba un comino la dirección en la que avanzaban. Bailaron hasta que la gente comenzó a hacer secos comentarios acerca de lo inapropiado que era para una pareja casada mostrar semejante despliegue de exclusividad en un baile y que no tardarían mucho en cansarse el uno del otro tras la luna de miel. Simon se limitó a sonreír al escucharlos y se inclinó para susurrarle a su esposa al oído:

—¿Te arrepientes ahora de no haber bailado antes conmigo?

—No —respondió ella también en un susurro—. Si no hubiera supuesto un desafío para ti, habrías perdido el interés.

Dejando escapar una suave carcajada, Simon le rodeó la cintura con un brazo y la condujo a un lado del salón.

—Eso no ocurrirá jamás. Todo lo que haces o dices me interesa.

—¿En serio? —preguntó ella con tono escéptico—. ¿Y qué hay de la afirmación de lord Westcliff, que me tachaba de egoísta y superficial?

Cuando ella lo miró a la cara, Simon apoyó una mano sobre la pared, cerca de la cabeza de Annabelle, y se inclinó hacia delante en un gesto protector. Su voz fue suave como la seda.

—Él no te conoce.

—¿Y tú sí?

—Sí. Yo sí te conozco. —Alargó un dedo y le acarició un mechón de pelo húmedo que se había adherido a su cuello—. Te proteges con mucho celo. No te gusta depender de nadie. Eres ambiciosa, de carácter fuerte y decidida a la hora de mostrar tus opiniones. Por no mencionar tu testarudez. Pero nunca egoísta. Y ninguna persona con tu inteligencia podría ser tachada jamás de superficial. —Dejó que su dedo vagara hacia los sedosos mechones que caían tras su oreja. Sus ojos se iluminaron con un brillo travieso al añadir—. También eres deliciosamente fácil de seducir.

Con una carcajada de indignación, Annabelle alzó un puño como si quisiera golpearlo.

—Sólo para ti.

Riendo entre dientes, Simon atrapó su puño entre los dedos y depositó un reguero de besos sobre los nudillos.

—Ahora que eres mi esposa, Westcliff sabe muy bien que no debe pronunciar ni una sola objeción más sobre ti ni sobre nuestro matrimonio. Si así lo hiciera, pondría punto y final a nuestra amistad sin pensármelo.

—¡Vaya! Pero yo nunca he pretendido que eso sucediera, yo... —Lo contempló, confusa de pronto—. ¿Harías eso por mí?

Simon recorrió con el dedo un mechón dorado que resaltaba entre su cabello castaño claro.

—Haría cualquier cosa por ti.

Su juramento era sincero. Simon no era un hombre dado a las medias tintas. A cambio de su entrega, él le daba su lealtad y su apoyo incondicionales.

Una vez concluida la conversación, Annabelle mantuvo un silencio inexplicable durante un buen rato, lo que hizo pensar a Simon que tal vez estuviera cansada. Sin embargo, cuando regresaron a sus habitaciones en el *Coeur de Paris* un poco más tarde, su esposa se entregó a él con renovado ardor, en un intento de expresarle con su cuerpo lo que no era capaz de decir con palabras.

22

Tal y como había prometido, Simon se comportó como un marido generoso y pagó por una extravagante cantidad de vestidos y complementos franceses que serían enviados a Londres una vez que estuvieran acabados. Cuando una tarde llevó a Annabelle a una joyería y le dijo que pidiera lo que se le antojara, ésta sólo atinó a menear la cabeza, incapaz de decidirse entre el despliegue de diamantes, zafiros y esmeraldas expuestos sobre un lecho de terciopelo negro. Tras años de llevar joyas falsas y vestidos a los que había dado varias veces la vuelta, le costaba bastante deshacerse de los hábitos ahorrativos.

—¿No hay nada que te guste? —la animó Simon al tiempo que levantaba un collar de diamantes blancos y amarillos, engarzados a modo de guirnalda de florecillas. Lo sostuvo contra su garganta desnuda, admirando el brillo de los diamantes contra su piel inmaculada—. ¿Qué te parece éste?

—Tenemos los pendientes a juego, *madame* —se apresuró a comentar el joyero—, *et aussi* un brazalete que sería el complemento perfecto para esa pieza.

—Es precioso —replicó Annabelle—. Lo que pasa es que... Bueno, me parece extraño entrar en una tienda y comprar un collar con la misma despreocupación con la que se compra una caja de caramelos.

Un poco sorprendido por su timidez, Simon la miró con detenimiento mientras el joyero se retiraba con discreción a la trastienda. Con mucho cuidado, Simon devolvió el collar a su cuna de terciopelo y tomó a su esposa de la mano para acariciarle el dorso de los dedos con el pulgar.

—¿Qué te pasa, cariño? Hay más joyeros, si lo que ves aquí no es de tu agrado.

—No, no es eso. Supongo que estoy tan acostumbrada a no comprar cosas que ahora me resulta difícil aceptar el hecho de que puedo hacerlo.

—Estoy más que seguro de que no te costará mucho solventar ese problema —replicó Simon con sequedad—. Entretanto, estoy harto de verte con esas joyas falsas. Si no eres capaz de elegir algo, deja que yo lo haga por ti. —Procedió a elegir dos pares de pendientes de diamantes, el collar que antes había sostenido, un brazalete, dos largas hileras de perlas y un anillo con un diamante de cinco quilates en forma de pera.

Desconcertada por semejante despliegue de extravagancia, Annabelle protestó con vehemencia hasta que Simon se echó a reír y le dijo que cuanto más protestara, más pensaba comprar. Eso hizo que cerrara la boca de inmediato y observara con ojos desorbitados cómo compraba las joyas, que acabaron depositadas en un cofre de caoba forrado de terciopelo y con una pequeña asa en la tapa. Todo excepto el anillo, ya que Simon lo deslizó en su dedo para comprobar que le quedaba demasiado grande, antes de devolvérselo al joyero.

—¿Qué pasa con mi anillo? —preguntó Annabelle, que aferraba el cofre de caoba con ambas manos mientras se marchaban de la tienda—. ¿Vamos a dejarlo ahí?

Divertido, Simon arqueó una ceja y miró a Annabelle de soslayo.

—Va a ajustar el anillo y luego lo enviará al hotel.

—¿Y si se pierde?

—¿Y qué ha pasado con tus protestas? En la tienda te comportabas como si no lo quisieras.

—Claro, pero resulta que ahora es mío —replicó preocupada, lo que provocó que Simon se deshiciera en carcajadas.

Para su alivio, el anillo fue entregado en el hotel sin más contratiempos aquella misma tarde, dentro de una cajita forrada de terciopelo. Mientras Simon le daba una moneda al hombre que lo había llevado, Annabelle salió del baño a toda prisa, se secó y se puso un camisón blanco. Tras cerrar la puerta, Simon se dio la vuelta y se encontró a su esposa justo detrás de él, con el rostro iluminado por la misma anticipación que sentiría un niño la mañana de Navidad. No pudo evitar sonreír ante su expresión, ya que se daba cuenta de que todos sus esfuerzos por comportarse como una dama se desvanecían arrastrados por el entusiasmo. El anillo resplandeció entre destellos cuando Simon lo sacó de la caja. Acto seguido, cogió la mano de Annabelle y deslizó el anillo en el dedo anular, junto al sencillo aro de oro que le pusiera el día de su boda.

Admiraron juntos cómo quedaba el anillo en su mano, hasta que ella le arrojó los brazos al cuello con una exclamación de regocijo. Antes de que Simon pudiera reaccionar, su esposa se separó de él y comenzó a bailar descalza.

—Es tan bonito... ¡Mira cómo brilla! Simon, deberías marcharte... Sé muy bien que ahora mismo parezco una mercenaria. Pero no importa, porque lo soy, y será mejor que lo sepas. ¡Dios mío, adoro este anillo!

Disfrutando de su dicha, Simon atrapó el esbelto cuerpo femenino y lo apresó contra el suyo.

—No voy a irme —le dijo—. Es mi oportunidad para recolectar los beneficios de tu gratitud.

Entusiasmada, Annabelle lo obligó a bajar la cabeza y unió sus labios a los de él.

—Y eso es lo que vas a hacer. —Le dio otro ardiente beso en los labios—. Ahora mismo.

Simon se rió entre dientes al reconocer un asalto en toda regla.

—Sin duda debería decirte que verte feliz es un pago más que suficiente. Claro que, si insistes...

—Pues sí, ¡insisto! —Se apartó de él y se acercó a la cama, donde se encaramó y se tiró de espaldas sobre la colcha con un gesto dramático que la dejó totalmente expuesta. Simon la siguió al dormitorio, hechizado por sus payasadas. Tenía delante a una Annabelle a la que nunca había visto, una Annabelle risueña y fascinantemente caprichosa. Cuando se acercó a la cama, ella levantó la cabeza y lo animó—: Soy toda tuya. Ya puedes empezar a reclamar tu recompensa.

Con destreza, se desembarazó de la chaqueta y de la corbata, más que dispuesto a complacerla. Annabelle se incorporó un poco para observarlo. El cabello le caía en una sedosa cascada sobre los hombros y bajo la fina tela del camisón se adivinaba la separación entre sus muslos.

—Simon..., deberías saber que me acostaría contigo aunque no tuviera este anillo.

—Eres muy amable —replicó sin prestarle mucha atención, al tiempo que se despojaba de los pantalones—. A los maridos siempre nos agrada saber que nos valoran más allá de nuestros méritos económicos.

La mirada de Annabelle se deslizó por el esbelto cuerpo de su esposo.

—De todos tus méritos, Simon, el económico es, probablemente, el más insignificante.

—¿Probablemente? —Se acercó al borde de la cama y levantó uno de los pies descalzos de Annabelle para depositar un beso en la parte interna—. ¿No querrás decir «sin duda»?

Annabelle se recostó de nuevo, jadeando por la cálida caricia de su lengua, y el movimiento provocó que el camisón se le deslizara hasta los muslos.

—Oh, sí..., sin duda. Por supuesto que no hay dudas...

El cuerpo de Annabelle seguía húmedo y relajado por el baño que acababa de tomar, y exudaba un límpido olor a jabón que se mezclaba con la embriagadora fragancia del aceite de rosas. Excitado por la visión de su piel fragante y sonrosada, Simon trazó un camino de besos hasta el tobillo, que luego continuó hacia la rodilla. Al principio, ella reía y se retorcía bajo las caricias de su boca, pero cuando Simon pasó a la otra pierna, se quedó quieta y su respiración se convirtió en una sucesión de lentos jadeos. Simon se arrodilló entre los muslos separados de su esposa, fue levantando el camisón y depositando besos sobre la piel que iba quedando expuesta hasta que alcanzó el lugar oculto por sus brillantes rizos. Tras dejar que su barbilla rozara apenas aquella suavidad, continuó su camino ascendente, haciendo caso omiso del débil sonido de protesta que emitió ella. Intoxicado por la textura aterciopelada de su piel, le besó la cintura y cada una de las marcas que señalaban las costillas, antes de proseguir su camino hacia el lugar donde latía el corazón.

Annabelle emitió una súplica entre gemidos y le aferró la mano para intentar que la tocara entre los muslos. Simon se resistió con una risa grave y le sujetó ambas muñecas por encima de la cabeza antes de besarla en la boca. Pudo percibir la sorpresa de ella al sentirse atrapada, así como la respuesta que vino a continuación: los ojos de su esposa se cerraron y notó cómo su aliento le acariciaba la mejilla a un ritmo más rápido. Mantuvo bien sujetas las muñecas con una sola mano y comenzó a deslizar la otra a lo largo de su cuerpo para trazar círculos alrededor de los pezones. Su propio cuerpo estaba duro y enfebrecido por la excitación; sentía los músculos tensos por la necesidad que lo consumía. A pesar de toda la experiencia que poseía en lo referente al sexo, nunca había experimentado un ensimismamiento tan profundo, jamás se había desligado del resto del mundo de una forma tan completa con el fin de ocuparse tan sólo de Annabelle... Su placer aumentaba el de él... Esas reacciones estremecidas intensificaban su propio deseo. Annabelle abrió la boca bajo la de él para darle una trémula bienvenida y de su garganta comenzaron a escapar gemidos de placer a medida que el beso se volvía más impetuoso, más profundo. La acarició entre las piernas, y la húmeda suavidad que encontró allí lo inflamó aún más. Arqueó el cuerpo hacia él y alzó las caderas contra su mano sin dejar de retorcer las muñecas, aún bien sujetas. Cada movimiento le decía a gritos que la poseyera, que la llenara, y el cuerpo de Simon se endureció hasta un punto increíble al tiempo que un ansia primitiva se apoderaba de él.

Despacio, la penetró con un dedo, lo que provocó que ella gimiera contra su boca. Al notar cómo su carne lo acomodaba, introdujo otro dedo y comenzó a acariciarla hasta que el deseo se apoderó de ella. Tan pronto como se apartó de su boca, Annabelle le rogó:

—Simon, por favor... Por favor, te necesito... —Su cuerpo se estremeció cuando él retiró los dedos—. No, Simon...

—Tranquila... —La sujetó por las rodillas y la cambió de posición en la cama—. No pasa nada —susurró—. Me ocuparé de ti... Déjame amarte así...

Movió las caderas de Annabelle hasta el borde del colchón y luego le dio la vuelta hasta que sus pálidas nalgas quedaron boca arriba. Permaneció de pie junto a la cama, entre los muslos de su esposa, y dejó que la punta de la verga se deslizara con facilidad dentro de la resbaladiza entrada de su cuerpo. Tras aferrarla por las caderas con fuerza, la penetró con una larga embestida y no se detuvo hasta que su miembro estuvo completamente dentro de ella. Una bocanada de calor le abrasó el cuerpo, como si se hubiera colocado delante de un horno abierto, y la lujuria endureció su entrepierna hasta un punto doloroso, casi demasiado para soportarlo. Comenzó a respirar con bruscos jadeos y luchó por controlar la intensidad de su deseo antes de que se le escapara por completo de entre las manos. Annabelle yacía, inmóvil, sobre el colchón, y sólo movía las manos de forma compulsiva para aferrarse a la colcha. Asustado por la posibilidad de estar haciéndole daño, Simon consiguió reprimir de alguna manera el ansia salvaje que sentía el tiempo suficiente para inclinarse sobre ella y murmurar con voz ronca:

—Cariño..., ¿te estoy haciendo daño? —La posición hizo que la penetrara más profundamente, lo que le arrancó un gemido a Annabelle—. Dímelo y pararé.

Ella tardó bastante en responder, como si le hubiera llevado varios segundos comprender la pregunta, pero cuando respondió, tenía la voz ronca por el placer.

—No, no pares.

Simon permaneció inclinado sobre ella y comenzó a moverse con embestidas profundas y lentas que hicieron que los músculos interiores de Annabelle se contrajeran con avidez alrededor de su rígido miembro. Colocó las manos sobre las de ella y las envolvió con los dedos..., una posición que la sometía por completo, pero que no por ello la forzaba a supeditarse al ritmo que él impusiera. Por el contrario, Simon se movía según las demandas del cuerpo femenino, impulsando las caderas en respuesta a los movimientos de los músculos internos de su esposa... Cada vez que ella se cerraba de forma inconsciente en torno a él, Simon empujaba más y utilizaba su sexo para acariciar las profundidades de su esposa. Annabelle se hallaba al borde de una culminación arrolladora y, no obstante, le resultaba imposible alcanzarla, de modo que comenzó a respirar con largos jadeos e impulsó las nalgas hacia atrás para presionar con fuerza contra la entrepierna de su marido.

—Simon...

Él extendió una mano bajo su cuerpo y encontró con facilidad el lugar por el que estaba unido a ella y el tierno botón que había por encima. Con la yema del dedo, extendió la cálida humedad de su cuerpo sobre la hinchada protuberancia y comenzó a acariciarla con movimientos lentos y circulares, probando diferentes ritmos hasta que dio con uno que la hizo gritar al tiempo que apretaba los músculos alrededor de su miembro. Annabelle, que había arqueado la espalda sumida en el éxtasis, gemía mientras él seguía penetrándola sin descanso al compás de sus espasmos. Los exuberantes movimientos de su esposa, que se retorcía y lo apresaba a la vez, acabaron por colmar el vaso de sus sobreexcitados sentidos... Gimió al alcanzar su propio clímax y se hundió en ella mientras la liberación lo atravesaba como una llamarada incontrolable.

El peor momento de la luna de miel de la pareja tuvo lugar la mañana en que Annabelle le comentó con jovialidad a Simon que estaba de acuerdo con ese viejo refrán que decía que el matrimonio era el más alto grado de amistad. Su intención no había sido otra que la de agradarlo, pero Simon había reaccionado con animosidad desconcertante. Al reconocer la famosa cita de Samuel Richardson, había comentado con sequedad que esperaba que sus gustos literarios mejoraran, para así ahorrarle el tener que escuchar esa filosofía barata. Dolida, ella había guardado un gélido silencio, incapaz de comprender cómo podía haberle ofendido tanto su comentario.

Simon se mantuvo alejado de ella toda la mañana y también parte de la tarde, pero fue a buscarla al salón de juegos, donde Annabelle jugaba a las cartas con otras jóvenes casadas. Se acercó al respaldo de la silla que ocupaba su esposa y dejó que las yemas de los dedos se posaran sobre la curva de su hombro. Annabelle sintió el roce de los dedos a través del tirante de seda del vestido y la sensación tuvo un efecto curioso sobre sus terminaciones nerviosas. Por un instante, se sintió tentada de prolongar la actitud resentida y apartarle la mano. Sin embargo, se dijo que no le costaría nada mostrarle un mínimo de tolerancia. Esbozó una sonrisa y alzó la cabeza para mirar a su marido por encima del hombro.

—Buenas tardes, señor Hunt —murmuró, dirigiéndose a él con la formalidad que la mayoría de los matrimonios utilizaba en público—. Espero que haya disfrutado de su paseo. —Cediendo a un gesto travieso, le mostró sus cartas—. Mire la mano con la que tengo que jugar. ¿Me puede dar algún consejo útil?

Él deslizó las manos por los costados de la silla e inclinó la cabeza para murmurarle al oído:

—Sí, termina rápido la partida.

Consciente de las miradas curiosas de las demás mujeres, Annabelle mantuvo una expresión imperturbable, incluso cuando notó que el rubor comenzaba a teñirle el cuello.

—¿Por qué? —preguntó, con la boca de Simon aún pegada a su oído.

—Porque voy a hacerte el amor dentro de cinco minutos exactamente —le susurró—. Ya sea aquí..., en nuestra habitación..., o en las escaleras. Así que si quieres un poco de privacidad, te sugiero que pierdas esta partida deprisa.

«No se atrevería», pensó Annabelle, a quien se le había desbocado el corazón por la alarma. Claro que, conociendo a Simon, siempre existía la posibilidad...

Con ese pensamiento en mente, Annabelle soltó una carta con dedos temblorosos. La siguiente jugadora se tomó un agónico y extenso lapso de tiempo para elegir una de sus cartas, y la siguiente se detuvo para intercambiar un par de comentarios jocosos con su propio marido, que acababa de acercarse a la mesa. Consciente de que una fina capa de sudor comenzaba a cubrirle el pecho y la frente, Annabelle pensó varias formas de dar por terminado el juego. La voz de la razón acudió en su auxilio al caer en la cuenta de que, sin importar lo audaz que fuese Simon, no se atrevería a asaltar a su mujer en las escaleras del hotel. No obstante, la voz de la razón se desvaneció cuando él consultó su reloj de modo deliberado.

—Te quedan tres minutos —murmuró con voz queda junto a su oído.

Sin saber muy bien cómo, y presa de la agitación, Annabelle fue consciente de que su cuerpo respondía a la ronca promesa que encerraba la voz de Simon cuando sintió que entre sus muslos se despertaba una vergonzosa sensación palpitante. Juntó las piernas con fuerza y aguardó con forzada compostura a que le llegara el turno, a pesar de que su corazón latía desbocado. Las jugadoras conversaban con indolencia, se abanicaban y pedían a los camareros que les sirvieran más limonada. Cuando por fin le llegó el turno, arrojó la carta de más valor y tomó otra. Para su alivio, la nueva carta carecía de valor, por lo que arrojó las cartas que le quedaban sobre la mesa.

—Me temo que estoy fuera —dijo, aunque tuvo que esforzarse para disimular la inestabilidad de su voz—. Ha sido una partida de lo más agradable... Se lo agradezco, pero ahora debo marcharme...

—Quédese a jugar la siguiente ronda —sugirió una de las damas, petición a la que el resto se sumó.

—Sí, quédese.

—Al menos, tómese una copa de vino mientras terminamos esta mano...

—Se lo agradezco, pero... —Annabelle se puso en pie y emitió un gemido casi inaudible cuando sintió la mano de Simon sobre su espalda. Sus pezones se endurecieron bajo el vestido—. Me temo que estoy exhausta tras el baile de la noche pasada —improvisó—. Debo descansar un poco antes de asistir al teatro esta noche.

Seguida por un coro de despedidas y por varias miradas significativas, Annabelle trató de abandonar el salón con aire digno. Tan pronto como llegaron a las serpenteantes escaleras que conducían a los pisos superiores, Annabelle dejó escapar un suspiro de alivio y le dirigió a su marido una mirada reprobatoria.

—Si lo que querías era avergonzarme, lo has hecho muy bien... ¿Qué estás haciendo? —El vestido se le había aflojado a la altura de los hombros y cayó en la cuenta, desconcertada y sorprendida, de que Simon le había desabrochado varios botones—. Simon —siseó—, ¡no te atrevas! ¡No, para ya! —Trató de alejarse de él, pero la alcanzó sin problemas.

—Te queda un minuto.

—No seas tonto —le dijo sin más—. De ningún modo podremos llegar a la habitación en menos de un minuto y tú no... —Dejó la frase a la mitad, soltó un pequeño chillido al notar que Simon le desabrochaba otro botón y se giró para apartar las traviesas manos de su marido. No obstante, en cuanto lo miró a los ojos se dio cuenta, por difícil de creer que fuera, de que estaba más que dispuesto a cumplir su amenaza—. Simon, ni se te ocurra.

—Sí. —Sus ojos reflejaban cierta diversión felina y en su rostro se adivinaba una expresión que Annabelle había llegado a conocer muy bien.

La mujer se recogió las faldas y se dio la vuelta para comenzar a correr escaleras arriba, jadeando entre ataques de carcajadas provocados por el pánico.

—¡Eres imposible! No te acerques a mí... Eres... ¡Señor, si alguien nos ve de esta manera, nunca te lo perdonaré!

Simon la siguió con aparente tranquilidad; pero, por supuesto, él no tenía que luchar contra una maraña de faldas y ropa interior que lo retrasaran. Annabelle alcanzó el descansillo y giró hacia el siguiente tramo; le dolían las rodillas mientras las piernas continuaban su desesperado ascenso, peldaño tras peldaño. El peso de sus faldas le resultaba insoportable y tenía los pulmones a punto de estallar. Maldito fuera por hacerle aquello... y maldita ella por esas risillas que no dejaban de salir de su propia garganta.

—Treinta segundos —lo escuchó decir a sus espaldas, y, justo en ese instante, alcanzó el segundo piso con un resoplido.

Quedaban tres larguísimos pasillos antes de llegar a su habitación... y, desde luego, nada de tiempo. Se agarró la parte delantera del vestido y miró a uno y otro lado de los pasillos que se abrían a partir del descansillo de las escaleras. Corrió hasta la primera puerta que encontró, que resultó ser un pequeño armario sin luz. De pronto, se vio envuelta por el olor del lino almidonado, y los distintos estantes repletos de sábanas y toallas planchadas resultaban visibles tan sólo por la luz que provenía del pasillo.

—Entra —murmuró Simon, que la empujó hacia el cuarto y cerró la puerta.

Al instante, Annabelle quedó engullida por la oscuridad. La risa bullía en su pecho al tiempo que intentaba apartar sin mucho éxito las manos que la buscaban. De repente, tuvo la sensación de que su marido tenía más manos que un pulpo, ya que le desabrochaba la ropa y se la quitaba con más rapidez de la que ella era capaz de emplear para contrarrestar sus movimientos.

—¿Qué pasa si nos hemos quedado encerrados? —preguntó cuando el vestido cayó al suelo.

—Derribaré la puerta —replicó Simon, que tiraba de las cintas de sus calzones—. Después.

—Si nos sorprende una de las doncellas, nos echarán del hotel.

—Las doncellas han visto peores cosas, puedes creerme. —Simon pisó el vestido cuando le bajó los calzones hasta los tobillos.

Ella emitió unas cuantas protestas más, ninguna de ellas con verdadero entusiasmo, hasta que Simon metió una mano entre sus muslos y encontró la evidencia de su excitación, tras lo cual toda objeción dejó de tener sentido. Annabelle abrió la boca para besarlo, devolviéndole con ansia la fuerte y acariciante presión de sus labios. La aterciopelada entrada de su cuerpo se acomodó con facilidad al tamaño de su marido, y no pudo reprimir un gemido cuando notó los dedos de Simon allí abajo, separándola de modo que los envites de sus caderas rozaran el sensible botón de su sexo.

Forcejearon para acercarse más el uno al otro, flexionando sus cuerpos, derritiéndose sin remedio, y cada beso era una invasión exploradora que la excitaba más y más. El corsé le apretaba demasiado, pero la constricción le provocó una inesperada oleada de placer, como si toda su capacidad de sentir se hubiera trasladado a la parte inferior de su cuerpo y hubiera quedado atrapada entre todos aquellos tejidos inflamados por el deseo. Annabelle hundió los dedos en las ropas de Simon cuando sintió que el anhelo estaba a punto de convertirse en locura. Simon la penetró con embestidas profundas y un ritmo constante, hasta que el clímax los recorrió a ambos como una descarga; sus pulmones se llenaron con el límpido olor del lino planchado y sus extremidades enlazadas se tensaron como si se negaran a dejar escapar la sensación que se extendía entre ellas.

—Maldita sea —murmuró Simon pocos minutos después, cuando recuperó el aliento.

—¿Qué pasa? —susurró Annabelle, cuya cabeza descansaba sobre la solapa del abrigo de él.

—A partir de ahora, el olor de la ropa almidonada me provocará una erección.

—Pues es problema tuyo —replicó ella con una lánguida sonrisa, pero jadeó con fuerza al sentir que el cuerpo de Simon, que aún seguía dentro de ella, volvía a endurecerse.

—Y tuyo también —le dijo justo antes de atrapar su boca en la oscuridad.

23

Poco después de que Simon y Annabelle regresaran a Inglaterra, se vieron obligados a enfrentarse con la inevitable interacción de dos familias que no podrían haber sido más diferentes. La madre de Simon, Bertha, quiso que fueran a cenar para que todos pudieran conocerse, ya que no había sido posible hacerlo antes de la boda. A pesar de que Simon le había advertido a Annabelle lo que debía esperar y ella, a su vez, se había esforzado por preparar a su madre y a su hermano, sospechaba que el encuentro traería, como mucho, resultados variopintos.

A Dios gracias, Jeremy se había reconciliado felizmente con el hecho de que Simon Hunt fuese su cuñado. Como se había convertido en un chico alto y delgaducho en los pasados meses, le sacaba varios centímetros a Annabelle cuando se dispuso a abrazarla en el salón de su casa. Su cabello castaño dorado se había aclarado de forma considerable gracias a todo el tiempo que había pasado al aire libre y sus ojos azules destacaban, brillantes y sonrientes, en su rostro bronceado.

—No podía creer lo que veían mis ojos cuando leí la carta de mamá en la que me contaba que ibas a casarte con Simon Hunt —le dijo—. Después de todas las cosas que has dicho sobre él estos dos últimos años...

—Jeremy —lo reprendió Annabelle—. ¡No te atrevas a repetir nada de eso!

Sin parar de reír, Jeremy mantuvo un brazo alrededor de su hermana y le tendió la otra mano a Simon.

—Felicidades, señor. —Mientras se estrechaban las manos, dijo con picardía—. En realidad, no me ha sorprendido ni lo más mínimo. Mi hermana se ha quejado de usted tanto y durante tanto tiempo que sabía que debía de sentir algo fuerte por usted.

La cálida mirada de Simon se posó sobre su esposa, que había fruncido el ceño.

—No puedo imaginarme de qué podía quejarse... —dijo con descaro.

—Creo que dijo... —comenzó Jeremy y, acto seguido, compuso una mueca exagerada cuando Annabelle le dio un codazo en las costillas—. De acuerdo, no diré nada —dijo al tiempo que alzaba las manos a la defensiva sin dejar de reír, mientras se apartaba de ella—. Me limitaba a mantener una conversación educada con mi recién estrenado cuñado.

—En las «conversaciones educadas» se habla sobre el tiempo, o se pregunta acerca de la salud de alguien —le informó Annabelle—. En absoluto se discute acerca de ciertas revelaciones potencialmente embarazosas que una hermana haya hecho en confidencia.

Deslizando un brazo alrededor de la cintura de Annabelle, Simon la apretó contra su pecho y bajó la cabeza para susurrarle al oído:

—Puedo hacerme una ligera idea de lo que dijiste. Después de todo, te mostrabas muy dispuesta a decírmelo cara a cara.

Al escuchar la nota de diversión en su voz, Annabelle se relajó contra él.

Como nunca había visto a su hermana relacionarse de forma tan cómoda con un hombre y tras haber observado los cambios que se habían producido en ella, Jeremy sonrió.

—Diría que el matrimonio te sienta muy bien, Annabelle.

Justo entonces, Philippa entró en la habitación y se apresuró a llegar al lado de su hija con un grito de alegría .

—Cariño, ¡te he echado tanto de menos! —La abrazó con fuerza y se giró hacia Simon con una brillante sonrisa—. Querido señor Hunt, bienvenido a casa. ¿Le ha gustado París?

—Mucho más de lo que puedo expresar con palabras —replicó Simon con calidez al tiempo que se inclinaba para besarla en la mejilla que le ofrecía. No miró a Annabelle cuando añadió—. Disfruté especialmente del champán.

—Vaya, no me cabe duda —respondió Philippa—. Estoy segura de que cualquiera que... Annabelle, querida, ¿qué estás haciendo?

—Sólo quiero abrir la ventana —dijo Annabelle con voz estrangulada; su rostro había adquirido el color de las remolachas al escuchar el comentario de Simon y recordar la noche que él había utilizado una copa de champán para un uso especialmente creativo—. Hace un calor espantoso aquí dentro... ¿Por qué demonios están cerradas las ventanas en esta época del año? —Sin mirar a nadie a la cara, forcejeó con el pestillo hasta que Jeremy fue a ayudarla.

Mientras Simon y Philippa conversaban, Jeremy abrió la ventana y esbozó una sonrisa al ver que Annabelle colocaba el rostro de modo que la brisa refrescara sus sonrojadas mejillas.

—Debe de haber sido toda una luna de miel —murmuró con una sonrisa pícara.

—¡Se supone que tú no debes saber nada acerca de esas cosas! —susurró Annabelle.

Jeremy emitió un resoplido.

—Tengo catorce años, Annabelle, no cuatro. —Inclinó la cabeza hacia la de su hermana—. De modo que... ¿por qué te casaste con el señor Hunt? Mamá dice que es porque te colocó en una posición comprometida, pero conociéndote como te conozco, sé que eso no es todo. Una cosa es segura: no dejarías que nadie te comprometiera a menos que quisieras. —El brillo de diversión se esfumó de sus ojos y le preguntó de forma más seria—: ¿Ha sido por su dinero? He visto las cuentas de los gastos de la casa... Es obvio que no teníamos ni dos chelines.

—No fue sólo por el dinero. —Annabelle podía presumir de haber sido siempre franca con su hermano, pero le resultaba difícil admitir la verdad, incluso ante sí misma—. Me puse enferma en Stony Cross y el señor Hunt se mostró inesperadamente amable conmigo. Y cuando comencé a mostrarme menos grosera con él, descubrí que él y yo tenemos una especie de... Bueno, de afinidad...

—¿Intelectual o física? —La sonrisa de Jeremy regresó cuando el muchacho leyó la respuesta en sus ojos—. ¿Ambas? Eso está bien. Dime, ¿estás ena...?

—¿Qué andáis cuchicheando? —preguntó Philippa con una carcajada, al tiempo que les hacía un gesto para que se apartasen de la ventana.

—Le estaba suplicando a mi hermana que no intimidara con la mirada a su flamante marido —replicó Jeremy, y Annabelle puso los ojos en blanco.

—Gracias —le dijo Simon con seriedad—. Como podrás imaginar, hace falta una enorme fortaleza para lidiar con una esposa semejante, pero hasta ahora he conseguido... —Se detuvo con una sonrisa al contemplar la mirada amenazadora de Annabelle—. Me acabo de dar cuenta de que tu hermano y yo deberíamos compartir nuestras confidencias masculinas fuera; entretanto, puedes contarle a tu madre todo sobre París. Jeremy, ¿te gustaría dar una vuelta en mi faetón?

Su hermano no necesitó más estímulos.

—Espere que coja mi sombrero y mi abrigo y...

—No te molestes en ponerte el sombrero —le advirtió Simon de forma lacónica—. No serías capaz de mantenerlo sobre la cabeza durante más de un minuto.

—Señor Hunt —gritó Annabelle tras ellos—, si hiere o mata a mi hermano, se quedará sin cenar.

Simon gritó algo incomprensible por encima del hombro y ambos desaparecieron por la puerta del vestíbulo.

—Los faetones son demasiado ligeros y rápidos, y vuelcan con demasiada facilidad —dijo Philippa, que fruncía el ceño por la preocupación—. Espero que el señor Hunt sea un conductor avezado.

—En exceso —comentó Annabelle con una sonrisa tranquilizadora—. Nos trajo hasta aquí desde el hotel a un paso tan tranquilo que me hizo pensar que íbamos en un pesado y antiguo carruaje familiar. Jeremy no podría estar en mejores manos, te lo prometo.

Durante la hora siguiente, las dos mujeres permanecieron sentadas en el saloncito y compartieron una tetera mientras discutían todo lo que había ocurrido durante los últimos quince días. Tal y como Annabelle esperaba, Philippa no hizo ninguna pregunta sobre los aspectos más íntimos de la luna de miel, absteniéndose de entrometerse en la intimidad de la pareja. De cualquier forma, estaba demasiado interesada en las descripciones de los muchos extranjeros que había conocido Annabelle y de las fiestas a las que había asistido. La vida de los ricos empresarios industriales le era desconocida, de modo que prestó toda su atención mientras su hija se esforzaba por describírselos.

—Cada vez hay más gente de esa que llega a Inglaterra —señaló Philippa— para emparejar sus fortunas con títulos.

—Como los Bowman —dijo Annabelle.

—Sí. Parece que con cada temporada, nos vemos invadidos por un número creciente de americanos... y Dios sabe que ya es bastante difícil atrapar a un noble. Es obvio que no necesitamos más competencia. Me alegrará muchísimo que todo este frenesí empresarial se asiente por fin y las cosas vuelvan a ser tal y como eran antes.

Annabelle sonrió a regañadientes mientras se preguntaba cómo podría explicarle a su madre que, según todo lo que había visto y oído, el proceso de la expansión industrial tan sólo acababa de empezar... y que las cosas jamás volverían a ser como habían sido. Annabelle apenas había empezado a comprender la transformación que los ferrocarriles, los barcos de hélice y las fábricas mecanizadas llevarían a cabo en Inglaterra y en el resto del mundo. Aquéllos eran los temas que Simon y sus conocidos habían discutido durante las cenas, en lugar de los temas habituales de las clases superiores, como la caza y las fiestas campestres.

—Dime, ¿te llevas bien con el señor Hunt? —preguntó Philippa—. Desde luego, parece que así es.

—Oh, claro que sí. Sin embargo, diría que el señor Hunt no se parece a ninguno de los hombres que tú o yo hayamos conocido jamás. Los caballeros a los que estamos acostumbradas... Bueno, sus mentes no funcionan como la suya. Él... él es un progresista...

—¡Ave María Purísima! —exclamó Philippa con cierto desagrado—. ¿Te refieres al ámbito político?

—No... —Annabelle hizo una pausa y compuso una mueca cómica que reflejaba que ni siquiera sabía a qué partido estaba afiliado su marido—. En realidad, después de escuchar alguno de sus puntos de vista, no me cabe duda de que es un *Whig*, o incluso un liberal...

—¡Que Dios nos ampare! Tal vez dentro de algún tiempo puedas persuadirle de que tome otra dirección.

Aquello hizo que Annabelle se echara a reír.

—Lo dudo mucho. Pero ése no es realmente el problema, porque... Mamá, en realidad, estoy empezando a creer que, algún día, las opiniones de esos empresarios y mercantilistas pesarán más que las de la nobleza. Tan sólo su influencia financiera...

—Annabelle —la interrumpió Philippa con suavidad—, creo que es algo maravilloso que desees apoyar a tu marido. Sin embargo, un hombre que se dedica al comercio jamás llegará a ser tan influyente como un aristócrata. No en Inglaterra, desde luego.

De pronto, su conversación se vio interrumpida por la repentina entrada de Jeremy en el salón. Estaba despeinado y con los ojos abiertos como platos.

—¿Jeremy? —exclamó Annabelle con preocupación antes de ponerse en pie de un salto—. ¿Qué ha ocurrido? ¿Dónde está el señor Hunt?

—Paseando a los caballos alrededor de la plaza para tranquilizarlos. —Meneó la cabeza y dijo casi sin aliento—. Ese hombre es un lunático. Hemos estado a punto de volcar al menos tres veces; casi atropellamos a media docena de personas y me he sacudido tanto que tengo la parte inferior del cuerpo negra y azul. Si hubiera tenido aliento, habría empezado a rezar, porque estaba claro que íbamos a morir. Hunt tiene los caballos más alevosos que he visto en toda mi vida y suelta unos juramentos tan ofensivos que tan sólo uno de ellos habría bastado para que me expulsaran de la escuela...

—Jeremy —comenzó Annabelle a modo de disculpa, abrumada ante la idea de que Simon hubiese tratado a su hermano de un modo tan terrible—. Me siento tan...

—¡Sin duda ha sido la mejor tarde de toda mi vida! —continuó Jeremy lleno de júbilo—. Le supliqué a Hunt que saliéramos mañana a dar otra vuelta, y dijo que lo haría si tenía tiempo... Dios, ¡ese hombre es todo un fenómeno, Annabelle! Voy a por un poco de agua... Tengo una capa de un centímetro de polvo adherida a la garganta. —Salió corriendo con una carcajada adolescente mientras su madre y su hermana lo observaban sin pestañear y con la boca abierta.

Esa misma noche, algo más tarde, Simon llevó a Annabelle, a Jeremy y a su madre al domicilio que había sobre la carnicería, donde sus padres seguían viviendo. Éste consistía en tres habitaciones principales y una escalera estrecha que conducía al ático de la tercera planta; el lugar era pequeño, aunque estaba bien acondicionado. Aun así, Annabelle podía leer la perpleja desaprobación en el rostro de su madre, ya que Philippa no podía comprender por qué los Hunt no querían vivir en una bonita casa en la ciudad o, incluso, en una adosada. Cuanto más se empeñaba Annabelle en explicarle que los Hunt no sentían vergüenza alguna de su profesión y que no deseaban escapar del estigma que suponía pertenecer a la clase trabajadora, más confusa se sentía Philippa. Molesta por la sospecha de que su madre se estaba mostrando deliberadamente obtusa, Annabelle había abandonado todo intento de discutir sobre la familia de Simon y se había puesto de acuerdo en secreto con Jeremy para evitar que Philippa dijera algo desdeñoso delante de ellos.

—Lo intentaré —le había dicho Jeremy sin mucha convicción—. Pero ya sabes que mamá nunca se ha llevado muy bien con la gente que es diferente a nosotros.

Ante lo cual, Annabelle suspiró con exasperación.

—Dios no quiera que pasemos una noche con gente que no sea exactamente igual que nosotros. Podríamos aprender algo malo. O peor aún, podríamos incluso divertirnos... ¡Qué vergüenza!

Una sonrisa extraña apareció en los labios de su hermano.

—No seas demasiado dura con ella, Annabelle. No hace mucho que tú mostrabas el mismo desdén por los de los peldaños inferiores.

—¡De eso nada! Yo... —Annabelle había hecho una pausa frunciendo el ceño con ferocidad para, después, soltar un suspiro—. Tienes razón, yo también era así, aunque ahora no sé por qué. Trabajar no es nada deshonroso, ¿verdad? Desde luego, a mí me parece mucho más admirable que holgazanear.

Jeremy no pudo dejar de sonreír.

—Has cambiado —fue su único comentario.

A lo que Annabelle replicó sin ganas:

—Puede que eso no sea tan malo.

En esos momentos, mientras ascendían por las estrechas escaleras que llevaban desde la carnicería a las habitaciones privadas de los Hunt, Annabelle era consciente del sutil comedimiento en los modales de Simon, la única señal de la inseguridad que sentía. Era obvio que estaba preocupado acerca de cómo «se llevarían», tal y como lo había expresado Jeremy, ella y su familia. Decidida a que la noche fuera un éxito, Annabelle esgrimió una sonrisa decidida que ni siquiera se tambaleó cuando escuchó la conmoción en la residencia Hunt: una cacofonía de gritos de adultos, chillidos infantiles y golpes que hacía pensar que estuvieran tumbando los muebles.

—¡Madre bendita! —exclamó Philippa—. Eso parece... parece...

—¿Una reyerta? —apuntó Simon tratando de servir de ayuda—. Podría serlo. En mi familia no siempre es fácil distinguir una conversación de salón de una pelea en el cuadrilátero.

Cuando entraron en la habitación principal, Annabelle trató de identificar la multitud de rostros: estaba la hermana mayor de Simon, Sally, madre de media docena de niños que se movían como los toros de Pamplona a través del pequeño circuito de habitaciones; también estaban el marido de Sally, los padres de Simon, tres hermanos pequeños y una hermana menor llamada Meredith, cuya sombría serenidad resultaba extrañamente discordante en todo aquel tumulto. Por lo que Simon le había contado, sentía un cariño especial por Meredith, que era bastante distinta a sus alborotadores parientes, tímida y aficionada a la lectura.

Los niños se arremolinaron alrededor de Simon, que demostró poseer una sorprendente facilidad para tratar con ellos; los lanzó con pericia al aire y consiguió inspeccionar simultáneamente la nueva caída de un diente y aplicar un pañuelo a una nariz mocosa. Los primeros minutos del recibimiento fueron algo confusos, con distintas rondas de presentaciones a gritos, los niños corriendo de un lado para otro y los alaridos indignados de un gato que estaba aposentado junto a la chimenea y que acababa de ser mordido por un perrito curioso. Annabelle tenía esperanzas de que las cosas se calmaran después de aquello pero, a decir verdad, la algarabía general continuó toda la noche. De vez en cuando, echaba un vistazo a la rígida sonrisa de su madre, a la relajada diversión de Jeremy y a la cómica exasperación que sufría Simon cuando todos sus esfuerzos por tranquilizar aquel manicomio obtenían escasos resultados.

El padre de Simon, Thomas, era un hombre enorme e imponente, con unos rasgos que, sin esfuerzo alguno, habrían bastado para intimidar a la austeridad en persona. De forma ocasional, sus ojos se suavizaban con una sonrisa que no era tan carismática como la de Simon, pero que poseía su propio y sereno encanto. Annabelle se las apañó para mantener una conversación amistosa con él, ya que estaba sentada a su lado durante la cena. Por desgracia, parecía que las dos madres no se comunicaban muy bien. La causa no parecía ser tanto el desagrado como una completa incapacidad de relacionarse la una con la otra. Sus vidas, el cúmulo de experiencias que las había creado y había dado forma a sus puntos de vista, no podrían haber sido más distintos.

La cena consistió en gruesos filetes de ternera bien cocinados, acompañados por pudin y una mínima cantidad de verduras. Annabelle suprimió un melancólico suspiro cuando recordó los platos que había disfrutado en Francia y comenzó a cortar con diligencia el enorme trozo de ternera.

No mucho después, Meredith la interpeló con un comentario amistoso.

—Annabelle, tiene que contarnos más cosas sobre París. Mi madre y yo nos disponemos a realizar por primera vez un recorrido por el continente dentro de poco.

—¡Qué maravilla! —exclamó Annabelle—. ¿Cuándo partirán?

—Dentro de una semana, en realidad. Estaremos fuera durante al menos un mes y medio; empezaremos por Calais y terminaremos en Roma...

La conversación sobre el viaje continuó hasta que la cena hubo concluido y una doncella de la cocina se acercó con el fin de quitar los platos mientras la familia se retiraba al salón, donde tomarían el té y las pastas. Para deleite de los niños, Jeremy se sentó con ellos en el suelo cerca de la chimenea y se dispuso a jugar a los palillos y a ayudarles a controlar al perrito. Annabelle se sentó cerca para observar sus payasadas mientras conversaba con la hermana mayor de Simon. No se le pasó por alto que Simon había desaparecido con su madre quien, según suponía, tendría muchas preguntas que hacerle a su hijo mayor acerca de su precipitada boda y del estado de su matrimonio.

—¡Por todos los diablos! —exclamó Jeremy—. El perrito ha dejado un charco en la chimenea.

—Por favor, que alguien busque a la doncella y se lo diga —dijo Sally, mientras los niños lloraban de la risa ante los malos modales del animal.

Ya que Annabelle era la que se había sentado más cerca de la puerta, se levantó al instante. Al entrar en la habitación contigua descubrió que la doncella de la cocina aún seguía retirando los restos de la cena. Después de que Annabelle le informara acerca del pequeño incidente, la muchacha se dirigió rápidamente al salón con un puñado de trapos. Annabelle la habría seguido, pero escuchó el murmullo de una conversación procedente de la cocina y se detuvo un momento cuando oyó la voz baja y desaprobadora de Bertha.

—¿... y ella te ama, Simon?

Annabelle se quedó helada donde estaba, escuchando atentamente la respuesta de Simon.

—La gente se casa por otras razones, además de ésa.

—Entonces no te ama —escuchó decir a Bertha sin más—. No puedo decir que me sorprenda. Las mujeres como ésa jamás...

—Ten cuidado —murmuró Simon—. Estás hablando de mi esposa.

—Será un bonito adorno para tu brazo —continuó Bertha— cuando te muevas entre los de la clase alta. Pero ¿se habría casado contigo si no tuvieras dinero? ¿Se quedará contigo en los malos tiempos? Ojalá te hubieras fijado más en las chicas con las que traté de emparejarte. Esa Molly Havelock, o Peg Larcher..., chicas buenas y fuertes que serían una verdadera ayuda como pareja...

Annabelle no pudo soportarlo más. Controlando su expresión, se escabulló de nuevo hacia el ruido y la luz del salón.

«Bueno, eso es lo que ocurre por espiar», se dijo a sí misma de mala gana al tiempo que se preguntaba si la opinión de Bertha sobre ella podría caer más bajo. Las críticas dolían, pero tenía que reconocer que no había ninguna razón de peso para que le cayera bien a la madre de Simon, ni a su familia. De hecho, Annabelle comprendió que, al ponderar todos los beneficios que traería consigo el matrimonio con Simon, jamás se le había ocurrido preguntarse qué podría darle ella a cambio.

Preocupada, se preguntó si debería contarle algo a Simon sobre lo que había oído y decidió de inmediato no hacerlo. Sacar el tema a colación sólo lo obligaría a decir algo para tranquilizarla o, tal vez, disculparse en nombre de su madre, y ninguna de las dos cosas era necesaria. Sabía que le llevaría tiempo demostrarles su valía a Simon y a su familia... y, quizá, también a ella misma.

Mucho más tarde, esa misma noche, cuando Annabelle y Simon estaban de regreso en el Rutledge, Simon la tomó por los hombros y la miró con una ligera sonrisa.

—Gracias —dijo.

—¿Por qué?

—Por mostrarte tan agradable con mi familia. —La apartó un poco y apretó los labios contra su coronilla—. Y por haber pasado por alto que son tan diferentes a ti.

Annabelle se ruborizó de placer ante sus halagos y, de repente, se sintió mucho mejor.

—Me lo he pasado bien esta noche —mintió, y Simon esbozó una sonrisa.

—Yo no diría tanto...

—Bueno, puede que hubiera un momento o dos, cuando tu padre se puso a hablar sobre las entrañas de los animales..., o cuando tu hermana comentó lo que el bebé había hecho durante el baño... Pero, en conjunto, han sido muy... muy...

—¿Ruidosos? —sugirió Simon, con los ojos brillantes a causa de la diversión.

—Iba a decir «buenos».

Simon deslizó la mano por su espalda, masajeando las zonas tensas que había bajo sus omóplatos.

—Estás llevando todo este asunto de ser la esposa de un plebeyo bastante bien, considerando las circunstancias.

—En realidad, no es tan malo —musitó Annabelle. Deslizó con suavidad y cierto coqueteo una mano sobre la parte delantera del cuerpo de su marido y le dedicó una mirada provocadora—. Puedo pasarlo por alto con bastante facilidad gracias a esta... impresionante... y bien dotada...

—¿Cuenta bancaria?

Annabelle sonrió e introdujo los dedos en la cinturilla de su pantalón.

—No me refería a la cuenta bancaria —susurró justo antes de que la boca de Simon se uniera a la suya.

Al día siguiente, Annabelle estaba impaciente por reunirse con Lillian y Daisy, cuya *suite* estaba en la misma ala del Rutledge que la suya. Sin dejar de gritar y reír mientras se abrazaban, las tres causaron un enorme alboroto hasta que la señora Bowman envió a una doncella para decirles que se callaran.

—Quiero ver a Evie —se quejó Annabelle al tiempo que entrelazaba su brazo con el de Daisy mientras se dirigían al recibidor de la *suite*—. ¿Cómo se encuentra?

—Se metió en un lío espantoso hace quince días por tratar de ver a su padre —replicó Daisy con un suspiro—. Su situación ha empeorado y ahora se encuentra postrado en cama. Lo malo es que a Evie la pillaron escapándose de la casa y ahora su tía Florence y el resto de la familia la mantienen encerrada.

—¿Durante cuánto tiempo?

—Indefinidamente —fue la descorazonadora respuesta.

—Dios, qué gente más odiosa —murmuró Annabelle—. Ojalá pudiera ir a rescatarla.

—¿No sería de lo más divertido? —susurró Daisy, que se sintió al instante fascinada con la idea—. Deberíamos raptarla. Llevaremos una escalera y la colocaremos bajo su ventana, y...

—... su tía Florence nos echaría a los perros —dijo Lillian a modo de advertencia—. Tienen dos mastines enormes que se pasean por la propiedad de noche.

—Les arrojaremos algo de carne con un somnífero —replicó Daisy—. Y mientras duermen...

—Vamos, deja ya esos planes descabellados —exclamó Lillian—. Quiero oírlo todo acerca de la luna de miel de Annabelle.

Dos pares de ojos castaños examinaron a Annabelle con un interés muy poco adecuado para dos jóvenes virginales.

—¿Y bien? —preguntó Lillian—. ¿Cómo es? ¿Es tan doloroso como dicen?

—Desembucha, Annabelle —la urgió Daisy—. Recuerda que prometimos contárnoslo todo.

Annabelle sonrió porque estaba disfrutando bastante de tener conocimientos sobre algo que aún resultaba tan misterioso para ellas.

—Bueno, en ciertos momentos resultó bastante incómodo —admitió—. Pero Simon fue muy amable y... atento... y, si bien no tengo ninguna experiencia previa con la que compararlo, no puedo creer que ningún hombre pueda llegar a ser un amante tan maravilloso.

—¿Qué quieres decir? —preguntó Lillian.

Un cálido sonrojo tiñó las mejillas de Annabelle. Con vacilación, buscó las palabras que explicaran algo que, de pronto, le resultaba imposible de describir. Se podían relatar los detalles técnicos del asunto, pero eso apenas dejaba entrever la ternura de una experiencia tan íntima.

—Las relaciones íntimas son algo que va mucho más allá de lo que jamás podríais imaginar... Al principio, te quieres morir de la vergüenza, pero después hay momentos en los que la sensación es tan maravillosa que te olvidas de todo y lo único que importa es estar cerca de él.

Se produjo un breve silencio mientras las hermanas meditaban sus palabras.

—¿Cuánto dura? —inquirió Daisy.

El sonrojo de Annabelle se hizo más evidente.

—En algunas ocasiones, sólo unos minutos... y en otras, unas cuantas horas.

—¿Unas cuantas horas? —repitieron ambas a la vez con una mirada atónita.

Lillian frunció la nariz con desagrado.

—¡Dios Santo! Eso suena horrible.

Annabelle se echó a reír al ver su expresión.

—No es horrible en absoluto. En realidad, es estupendo.

Lillian meneó la cabeza.

—Ya descubriré la manera de lograr que mi marido termine rápidamente. Hay cosas mucho mejores que hacer que pasar horas en la cama haciendo «eso».

Annabelle sonrió de oreja a oreja.

—Ya que hablamos del misterioso caballero que un día será tu esposo... Debemos comenzar con los planes de estrategia para nuestra siguiente campaña. La temporada no empezará hasta enero, lo que nos deja varios meses para prepararnos.

—Daisy y yo necesitamos un patrocinador aristócrata —dijo Lillian con un suspiro—. Por no mencionar varias lecciones de etiqueta. Y, por desgracia, Annabelle, puesto que te has casado con un plebeyo, no tienes ninguna influencia social y estamos como al principio. —A regañadientes, añadió—: No he pretendido ofenderte, querida.

—No me has ofendido —replicó Annabelle con suavidad—. De cualquier forma, Simon tiene algunos amigos entre la nobleza... Lord Westcliff, para más señas.

—¡Oh, no! —dijo Lillian con firmeza—. No quiero tener nada que ver con él.

—¿Por qué no?

Lillian arqueó las cejas como si le sorprendiera tener que explicarlo.

—¿Porque es el hombre más insufrible que he conocido?

—Pero Westcliff está muy bien situado —la engatusó Annabelle—. Y es el mejor amigo de Simon. Yo tampoco lo tengo en gran estima, pero podría ser un aliado muy útil. Se dice que el título de Westcliff es el más antiguo de Inglaterra. La sangre no puede ser más azul que la suya.

—Y lo sabe muy bien —dijo Lillian con acritud—. A pesar de toda su cháchara populista, no es difícil darse cuenta de que, en el fondo, le encanta ser un par del reino con un montón de sirvientes a los que poder mangonear.

—Me pregunto por qué Westcliff no se ha casado todavía —musitó Daisy—. A pesar de sus defectos, hay que admitir que sería un trofeo del tamaño de una ballena.

—Me sentiré encantada cuando alguien le clave el arpón —murmuró Lillian, con lo que consiguió que las otras dos se echaran a reír.

Si bien la «buena sociedad» se había ausentado de Londres durante los meses más cálidos del verano, la vida en la ciudad no estaba paralizada por completo. Hasta que el Parlamento suspendiera su actividad el 12 de agosto, fecha que coincidía con la apertura de la veda del urogallo, la presencia ocasional de aristócratas aún se requería durante las sesiones vespertinas. Mientras los hombres asistían al Parlamento o se reunían en los clubes, sus esposas iban de compras, visitaban a sus amistades y escribían cartas. Por las noches, asistían a cenas, veladas y bailes que, por lo general, se prolongaban hasta las dos o las tres de la madrugada. Tal era la agenda de un aristócrata o incluso la de aquellos que tenían profesiones que se consideraban aristocráticas, como los clérigos, los oficiales de la marina o los médicos.

Para disgusto de Annabelle, pronto se hizo evidente que su marido, a pesar de su riqueza y su innegable éxito, no se dedicaba ni remotamente a una profesión aristocrática. En consecuencia, a veces se veían excluidos de los acontecimientos de la clase alta en los que ella deseaba participar. Tan sólo cuando un noble se encontraba económicamente en deuda con Simon o si era un buen amigo de lord Westcliff, invitaba a los Hunt a su hogar. Annabelle recibió muy pocas visitas de las jóvenes damas casadas que en otra época habían sido sus amigas y, aunque jamás le volvían la espalda cuando era ella la que hacía las visitas, tampoco la alentaban a que regresara. Las fronteras marcadas por la clase y la posición social eran imposibles de atravesar. Incluso la esposa de un vizconde que se había arruinado debido a los hábitos de juego y las maneras despilfarradoras de su marido y que, por consiguiente, vivía en una residencia destartalada con tan sólo dos sirvientes para atenderla, parecía determinada a conservar su superioridad sobre Annabelle. Después de todo, su marido, a pesar de sus imperfecciones, era un noble; y Simon Hunt era un despreciable empresario.

Echando humo tras el frío recibimiento de la esposa del vizconde, Annabelle fue a ver a Lillian y a Daisy con el fin de despotricar acerca del montón de desaires y desconsideraciones que había sufrido. Ambas le mostraron sus simpatías y rieron al escuchar sus apasionadas quejas.

—¡Tendríais que haber visto su salón! —dijo Annabelle, que se paseaba de un lado a otro por delante de las hermanas, sentadas en el canapé de la sala de visitas—. Todo estaba lleno de polvo y las tapicerías estaban deshilachadas, había manchas de vino por toda la alfombra y lo único que esa mujer hacía era arrugar la nariz y mirarme con lástima por haberme casado por debajo de mis posibilidades. «Por debajo de mis posibilidades», dijo, cuando todo el mundo sabe que su marido no es más que un estúpido embrutecido por el alcohol que se gasta cada chelín en la mesa de dados... Puede que sea un vizconde, pero no es digno ni de lamerle a Simon la suela de los zapatos, y os juro que me las vi y me las deseé para no decirle a ella eso mismo.

—¿Y por qué te contuviste? —preguntó Lillian con indiferencia—. Yo le habría dicho exactamente lo que pensaba sobre su estúpido esnobismo.

—Porque no se consigue nada tratando de discutir con gente así. —Annabelle frunció el ceño—. Aunque Simon evitara que una docena de personas murieran ahogadas, jamás sería contemplado con la misma admiración que cualquier viejo noble gordo que se quedara sentado y sin mover un dedo para ayudar.

Daisy alzó las cejas ligeramente.

—¿Te arrepientes de no haberte casado con un aristócrata?

—No —dijo Annabelle al instante y agachó la cabeza como si, de pronto, se sintiera avergonzada—. Pero supongo... supongo que hay momentos en los que no puedo evitar desear que Simon fuese un noble.

Lillian la miró con un poco de preocupación.

—Si pudieras volver atrás y cambiar las cosas, ¿elegirías a lord Kendall en lugar de al señor Hunt?

—Dios Santo, no. —Con un suspiro, Annabelle se dejó caer sobre un taburete de costura y la posición hizo que se hincharan a su alrededor las faldas de su vestido de seda verde estampada con flores diminutas—. No me arrepiento de mi elección, pero me duele no poder asistir al baile de los Wymark. O a la velada que tiene lugar en Gilbreath House. O a cualquiera de los acontecimientos a los que asiste la gente de la alta sociedad. En cambio, el señor Hunt y yo asistimos en la mayoría de las ocasiones a fiestas que ofrece una clase de personas muy diferente.

—¿Qué tipo de personas? —preguntó Daisy.

Como Annabelle vacilaba, Lillian respondió con una voz cargada de sarcasmo.

—Diría que Annabelle se refiere a los advenedizos, a toda esa gente que tiene nuevas fortunas, valores de la clase baja y modales vulgares. En otras palabras, gente como nosotras.

—No —dijo Annabelle al instante, y ambas hermanas se echaron a reír.

—Sí —dijo Lillian con dulzura—. Te has casado con alguien de nuestro mundo, querida, y no perteneces a él más de lo que nosotras perteneceríamos a la nobleza si consiguiéramos atrapar a un marido con título. A decir verdad, no podría importarme menos no mezclarme con los Wymark o con los Gilbreath, que son mortalmente aburridos e intolerablemente engreídos.

Annabelle la observó con un ceño meditabundo al darse cuenta de pronto de que su situación le proporcionaba una nueva ventaja.

—Jamás me había cuestionado si eran o no aburridos —murmuró—. Supongo que siempre he querido ascender hasta el peldaño más alto sin ni siquiera pararme a pensar si me gustaría la vista que se observa desde allí. Pero ahora la cuestión carece de importancia, por supuesto. Y debo encontrar una forma de adaptarme a una vida distinta a la que me había imaginado. —Reposó los codos sobre las rodillas, apoyó la barbilla en las manos y añadió a regañadientes—: Sabré que lo he conseguido cuando ya no me duela ser desairada por la esposa de cara agria de algún vizconde.

De forma irónica, los Hunt fueron invitados esa misma semana al baile que ofrecía lord Hardcastle, quien estaba secretamente en deuda con Simon por los consejos que le había dado acerca de cómo reestructurar el menguante equilibrio familiar de inversiones y activos. Era un acontecimiento al que asistiría un gran número de personas y Annabelle no podía evitar sentirse emocionada. Ataviada con un vestido de baile color amarillo limón y con el cabello peinado en bucles sujetos por un cordoncillo de seda amarillo, entró al salón del brazo de Simon. La sala, flanqueada por columnas de mármol blancas, estaba bañada con el parpadeante resplandor de ocho arañas, y el aire estaba perfumado con la fragancia de los enormes arreglos de rosas y peonías. Tras aceptar una copa de champán helado, Annabelle se mezcló de buena gana con amigos y conocidos, gozando de la serena elegancia de la reunión. Ésa era la gente a la que siempre había comprendido y tratado de emular: civilizada, de modales correctos y versada en música, arte y literatura. Esos caballeros jamás soñarían con discutir sobre política o negocios delante de una dama, y todos ellos preferirían recibir un tiro antes que mencionar el coste de las cosas o especular de manera abierta sobre si alguien más merecía la pena.

Bailó a menudo, con Simon y con otros hombres, riendo, charlando de manera relajada y descartando con habilidad los cumplidos que le llovían. A mitad de la noche, contempló a Simon desde el otro lado de la sala mientras él conversaba con amigos y experimentó la súbita urgencia de acercarse a él. Una vez que se hubo librado de un par de jóvenes persistentes, se dirigió al borde del salón de baile, donde el espacio tras las columnas proporcionaba un oscuro pasillo. Entre las columnas, había canapés y pequeños corros de sillas que proveían un espacio para que los invitados se relajaran y charlaran. Pasó tras un grupo de viudas y después por detrás de un grupo de desconsoladas floreros que le provocó una sonrisa de empatía. Cuando caminaba tras un par de mujeres, no obstante, escuchó algunas palabras que hicieron que se detuviera, oculta tras el escudo de una exuberante maceta de palmas.

—... no sé por qué los han invitado esta noche —decía con furia una de ellas. Annabelle reconoció la voz como la de una de sus antiguas amigas, en aquel momento lady Wells-Throughton, que había hablado con ella tan sólo unos minutos antes con escasa simpatía—. Menuda presumida es, con ese vulgar diamante en su dedo y su maleducado marido... ¡Y ni el menor rastro de vergüenza!

—No le durará mucho la presunción —fue la respuesta de su amiga—. Todavía no se ha dado cuenta de que únicamente los invitan a los hogares de aquellos que están económicamente en deuda con él. O aquellos que son amigos de Westcliff, por supuesto.

—Westcliff es un aliado importante —admitió lady Wells-Throughton—. Pero su aprobación sólo puede ayudarles hasta cierto punto. El caso es que deberían tener el suficiente buen gusto como para no presentarse en lugares a los que no pertenecen. Se casó con un plebeyo y, por tanto, debería mezclarse con los plebeyos. No obstante, supongo que se cree demasiado buena para ellos...

Disgustada y hundida, Annabelle se apartó sin ser vista de las mujeres que hablaban y se dirigió a uno de los rincones de la sala.

«Realmente debería abandonar esta costumbre de escuchar a escondidas», pensó con ironía al recordar la noche que había escuchado los comentarios de Bertha Hunt acerca de ella. «Al parecer, lo único que oigo son cosas poco halagüeñas sobre mí misma.»

No le sorprendió que hubiera rumores sobre Simon y ella... Lo que la había dejado atónita había sido la crueldad del tono de las mujeres. Le resultaba imposible imaginar el motivo de semejante antipatía..., salvo, quizá, que fuese la envidia. Annabelle había conseguido un marido apuesto, viril y rico, mientras que lady Wells-Throughton se había casado con un noble que por lo menos era treinta años mayor que ella y que poseía el carisma de una maceta. No era de extrañar que lady Wells-Throughton y sus contemporáneas estuvieran decididas a mantener la única superioridad que poseían: ser miembros de la aristocracia.

Annabelle recordó el comentario de Philippa: «Un hombre que se dedica al comercio jamás llegará a ser tan influyente como un aristócrata...» Sin embargo, a ella le parecía que la aristocracia tenía miedo del creciente poder de los empresarios industriales como Simon. Muy pocos se mostrarían tan inteligentes como lord Westcliff y comprenderían que debían hacer algo más que aferrarse a los antiguos privilegios de los terratenientes para mantener su poder. Sorteando un par de columnas, Annabelle echó un vistazo a la multitud distinguida que llenaba la estancia..., tan arrogante, tan embebida en sus maneras tradicionales de pensar y de comportarse..., tan decidida a ignorar que el mundo que la rodeaba había comenzado a cambiar. Aun así, encontraba su compañía infinitamente más reconfortante que la tosca y, a menudo, inmadura conducta de los amigos empresarios de Simon. De cualquier forma, ya no los miraba con asombro o anhelo. De hecho...

Sus pensamientos se vieron interrumpidos por un caballero que se acercó a ella con dos copas de champán helado. Era corpulento, se estaba quedando calvo y los pliegues de su cuello sobresalían por encima de la corbata de seda. Annabelle gimió para sus adentros al reconocerlo: lord Wells-Throughton, el marido de la señora que la había criticado antes con tanto resentimiento. Por la manera en que su ávida mirada se deslizó sobre sus pechos cubiertos con pálido satén, parecía no compartir el deseo de su esposa de que Annabelle se hubiera abstenido de asistir al baile.

Wells-Throughton, cuya inclinación por las relaciones extramaritales era bien conocida, se había acercado a Annabelle un año antes para dejar caer de forma inconfundible que estaba más que dispuesto a ayudarla con sus problemas económicos a cambio de su compañía. El hecho de que ella lo hubiese rechazado no había desalentado su interés, al parecer. Así como tampoco las noticias de su matrimonio. Para los aristócratas como Wells-Throughton, el matrimonio no suponía un impedimento para una aventura... Si acaso, era un aliciente. «Jamás te acuestes con una soltera» era un dicho común entre los nobles y las aventuras amorosas un privilegio del que los caballeros y las damas casados disfrutaban a menudo. Nada resultaba tan atractivo para un par del reino como la joven esposa de otro hombre.

—Señora Hunt —dijo Wells-Throughton con jovialidad, al tiempo que le tendía una copa de champán que ella aceptó con una fría sonrisa de agradecimiento—. Esta noche está tan hermosa como una rosa de verano.

—Gracias, milord —respondió Annabelle con modestia.

—¿A qué debemos atribuir este obvio resplandor de felicidad, querida mía?

—A mi reciente matrimonio, señor.

Wells-Throughton se echó a reír entre dientes.

—Sí, recuerdo muy bien los primeros días de matrimonio. Disfrute del placer mientras dure, porque es demasiado efímero.

—Para algunos, tal vez. Para otros puede durar toda una vida.

—Qué deliciosamente ingenua es usted, querida mía. —Le dedicó una sonrisa burlona antes de volver a bajar la mirada hacia sus pechos—. Sin embargo, no le arruinaré semejantes ideas románticas, ya que desaparecerán a su debido tiempo.

—Lo dudo mucho —dijo Annabelle, lo cual hizo que el hombre soltara una carcajada.

—¿Ha demostrado Hunt ser un marido satisfactorio, entonces?

—En todos los aspectos —le aseguró.

—Venga, seré su confidente y encontraremos algún rincón apropiado para hablar. Conozco muchos.

—No me cabe duda —replicó Annabelle con ligereza—, pero no tengo ninguna necesidad de confidencias, milord.

—Insisto en robarle algo de su tiempo durante un momento. —Wells-Throughton colocó una de sus gordas manos en la parte baja de la espalda de Annabelle—. No será tan estúpida como para montar un alboroto, ¿no es cierto?

A sabiendas de que la única defensa era tomarse a la ligera su persistencia, Annabelle sonrió y le dio la espalda, sorbiendo su champán con estudiada despreocupación.

—No me atrevería a ir a ningún sitio con usted, milord. Me temo que mi marido posee un temperamento bastante celoso.

Dio un pequeño respingo cuando escuchó la voz de Simon detrás de ella.

—Con buenos motivos, al parecer.

Aunque había hablado en voz baja, había una nota mordaz en su tono que alarmó a Annabelle. Lo contempló en silencio rogándole, suplicándole, que no hiciera una escena. Lord Wells-Throughton era irritante, pero inofensivo, y Simon los convertiría en el objeto de todas las burlas si reaccionaba de forma exagerada ante aquella situación.

—Hunt —murmuró el corpulento aristócrata con una sonrisa y sin la más mínima vergüenza—. Es usted un hombre afortunado al poseer un premio tan delicioso.

—Sí, así es. —La mirada de Simon era, a todas luces, amenazadora—. Y si usted vuelve a acercarse a ella de nuevo...

—Cariño —lo interrumpió Annabelle con una sonrisa caprichosa—. Adoro ese carácter primitivo tuyo, pero dejémoslo para después del baile.

Simon no respondió, pero no apartó la mirada de Wells-Throughton hasta que su postura amenazadora llamó la atención de la gente que se encontraba en las proximidades.

—Manténgase lejos de mi esposa —dijo con suavidad, logrando que el otro hombre palideciera.

—Buenas noches, milord —dijo Annabelle, que se bebió el resto de su copa y le dedicó al hombre una radiante y falsa sonrisa—. Gracias por el champán.

—Un placer, señora Hunt —fue la malhumorada respuesta de Wells-Throughton, que se retiró con toda rapidez.

Sonrojada por la vergüenza, Annabelle evitó las miradas curiosas de los demás invitados y abandonó el salón con Simon pisándole los talones. Se abrió camino hasta un balcón, dejó la copa y permitió que la suave brisa refrescara sus ardientes mejillas.

—¿Qué te ha dicho? —preguntó Simon bruscamente, de pie delante de ella.

—Nada importante.

—Te estaba haciendo una proposición... Todo el mundo se ha dado cuenta de eso.

—Para él no significa nada, ni para nadie más aquí. Así es como son todos; sabes muy bien que esas cosas nunca se toman en serio. Para ellos, la fidelidad es un... un prejuicio de la clase media. Y si un hombre se acerca a la esposa de otro, como ha hecho lord Wells-Throughton, nadie le da la menor importancia...

—Pues tiene una importancia enorme cuando es a mi esposa a la que se acercan.

—Si reaccionas de una manera tan beligerante nos convertirás en un hazmerreír... y, además, eso no demostraría fe alguna en mi fidelidad.

—Tú misma has dicho que los de tu clase ni siquiera creen en la fidelidad.

—No son los de mi clase —le espetó Annabelle, que había perdido los nervios—. ¡No desde que me casé contigo, al menos! Ya no sé cuál es mi lugar... No está con esa gente, pero con la tuya tampoco.

Su expresión no se alteró, pero ella pudo darse cuenta de que lo había herido. Súbitamente contrita, suspiró y se frotó la frente.

—Simon, no pretendía decir...

—No pasa nada —dijo con sequedad—. Volvamos dentro.

—Pero quiero explicarte...

—No tienes que explicar nada.

—Simon... —Dio un leve respingo y cerró la boca cuando la llevó de nuevo al salón de baile, deseando de todo corazón poder borrar sus impulsivas palabras.

24

Tal y como Annabelle había temido, la impetuosa acusación que hiciera en el baile de los Hardcastle había creado un pequeño pero indiscutible distanciamiento entre ella y su marido. Deseaba disculparse y explicarle que no lo culpaba de nada. No obstante, todos sus esfuerzos por decirle que no se arrepentía de haberse casado con él eran suave pero firmemente rechazados. Simon, que siempre estaba dispuesto a discutir cualquier asunto, se negaba en redondo a debatir aquella cuestión. De forma involuntaria, lo había herido con la delicada precisión de un bisturí y la reacción de su marido revelaba cierto sentimiento de culpa por haberla separado del mundo de la clase alta al que ella había soñado una vez pertenecer.

Para alivio de Annabelle, su relación volvió rápidamente a ser como antes: divertida, estimulante e, incluso, afectuosa. Aun así, a ella le preocupaba saber que las cosas no eran del todo iguales. Había momentos en los que Simon se mostraba un poco retraído con ella, puesto que ahora ambos sabían que tenía poder para herirlo. Parecía que sólo le permitía acercarse hasta cierto límite, y se protegía a sí mismo poniendo una distancia prudencial entre ellos. De cualquier forma, le prestaba ayuda y apoyo cuando lo necesitaba... y así lo demostró la noche en que se presentó un problema que provenía de una dirección inesperada.

Simon había llegado a casa a una hora inusualmente tardía, tras haber pasado todo el día en la fábrica de la Consolidated Locomotive. Pasar un día en aquel lugar equivalía a regresar al Rutledge con la ropa hecha un desastre y un fuerte olor a humo de carbón, a aceite y a metal.

—¿Qué has estado haciendo? —exclamó Annabelle, divertida y alarmada a un tiempo por su aspecto.

—Pasear por la fundición —replicó Simon, que se quitó el chaleco y la camisa tan pronto como atravesó la puerta de su dormitorio.

Annabelle le dirigió una mirada escéptica.

—Has hecho algo más que «pasear». ¿De qué son esas manchas que tienes en la ropa? Da la impresión de que hubieras tratado de construir la locomotora tú mismo.

—Hubo un momento en el que se necesitó algo de ayuda extra.

Su torso, de músculos bien desarrollados, quedó expuesto cuando dejó caer la camisa al suelo. Parecía estar de muy buen humor. Al ser un hombre fundamentalmente físico, Simon disfrutaba ejercitándose, sobre todo cuando encaraba la perspectiva de algún peligro.

Con el ceño fruncido, Annabelle fue a preparar la bañera en el cuarto de baño adyacente y regresó para descubrir que su marido estaba vestido únicamente con la ropa interior. Tenía un cardenal del tamaño de un puño en la pierna y una marca roja de quemadura en la muñeca que lograron que Annabelle exclamara con inquietud:

—¡Estás herido! ¿Qué ha pasado?

Simon pareció momentáneamente perplejo por su preocupación y por la forma en que ella se había acercado a él.

—No es nada —dijo al tiempo que alargaba la mano para atrapar la cintura de su mujer.

Ella le apartó las manos y se arrodilló para inspeccionar el moratón de la pierna.

—¿Con qué te has hecho esto? —inquirió mientras rozaba el borde de la magulladura con la punta del dedo—. Ha sido en la fundición, ¿no es así? Simon Hunt, ¡quiero que te mantengas alejado de ese lugar! Con todas esas calderas, grúas y cisternas... La próxima vez, lo más seguro es que te aplasten, o que acabes hervido, o lleno de agujeros...

—Annabelle... —La voz de Simon destilaba buen humor. Se inclinó para cogerla por los codos y la ayudó a ponerse en pie—. No puedo hablar contigo mientras estás arrodillada delante de mí de ese modo. No de forma coherente, al menos. Puedo explicarte exactamente... —Se detuvo un instante, y sus ojos oscuros adquirieron un brillo extraño al observar la expresión de Annabelle—. Estás enfadada, ¿no es cierto?

—¡Cualquier esposa lo estaría si su marido regresara a casa en semejantes condiciones!

Simon colocó la mano detrás de su cuello y le dio un ligero apretón.

—Estás reaccionando de una manera algo exagerada ante un moratón y una pequeña quemadura, ¿no te parece?

Annabelle frunció el ceño.

—Primero dime lo que ha ocurrido y después decidiré cómo debo reaccionar.

—Había cuatro hombres tratando de sacar una plancha de metal de un horno con unas tenazas de mango largo. Tenían que llevarla hasta un bastidor donde podrían enrollarla y comprimirla. La plancha de metal resultó ser algo más pesada de lo que esperaban y, cuando se hizo evidente que estaban a punto de dejar caer esa maldita cosa, cogí otro par de tenazas y fui a ayudar.

—¿Por qué no lo hizo alguno de los trabajadores de la fundición?

—Porque dio la casualidad de que era yo quien se encontraba más cerca del horno. —Simon se encogió de hombros en un esfuerzo por restar importancia al episodio—. Me hice el moratón al golpearme la rodilla contra el bastidor antes de que consiguiéramos dejar la plancha... Y la quemadura, cuando las tenazas de alguien me rozaron el brazo. Pero no es nada. Yo me curo rápido.

—Vaya, ¿y eso es todo? —preguntó Annabelle—. ¿No has hecho otra cosa que levantar cientos de kilos de hierro al rojo vivo en mangas de camisa?... Soy una estúpida por preocuparme.

Simon inclinó la cabeza hasta que sus labios rozaron la mejilla de su esposa.

—No tienes que preocuparte por mí.

—Pues alguien debe hacerlo. —Annabelle era consciente de

la fuerza y la solidez de ese cuerpo, tan cerca del suyo. Ese esqueleto de huesos grandes estaba cargado de fuerza y elegancia masculina. Sin embargo, Simon no era invulnerable, ni tampoco indestructible. No era más que un hombre y a Annabelle le resultó bastante alarmante darse cuenta de lo importante que era su seguridad para ella. Se apartó de él y fue a revisar el agua del baño al tiempo que decía por encima del hombro—: Hueles como un tren.

—Con una chimenea enorme —replicó él, que le pisaba los talones.

Annabelle resopló con sorna.

—Si estás tratando de hacerte el gracioso, no te molestes. Estoy furiosa contigo.

—¿Por qué? —murmuró Simon, que la atrapó desde atrás—. ¿Porque estoy herido? Créeme, todas tus partes favoritas se encuentran en plena forma. —La besó en un lado del cuello.

Annabelle tensó la espalda para resistirse al abrazo.

—Me importa un comino si saltas de cabeza a un tanque de hierro fundido; si eres tan estúpido como para ir a la fundición y no llevar la ropa apropiada...

—Sopa del infierno. —Simon acarició con la nariz los delicados mechones de la nuca mientras una de sus manos ascendía para encontrar un pecho.

—¿Qué? —inquirió Annabelle, preguntándose si su marido se había limitado a soltar un nuevo juramento.

—Sopa del infierno... Así es como llaman al hierro fundido. —Sus dedos rodearon el molde reforzado del pecho, elevado y rígido de forma artificial gracias al armazón del corsé—. ¡Por Dios Santo! ¿Qué llevas debajo de este vestido?

—Mi nuevo corsé modelado al vapor.

Esa ropa interior de moda, importada desde Nueva York, había sido intensamente almidonada y comprimida sobre una superficie de metal, lo que le confería más rigidez a la estructura que la del corsé convencional.

—No me gusta. No puedo sentir tus pechos.

—Se supone que no debes hacerlo —dijo Annabelle con fingida paciencia; puso los ojos en blanco cuando él alzó las manos hasta su pecho para apretar con el fin de comprobarlo—. Simon..., el baño...

—¿Quién fue el idiota que inventó los corsés en primer lugar? —preguntó con un gruñido mientras se apartaba de ella.

—Un inglés, por supuesto.

—No podía ser otro. —La siguió cuando ella se dirigió a cerrar los grifos de la bañera.

—Mi modista me ha dicho que los corsés solían ser túnicas que se vestían como símbolo de servidumbre.

—¿Y por qué estás tan dispuesta a ponerte un símbolo de servidumbre?

—Porque todas las demás lo hacen y, si no lo hiciera, mi cintura resultaría, en comparación, como la de una vaca.

—Vanidad, tu nombre es mujer —recitó, al tiempo que dejaba caer sus calzones sobre el suelo de baldosas.

—Y supongo que los hombres llevan corbata porque son increíblemente cómodas, ¿no? —preguntó Annabelle con dulzura, sin dejar de observar cómo su marido se metía en la bañera.

—Llevo corbata porque, si no lo hiciera, la gente creería que soy aún más incivilizado de lo que ya soy.

Descendiendo con cautela, ya que la bañera no había sido diseñada para un hombre de su tamaño, Simon dejó escapar un siseo de agrado cuando el agua caliente le rozó la cintura.

Annabelle se colocó a su lado y pasó los dedos por su abundante cabello mientras murmuraba:

—No saben ni la mitad. Espera..., no metas el brazo en el agua. Te ayudaré a bañarte.

Mientras lo enjabonaba, Annabelle hizo un placentero inventario del enorme y bien ejercitado cuerpo de su marido. Sus manos se deslizaban muy despacio sobre los duros músculos, en algunos lugares abultados y marcados y en otros, suaves y sólidos. Sensual como era, Simon no se esforzó por ocultar el placer que le proporcionaba y la contempló de forma perezosa a través de los párpados entornados. Se le aceleró la respiración, si bien todavía era bastante regular, y sus músculos se volvieron como el acero debido a las caricias de las yemas de los dedos de Annabelle.

El silencio de la habitación alicatada sólo se veía roto por el ruido del agua y el sonido de sus respiraciones. De forma distraída, Annabelle metió los dedos entre el vello enjabonado de su pecho mientras recordaba la sensación que éste causaba sobre sus senos cuando el cuerpo de su marido se movía sobre el suyo.

—Simon —susurró.

Él alzó los párpados y sus ojos oscuros se clavaron en ella. Una de esas grandes manos se deslizó sobre la de ella para apretarla contra los duros contornos de su pecho.

—¿Sí?

—Si alguna vez te ocurriera algo, yo... —Hizo una pausa al escuchar el sonido de una vigorosa llamada a la puerta de la *suite*. Su ensoñación se hizo pedazos debido al impertinente ruido—. Me pregunto quién podrá ser...

La interrupción provocó que una expresión de contrariedad apareciera en el semblante de Simon.

—¿Has pedido algo?

Annabelle negó con la cabeza y estiró la mano en busca de una toalla para secarse las manos.

—No hagas caso.

Ella sonrió con amargura cuando los golpes se volvieron más insistentes.

—No creo que nuestro visitante se rinda con tanta facilidad. Supongo que tendré que ir a ver quién es.

Salió del cuarto de baño y cerró la puerta con cuidado para permitir que Simon se lavara en la intimidad. Caminó a grandes pasos hasta la puerta de la *suite* y la abrió.

—¡Jeremy!

El placer que sentía se desvaneció al instante al ver la expresión de su hermano. Su rostro adolescente estaba pálido, con la mirada perdida y la boca apretada en una fina línea. No llevaba sombrero ni chaqueta y su cabello estaba completamente despeinado.

—Jeremy, ¿pasa algo malo? —preguntó mientras lo invitaba a pasar.

—Podría decirse que sí.

Al ver el pánico apenas oculto en su mirada, Annabelle lo observó con creciente preocupación.

—Dime qué ocurre.

Jeremy se pasó una mano por el pelo, lo que sólo consiguió que los abundantes mechones de cabello castaño dorado se quedaran de punta.

—La cuestión es que... —Se detuvo un momento con expresión confundida, como si no pudiera creer lo que estaba a punto de decir.

—¿Cuál es la cuestión? —quiso saber Annabelle.

—La cuestión es que... nuestra madre acaba de apuñalar a alguien.

La joven contempló a su hermano con perplejidad. Poco a poco, un ceño fruncido se instauró en sus rasgos.

—Jeremy —dijo con seriedad—, es la broma de peor gusto que jamás has...

—¡No es una broma! ¡Maldición, ojalá lo fuera!

Annabelle no hizo esfuerzo alguno por ocultar su escepticismo.

—¿Y a quién se supone que ha apuñalado?

—A lord Hodgeham. Uno de los viejos amigos de papá, ¿lo recuerdas?

De pronto, la sangre desapareció del rostro de Annabelle y una expresión de horror vino a sustituirla.

—Sí —se escuchó susurrar a sí misma—. Lo recuerdo.

—Al parecer, el hombre fue a casa esta noche mientras yo estaba fuera con mis amigos, pero regresé a casa temprano y, cuando atravesé el umbral, vi la sangre en el suelo de la entrada.

Annabelle sacudió la cabeza ligeramente mientras trataba de asimilar el significado de esas palabras.

—Seguí el rastro hasta el salón —continuó Jeremy—, donde la doncella de la cocina estaba en medio de un ataque de histeria, y el criado trataba de limpiar un charco de sangre de la alfombra mientras mamá permanecía inmóvil como una estatua, sin decir una palabra. Había unas tijeras ensangrentadas sobre la mesa..., esas que usa para la costura. Por lo que pude entender a los sirvientes, Hodgeham entró en el salón con mamá, se les oyó discutir a voces y después Hodgeham salió tambaleándose con las manos apretadas contra el pecho.

La mente de Annabelle comenzó a trajinar al doble de su velocidad habitual y sus ideas volaron de forma enloquecida. Philippa y ella siempre le habían ocultado la verdad a Jeremy, quien había estado en la escuela en todas las ocasiones que Hodgeham había hecho una visita. Por lo que Annabelle sabía, su hermano no tenía conocimiento alguno de que Hodgeham iba a su casa. Se sentiría destrozado si comprendiera que parte del dinero que pagaba las cuentas del colegio se había obtenido a cambio de... No, no debía descubrirlo. Ya inventaría alguna explicación. Más tarde. En aquel momento, lo más importante era proteger a Philippa.

—¿Dónde se encuentra Hodgeham ahora? —preguntó la joven—. ¿Es muy grave su herida?

—No tengo la menor idea. Al parecer, se encaminó a la puerta trasera, donde lo aguardaba su carruaje, y lo ayudaron su propio lacayo y su cochero. —Jeremy sacudió la cabeza con frenesí—. No sé dónde lo apuñaló mamá, ni cuántas veces; ni siquiera por qué. Ella no lo dijo... Se limitó a mirarme como si no pudiera recordar ni su propio nombre.

—¿Dónde está ella ahora? No me digas que la has dejado sola en casa...

—Le dije al criado que no la perdiera de vista ni un segundo, y que no la dejara... —Jeremy guardó silencio y dirigió una mirada precavida por encima del hombro de Annabelle—. Hola, señor Hunt. Siento mucho interrumpir su velada, pero he venido porque...

—Sí, lo he oído. Tu voz se escuchaba también en la habitación de al lado. —Simon se quedó allí de pie mientras se introducía con calma los faldones de la camisa en los pantalones, pero su mirada alerta no se apartó ni un instante de Jeremy.

Al darse la vuelta, Annabelle se quedó helada al ver a su marido. Había ocasiones en las que no recordaba lo intimidante que podía resultar Simon, pero, en ese instante, con esos ojos inmisericordes y esa falta total de expresión, parecía tan duro como un asesino a sueldo.

—¿Por qué fue Hodgeham a la casa a semejantes horas? —se preguntó Jeremy en voz alta, con una expresión de intensa preocupación en su rostro adolescente—. ¿Y por qué diablos lo recibió mamá? ¿Qué la habrá provocado hasta un punto semejante? Debe de haberla molestado de algún modo. Seguro que ha dicho algo acerca de papá... O puede que incluso le haya hecho una proposición deshonesta, ese asqueroso bastardo.

Durante el tenso silencio que siguió a las inocentes especulaciones de Jeremy, Annabelle abrió la boca para decir algo, pero Simon negó levemente con la cabeza para silenciarla. Volvió su atención a Jeremy y dijo con voz fría y baja:

—Jeremy, corre hasta los establos que hay detrás del hotel y ordena que enganchen los caballos a mi carruaje. Y diles que ensillen mi caballo. Después de eso, ve a casa para recoger la alfombra y las ropas manchadas de sangre y llévalas a la fábrica de locomotoras: el primer edificio del complejo. Menciona mi nombre y el capataz no te hará preguntas. Allí hay un horno...

—Sí —dijo Jeremy, que comprendió de inmediato—. Lo quemaré todo.

Simon asintió con brevedad y el muchacho corrió hacia la puerta sin decir otra palabra.

Cuando Jeremy abandonó la *suite*, Annabelle se giró hacia su marido.

—Simon, yo... quiero ir con mi madre...

—Puedes irte con Jeremy.

—No sé qué hacer con lord Hodgeham...

—Lo encontraré —dijo Simon con gravedad—. Tan sólo reza para que la herida sea superficial. Si muere, será endiabladamente difícil tapar todo este lío.

Annabelle asintió con la cabeza y se mordió el labio antes de decir:

—Creí que por fin nos habíamos librado de Hodgeham. Ni se me ocurrió pensar que se atrevería a visitar a mi madre de nuevo después de que me casara contigo. Al parecer, no hay nada que lo detenga.

Él la agarró por los hombros y dijo con una suavidad casi escalofriante:

—Yo lo detendré. Puedes quedarte tranquila a ese respecto.

Annabelle lo observó con el entrecejo fruncido por la preocupación.

—¿Qué planeas hacer al...?

—Hablaremos más tarde. Ahora, ve a coger tu capa.

—Sí, Simon —susurró mientras se dirigía al armario.

Cuando Annabelle y Jeremy llegaron a casa de su madre, encontraron a ésta sentada en las escaleras, con un vaso de licor apretado entre las manos. Parecía pequeña, casi una niña, y a Annabelle se le encogió el corazón al contemplar la cabeza gacha de su madre.

—Mamá —murmuró al tiempo que se sentaba en el escalón junto a ella.

Colocó un brazo alrededor de la espalda encorvada de la mujer. Entretanto, Jeremy asumió una actitud metódica mientras ordenaba al criado que lo ayudara a enrollar la alfombra del salón y a trasladarla hasta el carruaje que lo esperaba en la puerta. A pesar de la preocupación que la embargaba, Annabelle no pudo evitar darse cuenta de que el muchacho estaba llevando la situación extraordinariamente bien para un chico de catorce años.

Philippa alzó la cabeza y miró a Annabelle con expresión agobiada.

—Lo siento tanto...

—No, no lo...

—Justo cuando creía que todo estaba bien por fin, Hodgeham vino aquí... Dijo que quería seguir visitándome y que, si yo no estaba de acuerdo, le contaría a todo el mundo el arreglo que manteníamos. Dijo que nos arruinaría a todos y me convertiría en una figura de escarnio público. Lloré y supliqué y él se echó a reír... Entonces, cuando me puso las manos encima, sentí que algo cedía en mi interior. Vi las tijeras cerca y no pude evitar cogerlas y... traté de matarlo. Espero haberlo conseguido. No me importa lo que me ocurra a partir de ahora...

—Calla, mamá —susurró Annabelle, que colocó un brazo alrededor de sus hombros—. Nadie va a culparte por lo que has hecho; lord Hodgeham era un monstruo y...

—¿Era? —preguntó Philippa sin el más mínimo arrepentimiento—. ¿Eso significa que ha muerto?

—No lo sé. Pero todo saldrá bien, sin importar lo que... Jeremy y yo estamos aquí, y el señor Hunt no permitirá que te ocurra nada malo.

—Mamá —dijo Jeremy, que sujetaba uno de los extremos de la alfombra enrollada que el criado y él transportaban hacia la salida trasera de la casa—, ¿sabes dónde están las tijeras? —La pregunta fue realizada de una manera tan casual que uno creería que las necesitaba para cortar el cordel de un paquete.

—Las tiene la doncella de la cocina, creo —replicó Philippa—. Estaba tratando de limpiarlas.

—De acuerdo, se las pediré a ella. —Mientras avanzaban por el vestíbulo, Jeremy dijo por encima del hombro—: Echa un vistazo a tu ropa, ¿de acuerdo? Hay que deshacerse de cualquier cosa que tenga una mancha de sangre.

—Sí, querido.

Escuchándolos a los dos, Annabelle no pudo evitar preguntarse cómo era posible que su familia y ella tuvieran una conversación tan normal de jueves por la noche acerca de cómo deshacerse de las evidencias de un crimen. Y pensar que ella se había sentido superior a la familia de Simon... Dio un respingo al recordar aquello.

Dos horas más tarde, Philippa se había terminado su bebida y estaba acurrucada a salvo en su cama; Simon y Jeremy habían llegado a la casa casi a la par. Conversaron por un momento en el vestíbulo. Cuando Annabelle bajó las escaleras, se detuvo a medio paso al ver a Simon envolver a su hermano en un rápido abrazo y alborotarle el cabello, ya de por sí despeinado. Aquel gesto paternal pareció tranquilizar enormemente a Jeremy y en su rostro se dibujó una sonrisa cansada. Annabelle se quedó helada al verlos a los dos.

Era sorprendente que su hermano aceptase a Simon con tanta facilidad cuando ella había esperado que se rebelara ante la autoridad de su marido. Le produjo una sensación extraña presenciar el vínculo que se había formado al instante entre ellos, sobre todo sabiendo que no era fácil ganarse la confianza de Jeremy. Hasta ese momento, no se le había ocurrido el alivio que debía suponer para su hermano tener a alguien fuerte en quien apoyarse, alguien que pudiera solucionar problemas que él era demasiado joven para manejar. La luz amarillenta de la lámpara de la entrada se reflejó sobre los oscuros cabellos de Simon y resplandeció sobre sus pómulos cuando la miró.

Deshaciéndose del perplejo nudo de emociones que la embargaba, Annabelle descendió el resto de los escalones y preguntó:

—¿Encontraste a Hodgeham? Y, si así es...

—Sí, lo encontré. —Estiró un brazo para coger la capa que colgaba de la barandilla y la colocó sobre los hombros de su esposa—. Ven, te contaré todo de camino a casa.

Annabelle se giró hacia su hermano.

—Jeremy, ¿te las apañarás si nos vamos?

—Tengo la situación bien controlada —replicó el chico, lleno de confianza masculina.

Los ojos de Simon reflejaron una chispa de diversión mientras colocaba una mano en la cintura de Annabelle.

—Vámonos —murmuró.

Una vez que estuvieron en el carruaje, Annabelle acribilló a su marido a preguntas hasta que él le puso una mano sobre los labios.

—Te lo contaré si eres capaz de guardar silencio durante un par de minutos —dijo.

Ella asintió bajo su mano y Simon sonrió, inclinándose hacia delante para reemplazar la mano con la boca. Después de ese beso robado, volvió a reclinarse en su asiento y su expresión se tornó seria.

—Encontré a Hodgeham en su casa, donde lo estaba atendiendo el médico de su familia. Y menos mal que aparecí en aquel momento, porque ya habían llamado al alguacil y esperaban su llegada.

—¿Cómo conseguiste que los sirvientes te dejaran pasar?

—Me las apañé para entrar en la casa y exigí que me llevaran ante Hodgeham de inmediato. Había mucha confusión en la residencia y nadie se atrevió a rechazarme. Uno de los criados me indicó el camino hasta el dormitorio de arriba, donde el doctor estaba cosiendo la herida de Hodgeham. —Un humor siniestro tiñó su expresión—. Por supuesto, podría haber encontrado la habitación gracias a los aullidos y los gritos de ese cabrón.

—Bien —dijo Annabelle con vehemente satisfacción—. Todos los dolores que esté sufriendo lord Hodgeham no son suficientes ni de lejos, en mi opinión. ¿Qué tal estaba y qué dijo cuando apareciste en la habitación?

Una de las comisuras de Simon se retorció a causa del desagrado.

—Tenía una herida en el hombro..., bastante pequeña, la verdad.

Y es mejor no repetir la mayor parte de las cosas que dijo. Después de permitirle despotricar durante unos minutos, le pedí al médico que esperase en la habitación de al lado mientras yo mantenía una charla privada con Hodgeham. Le dije que sentía mucho lo de su malestar intestinal..., comentario que lo confundió hasta que le expliqué que le convendría mucho más describir la dolencia a sus amigos como un dolor estomacal en lugar de referirse a ella como una puñalada.

—¿Y si no lo hace? —le preguntó Annabelle con una sonrisa desfallecida.

—Le dejé claro que lo cortaría en rodajas como si fuera un jamón de Yorkshire. Y que, si alguna vez escuchaba el más leve rumor que ensuciara la reputación de tu madre o de vuestra familia, le echaría las culpas a él, tras lo cual, no quedarían pedazos suficientes para hacer un entierro decente. Cuando terminé de hablar, Hodgeham estaba demasiado aterrorizado como para respirar. Créeme, jamás se acercará de nuevo a tu madre. En lo que se refiere al doctor, lo compensé por su visita y lo convencí de que borrara todo el episodio de su mente. Me habría marchado en ese momento, pero tenía que esperar al alguacil.

—¿Y qué le dijiste al alguacil?

—Le dije que había habido un error y que no se le necesitaba, después de todo. Y, por las molestias, lo invité a tomarse tantas rondas de cerveza como quisiera en la taberna Brown Bear cuando acabara el turno.

—¡Gracias a Dios! —Más aliviada de lo que podía expresar con palabras, Annabelle se acurrucó junto a él y suspiró sobre su hombro—. ¿Qué pasa con Jeremy? ¿Qué le diremos?

—No es necesario que sepa la verdad; sólo conseguiría que se sintiera herido y confuso. En lo que a mí respecta, Philippa reaccionó de forma exagerada ante los avances de Hodgeham y perdió los nervios por un momento. —Simon acarició su barbilla con la punta del pulgar—. Quiero sugerirte una cosa, y quiero que la medites seriamente.

Preguntándose si su «sugerencia» iba a ser una orden encubierta, Annabelle lo miró con suspicacia.

—¿Sí?

—Creo que lo mejor sería que Philippa pusiera algo de distancia entre Londres (y Hodgeham) y ella hasta que las cosas se calmen.

—¿Cuánta distancia? ¿Y adónde debería ir?

—Puede unirse a la gira que van a hacer mi madre y mi hermana por el continente. Se marchan dentro de unos días...

—Ésa es la peor idea que he oído jamás —exclamó Annabelle—. En primer lugar, quiero que esté cerca, donde Jeremy y yo podamos cuidarla. En segundo, puedo garantizarte que tu madre y tu hermana no se mostrarán muy complacidas...

—Enviaremos también a Jeremy con ellas. Tiene tiempo suficiente antes de que comience el nuevo curso y será un escolta excelente para las tres.

—Pobre Jeremy... —Annabelle trató de imaginárselo escoltando al trío de mujeres a lo largo y ancho de Europa—. No le desearía una tarea semejante ni a mi peor enemigo.

Simon sonrió.

—Lo más probable es que aprenda un montón sobre las mujeres.

—Y nada agradable, por cierto —replicó ella—. ¿Por qué crees que es necesario sacar a mi madre de Londres? ¿Lord Hodgeham supone todavía algún tipo de peligro?

—No —murmuró mientras le alzaba la cara con suavidad—. Ya te he dicho que jamás se atreverá a acercarse a Philippa de nuevo. Sin embargo, si resulta que hay algún problema con Hodgeham, preferiría solucionarlo mientras ella no está. Además, Jeremy ha dicho que no parece ella misma. Es comprensible, dadas las circunstancias. Unas cuantas semanas de viaje harán que se sienta mejor.

Cuando Annabelle consideró la idea, tuvo que admitir que tenía cierto sentido. Hacía mucho tiempo que Philippa no se tomaba unas vacaciones. Y si Jeremy iba con ella, tal vez pudiese tolerar la compañía de las Hunt. En cuanto a la opinión de Philippa... parecía demasiado afectada como para tomar ninguna decisión. Era más que probable que accediera a cualquier plan que le propusieran sus hijos.

—Simon —dijo muy despacio—, ¿me estás preguntando mi opinión o me estás contando lo que has decidido?

La mirada de Simon barrió su rostro para hacer una evaluación rápida.

—¿Cuál de las dos opciones tiene más probabilidades de que te muestres de acuerdo? —Se echó a reír al ver la respuesta en su expresión—. Muy bien, te lo estoy preguntando.

Annabelle sonrió con ironía y volvió a acurrucarse en el hueco de su hombro.

—En ese caso, si Jeremy está de acuerdo... yo también.

25

Annabelle no le había preguntado a Simon cómo se habían tomado Bertha y Meredith Hunt la noticia de que iban a estar acompañadas por dos nuevos viajeros y la verdad era que tampoco ardía en deseos de escuchar la respuesta. Lo único que le importaba era el hecho de que Philippa se encontraría bien lejos de Londres y de cualquier recuerdo de lord Hodgeham. Annabelle esperaba que para cuando su madre volviese, lo hiciera como una mujer nueva, en paz consigo misma y lista para comenzar a rehacer su vida. El viaje incluso podría depararle alguna alegría a Jeremy, que estaba impaciente por visitar algunos de los lugares sobre los que había estudiado en el colegio.

Dado que faltaba menos de una semana para su partida, Annabelle se lanzó a la tarea de preparar el equipaje que iban a necesitar su madre y su hermano, tratando de anticipar lo que requeriría un viaje de seis semanas. Sin ocultar la diversión que le producía ver la cantidad de provisiones que Annabelle había comprado para ellos, Simon comentó que cualquiera creería que su familia iba a atravesar regiones inexploradas y salvajes, en lugar de alojarse en una serie de pensiones y hoteles.

—En ocasiones, viajar por el extranjero puede resultar algo incómodo —replicó Annabelle, que estaba muy ocupada metiendo cajas de té y galletas en un bolso de piel. Una pila de cajas y paquetes se amontonaba junto a la cama, lugar que había elegido para clasificar los artículos en montones organizados. Entre otras cosas, había reunido remedios medicinales, un par de almohadones y toallas extra, una caja con material de lectura y paquetes de comida. Sostuvo en alto un frasco de cristal de comida en conserva y lo examinó con ojo crítico—. Y la comida es muy diferente en el continente...

—Sí —convino Simon con seriedad—. A diferencia de la nuestra, sabe a algo.

—Y el tiempo es impredecible.

—¿Cielos azules y luz del sol? Dios mío, seguro que querrán evitarlo a toda costa.

Annabelle respondió a sus burlas con una mirada inquisitiva.

—Seguro que tienes mejores cosas que hacer que mirar cómo abro cajas.

—No cuando lo haces en el dormitorio.

Annabelle se incorporó y cruzó los brazos por delante del pecho antes de dirigirle una mirada de coqueto desafío.

—Me temo que deberá controlar sus instintos básicos, señor Hunt. Tal vez no se haya dado cuenta, pero la luna de miel ha concluido.

—La luna de miel no termina hasta que yo lo diga —señaló Simon, que extendió una mano para atraparla antes de que ella pudiera escapar. Aplastó sus labios con un beso dominante y la arrojó sobre la cama—. Lo que significa que no tienes escapatoria.

Con una risilla, Annabelle luchó contra la maraña de faldas hasta que se encontró clavada en el colchón bajo el cuerpo de Simon.

—Tengo que empaquetar más cosas —protestó cuando él se abrió camino entre sus muslos—. Simon...

—¿Te he dicho alguna vez que soy capaz de desabrochar los botones con los dientes?

Una risa ahogada escapó de la garganta de Annabelle, que intentó zafarse cuando Simon bajó la cabeza hasta el frontal del corpiño.

—Una habilidad poco útil, ¿no te parece?

—Bueno, resulta muy útil en ciertas situaciones. Deja que te lo demuestre...

Por supuesto, se empaquetaron muy pocas cosas en lo que quedaba de día...

A la postre, no obstante, Annabelle se encontró por fin delante de la puerta de la casa de su familia en la ciudad, con la vista clavada en el carruaje en el que su madre y su hermano se dirigían hacia Dover, donde se encontrarían con los Hunt de camino hacia Calais.

Simon permaneció junto a ella, con una mano apoyada en la espalda para reconfortarla, mientras el carruaje doblaba la esquina y se encaminaba hacia la calle principal. Con tristeza, Annabelle se despidió con un gesto de la mano mientras se preguntaba cómo se las arreglarían sin ella.

Tras llevarla al interior de la casa, Simon cerró la puerta.

—Es lo mejor —le aseguró.

—¿Para ellos o para nosotros?

—Para todos. —Con una leve sonrisa, la giró para que quedara de frente a él—. Te aseguro que las siguientes semanas pasarán muy deprisa. Y, entretanto, va a estar usted muy ocupada, señora Hunt. Para empezar, tenemos una cita esta mañana con el arquitecto que nos va a mostrar los planos de la casa, y luego tendrás que decidirte entre dos solares que nuestro agente ha encontrado en Mayfair.

Annabelle dejó caer la cabeza contra el pecho de su marido.

—Gracias a Dios. Comenzaba a creer que nunca dejaríamos el Rutledge. No es que no me haya divertido, no te ofendas, pero todas las mujeres queremos un hogar propio y... —Se detuvo cuando se dio cuenta de que Simon jugueteaba con su peinado—. Simon —le advirtió—, ni se te ocurra quitarme las horquillas. No sabes el esfuerzo que requiere peinarme el pelo de esta manera y... —Suspiró y lo miró ceñuda cuando sintió que se le deshacía el peinado y escuchó el golpeteo metálico de las horquillas al caer al suelo.

—No puedo evitarlo. —Sus dedos se afanaron para deshacerle la trenza—. Tienes un cabello increíblemente hermoso. —Se llevó un sedoso mechón a la cara y se frotó la mejilla con él—. Es tan suave... Y huele a flores. ¿Cómo consigues que huela tan bien?

—Jabón —replicó Annabelle con sequedad, al tiempo que ocultaba el rostro contra su pecho para ocultar la sonrisa—. De hecho, con el jabón de los Bowman. Daisy me dio un poco; su padre les envía cajas desde Nueva York.

—Hummm... No me extraña que sea millonario. Todas las mujeres deberían oler así. —Enlazó los dedos en el pelo de Annabelle y se inclinó para acariciarle el cuello con la nariz—. ¿Dónde más lo usas? —preguntó en un susurro.

—Te invitaría a que lo descubrieras —dijo—, pero tenemos que reunirnos con el arquitecto. ¿O ya no te acuerdas?

—Puede esperar.

—Lo mismo que tú —replicó Annabelle con seriedad, a pesar de que sentía que una carcajada burbujeaba en su garganta—. Por el amor de Dios, Simon, ni que estuvieras tan necesitado. He destinado gran parte de mis esfuerzos a satisfacer...

Simon la besó con tanta calidez y de una forma tan persuasiva que todo pensamiento racional se desvaneció de su cabeza. Sujetándola por el pelo con ambas manos, la empujó hasta apoyarla contra la pared de la entrada y le metió la lengua en la boca para darse un lánguido festín hasta que Annabelle sintió que la cabeza le daba vueltas y se vio obligada a hundir los dedos en las mangas de su chaqueta. Poco a poco, él apartó sus labios y le mordió con suavidad en la garganta. Le murmuró cosas que la dejaron desconcertada, expresándose con palabras que nada tenían que ver con la poesía, sino con la cruda sencillez de un hombre cuya pasión por ella no conocía límites.

—Cuando se trata de ti, no tengo control alguno. Lo único en lo que pienso cuando no te tengo a mi lado es en estar dentro de ti. Odio todo lo que te mantiene apartada de mí.

Llevó las manos a la espalda de su vestido para tirar con fuerza, y Annabelle jadeó al notar cómo las hileras de botones cedían y las pequeñas cuentas de marfil volaban por todas partes. Simon ahogó el sonido con su propia boca y le deslizó el vestido por los brazos al tiempo que pisaba deliberadamente el dobladillo. El maltratado tejido se desgarró y cayó al suelo. A continuación, atrajo a su esposa contra su cuerpo y le sujetó las muñecas con el fin de guiar las manos hasta su entrepierna. Annabelle aspiró con fuerza cuando sus dedos se amoldaron a la dura extensión de su erección y entrecerró los ojos.

—Quiero hacerte gritar; quiero que me arañes y que te desmayes en mis brazos —susurró, y la incipiente barba le raspó la piel—. Necesito tocarte por todas partes, por dentro y por fuera, tan lejos como pueda llegar... —Cediendo a un deseo salvaje, se detuvo y aplastó los labios de Annabelle con firme presión, como si el sabor de su boca fuera un exótico afrodisíaco que lo llevara a la locura.

Annabelle apenas se dio cuenta de que Simon buscaba en sus bolsillos justo antes de que algo tironeara de los cordones de su corsé... Los había cortado con la navaja, comprendió al sentir que la presión de las ballenas cedía alrededor de sus costillas y su cintura.

A sabiendas de que estaba a punto de que Simon la sedujera en la entrada del hogar de su familia, Annabelle se apartó de él, sonriendo y temblando a la vez. Incluso en los momentos de mayor excitación, él siempre parecía conservar una brizna de autocontrol, como si refrenara cuidadosamente la fuerza de su pasión. Ella nunca había temido un comportamiento poco caballeroso por su parte... hasta aquel momento. Su marido presentaba un aspecto casi salvaje, con el rostro oscurecido por un rubor nada habitual. El corazón comenzó a martillearle contra las costillas y tuvo que humedecerse los labios. El nervioso movimiento de su lengua atrajo de inmediato la atención de Simon, que clavó la mirada en su boca con sorprendente intensidad.

—Mi dormitorio... —consiguió decir ella, al tiempo que se giraba hacia las escaleras y comenzaba a subir con piernas temblorosas. No obstante, tras unos cuantos escalones, sintió que Simon se acercaba a ella, la atrapaba entre sus poderosos brazos y la obligaba a darse la vuelta. Antes de que pudiera emitir sonido alguno, la levantó en brazos y siguió subiendo las escaleras con una facilidad pasmosa.

Una vez dentro de su antiguo dormitorio, ella se dio cuenta del fuerte contraste entre la figura oscura de Simon y los pálidos y ajados volantes, los encajes raídos, y las muestras de costura enmarcadas que sus propias manos infantiles habían confeccionado. Él la desvistió sin miramientos y la tendió entre las sábanas, que carecían de almidón y tenían un ligero olor a humedad, puesto que nadie había dormido allí desde hacía mucho. En poco tiempo, las ropas de Simon se reunieron con las de ella en el suelo, tras lo cual, su cuerpo cubrió el de Annabelle. Ella respondió a su urgencia con un inequívoco deseo, extendiendo los brazos para abrazarlo y abriendo las piernas al primer roce de sus manos. Entró en ella de inmediato, penetrándola con una embestida fuerte y Annabelle gimió y se puso tensa mientras su cuerpo luchaba por amoldarse a él. En cuanto estuvo dentro de ella, sus caricias se volvieron más tiernas; la urgencia que lo había poseído se transformó en una vehemencia arrebatadora. Annabelle tuvo la sensación de que el cuerpo de su marido había sido creado para complacerla: desde la satinada dureza de sus músculos y el espeso vello que le cosquilleaba en los pezones, hasta el aroma y el sabor que embriagaba sus sentidos.

Abrumada por una intimidad tan devastadora, Annabelle sintió que los ojos se le llenaban de lágrimas mientras Simon la tranquilizaba con suaves murmullos, sin dejar de embestir con las caderas con movimientos más lentos y profundos, tomando más de ella de lo que Annabelle se habría creído capaz de dar. Él le atrapó los labios con los suyos y absorbió los erráticos suspiros al tiempo que se movía con fuertes y calculados envites que consiguieron que ella tensara todos y cada uno de sus músculos. Annabelle gimió contra su boca, suplicándole sin palabras que la llevara hasta la culminación. Cuando por fin accedió, Simon aceleró el ritmo y la transportó a un clímax tan intenso que transformó aquella unión en algo terrenal, sublime y sobrecogedor.

Minutos más tarde, Annabelle trató de abrirse camino entre el aturdimiento que abotargaba sus sentidos mientras yacía desmadejada sobre el cuerpo de Simon con la mejilla apoyada contra su hombro. Jamás se había sentido tan saciada... era como si todas sus terminaciones nerviosas palpitaran de placer. Y, sin embargo, había percibido algo nuevo en aquella forma de hacer el amor: un cenit inalcanzable que iba más allá de lo que acababan de compartir... una posibilidad que aún no se había materializado y que se encontraba justo fuera de su alcance. Un sentimiento..., un deseo..., algo prometedor que no tenía nombre. Cerró los ojos y disfrutó de la cercanía de sus cuerpos mientras esa escurridiza promesa vagaba sobre ellos como un fantasma benevolente.

Cada vez más curiosa acerca del proyecto que requería tanta atención por parte de su marido, Annabelle le pidió a Simon que la llevara de visita al lugar donde se construían las locomotoras, pero sólo se topó con negativas, evasivas y tácticas dilatorias que tenían como objeto evitar que fuera a aquel lugar. Al darse cuenta de que, por alguna razón, Simon no quería llevarla, la determinación de Annabelle se hizo más firme.

—Sólo una visita corta —insistió una noche—. Lo único que quiero es echarle un vistazo. No tocaré nada. Por el amor de Dios, después de haber escuchado hablar tanto de las locomotoras, ¿no me merezco verlas?

—Es demasiado peligroso —replicó Simon con rotundidad—. A una mujer no se le ha perdido nada en un sitio lleno de maquinaria pesada y tanques de miles de litros de sopa del infierno...

—Llevas semanas diciéndome lo seguro que es y que no tengo ninguna razón en absoluto para que me preocupe cuando vas allí... ¿Y ahora me vienes con que es peligroso?

Al darse cuenta de su error táctico, Simon gruñó.

—El hecho de que sea seguro para mí no significa que lo sea también para ti.

—¿Por qué no?

—Porque eres una mujer.

Hirviendo igual que uno de los tanques de sopa del infierno que él acababa de mencionar, Annabelle lo miró con los ojos entrecerrados.

—Responderé a ese comentario en un segundo —murmuró—..., en cuanto consiga reprimir el impulso de golpearte con el primer objeto pesado que encuentre.

Simon comenzó a pasearse de un lado a otro por el salón; la frustración que sentía era patente en cada músculo de su cuerpo. Se detuvo delante del canapé en el que estaba sentada y se inclinó sobre ella.

—Annabelle —comenzó con brusquedad—, visitar una fundición es como mirar a través de las puertas del infierno. Garantizamos la seguridad en la medida de lo posible, pero, a pesar de eso, es un lugar ruidoso, tosco y muy sucio. Y sí, siempre existe la posibilidad de que algo salga mal, y tú... —Se detuvo para pasarse las manos por el pelo, tras lo que miró a su alrededor con impaciencia, como si de repente le costara trabajo mirarla a los ojos. Con un considerable esfuerzo, se obligó a continuar—: Eres demasiado importante para mí como para arriesgar tu seguridad. Tengo la responsabilidad de protegerte.

Los ojos de Annabelle se abrieron de par en par. Se sentía conmovida y más que sorprendida por la confesión de que era importante para él. Mientras se miraban en silencio, fue consciente de una tensión muy especial..., una tensión que no resultaba desagradable, pero sí bastante inquietante. Apoyó la mejilla en la mano y lo estudió con detenimiento.

—Agradezco de todo corazón que quieras protegerme —musitó—. Sin embargo, no quiero que me encierren en una torre de marfil. —Al sentir la lucha interior que experimentaba Simon, continuó con un tono razonable—. Quiero saber más acerca de lo que haces cuando no estás a mi lado. Quiero ver el lugar que es tan importante para ti. Por favor.

Simon reflexionó en silencio un instante. Cuando respondió, en su voz se apreciaba una inconfundible aspereza.

—De acuerdo. Dado que es evidente que no me vas a dejar tranquilo si no accedo, te llevaré mañana. Pero no me culpes si te desilusiona lo que ves. Ya te he advertido de lo que hay.

—Gracias —respondió Annabelle con satisfacción y le dedicó una radiante sonrisa que palideció un poco al escuchar las palabras que él dijo a continuación.

—Por suerte, Westcliff también visitará la fundición mañana, así que será una oportunidad magnífica para que los dos os conozcáis mejor.

—Qué maravilla —replicó Annabelle en un débil intento de cortesía al tiempo que luchaba contra la tentación de empezar a maldecir ante la noticia.

Todavía no había perdonado al conde los hirientes comentarios que había hecho acerca de ella, por no mencionar la predicción de que su matrimonio arruinaría la vida de Simon. No obstante, si Simon creía que la idea de pasar un poco de tiempo con un asno pomposo como Westcliff iba a disuadirla, se iba a llevar una sorpresa. Se obligó a componer una sonrisa y pasó el resto de la noche meditando acerca de lo triste que era el hecho de que una esposa no pudiera elegir a los amigos de su marido.

Bien entrada la mañana siguiente, Simon llevó a Annabelle a la propiedad de más de tres hectáreas donde se hallaba la Consolidated Locomotive. Sobre las hileras de edificios, de los que salía un ruido constante, se alzaba una miríada de enormes chimeneas que expelían el humo sobre los patios y las calles circundantes. La extensión de la fundición era mucho mayor de lo que Annabelle había imaginado, ya que comprendía maquinaria tan enorme que casi la dejaba sin habla. El primer lugar que visitaron fue el taller de montaje, donde se encontraban nueve motores de locomotoras en diferentes fases de producción. El objetivo de la empresa era producir quince motores el primer año y doblar esa cantidad al siguiente. Dado que sabía que el desembolso de la compañía era, de media, de un millón de libras por semana, con una capitalización que doblaba esa cantidad, Annabelle se quedó mirando a su marido con la boca abierta por el asombro.

—Santo Cielo —dijo con desmayo—, ¿pero cuánto dinero tienes?

Los ojos oscuros de Simon brillaron con diversión ante una pregunta tan maleducada. Se inclinó para murmurarle al oído:

—Soy lo bastante rico como para que no le falten los botines, señora.

La siguiente parada fue en el taller de diseño, donde los planos de las piezas se estudiaban con todo detalle y se construían prototipos de madera según las especificaciones. Más tarde, Simon le explicó que esos modelos de madera se utilizarían para crear moldes en los que se vertía el hierro fundido y se dejaba enfriar. Fascinada, Annabelle le hizo una batería de preguntas acerca del proceso de fundición y del funcionamiento de las máquinas de remaches y las prensas hidrostáticas, además de interesarse por el motivo por el cual el hierro que se enfriaba rápidamente era más resistente que el que se enfriaba con lentitud.

A pesar de los recelos que Simon había albergado en un principio, parecía estar disfrutando de su papel de guía a través de los edificios, sonriendo de vez en cuando ante la expresión absorta de su esposa. La guió con sumo cuidado por la fundición, donde ella descubrió que la comparación que había hecho con el infierno no era una exageración. No tenía nada que ver con las condiciones de los trabajadores, a quienes parecía tratárseles muy bien, ni tampoco con los edificios, que estaban más o menos organizados. Se debía más a la naturaleza del trabajo en sí, que parecía una especie de manicomio organizado en el que el humo, el ruido atronador y el brillante rojo de los hornos proporcionaban un telón de fondo agobiante para un grupo de trabajadores con demasiadas capas de ropa que cargaban con tenazas y martillos. Sin duda alguna, los esbirros del diablo no estaban tan bien sincronizados a la hora de realizar sus tareas como esos empleados. Mientras se movían a través de un laberinto de fuego y hierro, los trabajadores se agachaban bajo los ejes de las enormes grúas y los tanques de sopa del infierno, deteniéndose de vez en cuando para dejar que unas grandes planchas de metal pasaran por delante de ellos. Annabelle era consciente de alguna que otra mirada curiosa lanzada en su dirección, pero, en su mayor parte, los trabajadores estaban demasiado absortos en su trabajo como para permitirse distracción alguna.

Había grúas de transporte a lo largo de todo el centro de la nave que elevaban a más de seis metros de altura los vagones llenos de mineral de hierro, fragmentos de este metal, y hulla, y los transportaban hasta varios hornos cilíndricos. La mezcla de hierro se cargaba por la parte superior de los hornos, donde se fundía y se pasaba por unas aspas gigantes para luego verter el resultado en moldes, a los que llegaba mediante otras grúas. El olor a combustible, metal y sudor humano confería al ambiente cierto aspecto nebuloso. Annabelle se acercó de forma instintiva a Simon mientras observaba cómo se vertía el hierro fundido desde los tanques a los moldes.

Molesta por los enervantes quejidos y crujidos del metal que se estaba doblando, el incesante siseo de la maquinaria de vapor y el eco de los golpes de un enorme yunque que manejaban entre seis hombres, Annabelle no podía evitar dar un respingo cada vez que el ruido asaltaba sus oídos. De inmediato, sintió que el brazo de Simon le rodeaba los hombros mientras éste entablaba una charla distendida, aunque a gritos, con el jefe del taller de montaje, el señor Mawer.

—¿Todavía no ha visto a lord Westcliff? —preguntó Simon—. Tenía pensado llegar a la fundición a mediodía... y nunca lo he visto llegar tarde antes.

El trabajador de mediana edad se enjugó el sudor de la cara con un pañuelo al tiempo que dejaba oír su réplica.

—Creo que el conde está en el patio de montaje, señor Hunt. Estaba preocupado por las dimensiones de las nuevas piezas cilíndricas y quería inspeccionarlas antes de que las montáramos.

Simon miró de soslayo a Annabelle.

—Vamos a salir —le dijo—. Hace un calor de mil demonios y hay demasiado ruido como para esperar a Westcliff aquí dentro.

Aliviada ante la perspectiva de escapar del incesante ruido de la fundición, Annabelle aceptó de inmediato. Puesto que ya había echado un buen vistazo a aquel lugar y había satisfecho su curiosidad, estaba más que dispuesta a marcharse, aunque eso significara verse obligada a pasar algún tiempo en compañía de lord Westcliff. Cuando Simon se detuvo para intercambiar unas últimas palabras con Mawer, Annabelle observó cómo se empleaba un fuelle accionado por vapor para insuflar aire en el enorme horno central. El chorro de aire conseguía que el metal se desplazara hacia unas calderas cuidadosamente colocadas que contenían varios miles de litros de líquido inestable.

Un trozo de hierro particularmente grande cayó contra la puerta de carga en la parte superior del horno... Al parecer, era demasiado grande, ya que el encargado le gritó con furia al trabajador que había cargado el vagón. Annabelle entrecerró los ojos para observarlos con más atención. Unos gritos de advertencia procedentes de los hombres que había en la parte superior de la galería anunciaron otro chorro de aire proveniente del fuelle... y, en ese momento, estalló el desastre. El hierro fundido rebosó con suma rapidez de las calderas y cayó, aún hirviendo, desde el horno; parte de él acabó sobre las grúas de transporte. Simon hizo una pausa en su conversación con el señor Mawer y ambos hombres levantaron la vista al mismo tiempo.

—Santa Madre de Dios —escuchó Annabelle que exclamaba su marido.

Apenas tuvo tiempo de atisbar su rostro antes de que la tirara al suelo y la cubriera con su cuerpo. Justo entonces, dos bolas de sopa del infierno del tamaño de calabazas cayeron en los pilones de enfriamiento que tenían debajo, provocando una serie de explosiones instantáneas.

El impacto de las explosiones fue como una sucesión de golpes que sacudieran su cuerpo por entero. No le quedaba aliento para gritar, ya que Simon la aplastaba y le protegía la cabeza con los hombros. Y, después...

Silencio.

Al principio, pareció que la propia tierra se hubiera detenido en seco. Desorientada, Annabelle parpadeó para aclararse la vista y, en ese momento, sus ojos se vieron asaltados por el intenso resplandor de las llamas, sobre las que se recortaban las amenazadoras siluetas de las máquinas como si fueran un grupo de monstruos salidos de un bestiario medieval. Las oleadas intermitentes de calor que la golpeaban eran tan intensas que amenazaban con arrancarle la carne de los huesos. Los trozos y esquirlas de metal volaban en remolinos por todas partes como si hubieran sido disparadas por un arma. Estaba rodeada por una vorágine de caos en movimiento, todo ello envuelto en un silencio sobrecogedor. De pronto, sintió una especie de presión en los oídos que fue seguida poco después por un agudo pitido.

Alguien trataba de levantarla del suelo. Simon tiró de sus brazos con fuerza y la puso en pie en un único movimiento. Incapaz de resistir el ímpetu, chocó contra el pecho de su marido. Le estaba diciendo algo... Casi podía distinguir el sonido de su voz y comenzó a escuchar pequeñas explosiones y el rugir del fuego de trasfondo, a medida que éste se alimentaba del edificio. Se quedó mirando el rostro pétreo de Simon en un intento por comprender sus palabras, pero la distrajo una lluvia de esquirlas de metal que azotó su cara y su cuello como un enjambre de molestos insectos. Llevada más por el instinto que por la razón, no pudo evitar dar un manotazo al aire como una estúpida.

Simon la empujó y comenzó a arrastrarla a través de aquel infierno al tiempo que intentaba protegerla con su cuerpo. Una gigantesca caldera rodó delante de ellos y comenzó a arrollar todo lo que encontraba a su paso sin que nada pudiera detenerla. Con una maldición, Simon la obligó a retroceder cuando el objeto pasó con un ruido atronador junto a ellos. Había hombres por todas partes, empujando, intentando salir, gritando, histéricos por la necesidad de sobrevivir mientras se dirigían hacia las salidas situadas a ambos lados del edificio. Una nueva andanada de explosiones, acompañada por el fragor de innumerables gritos, sacudió la fundición. Hacía demasiado calor para respirar, por lo que Annabelle se preguntó, sumida en una especie de sopor, si no se quemarían vivos antes de poder alcanzar la puerta siquiera.

—Simon —gritó al tiempo que se colgaba de su cintura—. Ahora que lo he pensado mejor, creo que tenías razón.

—¿Sobre qué? —preguntó él con la mirada fija en la entrada de la fundición.

—¡Este lugar es, sin duda alguna, demasiado peligroso para mí!

Simon se agachó para echársela sobre el hombro y la llevó por encima de las grúas desplomadas y la maquinaria rota, con una mano firmemente anclada alrededor de sus rodillas. Colgada de esa guisa, incapaz de hacer nada, Annabelle vio unos cuantos agujeros en la chaqueta de Simon de los que manaba la sangre y se dio cuenta de que la explosión había clavado esquirlas de metal en su espalda mientras la protegía con el cuerpo. Sorteando un obstáculo tras otro, Simon consiguió alcanzar la enorme puerta y dejó a Annabelle en el suelo. Se sorprendió cuando él la empujó con firmeza hacia otra persona, a la que ordenó a voz en grito que la sujetara. Al darse la vuelta, Annabelle se dio cuenta de que Simon la había dejado en manos del señor Mawer.

—Sáquela de aquí —le ordenó con voz ronca—. No se detenga hasta que ella esté bien lejos del edificio.

—¡Sí, señor!

El jefe de taller sujetó a Annabelle con un apretón del que le resultó imposible zafarse.

Annabelle volvió la vista hacia Simon mientras la arrastraban por la fuerza hacia la entrada.

—¿Qué vas a hacer?

—Tengo que asegurarme de que todo el mundo consigue salir.

Se sintió atravesada por una oleada de pánico.

—¡No! Simon, ven conmigo...

—Saldré en cinco minutos —contestó con brusquedad.

El rostro de Annabelle se convulsionó y los ojos se le llenaron de lágrimas de furia y pavor.

—En cinco minutos, el edificio habrá quedado reducido a cenizas.

—No se detenga —le dijo su marido a Mawer antes de darse la vuelta.

—¡Simon! —chilló Annabelle, que se negó a caminar cuando lo vio desaparecer en la fundición.

El tejado se hundía pasto de una llamarada azul mientras la maquinaria que había dentro del edificio crujía y se retorcía bajo el intenso calor. El humo emergía de las puertas y se arremolinaba en columnas negras que contrastaban con las nubes blancas que coronaban el cielo. Annabelle no tardó en darse cuenta de que oponerse a la fuerza de Mawer era inútil. Inspiró con fuerza el aire del exterior y comenzó a toser cuando sus irritados pulmones trataron de expulsar el humo viciado. Mawer no se detuvo hasta que la dejó en un camino de grava con la orden de que se quedara allí.

—Su marido saldrá —le dijo—. Puede quedarse aquí y esperarlo. Prométame que no va a moverse, señora Hunt... Yo tengo que hacer el recuento de mis hombres y lo último que necesito es que usted me cause más problemas.

—No me moveré —respondió Annabelle de forma automática, sin dejar de mirar la puerta de la fundición—. Váyase.

—Sí, señora.

Permaneció inmóvil sobre la grava, con la mirada perdida en la puerta de la fundición mientras un frenesí de actividad rugía a su alrededor. Algunos hombres pasaban a la carrera por su lado mientras otros se agachaban junto a los heridos. Unos cuantos, como ella misma, permanecían quietos como estatuas, observando el resplandor con la mirada vacía. El fuego rugía con tanta fuerza que la tierra vibraba, y su intensidad crecía cada vez más a medida que iba consumiendo el edificio. Un puñado de hombres acercaba una bomba de mano al edificio; sin duda, la tenían allí para las posibles emergencias, en caso de que no hubiera tiempo suficiente para ir en busca de ayuda. Los hombres trataban con desesperación de conectar la manguera de piel a una cisterna subterránea. Repartidos a cada lado de la bomba, asieron la larga palanca y comenzaron a moverla al unísono con el fin de producir la presión necesaria para llenar la cámara de aire del motor, lo que elevaría un chorro de agua a treinta metros por encima del suelo. El esfuerzo resultó tristemente ineficaz contra la magnitud de semejante infierno.

Los minutos de espera transcurrían con tal lentitud que a Annabelle le parecían años. En un momento dado, sintió que sus labios comenzaban a moverse en una silenciosa plegaria.

«Simon, sal... Simon, sal...»

Media docena de figuras salieron dando tumbos por la puerta, con los rostros y las ropas tiznadas por el humo. Annabelle los recorrió con avidez con la mirada. Al darse cuenta de que su marido no se encontraba entre ellos, volvió a concentrar su atención en la bomba de mano. Los hombres habían dirigido el chorro de agua hacia el edificio adyacente para empaparlo, con la esperanza de evitar que el fuego se propagara. Annabelle sacudió la cabeza con incredulidad al darse cuenta de que habían dado la fundición por perdida. Habían renunciado a todo lo había dentro..., entre lo que se incluía a cualquier persona que hubiera quedado atrapada. Decidida a no quedarse cruzada de brazos, corrió hacia el otro extremo de la fundición y escudriñó desesperadamente a la multitud que se había congregado allí, en busca de su marido.

Al ver que uno de los jefes de taller hacía el inventario de los trabajadores de la fundición evacuados, Annabelle se acercó a él.

—¿Dónde está el señor Hunt? —preguntó de buenas a primeras, aunque tuvo que repetir la pregunta antes de que el hombre le prestara atención.

El trabajador apenas la miró mientras le contestaba con distraída impaciencia.

—Se ha producido otro derrumbe. El señor Hunt estaba ayudando a liberar a uno de los trabajadores que quedó atrapado bajo los escombros. Nadie lo ha visto desde entonces.

A pesar del calor infernal que emanaba de la fundición, Annabelle sintió que el frío la consumía. El temblor se apoderó de su voz.

—Si hubiera sido capaz de salir —dijo—, ya lo habría hecho a estas alturas. Necesita ayuda. ¿No puede entrar alguien para buscarlo?

El jefe de taller la miró como si estuviera loca.

—¿Entrar en ese infierno? Sería un suicidio.

Acto seguido, le dio la espalda para acercarse a un hombre que yacía tirado en el suelo y le colocó una chaqueta doblada bajo la cabeza. Cuando volvió a dirigir la vista hacia el lugar donde se encontraba Annabelle, ella había desaparecido.

26

Si alguien se percató de que una mujer estaba entrando en el edificio, nadie trató de detenerla. Annabelle se cubrió la boca con un pañuelo y se abrió camino a través de las nubes de humo acre que arrancaban regueros de lágrimas de sus ojos entrecerrados. El fuego, que había comenzado al otro lado de la fundición, se estaba extendiendo a través de las vigas con voluptuosas oleadas de color azul, blanco y amarillo. Sin embargo, más pavoroso que el calor abrasador era el ruido: el rugido de las llamas, los chirridos y gemidos del metal que empezaba a doblarse o los tintineos de la maquinaria pesada que chasqueaba como si fuera el juguete de un niño que alguien pisa hasta aplastarlo. De forma ocasional, el metal líquido burbujeaba y lo salpicaba todo en forma de explosiones de metralla.

Recogiéndose las faldas, Annabelle se tambaleó sobre los escombros al rojo vivo que le llegaban a la altura de la rodilla sin dejar de gritar el nombre de Simon, aunque su voz quedaba amortiguada por la cacofonía de ruidos. Cuando ya casi se había resignado a no encontrarlo, percibió movimiento entre los restos que cubrían el suelo.

Con un grito, corrió hacia la gran figura que yacía en el suelo. Era Simon , vivo y consciente, con la pierna atrapada bajo el mástil de acero de una grúa caída. Cuando la vio, su rostro cubierto de hollín esbozó una mueca de horror y forcejeó para incorporarse.

—Annabelle —dijo con voz ronca, pero tuvo que hacer una pausa cuando le sobrevino un ataque de tos—. ¡Maldita sea, no! ¡Lárgate de aquí! ¿Qué demonios estás haciendo?

Ella meneó la cabeza, ya que no estaba dispuesta a desperdiciar su aliento con una discusión. La grúa era demasiado pesada para que ninguno de ellos pudiera desplazarla... Tenía que encontrar algo... algo con lo que pudiera hacer palanca para sacarlo. Se enjugó los ojos llenos de lágrimas y rebuscó entre una pila de piezas de la fundición, piedras rotas y un montón de contrapesos. Todo estaba cubierto con una capa de aceite y hollín que la hacía resbalar a cada paso que daba a través de los escombros. Una hilera de palancas giratorias descansaba sobre una pared que se tambaleaba, algunas de las cuales eran más altas que ella. Llegó hasta las ruedas y encontró una pila de bielas y ejes tan gruesos como su puño. Aferró una de las pesadas bielas llenas de grasa y tiró de ella para arrastrarla hacia su marido.

Le bastó echar un vistazo a Simon para darse cuenta de que, de haber podido ponerle las manos encima, la habría matado en el acto.

—Annabelle —rugió entre espasmos de tos—, ¡sal de este edificio ahora mismo!

—No pienso irme sin ti. —Descubrió a tientas un bloque de madera que antes había estado en el extremo de un brazo hidrostático.

Sin dejar de girar y retorcer su pierna atrapada, Simon le dedicó una salva de amenazas y juramentos mientras ella arrastraba el bloque de madera hasta él y lo empujaba contra la grúa.

—¡Es demasiado pesado! —gruñó él mientras la observaba forcejear con la biela—. ¡No puedes moverla! Vete de aquí. ¡Maldita sea, Annabelle...!

Jadeando por el esfuerzo, Annabelle colocó la biela sobre el bloque de madera e introdujo el extremo bajo la grúa. Empujó hacia abajo utilizando todo su peso. La grúa permaneció inmutable en su lugar, indiferente ante sus esfuerzos. Con un siseo de frustración, forcejeó con la palanca hasta que la biela soltó un crujido de protesta. Era inútil: la grúa no se movería.

De pronto, se escuchó un fuerte crujido y varias esquirlas de hierro volaron por los aires, por lo que Annabelle se vio obligada a agacharse y cubrirse la cabeza. Sintió un golpe en el brazo que la sacudió con fuerza suficiente para enviarla al suelo. Notó un dolor agudo en la parte superior del brazo y, al bajar la mirada, descubrió que tenía un trozo de metal incrustado en la carne y la manga del vestido estaba salpicada de brillante sangre roja. Gateó hasta Simon y sintió cómo la apretaba contra su pecho, sirviéndole de escudo hasta que la lluvia de trozos de hierro hubo amainado.

—Simon —jadeó al tiempo que posaba la mirada en los ojos de su marido, inyectados en sangre a causa del humo—, tú siempre llevas una navaja. ¿Dónde está?

Simon se quedó inmóvil cuando comprendió lo que implicaba aquella pregunta. Por un instante, Annabelle vio cómo sopesaba la posibilidad, pero después sacudió la cabeza.

—No —dijo con voz ronca—. Aun cuando pudieras cortarme la pierna, no podrías arrastrarme fuera de aquí. —La empujó para apartarla de él—. Ya no queda tiempo... Tienes que salir de esta maldita fundición. —Cuando vio la negativa en el rostro de Annabelle, sus rasgos reflejaron un miedo terrible, no por él, sino por ella—. Por Dios, Annabelle —gimió, finalmente dispuesto a suplicar—, no hagas esto. Por favor. Si te importo algo... —Un estremecimiento de tos hizo que se detuviera—. Vete. ¡Fuera!

Por un instante, Annabelle casi deseó obedecerlo; fue un instante en el que las ganas de escapar de aquella pesadilla infernal en que se había convertido la fundición en llamas estuvieron a punto de abrumarla. Sin embargo, cuando logró ponerse en pie y mirarlo, tan grande y tan indefenso, no pudo obligarse a abandonar el lugar. En cambio, cogió la biela una vez más y volvió a colocarla sobre el bloque de madera, a pesar del intenso dolor de su hombro herido. El rugido de la sangre en los oídos le imposibilitaba distinguir los bramidos de Simon del estrépito del edificio que se tambaleaba sobre ellos. Y eso fue de agradecer, ya que él parecía loco de furia. Empujó y se colgó de la palanca mientras sus torturados pulmones se esforzaban por conseguir algo de aire y se colapsaban en respuesta. Las cosas se volvieron borrosas a su alrededor, pero continuó empleando todas las fuerzas que le quedaban sobre la barra de hierro, sirviéndose de su poco peso para tratar de moverla.

De pronto, sintió que algo agarraba la parte trasera de su vestido. Si le hubiera quedado algo de aliento para gritar, lo habría hecho. Con un susto de muerte, Annabelle se quedó rígida cuando sintió que la echaban hacia atrás y le arrancaban las manos de la barra. Entre toses y sollozos, observó a través del humo una silueta oscura y esbelta por detrás de ella. Una voz fría reverberó en sus oídos.

—Yo levantaré la grúa. Usted encárguese de sacarle la pierna a mi señal.

Reconoció ese tono de voz autocrático incluso antes de verle bien la cara. Westcliff, pensó con perplejidad. Sin duda, era el conde, con su camisa blanca desgarrada y sucia y el rostro cubierto de hollín. A pesar de su desarreglo, parecía sereno y muy dispuesto mientras la instaba a ir hacia Simon. Alzando la barra de hierro con facilidad, el conde ajustó de manera experta la palanca bajo el mástil de la grúa. Si bien era de estatura media, su cuerpo esbelto era sólido y estaba increíblemente en forma debido a los años de intenso ejercicio físico. Mientras Westcliff empujaba hacia abajo con una poderosa embestida, Annabelle escuchó los chirridos y crujidos del metal, tras lo cual la enorme grúa se levantó unos pocos, aunque cruciales, centímetros. El conde le gritó a Annabelle, que tiró frenéticamente de la pierna de Simon, ignorando el gruñido de agonía que emitió su marido al rodar para quedar libre del objeto que lo aplastaba.

Westcliff dejó caer la grúa, que produjo un tremendo estruendo, y se dispuso a ayudar a Simon a ponerse en pie colocando uno de sus amplios hombros bajo el brazo del hombre para que apoyara el peso del lado herido. Annabelle se colocó al otro lado y dio un respingo cuando Simon la agarró con una fuerza brutal. El humo y el calor resultaban apabullantes, y a Annabelle le resultaba imposible respirar o ver algo o incluso pensar. Las toses sacudían sin descanso su delgado cuerpo. De haber tenido que valerse por sus propios medios, jamás habría sido capaz de encontrar el camino de salida de la fundición. Simon tiraba de ella con una fuerza descomunal y, en ocasiones, la alzaba cuando cruzaban los escombros del suelo, que la golpeaban dolorosamente en los tobillos, las espinillas y las rodillas. El tortuoso viaje parecía durar una eternidad y su avance resultaba cada vez más difícil, mientras la fundición se sacudía y rugía como una bestia que sobrevolara a su presa herida. La cabeza de Annabelle comenzó a dar vueltas. Luchó por permanecer consciente cuando su visión se llenó de chispas resplandecientes y una tentadora oscuridad comenzó a cernirse sobre ellos.

Jamás podría recordar el momento en que salieron de la fundición con la ropa llena de hollín, el cabello chamuscado y la cara llena de manchas... Lo único que consiguió recordar más tarde fue que había un número incontable de manos que se extendían hacia ella y que sus doloridas piernas se vieron libres de pronto de la carga de sostener su propio peso. Después de desplomarse lentamente en los brazos de alguien, sintió cómo la alzaban mientras sus pulmones se esforzaban por aspirar aire puro. Le colocaron un tejido desagradable y empapado sobre la cara, y unas manos desconocidas se introdujeron bajo su vestido para desabrocharle el corsé. No le dio la más mínima importancia. Arropada por un estupor exhausto, se rindió a aquellas toscas atenciones y tragó el contenido del cazo de metal que presionaron contra sus labios.

Cuando Annabelle empezó a recuperar finalmente la consciencia, parpadeó unas cuantas veces para permitir que las lágrimas, que calmaban el ardor de sus ojos, se extendiera por la superficie de sus globos oculares.

—¿Simon...? —murmuró al tiempo que forcejeaba para incorporarse. Con suavidad, la obligaron a permanecer tal y como estaba.

—Descanse un poco más —dijo una voz grave—. Su marido se encuentra bien. Algo magullado y un poco chamuscado, pero definitivamente a salvo. No creo que se haya roto siquiera la maldita pierna.

Cuando recuperó por completo la consciencia, se dio cuenta con aturdido asombro de que estaba medio tumbada en el regazo de lord Westcliff, sobre el suelo, y con el vestido parcialmente desabrochado. Echó un vistazo a los marcados rasgos del conde y se dio cuenta que su tez morena estaba llena de manchas negras y de que su cabello estaba despeinado y sucio. El conde, impecable por lo general, tenía un aspecto tan amigable, desarreglado y asequible que apenas logró reconocerlo.

—Simon... —susurró.

—Lo están metiendo en mi carruaje en estos momentos. Resulta innecesario decir que está bastante impaciente por que se reúna con él. Voy a llevarlos a ambos a Marsden Terrace; ya he mandado llamar a un médico, que se encontrará con nosotros allí. —Westcliff la alzó un poco más entre sus brazos—. ¿Por qué fue tras él? Podría haberse convertido en una viuda muy rica.

Aquella pregunta fue realizada sin burla alguna, pero con un interés que la dejó confundida.

En lugar de responder, Annabelle concentró su atención en una mancha de sangre que el hombre tenía en el hombro.

—No se mueva —murmuró mientras utilizaba una de sus uñas rotas para sujetar una esquirla de metal que emergía del tejido de la camisa. La desprendió con rapidez y el rostro de Westcliff reflejó una mueca de dolor.

El conde meneó la cabeza con incredulidad al contemplar la esquirla que ella le mostraba.

—Dios, ni siquiera me había dado cuenta.

Annabelle encerró el objeto entre sus dedos y preguntó con cansancio:

—¿Por qué entró usted, milord?

—Después de que me informaran de que usted se había metido en un edificio en llamas en busca de su marido, creí conveniente ofrecer mis servicios... Quizás abrir una puerta, apartar algún objeto de su camino... Ese tipo de cosas.

—Resultó usted bastante útil —dijo Annabelle, que utilizó deliberadamente el mismo tono aburrido del conde.

Westcliff sonrió, lo que dejó al descubierto una hilera de blanquísimos dientes tras su rostro ennegrecido por el humo.

Con mucho cuidado, el conde la ayudó a sentarse. Sin retirar el brazo de su espalda, cerró los broches de su vestido de una forma eficiente e impersonal sin apartar la vista de la manifiesta destrucción de la que había sido objeto la fundición.

—Sólo han muerto dos hombres, aunque todavía hay uno desaparecido —murmuró—. Todo un milagro si consideramos la extensión del desastre.

—¿Significará esto el final de la fábrica de locomotoras?

—No; espero que podamos reconstruirla a la mayor brevedad.

—El conde observó con afecto su rostro exhausto—. Más tarde, podrá explicarme lo que ocurrió. Ahora, permítame que la lleve hasta el carruaje.

Annabelle soltó un pequeño jadeo cuando el hombre se puso en pie y la cogió en brazos.

—¡Oh! No hay ninguna necesidad...

—Es lo menos que puedo hacer. —Westcliff la obsequió con otra de esas raras sonrisas mientras la acarreaba con asombrosa facilidad—. Tengo algunas cuentas pendientes en lo que a usted se refiere.

—¿Quiere decir que ahora cree que Simon me importa de verdad y que no me casé con él sólo por su dinero?

—Algo así. Al parecer, me equivoqué con usted, señora Hunt. Le ruego que acepte mis más humildes disculpas.

Con la sospecha de que el conde pedía disculpas en muy raras ocasiones, y mucho menos humildes, Annabelle colocó los brazos alrededor de su cuello.

—Supongo que tendré que aceptarlas —dijo a regañadientes—, ya que nos ha salvado la vida.

Él la colocó de forma más cómoda en sus brazos.

—¿Firmamos la paz, entonces?

—Paz —concedió ella, que empezó a toser contra su hombro.

Mientras el médico atendía a Simon en el dormitorio principal de Marsden Terrace, Westcliff llevó a Annabelle a un lado y atendió personalmente la herida que tenía en la parte superior del brazo. Tras extraer los trozos de metal que se habían clavado en su piel, desinfectó la zona con alcohol mientras Annabelle gritaba de dolor. Embadurnó el corte con salvia, lo vendó de manera experta y le ofreció una copa de brandy para aliviar las molestias. Si él había añadido algo al brandy o si fue el cansancio lo que intensificó los efectos, Annabelle nunca lo supo. Después de tragar dos dedos del oscuro líquido ambarino, la invadió el sueño y la cabeza empezó a darle vueltas. Fue evidente su mala articulación cuando le dijo a Westcliff que el mundo podía considerarse afortunado de que él no se hubiese unido a la profesión médica, a lo que él contestó con seriedad que era muy cierto. Se tambaleó como si estuviera ebria con la intención de buscar a Simon, pero fue disuadida con firmeza por el ama de llaves y un par de doncellas, que parecían decididas a bañarla. Antes de que Annabelle se diese cuenta de lo que ocurría en realidad, la habían bañado y le habían colocado un camisón, que habían tomado prestado del armario de la anciana madre de Westcliff, y yacía en una cama suave y limpia. Tan pronto como cerró los ojos, se hundió sin remedio en un sueño ligero.

Para disgusto de Annabelle, se despertó tarde a la mañana siguiente y tuvo que esforzarse por recordar dónde estaba y qué había ocurrido. En cuanto su cerebro se concentró en Simon, salió a toda prisa de la cama y echó a correr descalza por el pasillo sin prestar atención a las cosas hermosas que la rodeaban. Se cruzó con una doncella, que apenas pareció sorprenderse por el aspecto de una mujer con el pelo suelto y desarreglado, el rostro arañado y enrojecido y un camisón que no era de su talla... Una mujer que, a pesar de haberse bañado a conciencia la noche anterior, todavía apestaba al humo de la fundición.

—¿Dónde está? —preguntó Annabelle sin andarse por las ramas.

Aunque pareciera increíble, la doncella comprendió la brusca pregunta y le indicó a Annabelle dónde se encontraba la habitación del señor, al final de pasillo.

Al llegar a la puerta abierta, Annabelle vio a lord Westcliff junto a una cama enorme donde Simon estaba sentado contra una pila de almohadones. Tenía el pecho desnudo y su torso y sus hombros parecían aun más bronceados debido al contraste con el blanco níveo de las sábanas que tenía subidas hasta la cintura. Annabelle hizo una mueca al contemplar la profusión de emplastos que tenía sobre el pecho y los brazos, ya que podía hacerse una ligera idea del dolor que debía de haber sufrido cuando le retiraron tanta metralla. Los dos hombres dejaron de hablar tan pronto como se dieron cuenta de su presencia.

Simon clavó la mirada en su rostro con una intensidad inquietante. La habitación se cargó con una maraña invisible de emociones que los llenó a ambos de una incómoda tensión. Cuando Annabelle contempló el rostro pétreo de su marido, ninguna palabra le pareció apropiada. Si hablaba con él en ese momento, no le diría más que una hipérbole pueril o un eufemismo absurdo. Ridículamente agradecida por la presencia de Westcliff como intermediario provisional, Annabelle le dirigió su primer comentario a él.

—Milord —dijo al tiempo que inspeccionaba los cortes y quemaduras que presentaba su rostro—, parece el perdedor de una pelea de taberna.

El conde avanzó un poco, tomó su mano y ejecutó una reverencia impecable. La sorprendió al depositar un caballeroso beso en el dorso de su muñeca.

—De haber participado alguna vez en una pelea de taberna, señora mía, le aseguro que no habría perdido.

Aquello arrancó una sonrisa a Annabelle, que no pudo evitar pensar que, tan sólo veinticuatro horas antes, había despreciado ese arrogante aplomo, por más que en ese momento le resultara casi encantador. Westcliff soltó su mano después de darle un apretón reconfortante.

—Con su permiso, señora Hunt, me retiro. No me cabe duda de que tiene bastantes cosas que tratar con su marido.

—Gracias, milord.

En cuanto el conde abandonó la habitación, Annabelle se acercó a la cama. Simon apartó la mirada de ella con el ceño fruncido y la pronunciada estructura de su perfil resplandeció bajo la luz del sol.

—¿Tienes la pierna rota? —preguntó Annabelle con voz ronca.

Simon negó con la cabeza sin apartar la mirada del papel estampado con flores que cubría las paredes de la habitación.

—Se curará pronto.

Annabelle lo acarició con la mirada, demorándose en la fuerte musculatura de sus brazos y su pecho, en sus manos de dedos largos y en el modo en que un oscuro mechón de pelo caía sobre su frente.

—Simon —preguntó con suavidad—, ¿no piensas mirarme?

Los ojos del hombre se entrecerraron cuando se giró para observarla con furia.

—Me gustaría hacer algo más que mirarte. Me gustaría estrangularte.

Habría sido una estupidez por parte de Annabelle preguntarle por qué, puesto que ya lo sabía. En su lugar, esperó pacientemente mientras la garganta de Simon se convulsionaba con violencia.

—Lo que hiciste ayer fue imperdonable —dijo él por fin.

Ella lo miró con incredulidad.

—¿Qué?

—Tumbado en aquel infierno, te pedí que cumplieras el que creí que sería el último deseo de mi vida. Y tú te negaste.

—Tal y como han terminado las cosas, no fue tu último deseo —replicó Annabelle con cautela—. Sobreviviste, al igual que yo, y ahora todo está bien...

—Por supuesto que no está bien —le espetó Simon, cuyo rostro se oscurecía más y más por la furia—. Jamás olvidaré lo que sentí al saber que ibas a morir allí conmigo y que no podía hacer una maldita cosa para detenerte. —Apartó la cara cuando su voz se quebró debido a la carga de emociones.

Annabelle estiró un brazo para acariciarlo, pero se contuvo, con las manos suspendidas en el aire.

—¿Cómo pudiste pedirme que te dejara allí, herido y solo? No fui capaz de hacerlo.

—¡Deberías haber hecho lo que te dije!

Annabelle ni siquiera se inmutó, ya que comprendía que era el miedo lo que yacía bajo su furia.

—Tú no te habrías marchado si hubiera sido yo quien se encontrara en el suelo de la fundición...

—Sabía que dirías eso —comentó con profundo desagrado—. Por supuesto que no te habría dejado. Yo soy un hombre. Y se supone que los hombres deben proteger a sus esposas.

—Y se supone que las mujeres deben servir de ayuda —contraatacó Annabelle.

—Tú no me ayudaste —dijo Simon con los dientes apretados—. Me hiciste pasar un calvario. Maldita sea, Annabelle, ¿por qué no me obedeciste?

Ella respiró hondo antes de responder.

—Porque te amo.

Simon siguió sin mirarla a la cara mientras las delicadas palabras le producían un evidente estremecimiento. Su enorme mano se cerró en un puño sobre la colcha al tiempo que sus defensas comenzaban a desmoronarse.

—Habría muerto un millón de veces —dijo con voz trémula—
para evitarte el más mínimo daño. Y el hecho de que estuvieras dispuesta a arriesgar tu vida en un sacrificio sin sentido es más de lo
que puedo soportar.

Annabelle comenzó a sentir que le escocían los ojos al mirarlo,
mientras la necesidad y una inextinguible ternura se extendían como
un dolor por todo su cuerpo.

—Me di cuenta de una cosa —dijo con voz ronca— cuando estaba de pie frente a la fundición viendo cómo las llamas consumían el edificio y sabiendo que tú estabas dentro. —Tragó con
fuerza para vencer el enorme nudo que tenía en la garganta—. Prefería morir en tus brazos, Simon, que enfrentarme a una vida sin ti.
Todos esos años interminables... todos esos inviernos, veranos... un
sinfín de estaciones deseándote sin tenerte jamás. Convertirme en
una anciana mientras tú permanecías por siempre joven en mis recuerdos... —Se mordió el labio y meneó la cabeza con los ojos cargados de lágrimas—. Me equivoqué al decirte que no sabía cuál era
mi lugar. Lo sé. Mi lugar está contigo, Simon. Lo único importante es estar contigo. Estás atado a mí para siempre, y jamás te obedeceré cuando me digas que me marche. —Consiguió esbozar una
sonrisa trémula—. Así que más te vale dejar de quejarte y resignarte a ello.

Con una rapidez sorprendente, Simon se giró y la arrastró contra él. Enterró su rostro en la enredada maraña de cabello de Annabelle y su voz emergió como un angustiado gruñido.

—Dios mío, ¡no puedo soportarlo! No puedo dejarte salir todos los días temiendo a cada minuto que te ocurra algo, sabiendo
que toda la cordura que poseo está unida a tu bienestar. No puedo
soportar este sentimiento... es demasiado fuerte... ¡Por todos los demonios! Me convertiré en un completo lunático. No volveré a ser
de provecho. Si pudiera reducirlo en alguna medida... amarte aunque sólo fuera la mitad... sería capaz de vivir con ello.

Annabelle soltó una débil carcajada al escuchar aquella ruda
confesión al tiempo que una oleada de felicidad embargaba todo
su ser.

—Pero lo único que deseo es todo tu amor —dijo. Cuando Simon echó la cabeza hacia atrás para mirarla, la expresión de su rostro la dejó sin aliento. Le costó varios segundos recuperarse—. Tu corazón y tu mente —continuó con una sonrisa pícara, y, acto seguido, bajó la voz de forma provocativa—. Y todo tu cuerpo, también.

Simon se estremeció y contempló el rostro radiante de su esposa como si no pudiese apartar la mirada.

—Eso es algo reconfortante, puesto que ayer parecías muy dispuesta a cortarme la pierna con una navaja de bolsillo.

Annabelle compuso un mohín y acarició el vello de su pecho con la yema de los dedos, jugueteando con los oscuros rizos.

—Mi intención era preservar la mayor parte posible de tu persona y sacarte de aquel lugar.

—En ese momento, te habría dejado hacerlo de haber creído que podría funcionar. —Simon le cogió la mano y presionó la palma llena de heridas contra su mejilla—. Eres una mujer fuerte, Annabelle. Más fuerte de lo que hubiera imaginado.

—No, lo que es fuerte es el amor que siento por ti. —Dedicándole una brillante mirada traviesa por detrás de las pestañas, Annabelle murmuró—: No habría sido capaz de cortarle la pierna a nadie más, ¿sabes?

—Si arriesgas tu vida de nuevo, sea por la razón que sea, te estrangularé. Ven aquí. —Colocó la mano tras la cabeza de su mujer y tiró de ella hacia delante. Cuando sus narices estuvieron a punto de rozarse, inspiró con fuerza y dijo—: Te amo, maldita sea.

Ella le rozó los labios de forma juguetona.

—¿Cuánto?

Simon emitió un pequeño gemido, como si el beso lo hubiese afectado inmensamente.

—Más allá de todo límite. Para toda la eternidad.

—Yo más —dijo Annabelle al tiempo que unía su boca a la de él.

Sintió una exquisita oleada de placer acompañada por una elusiva sensación de plenitud, de perfecta realización, que jamás había alcanzado con anterioridad. Estaba flotando en calidez, como si su alma estuviera bañada en luz. Se apartó y vio en la atónita mirada de Simon que él también lo había sentido.

Había un nuevo y maravillado matiz en su voz cuando dijo:

—Bésame otra vez.

—No, te haré daño. Me estoy apoyando sobre tu pierna.

—Eso no es mi pierna —fue su pícara respuesta, y Annabelle se echó a reír.

—Eres un granuja...

—Y tú eres tan hermosa... —susurró Simon—. Por dentro y por fuera. Annabelle, mi esposa, mi dulce amor... Bésame de nuevo. Y no te detengas hasta que te lo pida.

—Sí, Simon —murmuró ella, y lo obedeció de buena gana.

Epílogo

Epílogo

—... No, ésa no es la mejor parte —dijo Annabelle animada al tiempo que agitaba las páginas para que las Bowman guardaran silencio. Las tres mujeres se habían arrellanado sobre los sillones de la *suite* de Annabelle en el Rutledge, descalzas y balanceando los pies al tiempo que bebían copas de vino dulce—. Dejad que siga leyendo: «Cuando nos detuvimos en el valle del Loira para visitar un castillo del siglo XVI en restauración, la señorita Hunt conoció a un caballero inglés soltero, el señor David Keir, que acompañaba a dos primos más jóvenes en su gran *tour*. Al parecer, es historiador del arte y está enfrascado en la escritura de un libro sobre el tema, o algo parecido, por lo que él y la señorita Hunt encontraron un punto en común. De acuerdo con "las madres", como me referiré a partir de ahora a mamá y a la señora Hunt, están siempre juntos y parecen compartir una sola mente...»

—Santo cielo —exclamó Lillian entre risas—, ¿por qué tu hermano tiene que escribir con frases tan largas?

—¡Cállate! —la reconvino Daisy—. ¡Jeremy está a punto de contar lo que las madres piensan del señor Keir! Continúa, Annabelle.

—«... comparten la opinión de que el señor Keir es un caballero influyente y agraciado...» —continuó Annabelle.

—¿Eso significa que es guapo? —preguntó Daisy.

Annabelle sonrió.

—Sin duda alguna. Y Jeremy continúa diciendo que el señor Keir ha pedido permiso para escribir a Meredith... ¡Y que tiene la intención de visitarla cuando esté de regreso en Londres!

—¡Qué encantador! —exclamó Daisy, al tiempo que le tendía la copa a Lillian—. Sírveme otra, querida... Quiero brindar por la futura felicidad de Meredith.

Las tres bebieron encantadas, tras lo cual Annabelle dejó la carta a un lado con un suspiro de satisfacción.

—Ojalá pudiera contárselo a Evie.

—La echo de menos —dijo Lillian con una sorprendente tristeza—. Tal vez sus carceleros..., perdón, su familia... nos permita visitarla pronto.

—Tengo una idea —comentó Daisy—. Cuando padre llegue de Nueva York el próximo mes, tendremos que ir con él a Stony Cross de nuevo. Por supuesto, Annabelle y el señor Hunt recibirán también una invitación gracias a su amistad con lord Westcliff. Quizá podamos solicitar que incluyan a Evie y a su tía. De esa forma, podremos celebrar un encuentro oficial de floreros..., por no mencionar otro partido de *rounders*.

Annabelle gimió con teatralidad y le dio un buen sorbo a su vino.

—Que Dios me asista. —Dejó la copa sobre una mesa cercana y buscó en su bolsillo para sacar un pequeño paquetito de papel con un objeto en su interior—. Lo que me recuerda... Daisy, ¿me harías un favor?

—Por supuesto —replicó la joven al tiempo que abría el paquete. Una expresión de curiosidad cruzó por su rostro al ver el trozo de metal, parecido a una aguja, que había dentro—. En nombre del cielo, ¿qué es esto?

—Lo saqué del hombro de lord Westcliff el día del incendio en la fundición. —Sonrió al ver las expresiones sorprendidas con las que las Bowman contemplaban el pedazo de hierro—. Si no te importa, llévatela a Stony Cross y arrójala al pozo de los deseos.

—¿Y qué debería pedir?

Annabelle rió con suavidad.

—Pide para el pobre lord Westcliff lo mismo que pediste para mí.

—¿«Pobre» lord Westcliff? —resopló Lillian y miró a las otras dos mujeres con suspicacia—. ¿Qué fue lo que pediste para Annabelle? —le preguntó a su hermana pequeña—. Nunca me lo has contado.

—Tampoco se lo conté a Annabelle —murmuró Daisy, que mantuvo una sonrisa curiosa sin apartar la vista de su amiga.

Annabelle le devolvió la sonrisa.

—Yo lo adiviné. —Cambió de posición, sentándose sobre las piernas, y se inclinó hacia delante para murmurar—: Por cierto, acerca de cómo encontrarle un marido a Lillian... creo que se me ha ocurrido algo muy interesante...